教育部人文社科规划基金项目“鲍比•安•梅森的美国后南方小说研究”（11002700001）

论鲍比·安·梅森小说里美国后南方的嬗变

李杨 张坤 叶旭军 著

同济大学出版社

目　录

引　言

鲍比·安·梅森（Bobbie Ann Mason, 1940—）是美国南方乃至美国著名的当代作家、评论家，成就斐然，先后获得美国艺术与文学学院奖、海明威奖、福克纳奖、欧·亨利短篇小说奖等，也是肯塔基大学的常驻作家。由于梅森来自在20世纪上叶发生驰名美国乃至世界文坛的“南方文艺复兴”的、作家辈出的南方，而且她的作品又以突破传统、与时俱进而著称，呈现了同“南方文艺复兴”前辈的思想意识和价值观念的强力对撞，是人们观察、了解后工业文明背景下南方社会变迁的生动写照，代表了南方文学在新时期的重大转向，所以她的文学创作格外引人关注。她以其青少年时居住的肯塔基州梅菲尔德小镇为原型，塑造了典型的后南方地区霍普维尔小镇，以此为平台采用极简主义文学再现方式述说受到后现代思潮影响以及大众、消费文化等冲击的后南方凡人琐事、现世今生，透射出鲜明的时代性。这是其作品的标志性识别特征，也为学术界所公认和重视，其创作风格被评论家称之为“购物中心的写实主义”①。著名南方文化、文学评论家弗莱德·霍布森（Fred Hobson）称赞其作品“最精准地展现了当代南方面貌”②，后现代南方文学研究专家马修·奎因（Matthew

---

① Havens, Lila. “Residents and Transients: An Interview with Bobbie Ann Mason.” *Crazyhorse Archive*, vol. 31, no. 29, 1985, p. 90.

② Hobson, Fred. *The Southern Writer in the Postmodern World*. Athens: University of Georgia Press, 1991, p. 7.

Guinn）也认为其塑造的后南方“最具典型性”①，莫莉恩·瑞安（Maureen Ryan）也将其作品标榜为“最具特色的当代南方小说”②。

梅森于20世纪80年代开始创作，至今笔耕不辍，出版了多部长篇、中篇小说以及短篇小说集和评论专著，包括《蓝色贝雷帽的女孩》（*The Girl in the Blue Beret*）和《纳博科夫的花园》（*Nabokov's Garden: A Guide to Ada*）等，并据此荣膺肯塔基州长艺术奖。然而代表梅森最高文学成就的是其与时俱进的后南方系列作品，包括描绘这一时代南方人日常生活片段的短篇小说集5部：《示罗圣地及其他故事》（*Shiloh and Other Stories*）、《爱情人生》（*Love Life*）、《蜿蜒而下的山路》（*Zigzagging Down a Wild Trail*）、《南希·卡尔派珀》（*Nancy Culpepper*）和《午夜魔法》（*Midnight Magic*）；预示后南方不可逆转地到来的中、长篇小说3部：《羽冠》（*Feather Crowns*）、《在乡下》（*In Country*）和《斯宾塞和莱拉》（*Spence+Lila*）；以南方转型为背景的人物传记2部《清泉：一个家族的回忆录》（*Clear Springs: A Memoir*）和《埃尔维斯·普雷斯利：猫王人生》（*Elvis Presley*）。

正如著名南方剧作家田纳西·威廉姆斯（Tennessee Williams）所言，如果一个创作是诚实的，那它必然和作者个人密不可分，人物总会折射出作者的身影，情节多基于其自身经历，场景可与现实重合③。这一点在梅森身上体现得尤为突出，她创作的后南方小说与其个人生活息息相关，她甚至承认其作品中南希、塞姆等女性角色有其自传的成分。1941年梅森出生于肯塔基腹地的梅菲尔德小镇，成长于家庭经营的小型奶场，身为长女

---

① Guinn, Matthew. *After Southern Modernism: Fiction of the Contemporary South*. Jackson: University of Mississippi Press, 2000, p. 57.

② Ryan, Maureen. "Stopping Places: Bobbie Ann Mason's Short Stories." *Women Writers of the Contemporary South*, edited by P. W. Prenshaw. Jackson: University of Mississippi Press, 1984, p. 294.

③ Williams, Tennessee. *New Selected Essays: Where I Live*. New York: New Directions Publishing, 2009, p. 90.

的她自小就切身体会到农场生活的艰辛。她在自传和访谈中多次谈及在那里的童年经历：肮脏落后、一蹶不振的农业生产和长驱直入、充满活力的后工业文明、商业文明间的对抗；安于现状、坚守田地的父亲韦伯和一心求变、追赶时代的母亲克里斯蒂娜之间的矛盾；以及沉迷南方神话、怀念田园生活的祖父母和早年离家、叛逆张扬的年轻人之间的争执催她觉醒，使她陷入深深的思考，也促进了她迥然有别于祖父母、父亲的对南方认知、体感的形成。这为她摆脱“南方文艺复兴”的回望过去、崇尚农业文明的价值取向所弥散出的持久影响，以全新视角观察、述说当今南方提供了可能。

随着年龄的增长和心智的成熟，梅森逐渐意识到其家庭的封闭与生活的单调贫乏，离开那里、追求新生活的愿望油然而生。她曾回忆道，每当穿越梅菲尔德小镇的火车呼啸而过时，她总会激动不已，充满憧憬，因为她知道远方“才是令人兴奋的目的地”①。梅森早年对外界的渴求在书籍中得到一些安抚。她曾痴迷女性侦探小说《乡下鲍勃西双胞胎》和《南希·德鲁》，甚至在自传中坦言，小说中的解密固然有趣，但最吸引她的还是这两个女侦探的别样人生，她们可以到各地游览，见识新鲜事物。

> 鲍勃西双胞胎和南希激发我外出看世界的激情，让我想追求别样人生。不像呆在农场有挤不完的牛奶、干不完的农活却没有一天假期，她们总是在度假，她们的旅行让我又羡慕又沮丧。女侦探故事让我总是盼望有些刺激的事情发生。我开始觉得，有意思的事情都在别的地方，所以我心里装满了出走和寻找新事物的想法。②

这使她萌生了走出家乡、走出南方，去了解外部世界的强烈冲动。

---

① Whitton, Natasha Lee. *The Excitement of Possibility: The Life and Writing of Bobbie Ann Mason*. Madison: Drew University Press, 2005, p. 13.

② Aldridge, John W. "An Interview with Bobbie Ann Mason." *The Missouri Review*, no. 20, 1997, p. 95.

梅森早期释放对外界渴求的方法是以她的偶像鲍勃西为主角，运用想象写一些有关旅行的小故事，而到了中学时期，梅森接触到肯塔基当地的摇滚乐队——山顶乐队，进一步激发了她对外部世界的憧憬和向往，同时作为歌迷协会的会长，梅森有了更多接触其他地方歌迷信件以及随从乐队出游的机会。有学者认为，正是年幼时追星的经历使得梅森意识到了小城镇之外的世界。中学毕业的梅森并没有循规蹈矩地和同届大部分女生一样回家务农，而是在开明的母亲的支持下，北上求学。在 20 世纪 60 年代，女性刚刚开始大规模接受高等教育，弱化结婚生子意义，克里斯蒂娜排除万难为女儿做的决定无疑是富有勇气之举，是有前瞻性的。梅森自己也表示："这一野心勃勃的跳转在那个时候可以说十分具有历史性了，那时人们才刚刚开始离家求学，去追寻除了当农场妇女之外的生活。"① 梅森在入学后不久即转专业到英语系，这为其后期创作奠定了基础。本科毕业后梅森迁居纽约，并成为《电影明星》《电影生活》以及《电视明星展》等杂志的撰稿记者。这期间她接触到一些那里的文艺圈新秀以及前沿的消费文化，她称这段工作经历为其提供了一个"观察人性的新视角"②。这一时期的梅森游走于剧院、影院以及景点等各种文化场所，她曾调侃自己仅 1962 年一年就看了 143 部电影，沉浸式地感受消费文化。梅森于 1962 年重返学校，尝试从写娱乐报道转向严肃文学创作，称"要想写作，我还有很多东西要学"③。然而，60 年代不仅为梅森写作打下扎实的基础，更为其提供了文学写作素材。这一时期的美国正经历巨大的社会变革，不论是越战还是激化的种族冲突都让梅森因为自己南方人的身份而感到不适。周围同学反种族歧视、反中产阶级思想等激烈的文化震荡引发梅森对肯塔基传统价

① Aldridge, John W. "An Interview with Bobbie Ann Mason." *The Missouri Review*, no. 20, 1997, p. 94.

② Mason, Bobbie Ann. *Clear Springs: A Memoir*. New York: Random House, 1999, p. 128.

③ Mason, Bobbie Ann. *Clear Springs: A Memoir*. New York: Random House, 1999, p. 128.

值体系的质疑，同时梅森也深切地感受到北方文明对其的同化。表面上看，北方轰轰烈烈的政治、文化运动似乎对她这一尚未脱离农场气息、显得有些土得掉渣的女孩十分宽容，然而实际上却是在以耳濡目染、润物细无声的方式引导她脱离故乡，彻底融入后工业文明主导的北方生活。在这样的环境里，梅森体会到了自己家乡的落后封闭而有些自惭形秽。她曾在自传中谈论这段让人自卑的经历："人人都比我聪明！这一点我确信不疑……但是我来到北方了，虽然迷茫不已，但我决心融入其中……因为来自南方，我总是自带卑微，我总是有些恼人的习惯，不能放声大笑，不会抬眼看人。"① 梅森渴望能像北方人一样自信开放，不再隐形，于是她进行了包括改变口音等一系列"变装"。然而，过渡时期的梅森却出现了身份认同危机，陷入既不属于北方也回不去南方的尴尬境遇，而更倾向于将自己视为四海为家的流放者。她甚至表示自己博士论文之所以选择以俄罗斯裔作家纳博科夫为研究对象，很大原因在于他也是个流放者，既不是美国人，也不是俄国人，他们都在摆脱旧自我和研究新自我中摸索前行。

梅森毕业后曾在宾夕法尼亚的高校任教，其间她发表了基于中学时代经历所作的《少女侦探》（*The Girl Sleuth*，1975）。该作品结合了梅森少女时期的经历和流行的女性侦探小说案例，借助活泼的表现方式，展现女性人物在小说中的形象反转。她曾表示，她的本意不是讲历史的细节，而是对女侦探角色进行解读，探讨人们为什么喜欢她们，她们如何影响她的生活，其独立的充满智慧的探险具有什么样的解放意义，她以自身经历向大家展现阅读女侦探小说的影响以及她们是如何介入无数女性的生活中的。《少女侦探》虽与梅森的南方创造并无紧密关联，但它展现了梅森女性角色创作的源泉和初衷，为梅森塑造独立睿智、有勇气、有求知欲、善于突破自我的新南方女性形象奠定先决性基础，其短篇小说《转入亚特兰大》

① Mason，Bobbie Ann. *Clear Springs: A Memoir*. New York：Random House，1999，p. 44.

(*Rolling into Atlanta*)的女主角安妮就是这样一位自由洒脱、聪慧过人的独立女侦探，是梅森心目中新女性的典范。

梅森正式开始在南方文学领域发力、专注后南方创作时已到 20 世纪 80 年代，在《纽约客》(*New Yorker*)的编辑安杰尔(Angell)的鼓励下，她将关注的焦点回归到梅菲尔德小镇，以童年见闻为写作源泉："我总在琢磨祖母的那一小本日记和妈妈的那盒笔记，一想起能把南方的故事带给外面的世界，我的兴奋就溢于言表。"① 她的早期南方创作包括在《纽约客》上发表了《供奉》(*Offerings*)、《示罗圣地》(*Shiloh*)等作品，其首部短篇小说集《示罗圣地及其他故事》就取材于 80 年代初她在该期刊发表的文稿。该小说集的开篇小说《示罗圣地》入围美国国家书评奖，并为梅森赢得了海明威奖；《扫墓日》(*Graveyard Day*)入选 1983 年的美国最佳短篇小说、特别出版社奖。《示罗圣地及其他故事》的发表为美国文学带来了一个新视角，以短篇小说的形式充实了福特、克鲁斯等新生代南方作家的后南方创作。其大部分作品都定格在肯塔基西部的小镇霍普维尔，聚焦新时代普通南方人的日常生活。梅森借助这些小人物之口，讲述了南方在后工业、商业文明和消费文化冲击下的转型，预示了南方神话，尤其是传统的性别和地域格局的解体。在之后所接受的访谈中，梅森曾多次表示对北方文明的衷心欢迎，认为它为一潭死水的南方注入了新的活力，促使南方走出绝境，拥抱新的生存之路。梅森虽然没有直接议论旧时南方的弊端，但她通过描述新南方人对外界的渴求和对新事物的接纳，间接表达了墨守成规、与时代脱轨必将走向衰亡的逻辑。这种不断上升和变化的发展观念也形成了统领其作品的出发点之一，其后期的作品更加深刻地演绎了这一法则和信条。

1985 年梅森首部长篇小说《在乡下》问世，这部"女版的哈克贝

---

① Mason, Bobbie Ann. "Reading Between the Lines." *Virginia Quarterly Review*, vol. 90, no. 2, 2014, p. 23.

里·费恩”一经发表就好评如潮，广受欢迎，被称为“对男性中心的成长小说的变体”①，以至于4年后好莱坞将其改编为电影。小说通过女主人公塞姆对亡父生平的探寻展现了历史和记忆的人为建构性和虚假性，同时由于涉及越战对南方乃至整个美国的打击，故而凭借其与时俱进、挑战官方的时代反映力在美国文学评论界引起热议。1988年梅森发表的《斯宾塞和莱拉》以农妇莱拉的乳腺癌治愈为主线，展现了南方农业文明的消亡及其带来的空间景观转型。该小说独特的视角和叙事方式引发学术界重视，也为梅森带来欧·亨利奖。2006年梅森重新整合与其塑造的南希·卡尔派珀相关的小说，出版了展现南方女性生活及其对地域和消费认知的小说合集《南希·卡尔派珀》，《斯宾塞和莱拉》作为南希父母的故事也被选入其中。

1989年梅森发表了第二部短篇小说集《爱情人生》，获得美国学术界一致好评。9年后梅森重新集合该作品并添加了《示罗圣地》等小说后推出《午夜魔法》。这两部小说集都展现了消费文化下形同虚设的婚姻关系、僵化无趣的人际交流以及沉闷无聊的生活状态的拯救，“当代人的情感决定很多都是基于电视上呈现的流行文化”②。此外，该书的最大特色之一就是大部分故事都采用了一般现在时而非过去时，展现了当下性、即时性与不确定性的后现代精神。1993年梅森的首部历史小说诞生，不同于背景设置于当下的早期作品，《羽冠》开头就将时间定格在1900年，以克里斯蒂娜生育、巡展、捐赠五胞胎为主线全方位地展现了旧南方性别、阶级和种族架构，以觉醒的女性视角，揭示了南方农业主义者宣扬的“伊甸园”的蒙昧黑暗。该作品深刻的主题与细腻的描写使其入围国家图书奖。1999年，梅森完成自传《清泉：一个家族的回忆录》。该作品依照其家谱，从

---

① Price, Joanna. *Understanding Bobbie Ann Mason*. Columbia: University of South Carolina Press, 2000, p. 54.

② Whitton, Natasha Lee. *The Excitement of Possibility: The Life and Writing of Bobbie Ann Mason*. Madison: Drew University Press, 2005, p. 17.

曾祖父买下农场、定居梅菲尔德开始，讲述了梅森家族与南方土地的纠缠以及背离。《清泉：一个家族的回忆录》的发表打破了文本和现实的界限，展现了其部分作品的创作动力、目的和原型。虽然梅森多次在访谈中强调切勿将其人生和作品人物的选择混为一谈，但不可否认，其小说中相当一部分人物都与其自身经历有瓜葛。《清泉：一个家族的回忆录》以梅森成长经历为主线，史诗性地呈现了南方从农业到工业再到消费社会的时代变迁，引发当代人对南方的重审。梅森也凭这部作品被提名普利策奖。2002年，梅森第四部短篇小说集《蜿蜒而下的山路》问世。该作品延续了梅森解构神话、迎接当下的一贯套路，塑造了南方“探寻者”和“旅行者”的群像。有学者认为该小说展现了美国人不安分的活力和生活，其描述群体早已超越南方。小说中的人物足迹远至英格兰、阿拉斯加、沙特阿拉伯。肯塔基对于他们而言只是遥远而飘渺的存在，与其说梅森还在讲南方故事，不如说讲的是美国故事或者说是美国人在世界的故事。

梅森的生平与写作相生相随，多年北方生活使其萌发了“局外人”的观察视角，能够敏锐地感知到南方转型中的时代因素，并以熟识的态度接纳、赞赏甚至塑造这些变更。她与南方地理的分离造就了其与南方文化的剥离，梅森不囿于“家”的束缚，而是更为冷静而客观地评判南方，她珍视北方生活赋予她的眼界，认为“如果我（梅森）呆在家里（南方），我就不会有这么宽广的视野……流放者的身份给了我更多书写南方的启发与动力”①。冷眼观察南方，开放面对世界，梅森以更为深刻而写实的视角开拓南方文学的新疆域。

梅森的品牌作品当然就是她的后南方小说。所谓后南方这一概念是1980年著名的南方文化、文学专家刘易斯·辛普森（Lewis Simpson）在《美国后南方之历史的终结》（*The Closure of History in a Postsouthern*

① Wilhelm, Albert. *Bobbie Ann Mason: A Study of the Short Fiction*. New York: Twayne-Prentice Hall, 1998, p. 47.

America）中提出。他当时是在讨论“南方文学的历史”是如何败落的，认为以反叛历史等传统信仰为旗帜的后南方的诞生宣告了“南方文艺复兴”的死亡。他阐释道，如果南方或者美国有所谓的通识文化（对真理和统一性的追寻）的话，后南方文化就是通识文化的崩塌，因为其一以贯之的对意义的探寻、对正统的阐释和对文化的认同在后南方潮流中完全失效①。

后南方的对照对象是在旧南方居统治地位的思想意识和价值观念，主要是以“南方文艺复兴”及之前的南方文学塑造的神话体系为载体，包含了强烈的历史、地域与宗教情怀和严格的性别、种族与阶级架构。这个由诸如“纳什维尔农业主义者”和福克纳、韦尔蒂等及之前的南方文学想象勾画的伊甸园，因其特殊的经济、政治和文化模式似乎独立于美国整体之外，成为“在美国国土上唯一残存的一个独特区域”②。所谓后南方的“后”就表现在对南方“独特性”的解构：一方面，质疑人为建构的地域和价值体系关联的正当性，弱化甚至消除神话的影响力；另一方面，引入以北方为代表的工业、后工业文明，将南方纳入全球化系统，使其在融入当下的过程中与旧南方崇尚农业文明、遵循精神教义的遗梦渐行渐远。

从20世纪后期首度面世到现在，后南方文学的定义在不断丰富扩展。迈克尔·克雷令（Michael Kreyling）在《创造南方文学》（*Inventing Southern Literature*）中提出所谓后南方就是对“南方文艺复兴”的脱离，它不仅涵盖了当代反历史、反传统小说，也包含了50—60年代出现的反福克纳文体作品，早期后南方作家借“下层小丑”人物触及福克纳所不及，利用非传统的表达传递异类的声音。他呼应辛普森的后南方的转向，展现其与“南方文艺复兴”作品间的断层，指出后南方其实是一个让评论家探

① Simpson, Lewis P. “The Closure of History in a Postsouthern America.” *The Brazen Face of History: Studies in the Literary Consciousness of America*. Baton Rouge: Louisiana State University Press, 1980, p. 93.

② Ashmore, Harry S.. *An Epitaph for Dixie*. New York: W. W. Norton & Company, 1958, p. 172.

索新生代南方作家特性的“万能词汇”，其关键在于对传统的戏仿，而戏仿的焦点就是神话中与南方相关联的“社会和心理特性”。

司各特·罗明（Scott Romine）在其《真实的南方：文化复制时代的南方叙事》中指出，克雷令虽然意识到后南方对南方的重写，但其过于关注精神和理念层面对传统规约的反叛而忽略了客观的对地域的背离。没有南方这片土地作为物质基础，任何精神附加都是空谈，故而后南方最首要的特性是对故土情结的抽离。由此，罗明不再关注南方的“真实性”即“南方文艺复兴”附加于这片土地之上的价值体系，即题目中所强调的“真实的南方”，而是将其看作是毫无情感依附的地理存在，是现实生活中的泥土、建筑和道路。这便如釜底抽薪，使得旧南方传统主流价值观丧失了基础和载体。

正如罗明所言，解构地方情怀是后南方最根本的任务，随着时代变化，不仅人们情感上对南方逐渐疏离，就连物质上也难觅其影踪。工业文明的拓展和科技的应用使得规整的、城市化的新景观取代了以往的地方风貌。詹姆斯·贾斯特斯（James Justus）结合时代背景，指出地方在“南方文艺复兴”中的地位越高，后南方作品就对其解构得越为彻底。他指出，“‘南方文艺复兴’创作基于一个预设，那就是南方孕育的作品特色鲜明，与其他地方迥然有别。而这些特色中最不可获取、最为崇高的就是其一再强调的地方情怀”①。他强调，如果传统文学作家如此强调地方及其附加的井然有序的社会架构，那么“人们熟知的‘南方文艺复兴’的伟大时代就一去不复返了”②。

不论是像罗明一样将地方抽离出来单独看待还是如贾斯特斯一样使其回归价值体系，都说明“南方文艺复兴”所指的并非仅是地理意义上东起

① Justus, James. “Foreword.” *Southern Writers at Century's End*, edited by Jeffrey J. Folks and James A. Perkins. Lexington: University of Kentucky Press, 1997, pp. xi-xv, p. xi.

② Justus, James. “Foreword.” *Southern Writers at Century's End*, edited by Jeffrey J. Folks and James A. Perkins. Lexington: University of Kentucky Press, 1997, pp. xi-xv, p. xiii.

弗吉尼亚、西到德克萨斯、北至马里兰、南达佛罗里达的13个州，而是其承载的意识形态、行为准则等深层文化内核，正如“南方文艺复兴”名家科林斯·布鲁克斯（Cleanth Brooks）所言，南方是“一个非常特殊的社会……那不是一些随意凑合在一起的人群或者由他们的职能联系在一起的人群……而是一个社区，是一群由共同的价值观念结合在一起的人们”①。威廉·福克纳（William Faulkner）更直截了当地指出：“南方是美国唯一还具有真正的地方性的区域，因为在那里，人和他的环境之间仍然存在着牢固的联系。在南方，最重要的是，那里仍然还有一种共同的对世界的态度，一种共同的生活观，一种共同的价值观。”② 因此，罗明在对比“南方文艺复兴”和后南方作品时指出，“南方”曾代表着地理位置、人物特性以及深植于定居者心中的行为“参数”，而现在的作品中，这些元素荡然无存：“地方”从来就不是指某个位置，但是它在文学中的价值远不及半世纪之前，当代文学中，它在当代文学叙事中近乎消失。地方的意义减退是因为几乎没有意义附加其身了③。他进一步指出，在后南方时代，所谓的南方情怀只能存在于想象中，越发不可触及。

后南方旨在解构神话但并未止于与神话的纠缠，在破“旧”的同时，后南方小说还引入了时兴的、当下的后现代思潮，为展现全新的南方注入活力。在阐释后南方去中心的反叛内核时，辛普森强调了其与后现代质疑和戏仿的精神不谋而合，“后南方受后现代主义潮流影响的南方文学作品”④。马修·奎因在《南方现代主义之后》也声明，这段时间的后南方

---

① Brooks, Cleanth et al. *American Literature: The Makers and the Making. Book D: 1914 to the Present*. New York: St. Martin's Press, 1974, p. 201.

② Millgate, Michael. *The Achievement of William Faulkner*. London: Constable, 1966, p. 77.

③ Romine, Scott. *The Narrative Forms of Southern Community*. Baton Rouge: Louisiana State University Press, 1999, p. 204.

④ Simpson, Lewis P. "The Closure of History in a Postsouthern America." *The Brazen Face of History: Studies in the Literary Consciousness of America*. Baton Rouge: Louisiana State University Press, 1980, p. 97.

作家通过“全新的视角来质疑和挑战南方文艺复兴”①。而针对后南方文学，翁贝托·埃柯（Umberto Eco）将其描绘为意义繁多而松散，如同“承载了几乎所有意义的玫瑰”②。埃柯的阐释已然将后南方引入后现代范畴，意义的多样性和繁复性消解了“真理”“信仰”以及“历史”和“地域”等中心化单一的南方神话元素，模糊了其现代性的皈依明确性，以多重阐释充实后南方内容，使其在极大的富足中展现出随机与冲突带来的不确定性。马修·奎因将这一时段的后南方作品定义为“神话断裂”(mythoclasm)，认为20世纪60年代后，尤其是80年代后开始创作的作家通过运用“后现代的思想与技巧，贬低、冲击、戏仿传统南方作品的主题、母题以及文化背景，将南方文学引入了新的方向，重新激活了美国南方”③。后现代思潮的介入彻底解构了南方神话，甚至曾经还对神话回归抱有幻想的辛普森在《美国后南方之历史终结》中都坦言：“南方文豪的顿悟不可复制，南方文艺复兴终究是一去不复返了。”④ 在其《幸存者都在做什么》中，他更是以自身为例，戳穿神话的虚伪，正如祖父是个从未摸过枪的猎人而非他曾坚信的驰骋沙场的骑兵战士一样，所有关于高大宏伟的理想信念全面崩塌。也正是这时，他意识到后南方消解神话的反讽所在。埃柯认为针对于南方文学，后现代主义的影响“不在于单纯的否定，而是反讽的去重审”⑤，若想反讽地重审南方，后现代主义就是绝佳的工具，因为它“最初的关注就是去除我们生活中主导因素的自然特性，突显我们想

① Guinn, Matthew. *After Southern Modernism: Fiction of the Contemporary South*. Jackson: University of Mississippi Press, 2000, p. xxi.

② Kreyling, Michael. *Inventing Southern Literature*. Jackson: University of Mississippi Press, 1998, p. 3.

③ Guinn, Matthew. *After Southern Modernism: Fiction of the Contemporary South*. Jackson: University of Mississippi Press, 2000, p. xiii.

④ Simpson, Lewis P. *The Brazen Face of History: Studies in the Literary Consciousness in America*. Baton Rouge: Louisiana State University Press, 1980, p. 269.

⑤ Kreyling, Michael. *Inventing Southern Literature*. Jackson: University of Mississippi Press, 1998, p. 68.

当然接受的实体即‘自然’（如资本主义、父权等）的文化特性——它是人造的，而非天然的”①。后南方反讽的第一步就是质疑“南方文艺复兴”的根基——神话的“自然性”，它是“文艺复兴作家”共同编织的梦幻网络，是人为设定的认知系统，是“非自然”的实体存在。随着后现代主义的影响波及南方，神话的“自然性”遭遇的质疑不断累积，最终成为了时代发展中被溶解的牺牲品，正如詹姆逊所言：“后现代主义标识着商业化文明的完成以及‘自然’的一去不复返。”② 后现代元素的渗入赋予了后南方文学以否定与质疑的精神，它隐含于其对以“神话”为标志的旧南方的戏仿，对“南方”核心价值体系的多重阐释。“历史”“地方”等概念依旧会出现，但已全然丧失了原本的情感内涵，转为浅表的符号和象征。它们犹如复制品，消除了原本概念的独一性。詹姆逊认为，后现代主义浅表象征的适用使得人们不再能“回归以前更为透明的空间、更为传统而坚定的视角”③。埃柯将其结合后南方文学，认为后南方作家多采用反讽、元小说等手法消解象征之下的根源，进而使得南方的完整性和一体性无处附着。马修·奎因在《当代小说的后南方地域观》中总结，后南方就是“乌有之乡”（nonplace），它跳出了所有的传统设定，20 世纪 60 年代之后的南方就是“国际化的城市了”，资金、移民、文化的交流与互通使得南方走向更加开放、更加远离神话的新时代。

显然，梅森的小说真切生动地讲述了后南方芸芸众生的故事，典型地勾画出这一曾经以农为本、封闭落后的地区进入后工业社会后的新生活形态，演绎了告别过去、活在当下的人生信条，对其“南方文艺复兴”的先辈们所崇尚、遵循的传统形成了针锋相对的悖反，真切呈现了在时代变迁

① Hutcheon, Linda. *The Politics of Postmodernism*. London: Routledge, 2003, p. 2.

② Jameson, Fredric. *Postmodernism, or, The Cultural Logic of Late Capitalism*. Durham: Duke University Press, 1991, p. ix.

③ Jameson, Fredric. *Postmodernism, or, The Cultural Logic of Late Capitalism*. Durham: Duke University Press, 1991, p. 54.

的浪潮中南方人的精神状态。其跨度近30年的后南方系列作品展现了南希、勒罗伊、欧普拉等百余位当代南方人的生活。这些人物置身于当今南方大背景下，其经历和思想认知不可避免地与南方转型紧密地交织在一起，因而梅森小说中看似平淡的个人遭遇与普通的精神面貌都渗透了内涵深广的时代文化特质，揭示了后现代背景下，与神话剥离并和后工业文明融合的新兴南方到来的必然性，也代表了南方文学在20世纪下半叶在时代变迁的强力作用下所经历的深刻、广泛的重塑，在朝着挥别“南方文艺复兴”及之前的南方文学的意识形态及叙事程式的方向发展，观察、叙事视点在从种植园、大宅、小村、小镇这样的南方曾经的标志景观向购物中心、高速路这样的新时代地标转型。据此，本研究选取统摄着梅森作品的主题表达、情节设计、人物塑造等方面且又与之前的南方文学构成鲜明对照的历史、宗教、地方、性别、消费5个核心概念对这些文本进行探讨，对于深入理解、准确把握梅森这些致力于表现“文化震荡”的小说的创作主旋律，全面、客观评价其本身及其之于南方、南方文学的意义至关重要，可望实现对梅森后南方小说多重意义的解读，即其所表现的后南方性，其与南方文学传统发生的冲突，其所体现、代表的当今南方文学的发展态势。

第一章 往昔幻灭，历史情结消散

浓郁的历史意识曾是南方文学最为显著的特征，亦是南方文学先辈们最为显性的文化符号。“南方文艺复兴”的旗帜威廉·福克纳曾言“它（历史）永远有其用途”，“因为过去寓于现在”。① 在福克纳系列作品中出现的人物盖文·斯蒂文斯坚称：“过去不会消亡，甚至不会过去，”② 就如同《沙多里斯》（*Sartoris*）中与小说同名的主人公沙多里斯，他以拓荒者的勇敢、坚毅、责任、荣誉以及作为一名种植园主杀伐果断的凌厉行事作风，把自己活成了家族和地方的一个历久弥新的传奇。斯人虽已逝，但他象征着旧南方传统价值观和道德观的形象依然深入人心，为后世树立了经典形象，其影响力绵延不绝。而“南方文艺复兴”的重量级人物艾伦·泰特（Allen Tate）和罗伯特·佩恩·沃伦（Robert Penn Warren），在历史问题上的看法与福克纳如出一辙。泰特在评析“南方文艺复兴”时，提出了一个言简意赅、后来被广为引用的论断：“对过去的回望为我们带来了‘南方文艺复兴’，这一文学意识到过去存在于现在。”③ 沃伦也借小说人物之口旗帜鲜明地亮出了自己的观点：“……如果你不能接受过去以及它的重负，就不会有未来，因为无此即无彼，如果你接受过去，未来就会有

① 李杨：《颠覆·开放·与时俱进：美国后南方的小说纵横论》，北京：中国社会科学出版社，2018 年，第 37 页。

② Faulkner, William. *Requiem for a Nun*. New York: Vintage Books, 1951, p. 92.

③ Tate, Allen. “A Southern Mode of the Imagination.” *Essays of Four Decades*. Chicago: Swallow Press, 1968, p. 545.

希望，因为只有从过去才能创造未来。”[①] 在《国王的全班人马》（*All the King's Man*）中，沃伦进一步通过人物强调了自己的历史观：“现实不是一个个孤立的、自我建构的事件，而是一个事件同过去、未来的事件之间的关系，一件事就其本身而言是不真实的，它的真实性源自其他事件。”[②] 因此，弗莱德·霍布森在《后现代世界的南方作家》（*The Southern Writer in the Postmodern World*）一书中评论说：“倘若福克纳、沃伦、埃利森（R. W. Ellison）、斯泰伦（William Styron）——几乎所有南方有名的小说家，除了威尔蒂——有一个共同关注的焦点的话，那就是历史，尤其是南方历史。”[③] “无史不成书”，是他们作品浓郁的历史意识的一个真实写照，“他们不约而同地都具有历史的思考才能，对过去的认识有着惊人的相似之处，把对历史的反思作为他们文学创作的一个中心论题”[④]。他们以文学创作观照南方近现代发展脉络的宏大叙事，从他们的阶级和文化视角梳理和反思南方历史发展的成败得失：对欧洲贵族文化的承袭和推崇、农耕文明伊甸园神话的铸就和失落、内战战败痛心疾首的耻辱感、奴隶制引发的道德失衡和罪恶感、与工业文明血肉相搏的惨烈以及对往昔农耕乐土的怀恋之情。所有这一切共同酿造的那份挥之不去的厚重历史感，成为使“南方文艺复兴”在美国乃至世界文坛名闻遐迩、独树一帜的一个徽标。

在“南方文艺复兴”作家们看来，历史是一个文化、一个民族的根脉和基因，它有机地连接起过去、现在和将来，为一个文化和民族的继往开

---

① 李杨：《颠覆·开放·与时俱进：美国后南方的小说纵横论》，北京：中国社会科学出版社，2018年，第41-42页。

② Warren, Robert Penn. *All the King's Man*. Cambridge: Harvard Books, 2006, p. 407.

③ Hobson, Fred. *The Southern Writer in the Postmodern World*. Athens: The University of Georgia Press, 1991. p. 15.

④ 李杨：《颠覆·开放·与时俱进：美国后南方的小说纵横论》，北京：中国社会科学出版社，2018年，第36页。

来提供最为坚实的参照；南方历史是南方人不可割裂的文化承传，是提供个体身份认同和族群共同记忆的载体，是铸就南方人共同文化信仰的精神财富。然而，正如黑格尔所言："文化和个体的准则都与他所处的阶层紧密相关……他们的目标和意图就是要描述他自己的政治世界。"① 的确，"南方文艺复兴"的作家们几乎都来自旧南方的中上层阶级，他们的历史意识和"话语活动以显性或隐性的方式输出了在背后居于支配地位的旧秩序的意识形态观念"②。他们试图以本阶级意识形态编制的宏大历史叙事，在社会变革和文化震荡时代里牢牢掌握历史话语的主导权。然而当南方历史的脚步终于踏入被佛雷德里克·詹姆逊（Fredric Jameson）称为"已经忘记了如何进行历史思考的年代"③ 时，质疑、颠覆、消解等主题词成为时代思想脉搏跳动的主音符。被誉为"思想系统的历史学家的"米歇尔·福柯（Michel Foucault）声称，"历史通过将断裂意识引入我们的生命才会变得'有效'……它要拔除传统的根基，毫不留情地打乱它虚假的连贯性。这是因为知识被创造出来是为了切割，不是为了理解"④；而海登·怀特（Hayden White）在总结了当代文学就如何对待历史所采取的立场后评论道："当代文学的鲜明特点之一是，它坚信作家以适当的严肃认真的态度审视现代艺术特别要揭示的那些层面的人生经历，就必须抹掉历史意识。"⑤ 正是处于否定历史这样一个大的后现代文化环境中，"南方文艺复兴"作家们倾情建构的南方历史神话在社会变革大潮里遭到了强烈冲

① 黑格尔：《黑格尔历史哲学》，北京：九州出版社，2017 年，第 4 页。

② 李杨：《颠覆·开放·与时俱进：美国后南方的小说纵横论》，北京：中国社会科学出版社，2018 年，第 145 页。

③ Jameson, Fredric. *Postmodernism, or the Cultural Logic of Capitalism*. Durham: Duke University Press, 1997. p. ix.

④ Foucault, Michel. "Nietzsche Genealogy and History." In Language Counter-Memory Practice: Selected Essays and Interviews, edited by D. F. Bouchard. Ithaca: Cornell University Press, 1997, p. 154.

⑤ 李杨：《颠覆·开放·与时俱进：美国后南方的小说纵横论》，北京：中国社会科学出版社，2018 年，第 50 页。

击。作为美国后南方文学的代表性作家，梅森在其创作里无疑是消解“南方神话”的生力军，生动印证了后现代主义的观点：历史是一种话语构建，所谓的历史事实和真相也只是某一话语集团为了维护自身利益和文化传统而人为建构的文本而已。梅森对既定南方历史叙事的重审、质疑打破了“南方神话”长期以来在南方一家独大、万马齐喑的格局，表明了原来南方社会边缘群体的小人物平凡琐细的个人、家庭叙事异军突起，以不容小觑之势争得讲述南方生活的话语权，凸现了后现代语境中这一地区就如何对待过去所出现的异见甚至是反向表达趋向。

第一节　神话不再——对南方、美国历史的解构

南方在过去的主流叙事里基本上被描绘成令人向往的“伊甸园”，富庶、纯净、浪漫的人生乐土，也使得“南方文艺复兴”及之前的众多南方文人墨客每当提及南方便不禁心醉神迷，文采飞扬。威尔博·卡什（Wilbur J. Cash）在其《南方思想意识》（*The Mind of the South*）一书中称南方这片沃土是“西方最后一处纯净的农耕乐土”，并使用了充满诗情画意的语言：“美国南方是人们栖居的天堂，一望无际的田野、阵阵飘香的土地，沐浴着阳光，沐浴着雨露。一切的一切，使这里的人们享受着大自然的恩赐，过着与世无争的生活，在自由自在中尽享人生，品味生活。”① 福克纳同样对南方这片他文学创作的根脉之源献上由衷的赞美之辞：“这是片上帝赐福的沃土”，“它有森林向人们提供猎物，有河流提供鱼群，有深厚肥沃的土地让人们播种，有滋润的春天使庄稼得以发芽，有

① Cash, Wilbur J. *The Mind of the South*. New York: Random House, 1991. p. 62.

漫长的夏季让庄稼成熟，有宁静的秋天可以收割，有短暂温和的冬天让人畜休憩”①。福克纳与南方腹地乡土的那份深切的情感纽带令麦克斯韦·盖斯默（Maxwell Geismar）十分感慨：“威廉·福克纳不仅代表了南方腹地，而且是南方腹地的化身；没有任何其他美国作家可与之相比。”② 而“纳什维尔农业主义者”（Nashville Agrarians）则从人类文明的视角盛赞南方农耕文明是美国深陷物质欲望难以自拔的工业社会形态急需纠偏的一种生活方式，因此在他们看来只有南方原生态的农耕生活模式，人们的优雅体面、闲适平和以及精神审美的体验才得以实现，是人类文明理想的社会形态。

而土生土长的南方作家梅森以不纠缠历史著称。③ 她无意附和、承袭旧南方的历史叙事制造的“南方神话”，因为那不是属于她、她的家族的神话，对她来说宛如虚幻缥缈的海市蜃楼，是旧南方上流社会的一面之词，与她所亲身经历的南方生活和对南方生活的感受有天壤之别，因而对他们来说不具有代表性、适用性。所以，她秉持独立的批判精神，以其祖辈栖居于这片土地的地域原生视角，以小农场主家庭出身的经济和阶级视角，以深受后工业文明和消费文化熏染的文化和审美体验重审这一南方农耕文明神话。她笔端呈现的完全不是一幅“岁月静好，现世安稳”的世外桃源美景，而是充斥着乡村生活物质的匮乏单一、精神的荒芜寂寥、日常的清苦庸碌、劳作的无尽繁重、失败的无奈与沮丧，但又摇曳着微弱的希望之光，以她的率真写就了她所知晓的南方真实农耕生活的灰暗画卷，与“南方神话”形成了强烈的反差。可以说，梅森的南方乡村叙事就是与“南方神话”唱反调，对其真实可信性、代表性提出强烈质疑，进行无情戳穿，将其所选择性掩盖的乡村生活的艰辛推向大众视野。马修·奎因评

① 李文俊：《福克纳评论集》，北京：中国社会科学出版社，1980 年，第 43 页。

② Geismar, Maxwell. *Writers in Crisis*. New York: E. P. Dutton & Co. Inc., 1971. p. 145.

③ 李杨：《颠覆·开放·与时俱进：美国后南方的小说纵横论》，北京：中国社会科学出版社，2018 年，第 61 页。

价说，梅森的作品以颠覆性手法纠正了“南方农业主义者”对南方农耕社会的神话化趋向，并揭示了“南方文艺复兴”前辈们宏大叙事文本中往往忽略的种种社会矛盾和纷争。①

如前所述，梅森出身美国肯塔基西部一个世代务农的小农场主家庭。她称自己是“这片土地的产物”，“深知乡村生活的肌理”②。诚然，土地和农耕生活的文化和价值理念是流淌于她家族世代血脉中的乡土基因，亦是她文学创作的源泉。但是，应当说，乡土生活在她心中激发的叛逆、厌倦情绪要大于她对其的热爱。故此，无论是其家族寻根之作《清泉：一个家族的回忆录》，还是尝试回归文化之根的《羽冠》，抑或是别具一格的爱情故事《斯宾塞和莱拉》，梅森都拒绝为农耕生活涂脂抹粉，抹上田园牧歌的浪漫色彩，而是实话实说，用冷峻无华的语言直击其原始、落后：

> 我在一个小型家庭农场长大，那样的地方是当下的人们爱理想化的地方。他们认为旧式的乡村生活能提供现代人渴望的生活方式——独立、安稳、真实。农场确实赋予我们这些东西，但是随之而来的是令人心智麻木、艰苦繁重的劳作以及令人崩溃的闭塞环境。农耕生活并没有那么简单。……当我于1940年来到这世上时，肯塔基的农耕方式比起拓荒年代并未有多少的改变。自从内战以来从未有真正的文化上的剧变发生在这个叫清泉的地方——我家族栖居的乡村小镇。我们似乎与世隔绝地生活着。③

人文地理学家说：“外来者本质上是从审美的角度去评价环境的，是一种置身于世外的视角。世外人看重的是外在，其评价依据是一般意义上

---

① Guinn, Matthew. *After Southern Modernism: Fiction of the Contemporary South*. Jackson: University Press of Mississippi, 2000, p. 73.

② Mason, Bobbie Ann. *Clear Springs: A Memoir*. New York: Random House, 1999, pp. 6, 11.

③ Mason, Bobbie Ann. *Clear Springs: A Memoir*. New York: Random House, 1999, p. ix.

的审美标准。”[①] 就如《羽冠》中一对来自孟菲斯富裕家庭、有着良好修养的年轻夫妇对主人公克里斯蒂娜简朴的家赞不绝口：“你的家看上去真的很舒服自在……这房间也太有特色了。你和你家人所拥有的可是钱都买不来的呢。”面对克里斯蒂娜丈夫自制的毫无修饰的两用衣橱，年轻的太太更是认为“我从未见过这么美的东西”[②]。城市少妇看惯了城市生活的奢华与繁复，对原生态的乡村物事产生新奇感无可厚非，然而这样的认知并不会得到克里斯蒂娜情感和审美上的共鸣，因为她简陋的家和家中的摆设早被城市势利的访客唾弃，克里斯蒂娜正自惭形秽中。乡居生活的简朴与其说是一种生活和审美理念使然，倒不如说是经济条件的无奈窘境。因此，城里人浮光掠影式的乡村行，看到的也只是些表象的东西，是他们心目中臆想的田园生活的瑰丽景致：质朴的民风、纯天然的环境和食物、原生态的乡野风光等。梅森在《清泉：一个家族的回忆录》中记载的一则轶事可为我们的话题做一个注脚：“妈妈的婶婶玛丽一家每年夏天都要从底特律来我们家做客。妈妈做了炸鸡招待他们，客人们对鸡肉欢喜得很，甚至连鸡骨头上的肉都啃得净光，还吮干了鸡骨髓。他们说，在底特律，他们吃不到如此美味、鲜嫩的鸡肉。他们很是想念乡下的豌豆、玉米面包和洋葱。”[③] 然而，当城里人的这番感慨配以梅森下面这番以实相告，也许别有一番滋味在心头：

我们是乡下人。我们不常有闲暇时光，因为我们要给奶牛挤奶，给小鸡喂食，奶牛场就像围绕我们牧场的那道真正的铁丝网，用一道无形的篱笆把我们死死地束缚住。暑期是要干活的，不能四处闲荡。暑假一开始，我就得起个大早，跟小伙伴在梅菲尔德的一家杂货铺会合，再

① 段义孚：《恋地情结》，志丞、刘苏 译，北京：商务印书馆，2018，第94页。

② Mason, Bobbie Ann. *Feather Crowns*. New York: HarperCollins Publishers, 1993, p. 202.

③ Mason, Bobbie Ann. *Clear Springs: A Memoir*. New York: Random House, 1999, p. 80.

从那里一起搭乘皮卡去采草莓。……我们一早上每采一夸脱草莓的报酬是5分钱……所有采自肯塔基西部的草莓都被装上火车运往北方的高档旅馆和饭店，这样那里的人们就能享用产自农场的新鲜草莓了。①

对年少的梅森而言，乡村农耕生活的日常叙事，无论是庄稼的四季轮回、应时瓜果的采摘，还是奶牛家禽的饲养绝不仅仅停留在“美味、鲜嫩鸡肉”给予城里人的那种单薄正向的、田园风光式的生活体验。拥有不同生活经验、不同社会经济背景和不同目的的人，对同一片天空下的环境的评价千差万别。诚如梅森在接受采访时的一席话：“现实就像一个万花筒，每一面都有它的真实性，你如何看待现实取决于你所处的立场。因此看待现实的角度不计其数。”②“南方文艺复兴”先辈们借其政治、经济、文化身份和立场打造的伊甸园神话所营造的乡村田园的瑰丽景致不受梅森阶层的接受和认同，自在情理之中。特定经济和文化环境界限内所持有的是一种局外人难以体验的复杂态度，其根源是他们浸淫在自己所处的环境整体中，局外人无力也无权为他们代言。小农阶层的出身和打小亲历田间地头农事辛劳令梅森深谙南方神话的“伊甸园”叙事也不过是一幅旖旎的幻象而已。霍布森指出，以梅森和福特（Richard Ford）为代表的后南方作家中，阶级身份是一个值得重视的因素。这些作家从未隐瞒自己卑微的出身：他们的家族历史中没有值得引以为豪的东西，祖先也没有光辉业绩昭示世人，同样也没有高雅的文化值得他们守护，他们的作品中鲜有崇高庄严的宏大叙事，可能缺乏传统意义上的深度与力度，但他们的作品有一种别样的力量——细致入微的洞察力、真实生活赋予的能量和活力、不拘传统实话实说的力量和勇气。③ 正是基于这样的文学特质，梅森面对在南方

① Mason, Bobbie Ann. *Clear Springs: A Memoir*. New York: Random House, 1999, p. 17.

② Wilhelm, Albert. *Bobbie Ann Mason: A Study of the Short Fiction*. New York: Twayne Publishers, 1998, p. 130.

③ Hobson, Fred. *The Southern Writer in the Postmodern World*. Athens: The University of Georgia Press, 1991. pp. 22, 10.

文化、文学领域长期占据主导地位的旧南方上流社会建构的历史宏大叙事的正统话语体系，展示中下阶层真实的生活图景，插入并强化了曾经被边缘化甚至被压制的声音，赋予那些在传统上被排斥于历史和小说之外的社会弱势群体在其文本中登堂入室的话语权，以“庶民翻天”（Bottom Rail on Top）① 之势消解大历史的垄断地位，争夺意识形态的话语权。

历史唯物主义认为经济基础决定上层建筑，对此马克思有一番精辟的阐释：“一个阶级的思想不能越出其生活所越不出的界限。”② 因此，首先来考察梅森笔下人物的经济身份和阶级属性是尤为必要的。霍布森在《后现代世界的南方作家》一书中作了一个颇有意思的类比：“倘若说亨利·詹姆斯笔下的人物都无需工作，那么梅森笔下的人物无一例外都得干活谋生，而且几乎都是体力劳动者。”③ 此言非虚，我们不妨通过梅森的三部作品《羽冠》《清泉：一个家族的回忆录》《斯宾塞和莱拉》来做一番探究。这三部作品的时间跨度恰好覆盖了风云激荡的整个20世纪，无论是《羽冠》中的克里斯蒂娜一家、《清泉：一个家族的回忆录》中梅森自己的家族还是《斯宾塞和莱拉》中与小说同名的夫妇，他们都属于美国南方典型的小农阶层，并不优沃、富裕的土地和生产资料是他们赖以生存的物质基础，窘迫的经济基础是20世纪美国南方小农阶层经济图景的底色。此类描述在梅森这三部作品中俯拾皆是。《羽冠》中克里斯蒂娜的丈夫詹姆斯婚前跟自己的寡母和姐姐靠一片山脚下凹凸不平的贫瘠土地和一头奶牛维持生计，清贫的家境令他早早辍学为家人谋生计，为了购置几分田地成家自立门户，新婚夫妇不得不举债数千美元，深陷债务难以自拔；而梅森自

① 李杨、于诚：《“庶民翻天”：论当代美国南方穷白人文学的崛起》，《当代外国文学》，2018年第2期，第13页。

② 恩格斯等：《马克思恩格斯选集》第3卷，中共中央马恩列斯著作编译局 译，北京：人民出版社，1972年，第632页。

③ Hobson, Fred. *The Southern Writer in the Postmodern World*. Athens: The University of Georgia Press, 1991. p. 13.

己家族经济上的窘境亦是与几代人形影相随无法摆脱的幽灵。梅森父母结婚时的境况可以说是当代人所谓裸婚（no-frills marriage）的绝对范本：作为孤女，梅森的母亲只有少得可怜的一点随身物品，没有任何的嫁妆可言；而梅森的父亲，没有独立的婚房，亦没有自己的寸土寸地，他们不得不与父母挤在狭小的生存空间，受父母守旧的生活方式和思想观念的制约。而《斯宾塞和莱拉》中的斯宾塞夫妇的经济状况同样不容乐观，他们曾在没有取暖的漏风房间捱过整个冬天，只能等冬去春来的和煦春光拂去刺骨的冷意，给予他们新的希望和信念。因此，这样的经济基础无法演绎出南方农耕“伊甸园神话”的浪漫情怀，于他们而言生存才是第一要务，只有辛劳和汗水才能从贫瘠、逼仄的生存空间找到安身立命的生机，男男女女，老老少少，概莫能外。《斯宾塞和莱拉》中与莱拉同病房的赖特太太说：“我在农场辛辛苦苦干了一辈子的活……那些年总是一大早露水一收就出去割草，扎成捆，抢在下雨之前收割完成，我们要一直手脚不停地干到晚上10—11点。”① 而梅森对自己母亲没日没夜的无尽操劳有着刻骨铭心的记忆，她在回忆录中写道：“这样的忙碌是家常便饭——她挤牛奶、清洗消毒瓶子……晾晒苹果，让母鸡伏窝、给奶牛剪角、驱使骡子干活，此外，克里斯蒂娜还得帮忙收田里的玉米和豌豆。”② 妇女尚且如此，作为农事劳作主力军的男性，其劳动强度可想而知，《羽冠》中，克里斯蒂娜有一番内心独白：“他（詹姆斯）实在太过辛劳，他既要与地斗，还要与天斗。每当烟草剪顶时，他都要干到深夜，腰酸背痛，顶着满手的血泡。”③ 梅森在家族回忆录中对父亲农事的辛劳有着类似的记录④；而作为农家孩子亲历农事的辛劳、繁杂与束缚更令小小年纪的她颇有一股子“来

① Mason, Bobbie Ann. *Spence + Lila*. New York: Harper & Row, Publishers, 1988, p. 68.
② Mason, Bobbie Ann. *Clear Springs: A Memoir*. New York: Random House, 1999, p. 33.
③ Mason, Bobbie Ann. *Feather Crowns*. New York: HarperCollins Publishers, 1993, p. 82.
④ Mason, Bobbie Ann. *Clear Springs: A Memoir*. New York: Random House, 1999, p. 95.

世不做农家女”的暗暗心思，即便是到了花甲之年出版的家族回忆录，梅森开首语就来上这么一句，“我可不想把我的人生花在制作蔬菜罐头和拔鸡毛上”①。类似的心思在回忆录中被一而再、再而三地提及，可以想见经年累月的繁重乏味的农活给童年的梅森带来了多大的心理阴影，使她谈之色变，心有余悸，避之唯恐不及，以至于她小小年纪就萌生了不可抑制的念头：“我想离开奶牛、离开家禽、离开祖母、离开祖父，一驰千里，远走他乡。”② 太多的辛苦忙碌是这个普通农家小姑娘所感知的乡村生活的基调，因此梅森打小就毫无对南方神话伊甸园叙事的情感皈依，不仅如此，还对其产生了强烈的逆反心理，因为她所知道的南方的过去不堪回首。因此当来自底特律的埃利森医生说他对乡间的景色很是迷恋时，梅森便很有些不以为然：

> 他的态度令我很迷惑。在我看来，乡村实在是太过平常……而他却张开双臂拥抱眼前的风景：“这是一个美妙的地方，”他说，“它很美，是个宝地。你应当永远珍惜它。”
>
> “就这地方？”我问。我实在难以想象他说的是草地、黑莓树、牛粪。可我却想去底特律，那里有混凝土浇铸的平坦人行道、有高楼大厦、有熙熙攘攘的车流。而这儿的一切都还是老样子，从未发生过什么了不得的大事。……但是那时我想他们城里人想要回到乡下来真是荒唐可笑，因为在我眼里，底特律才是个充满诱惑力的地方，跟扬基佬生活在一起，他们说着另一种语言，吃着不同的食物——底特律的食物。这一切就是我向往的。③

作为祖辈世代务农的大家族的一员，梅森深知农耕生活的本质是靠天吃饭，而人在大自然面前非常弱小，几乎无能为力。天有不测风云，对经

① Mason, Bobbie Ann. *Clear Springs: A Memoir*. New York: Random House, 1999, p. x.

② Mason, Bobbie Ann. *Clear Springs: A Memoir*. New York: Random House, 1999, p. 73.

③ Mason, Bobbie Ann. *Clear Springs: A Memoir*. New York: Random House, 1999, p. 80.

济基础薄弱的普通农户而言，这就像笼罩在心头的阴云。梅森在《清泉：一个家族的回忆录》中写道："对庄稼歉收的担忧盘踞在我们的心头，我们总是担心吃了上顿没下顿……我们在大自然面前束手无策，而自然又变幻莫测……我们的生计——甚至是我们的命，都被外界不可掌控的外力所左右"①；即便是丰收，亦有市场行情的不测风云，"他以为价格会涨，可今年麦子收成太好，价钱猛跌……所以我们卖了三千块钱的麦子，只赚了八毛钱"②，一季的辛劳付之东流。农事的操劳、物质的匮乏、生活的清贫是普通农家的日常生活常态，一旦家人患病便是雪上加霜，经济上更是愁云惨雾。在《斯宾塞和莱拉》中，在小女儿南茜罹患肺炎的冬天，斯彭斯夫妇俩无钱请医，而祖父母节俭成性不愿掏钱，莱拉只得靠烧热的砖块包纸给女儿取暖，其中的凄凉与辛酸难以言喻。这一情节的设计是梅森本人经历的映射，她出生的第一年冬天，感染肺炎，也只能跟父母蜷缩在朝北的房间，挤在父母床上取暖。即便到了20世纪后半叶，南方小农阶层应对疾病的经济自由依然是一个梦想。在莱拉动了乳房切除手术后，丈夫斯宾塞想倘若家庭现有可支配的财力不够支付莱拉的医疗费，他就把农场抵给医院。③ 而梅森笔端呈现的乡村生活的闭塞、精神生活的荒芜寂寥是对南方伊甸园神话的有力反讽。这在梅森的一番言辞中可窥见一斑："奶奶说，有粮食就够了，可我渴望别样的食粮——那种不是长在庄稼地里的食粮。"④ 乡村文化生活的贫瘠和粗鄙令梅森滋长出乡下孩子难以克服的自卑感，觉得低人一等。这妨碍了她心智和人格的健全发展，令她成年后仍耿耿于怀："我觉得我在城里人面前有一种自卑感……我们有一种心理上的自卑感。随着年龄的增长，这种与城市隔绝的深切感觉对我的影响越发强

① Mason, Bobbie Ann. *Clear Springs: A Memoir*. New York: Random House, 1999, P. 83.
② Mason, Bobbie Ann. *In Country*. New York: HarperCollins Publishers, 2005, p. 194.
③ Mason, Bobbie Ann. *Spence + Lila*. New York: Harper & Row, Publishers, 1988, p. 76.
④ Mason, Bobbie Ann. *Clear Springs: A Memoir*. New York: Random House, 1999, p. 88.

烈。我开始意识到杂志、电台、电影中宣扬的城市美好生活与我们毫无瓜葛。”①

乡村生活里的爱情、婚姻充满了坎坷、不幸。《羽冠》中的两位女性，克里斯蒂娜和阿曼达在农村压抑的环境中抗争沉浮，她们对爱情的渴望、对外部世界的向往、对美好生活的憧憬都年复一年地消耗在了日常无尽的操劳和命运的无可奈何中。阿曼达是《羽冠》中梅森着墨较多的人物，她有着鲜明的个性，敢想、敢说、敢做，被克里斯蒂娜称为“烟草地里的一朵玫瑰”②，但她的婚姻令人慨叹。出身贫困家庭的她被克里斯蒂娜丈夫的叔叔韦德当作填房娶回了家，两人相差整20岁，阿曼达身材娇小，容貌清秀，而男方则长得五大三粗、满嘴口臭，已是个胡须花白的半老粗汉。克里斯蒂娜着实为阿曼达的婚姻抱屈，心想她如何能与这样的男人同床共眠，对自己不堪的婚姻阿曼达对克里斯蒂娜控诉道：“我真是厌恶透了。瞧他那副在床上打呼噜、流口水的邋遢样，跟骡子睡都比跟他强。”③ 虽差着辈份，这两名年龄相仿的女子却如同乡土地上的一对“姐妹花”惺惺相惜，一路相互扶持熬过了人生诸多艰难时刻，然而阿曼达终归没能熬得过乖蹇命运的折磨，在儿子夭亡的蚀骨之恸以及与人私通的道德愧疚感和无望的婚姻压迫下，她选择上吊结束了自己年轻的生命。哈丽塔·波莱克（Harriet Pollack）指出：“梅森塑造的阿曼达是逃脱‘妥当’身份的先锋，但她却生错了时代。”④ 当耄耋之年的克里斯蒂娜回忆起这个“小婶子”时，往事依然历历在目：“她仿佛还能听见她的声音，哼唱着一首摇篮曲，那歌声似乎并不是唱给孩子听的，而是唱出了一颗破碎的心。”⑤ 那股油然

---

① Mason, Bobbie Ann. *Clear Springs: A Memoir*. New York: Random House, 1999, p. 83.

② Mason, Bobbie Ann. *Feather Crowns*. New York: HarperCollins Publishers, 1993, p. 55.

③ Mason, Bobbie Ann. *Feather Crowns*. New York: HarperCollins Publishers, 1993, p. 83.

④ Pollack, Harriet. “From ‘*Shiloh*’ to ‘*In Country*’ to ‘*Feather Crowns*’: Bobbie Ann Mason, Women's History, and Southern Fiction.” *The Southern Literary Journal*, vol. 28, no. 2, 1996, pp. 95-116.

⑤ Mason, Bobbie Ann. *Feather Crowns*. New York: HarperCollins Publishers, 1993, p. 427.

而生的悲凉在梅森笔下力透纸背控诉着南方“伊甸园神话”虚妄的表象下乡村女性所受的压迫，以及由此酿成的悲剧。

在小说行将结束时，克里斯蒂娜，这个曾因诞下五胞胎而受万众瞩目的妇人在穿越近一个世纪的岁月沧桑后发表了如下感言：“你想知道过去是啥样？就算知道了也没啥能让人激动的——千万别以为我们过去生活在美好时光中。”① 一位九十高龄老人如此这般的直抒胸臆无疑引发读者对其一生所承受的艰辛和磨难的极大共鸣，并极具说服力地消解了“南方神话”对农耕生活的罗曼蒂克建构。“南方神话”所描绘的南方是一方远离堕落的工业文明的幸福安宁的绿洲，它所彰显的是旧南方上层阶级的话语霸权，谱写的是体现他们的生活方式、价值理念和社会理想历史叙事，而非南方劳动大众的生活叙事。梅森在其作品中以小农阶层的经济视角，以写实主义手法呈现的失落版的“伊甸园”与华盛顿、杰弗逊等美利坚合众国开国者们设想的农耕文明社会有着天壤之别。在他们原初的理想建构中，类似于梅森父母的自耕农阶层应是南方这片沃土上最具幸福感和身份认同的一个阶层，是铸就美国民主文化的大众有生力量，应是“南方文艺复兴”弘扬的以人道主义关怀、理性、秩序为坐标的“同情、怜悯、仁爱”理想最坚定的信奉者，梅森正是以这一阶层在经济、社会、文化上的整体衰落对其所处政治、社会制度充满张力的控诉戳穿了“南方神话”乃至美国梦，揭露了一个自诩、也被普遍以为文明富强的美国一个广袤地区未经充分揭示的残酷现实，一个庞大群体的“悲惨世界”②。

而梅森对南方伊甸园神话最为彻底的消解来自她揭示了“南方神话”赖以存在的基础——土地与人全方位息息相关的联系如何在后工业化和商业化时代遭到彻底的割裂和异化。随着 20 世纪资本主义社会的经济转型和

① Mason, Bobbie Ann. *Feather Crowns*. New York: HarperCollins Publishers, 1993, pp. 449, 452.

② 李杨、于诚：《“庶民翻天”：论当代美国南方穷白人文学的崛起》，《当代外国文学》，2018 年第 2 期，第 17 页。

新一轮时空压缩对资本主义生产方式和资本流动路径的影响，工业资本和金融投机资本大举向乡村土地渗透，引发了乡村政治、经济和土地格局的大震荡，比如在梅森的家乡肯塔基州和田纳西州，大企业和金融资本妄图对烟草种植实行垄断，他们通过操控烟草价格、削弱烟农对烟草的控制来打压竞争对手，消灭竞争。梅森在《羽冠》中写道：工业化生产的卷烟越来越流行，当地的烟叶已失去了它的价值，在烟草信托体制下几乎一钱不值，烟农们企图组织烟草联合会自救，由于利益的冲突引发了波及整个南方的流血事件，史称“烟叶战争”（1906—1911）。关注“烟叶战争”的美国学者指出，肯塔基州在内战前是南部邦联的富庶之地，到了“烟叶战争”时期，已沦为最贫穷的州之一。[①] 经济基础单薄的小农阶层在强劲的冲击波下岌岌可危，越来越多的农户迫于经济和市场的压力，无奈只得把农场拱手相让，落入那些大地产商、大银行家、大保险公司张口以待的囊中。农村土地的大量兼并亦为土地的投机性开发铺平了道路，大规模地产开发风起云涌，正如梅森小说《示罗圣地》中男主人公勒罗伊对当地地产开发所打的一个比方：“那连片的地产开发就像泄漏在肯塔基西部的一大片浮油。”[②] 由此自耕农经济的标志性特征——“个人土地所有权”（Agricultural Proprietary）在工商、金融投机资本的多重夹击下被大大削弱。土地所有权的变更、乡民生活方式和劳作方式改变，使得土地和农耕生活赋予他们的那种闲适和尊严被摧毁，对此梅森不无感慨地说：“农耕生活自给自足方式的改变是一场深刻的变革。……人们被重新定义为劳工阶层，这显然是身份的降低，因为自耕农毕竟还是自己做主。”[③] 因此梅森

---

① Lochte, Kate & Matt Markgraf. Fhttps://www.wkms.org/post/understanding-black-patch-tobacco-war-west-kentucky-and-tennessee#stream/0.

② Mason, Bobbie Ann. *Shiloh and Other Stories*. New York: Harper & Row, Publishers, 1982, p. 5.

③ Price, Joanna. *Understanding Bobbie Ann Mason*. Columbia: University of South Carolina Press, 2000, p. 129.

笔下的后南方农业小镇的生活已被剔除了“南方农业主义者”标榜的农耕文明最为倚重的要素：独立自主的经济身份、稳定可靠的生计来源、闲适平和的精神生活；取而代之的是，在传统礼俗消亡、原有社会模式分崩离析的后现代语境下，乡村小镇的人们被快速流动变化的时代潮流裹挟，或主动或被动或无奈地在一个无序、无望、险象环生的社会变革期，在局促的生存空间寻求有序的人生。至此南方神话“悠闲舒适、礼仪仁慈的田园社会体制”在梅森写实主义笔触的解构下，通过其小说人物及其社会边缘群体话语体系完成了颠覆性消解。

在“南方神话”的建构中，美国内战是浓墨重彩的一笔，是铸就南方意识不可或缺的重要部分，亦是美国南方历史的分水岭。在以旧南方种植园主为代表的统治阶层所操控的意识形态的浸染下，美国内战的南部邦联一方是为保卫家园而战——保卫西方文明最后一块农耕净土，是为正义而进行的圣战。即便战败，亦是“失败的事业”，从而蒙上了一层“虽败犹荣”的悲壮色彩。“失败并未玷污南方的‘事业’，战争的血洗清了南方的罪孽，使其价值和道德变得更加圣洁。”① 即便是逆潮流而动的奴隶制，即便“迎头撞上全世界的质疑和谴责”② 也被旧南方主流意识形态包装成“上帝的意旨”③，认为南方肥沃的土地、丰裕的物产、劳作的黑奴是上帝对南方白人无尚美德和至上虔诚的褒奖，是天赐之恩，因而对被北方联邦安上“战犯”的标贴始终难以释怀，拒绝承担战争祸首的历史责任。从南方自身的利益和意识形态出发，南部邦联的意识形态宣传机器生生把内战整成一出集“正义、神圣、家园、荣誉”等元素为一体的南方悲情历史剧，一部南方人的民族“受难记”，其发挥的历史作用不可小觑，对南方的整个文化发展脉络产生了深刻而绵长的影响。这部“南方神话”的内战

---

① 陈永国：《美国南方文化》，长春：吉林大学出版社，1996，第26页。

② Cash, W. J. *The Mind of the South*. New York: Random House, 1991, p. 60.

③ Cash, W. J. *The Mind of the South*. New York: Random House, 1991, p. 81.

叙事可谓是应和了美国新历史主义的代表人物海登·怀特的历史阐释观点："对历史的专门审视，与其说是因为需要确认某些事件确实发生，不如说是某一群体、社会或文化希望确定某些事件对于其了解自己当前任务和未来前景可能有着怎样的意义。"① 我们不得不说，这部神话传奇的内战话语建构是成功的，战争并没有摧毁南方人的精神和意志，反而铸就了强烈的"南方意识"和南方人的身份认同。因此，美国内战在南方历史发展的序列中是至关重要的一环，是其地域记忆中不可亵渎的神圣存在，其硝烟也长期弥漫在之后的南方文学创作当中。在"南方文艺复兴"里，回望、表现、思考、解读内战的作品比比皆是，内战几乎成为这场文学运动的核心题材，也成就了一批经典作家、作品，以福克纳、沃伦、泰特等为最。

然而，随着后现代思潮的席卷而来，"将历史问题化"成为方兴未艾的学术热点。"对于后现代历史、理论和艺术来说，这意味着要重新思考语境、文本性、一统化的力量以及连续性历史的模型。"② 利奥塔（Jean Francois Lyotard）的后现代理论堪称是对神话、历史、宗教这类叙事知识有效、正当性的宣战，宏大叙事遭遇的信任危机贯穿了后现代社会文化现象成为其鲜明识别特征。自然，南方神话的内战叙事同样逃不过学者质疑的锋芒，最直白而根本的质疑便是："内战，为谁而战？"③ 这份历史的荣光为谁绽放？谁是战争的始作俑者？这份深重的苦难谁人承担？这场战争在旧南方上流社会的宣传机器里笼统地被定义为为南方而战。但是，事实并非如此。米歇尔·福柯指出："社会是汇聚了各种力量、各种实践——话语及其所依赖的习俗惯例——的场所，我们置身其中，不免要采取各种（不断变化的）掌握权力和反抗权力的位置。因此，社会因素就设立在文

---

① White, Hayden. "Historical Pluralism." *Critical Inquiry*, vol. 12, no. 3, 1986, p. 487.

② 琳达·哈琴：《后现代主义诗学：历史·理论·小说》，李杨、李锋 译，南京：南京大学出版社，2009 年，第 119，133 页。

③ 李杨：《美国"南方文艺复兴"——一个文学运动的阶级视角》，北京：商务印书馆，2011 年，第 93-131 页。

化的表意实践里。”① 这番话语大致可以从理论上诠释相较于“南方文艺复兴”对表现内战的执着，在梅森笔下新南方人就其社会身份、地位和立场对内战宏大叙事的认知和态度上所出现的悖反。实际上，出身与内战所坚决捍卫的奴隶制毫无干系的寒门的梅森本人对这场战争宏大叙事持冷漠甚至质疑的态度。她在一次接受采访时直言不讳地说：“我不认为我写的人物痴迷过去，我不认为他们对内战有所了解，我不认为他们在乎这一点。”②

可以说，她言行一致。她的短篇小说《示罗圣地》在内战爆发后一个多世纪时将目光投向内战。初看似乎会使人以为梅森在附庸风雅，在后工业文明时代追随“南方文艺复兴”先辈的足迹向内战致意。其实她别有用心。这完全不是一场朝圣之旅，而是一次去神圣化游戏。她在使用反讽、调侃向内战进击，表明其与时代的严重错位，肆意表达对其的轻慢与漠视。小说的主人公勒罗伊人生诸事不顺：丧子、车祸、身残、失业、夫妻失和，家庭面临分崩离析的局面，他被命运肢解的人生颇具后现代的“碎片化”特征。勒罗伊的丈母娘、老南方人梅布尔信奉传统的力量，笃信“南方神话”的主流历史观：过去是道德和知识的源泉，具有认识和指导功能，能帮助人们把握现在③，正如南方学者霍曼（C. Hugh Holman）的进一步阐发：“时代长河里发生的事件总能激发南方人的想象力，他们在对过去的阐释里发现了现在与未来的最深刻的真理。”④ 因此，在梅布尔老太太的认知和历史想象中，内战圣地——示罗战场遗址是一个“充满历史意义”⑤ 的地方，而

---

① 琳达·哈琴：《后现代主义诗学：历史·理论·小说》，李杨、李锋 译，南京：南京大学出版社，2009 年，第 134 页。

② Smith, Wendy. “PW Interviews: Bobbie Ann Mason.” *Publisher's Weekly*, August 30, 1985, p. 425.

③ 李杨：《颠覆·开放·与时俱进：美国后南方的小说纵横论》，北京：中国社会科学出版社，2018 年，第 46 页。

④ Holman C. Hugh (ed.). *Views and Reviews of American Literature, History and Fiction*, 1st Ser., Cambridge Mass: Harvard University Press, 1962, pp. 34–35.

⑤ Mason, Bobbie Ann. *Shiloh and Other Stories*. New York: Harper & Row, Publishers, 1982, p. 14.

且与她的家庭有着不浅的渊源，她的结婚、蜜月、生子无不与这片圣地有关联，因此这片战争遗址勾连南方的集体和个人记忆，是能给予人智慧启迪、指导人生方向的圣地。因此，对女儿女婿婚姻状况颇为担忧的老太太几年来极力鼓动夫妇俩造访示罗圣地，期望两口子能从这片南北战争的圣地汲取历史的智慧和力量，渡过婚姻的难关。实际上，小说对示罗遗址之行的去神圣化从对梅布尔的塑造就开始了。在梅森的刻画下，这是一个偏执、令人生厌的“老古董”，依仗母亲的强权不合时宜地向女儿硬性灌输陈腐的内战观，招致女儿极其不耐烦地怨怼：“你什么时候才能闭嘴不再提示罗，妈妈?”老太太还是坚持说：“我希望在我有生之年你们能去一趟那里，回来跟我说道说道。”① 从母女俩的这番对话中我们可以深切感知传统南方人对南方历史那份执着的情怀和对历史的坚定信仰。由于抹不开母亲的脸面，女儿才真戏假做，虚与委蛇。在这样的情绪驱使下，之后发生的事情可想而知。两口子在战场遗址的所见所想所为彰显了新南方人对历史的淡漠无感，对传统价值观和认知方式的颠覆性消解。詹姆逊将这种历史意识的消亡所产生的断裂感定义为后现代文化的特征之一，认为这一断裂使得后现代人告别了传统、历史和连续性，而浮上表层。“人为的没有深度”（contrived depthlessness）是詹姆逊后现代主义压倒性的主题。② 后现代思潮的侵入割裂了新南方人的深层历史认知和想象，人们的认识日渐浅表性，印证了道格拉斯·凯尔纳（Douglas Kellner）所言“后现代世界里不存在意义，它是一个虚无的世界”③。这便是梅森《示罗圣地》所昭示的新南方人的历史观。梅森寥寥几笔就勾勒出了夫妇俩的敷衍心态。妻

---

① Mason, Bobbie Ann. *Shiloh and Other Stories*. New York: Harper & Row, Publishers, 1982, p. 14.

② Harvey, David. *The Condition of Postmodernity—An Enquiry into the Origins of Cultural Change*. London: Blackwell Publishers Inc., 1990, p. 58.

③ Kellner, Douglas. *Media culture: Cultural Studies, Identity and Politics between the Modern and the Post-modern*. Abingdon: Routledge, 2003, p. 44.

子诺玛·简开着车绕遗址一圈后就感觉完成任务："好了，我们也来看过了。这下她（母亲）应该满意了吧。"夫妇俩不由得大笑起来。公园博物馆正在播放有关示罗的历史片，每半小时循环播放，但夫妻俩没有任何兴致，在给老太太买了一面南方邦联军队的小旗子作为纪念品后，就在陵墓边上找了处地方野餐去了。① 而丈夫勒罗伊面对昔日浴血奋战的战场，其感观何止是淡薄，还夹杂着一丝轻佻游戏的意味："他（勒罗伊）尽量把心思转到这一事实上——在这片土地上曾有 3 500 名士兵殒命沙场，但他却只能把战争想象成一种由塑料士兵布阵的棋盘游戏。当他把南方邦联士兵大胆进攻北方联军想象成维吉尔·马西斯对着保龄球道狂轰烂炸时，他几乎要笑出了声……现在勒罗伊和妻子诺玛·简就身处这同一片战场……历史对于他们而言只是一些名字和日期，他们把历史的内容弄丢了。"② 人文地理学家分析说，当我们欣赏景物时，"联想到一些历史事件，眼前的风景就会变得神圣起来，或许还能让人注意到其中隐匿的细节"③。而 F. L. 卢卡斯则以其亲身经历诠释了历史关联的重要性："第一次看到海美塔斯山在夕阳中泛出的粉红色时，总觉得有一些东西比诗歌里表达出来的更为强烈……或许是苏格拉底之死使得海美塔斯山的夕阳具有了那样一份记忆。"④ 人文地理学家的解读在勒罗伊身上失效正是因为如此神圣不可亵渎的内战圣地对"没有任何历史知识"⑤、历史想象和兴趣的勒罗伊而言，是激不起任何情感和精神的共鸣的，更遑论油然而生的敬畏和探究之心，轻慢之举也就不难理解。在他眼里，被老南方人奉为"圣地"的南北战争

① Mason, Bobbie Ann. *Shiloh and Other Stories*. New York: Harper & Row, Publishers, 1982, p. 15.

② Mason, Bobbie Ann. *Shiloh and Other Stories*. New York: Harper & Row, Publishers, 1982, p. 17.

③ 段义孚：《恋地情结》，志丞、刘苏 译，北京：商务印书馆，2018 年，第 187 页。

④ Lucas, F. L. *The Greatest Problem and Other Essays*. London: Cassell, 1960, p. 176.

⑤ Mason, Bobbie Ann. *Shiloh and Other Stories*. New York: Harper & Row, Publishers, 1982, p. 15.

遗址也只是一片想象中的高尔夫球场而已；南方神话内战叙事所赋予的神圣历史内涵，于他而言不啻是天方夜谭。他的岳母梅布尔希望通过此行修复他和简的关系的初衷完全于事无补，打了水漂。故事结局暗示，简去意已决，这场婚姻破裂在所难免。

在此，有必要回过头对示罗战场上曾上演的那场旷世惨烈的“示罗战役”（Battle of Shiloh）稍加追溯。示罗战役发生在 1862 年 4 月间，双方的统帅分别是后来成为美国第 18 任总统的尤里西斯·格兰特将军（General Grant）和南方的阿尔伯特·约翰逊将军（General Johnson，约翰逊将军在此役中饮弹身亡，是整个南北战争中阵亡的最高级别将领）。战争以南方军队成功奇袭北方军队开始，最后以南方军队溃败退守科林斯（Corinth）结束。示罗战场南北双方投入的兵力共计 10 余万，双方鏖战两天两夜，伤亡人数达 23 000①，血流成河，横尸遍野，其惨烈程度令南北双方都极为惊惧。此战役对南北战争的整体局势和战争走向产生了深刻的影响。南北战争后，人们在示罗战场遗址建起了示罗遗址公园，以示纪念和警世。梅森选取这一场战役作为小说的题名是有其深刻用意的。南北战争是传统南方人极为倚重的历史遗产，“这场战争在提高南方人的历史意识方面起到了重要作用……如果对两者之间的联系给出一个恰当评价的话，可以说内战强化了南方人的历史意识”②。诚然，惊心动魄、惨绝人寰的示罗战役无论从其战略意义、将领统帅级别、惨烈程度、朝野反响、战局走向都是美国内战史一场重头大戏，应是南方人刻骨铭心的历史和情感记忆，是强化南方人历史意识的有效构件，而梅森正是撷取这一场具有标杆意义的战役通过新南方人勒罗伊们对“示罗圣地”的淡漠无感以调侃、反讽的笔法毫

① History. com editor. Battle of Shiloh. https://www.history.com/topics/american-civil-war/battle-of-shiloh, Nov. 9, 2009.

② 李杨：《颠覆·开放·与时俱进：美国后南方的小说纵横论》，北京：中国社会科学出版社，2018 年，第 46 页。

不留情地扫荡投射在美国内战叙事上的神圣光泽。随着作为南方历史核心内容的内战叙事的消亡，新南方人的传统历史观自然难以为继。历史被消解了意义、内涵和指涉，剩下只有虚无的表象，也就丧失了任何的认知意义和价值。即使亲临实实在在的历史遗迹，勒罗伊感知的亦只有“碎片化”的信息和事物，到此一游而已，由此“他并未（在历史中）获得任何重建婚姻的导引”①。勒罗伊夫妇俩与梅布尔老太太的愿望南辕北辙的“示罗圣地行”彰显了梅森与“南方文艺复兴”先辈们完全相左的历史观，“过去与现在之间关联的张力已不再具有任何意义和权威……过去只是某一个时刻，而没有任何实际的洞悉当下的意义”②。

美国官方的越战叙事可谓是美国内战宏大叙事的续篇，梅森以一部《在乡下》继续她的战争神话解构。梅森围绕少女塞姆·休斯探寻越战阵亡父亲诸多未解之事，对美国越战的官方叙事进行了全面的颠覆。首先是质疑和否定美国介入这场战争的正当性及其正义性，揭示了官方叙事冠冕堂皇的表象下掩盖的丑恶面目。故事中讲到，塞姆的母亲对参加越战的丈夫所谓的为国捐躯之说相当反感，言语间透露出极大不满和轻蔑。在她看来，人死万事皆空，官方宣扬、标榜的国家、荣誉纯属一派胡言。“这就是为什么她（塞姆）母亲艾琳不以丈夫棺木上的国旗为荣，或者不以死者为荣的原因。以死者为荣意味着以其献身的事业为荣。艾琳说：操，美利坚合众国，他死了，毫无意义。”③ 艾琳了解丈夫被美国政府送往越南时，“是一个屁事不懂的乡下孩子”④，奔赴一场自己都不知道为什么而战的战争，充其量也不过是一个可怜的炮灰而已，是被美国政府用作在海外炫耀

---

① Champion, Laurie. “Bobbi Ann Mason’s (Open-Ended) Marriages.” *The Midwest Quarterly*, vol. 43, no. 1, 2001, pp. 95-111.

② Brinkmeyer, Robert H. “Finding One’s History: Bobbie Ann Mason and Contemporary Southern Literature.” *The Southern Literary Journal*, vol. 19, no. 1, 1987, pp. 20-33.

③ Mason, Bobbie Ann. *In Country*. New York: HarperCollins Publishers, 2005, p. 210.

④ Mason, Bobbie Ann. *In Country*. New York: HarperCollins Publishers, 2005, p. 171.

武力，巩固其霸权的小棋子、帮凶。塞姆对同为越战老兵的舅舅艾米特说的一番话就是一个强有力的注脚，她看透了美国在世界上横行霸道的嘴脸，越战只是它又一次挥舞大棒、为非作歹的铁证，将这场战争的卑劣实质捅得体无完肤："你在越南干的就是这样的事情。这能说明整个国家在那边做的事情。一旦有点小威胁，美国就会蹬上它的牛仔靴去踩上一圈，给别人一点颜色瞧瞧。"① 而父亲战地日志中的高调门和美军战场残忍变态杀戮行径之对比更是极尽反讽之能事：丈夫对怀孕的妻子说"我希望你会为我自豪……我为祖国服役感到光荣"②，而转眼间上演的便是嗜血的杀戮场景，"看见尸体四分五裂很有意思，就像我们在上生物课。……死去的黄鬼都有股特殊的臭气……鲍比拿着一根棍子在尸体上面一通乱戳，有几颗牙齿掉了出来，达雷尔捡了一颗带着当作辟邪物"③。极具讽刺意味的是这个希望怀孕的妻子为他自豪的士兵，16 年后当自己坟茔青草萋萋时却让自己的遗腹女觉得恶心、耻辱；而在艾琳对塞姆的讲述中我们再一次领教了美军在越南的肆意屠戮："他（一名来自列克星顿的美军越战士兵）杀了棚屋里的一家子人，母亲、父亲、三个孩子，还有叔伯婶母和一位老人，全杀了，一个不留。"④ 梅森这一系列情节的安排，哪怕是特别点出"列克星顿"这个对美国有着特别历史意义的地名这一小细节，都是对美国官方越战叙事标榜的正义性的极尽反讽的消解，令人想起越战老兵汤姆愤懑的嘲讽："我操华盛顿纪念碑，我操。"⑤ 在这样的嬉笑怒骂里，战争宏大叙事的神圣性荡然无存。

梅森就这部小说在接受采访时解释说，战争远非只是战场（War wasn't only battle），它的毁灭性效应波及后方，绵延不绝。因此，就这个意义上

① Mason, Bobbie Ann. *In Country*. New York: HarperCollins Publishers, 2005, p. 221.
② Mason, Bobbie Ann. *In Country*. New York: HarperCollins Publishers, 2005, p. 180.
③ Mason, Bobbie Ann. *In Country*. New York: HarperCollins Publishers, 2005, p. 203.
④ Mason, Bobbie Ann. *In Country*. New York: HarperCollins Publishers, 2005, p. 171.
⑤ Mason, Bobbie Ann. *In Country*. New York: HarperCollins Publishers, 2005, p. 80.

而言，我们无一例外都处于“in country”① 的状态。对失去儿子的塞姆祖父母、失去父亲的遗腹女塞姆、失去丈夫的艾琳以及许许多多被越战梦魇纠缠、身心备受煎熬的老兵而言，战争的创伤远非随着战争的结束而终止。书中有一处令人动容的场景，在儿子阵亡近20年后，塞姆的祖父母谈起当时的情景依然悲怆难抑：

> ……死不见尸实在令人无法承受。人死了，你该把他的尸体料理好，为他守灵……可他不在这儿。等了整整三天，我们得到了他的灵柩，等候的人们，一个个黯然神伤，像一只只被砍掉脑袋的鸡。
>
> 那是一副被封起来的棺木，军队的人叫我们不要看。
>
> 那可真是要了我的命啊!②

在《羽冠》故事行将结束时，九十高龄的克里斯蒂娜忆起“一战”中在海外阵亡的儿子。当时她悲愤满腔。在这位母亲的情感里，儿子的生命比天大，所谓国家、奉献这样的华丽、虚伪辞藻一文不值：她被告知她把儿子献给了她的国家，可是她想她宁愿牺牲掉世界上任何一个国家去换回她儿子的性命。③ 然而梅森冷峻的笔锋并未就此打住，而是随着少女塞姆的追索一路深入。在奶奶循规蹈矩地复述着关于越战冠冕堂皇的政治修辞自我安慰时：“但他们（军队）写信来说，他为国家做了好事。这让我心里好受一些。”塞姆激动地回戗道：“他为国家做了什么好事？所有人都知道那是一场愚蠢的战争。可是有五万八千人战死了。艾米特说他们都白死了。”④ 一句“白死了”，让所有的牺牲和苦难变得荒唐可悲，让越战官方叙事所有冠冕堂皇的说辞和表象顷刻土崩瓦解，是对越战宏大叙事彻底的

① Mason, Bobbie Ann. *In Country*. New York: HarperCollins Publishers, 2005, p. 9.
② Mason, Bobbie Ann. *In Country*. New York: HarperCollins Publishers, 2005, p. 197.
③ Mason, Bobbie Ann. *Feather Crowns*. New York: HarperCollins Publishers, 1993, p. 425.
④ Mason, Bobbie Ann. *In Country*. New York: HarperCollins Publishers, 2005, p. 197.

否定和颠覆，彰显了大历史叙事的虚妄和荒诞，昭示了后现代主义的历史观：历史和小说都是语言构建之物，所谓的历史权威和历史事实只不过是某个国家或某一利益集团出于维护自身利益和文化传统而人为建构的文本而已。梅森以碎片式情节、非线性叙事、反讽戏仿、虚构与历史混淆重叠等后现代手法来质疑战争宏大叙事的荒诞与残酷，呼应了特里·伊格尔顿（Terry Eagleton）对后现代思潮的看法：“后现代性是一种思想风格，它怀疑关于真理、理性、同一性和客观性的经典概念，怀疑单一体系、大叙事或者解释的最终根据。”① 显然，官方的越战叙事在梅森小说一系列的质疑中被剥掉了神圣外衣，露出狰狞丑陋、荒诞不经的本真面目，也真切揭示了这场美国政客以国家的名义发起的战争给多少有亲人参战的美国家庭造成难以弥合的心灵创伤。小说接近尾声时，梅森借艾米特这位身心深受战争重创的越战老兵颇具后现代风格的对历史的感悟完成了对官方越战叙事的彻底否定和摒弃：“历史教会你最为重要的一点就是你无法从历史中学到什么。这就是历史的真相。”②

后现代主义历史观认为，“历史是一种话语建构”，“历史只钟情于她的统治者”③。无论是昔日诗意的农耕伊甸园神话还是金戈铁马的宏大战争叙事都是统治阶层为了维护自身利益和文化传统而人为建构的文本，是一种话语霸权的体现，正如新历史主义者布鲁克·托马斯（Brook Thomas）所言，这种历史叙事文本已经超越了故事的表层意蕴，它揭示了“权力”“支配”“排斥”以及“解放”等诸多历史话语。然而随着社会政治、经济、文化的剧烈变革和后现代主义思潮的席卷而来，权威话语衰落，多元文化兴起，正是在这样的社会历史语境下，梅森以写实的笔触赋予传统社

---

① 琳达·哈琴：《后现代主义诗学：历史·理论·小说》，李杨、李锋 译，南京：南京大学出版社，2009 年。

② Mason, Bobbie Ann. *In Country*. New York: HarperCollins Publishers, 2005, p. 226.

③ 琳达·哈琴：《后现代主义诗学：历史·理论·小说》，李杨、李锋 译，南京：南京大学出版社，2009 年，第 161 页。

会和文化中心之外的边缘群体走上历史舞台的话语权。梅森笔下的人物因其阶级、经济和地域文化身份在后工业化和商业化时代承受着激烈的文化震荡和经济冲击，加之以后现代消费文化的弥漫性侵蚀，他们无暇顾及社会变革的“宏大叙事”，他们的目光只锁定在当下，在一个浅表性的日常细琐的个人“小叙事”里寻找意义，“活在当下”（minute-by-minute philosophy of life）是他们的人生信条，历史对于他们不再有多少认知价值和指导意义。他们的日常生活图景烘托了后现代消费社会的文化表征：细琐、浅表、庸碌。梅森笔下这些普通南方人并没有试图固守已经逝去的秩序，生存和求变仍然是他们人生的不二之选。他们试图在一个无根、无序、局促的生存空间寻求人生的有序，在当今这个变化莫测、快速流动的世界活出自己的一方天地。

第二节　往事如烟——对个人、家庭过去的挥别

梅森作品的故事与“南方神话”、内战、越战这样的区域、国家的历史叙事形成了对撞，揭露了其虚幻、欺骗性。相应地，在个人、家庭叙事中她的小说也立场如一，旗帜鲜明地表现了他们如何选择告别过去、抓住现在的行为取向。由此，集体与个体叙事层面合力构成了对历史的双重消解。

南方学者蒙特罗斯（Montrose）在总结“南方神话”的历史观时曾指出，其核心在于“借助过去塑造现在”。传统历史观强调记忆中时间的统一性和关联性，史诗般的过去是当下的教科书，只有当下的不断“引用”和传承才能保障历史的生命力。换言之，对于将历史作为人生坐标、透过过去看现在的旧南方人而言，历史不仅是对史实的记载，更是对道德体系和区域文明的切实演绎，只有回归历史，在过去的事件和经验中总结规律

才可诠释当下，从而达到理解和定位自我的目的。显然，梅森笔下对历史这种功能兴趣索然，她笔下的勒罗伊、塞姆、南希等人物将目光从虚无的超验世界中抽离出来，他们不再从家族史中探究“我是谁”，从昔日伊甸园般的生活中得知“我从哪里来”，也不会利用历史粘连的一系列价值体系指导“我到哪里去”，正如南希在参观家族墓地时所言：“这就像在合成延时照片，我站在那儿要同时观看过去和现在，这实在是太怪了。”① 过去和现在根本不在同一个维度，两者更不存在延续关系，在她看来这种宏大的、普世的并能流传的文明根本不存在，由此，梅森否定了宏大历史存在的正当性，剔除认为附加于其中的真理与教诲。没有价值依附的内战旧址就是一个球场，失去真实意义的照片和百衲被只是杂物，这种历史与当下和未来处于不同的环境和思想价值体系中，对当下和未来不具有启迪作用。世事在变，所谓永恒的真理和一成不变的范式只是迂腐的南方人自欺的谎言而已。

不论是个人、家族叙事对过去的拒斥，还是集体记忆在南方人生活中的失效，都印证了梅森创作的一个中心命题，历史已死。罗兹玛丽·麦基（Rosemary M. Magee）指出，“梅森作品抛却了历史对当下和未来而言最重要的‘真理’”②。面对肮脏丑陋而又空洞虚伪的过去，梅森积极地主张放手过去，迎接当下。她在访谈中明确指出：“我不能肯定旧南方的特点都那么美妙……我不留恋过去……时代是变化的，我的兴趣是写现在。在我看来，南方变化充满了活力与复杂性……我作品里的人物在生活中获得的机会比他们的父母要多，甚至他们父母的老年生活也要比以前富裕。这就是南方正发生的变化——越来越多的人过上了美好生活。”③ 对历史的忘

① Mason, Bobbie Ann. *Shiloh and Other Stories*. New York: Harper & Row, Publishers, 1982, pp. 186-187.

② Magee, Rosemary M. *Friendship and Sympathy: Communities of Southern Women Writers*. Jackson and London: University of Mississippi Press, 2003, p. 35.

③ Smith, Virginia A. *Between the Lines: Contemporary Southern Women Writers Gail Godwin, Bobbie Ann Mason, Lisa Alther and Lee Smith*. Diss: Pennsylvania State University, 1989, p. 427.

却与摒除，是对传统宏大叙事的否定，切断了人物的情感根基和回望的诉求，而对当下的信任则是人物卸下负担向前看的征兆。

罗伯特·布林克迈尔（Robert H. Brinkmeyer）强调梅森作品中历史对当下的失效："历史不再有任何的意义或权威。当下性在当代人的意识中占据普遍性和权威性，就像历史性在旧南方人心中的地位一样。"① 梅森将这种历史与当下的对比嵌入小说中，甚至借助叙事方式来暗示人物的抉择。《在乡下》中为了区分当下生活和历史探求，梅森以离开小镇为界限，北上之后为现在时，而倒叙的南方叙述采用过去式，形成了由两端现在时夹裹中间过去式的整体叙事结构。如此混乱的时态表面上致使叙事时间杂乱地纠缠到一起，毫无"顺序"可言，然而这正是作者匠心独运之处。她认为，"现在时的应用可完美地与当今时代结合"，"现在时的不确定性很大程度上吻合了我们20世纪末期的所能和所不能"②。选择现在时描绘塞姆北上的场景为读者呈现了动态的、正在进行的情节，以未知的发展轨迹消除掉了人物与当下的距离，而与之相反的过去时因其象征叙事内容的完结，与存在于当下的塞姆产生隔阂，由此将其与包含着回忆的南方生活隔离开来。可见，时态在梅森作品中不仅仅是简单的时间表达，更蕴含了人物与故事的亲疏关系和情感取向。这种以时态变换为标识的整体倒叙更隐含了消解历史情怀、回归当下的主题，使得源于过去、贯穿当下的寻根之路在不同的叙事时间中演变出截然不同的内涵和意义。在回顾过去的倒叙中，塞姆对父亲经历的痴迷实质上是"通过接触禁忌的历史来建立与父亲死亡的关系"③，从而分享父亲的记忆，这迎合了赫希（Marianne Hiesch）

① Brinkmeyer, Robert H. "Finding One's History: Bobbie Ann Mason and Contemporary Southern Literature." *The Southern Literary Journal*, 1987, pp. 20-33.

② Lyons, Bonnie, et al. "An Interview with Bobbie Ann Mason." *Contemporary Literature*, vol. 32, no. 4, 1991, pp. 469, 460.

③ McDermott, Sinead. "The Ethics of Postmemory in Bobbie Ann Mason's *In Country*." *The Journal of the Midwest Modern Language Association*, vol. 39, no. 2, 2006, p. 10.

提出的“后记忆”，即年轻一代通过内化老一代的经历，产生类似于“记忆”的共鸣。这在“南方神话”中极为常见，福克纳、泰勒、沃伦等对昔日种植园的眷念与怀念多是其祖父辈记忆的复刻，带有情感的温度及无限的景仰。对历史的执念曾是驱使塞姆追随父亲的动力，然而当其从这倒叙的追溯跳转回粘连第一叙述时间（文本开始时间）的当下时，塞姆意识到所有的探求最终不过是一个叫做“德维恩·E·休斯”的冷冰冰、毫无内容的名字，就像她偶然发现的自己的名字不过是“这堵墙的装饰品”① 一样。塞姆找名字的经历取自梅森与丈夫游览越战纪念碑的场景，梅森无意中发现了一个和自己重名的死亡士兵，认识到历史和现实只剩如此随意而浅层的重合，与传统价值不同，对历史与记忆的探求并没有带来启发和顿悟，而是在梅森及塞姆表面化的认知中成了无解的徒劳，历史的内涵意义被削平，一如梅森所表达的对记忆的高度怀疑：“我根本不认为记忆是可信的，将其作为参考来应对当下就更加不可靠了。”② 正是将这种时代断裂观带入写作，梅森才会以时态表达情感偏向，而采用现在时为第一叙事时间也在“证明其人物与过去情愫的一刀两断”，“有走出过去经验的能力”③，故事以结尾的现在式回归开头的现在时，从结构层面将当下定位坐标轴心，倒叙时段的偏离最终还是要回归原点，彰显了作者对饱含回忆的历史的告别以及与未知的当下的融合。

历史已不再是人们指引当下的考量。梅森以当下取代其坐标轴的地位，人们只有此时此刻且不断变化的身份。然而这种缺少情怀、充满变数的思维模式在梅森看来没什么大逆不道，而是顺应时代、舒适生存的捷径：“我所叙述的是当代人如何面对充满变换的时代漩涡。这是我们，

---

① Mason, Bobbie Ann. *In Country*. New York: Harper Perennial, 1986, p. 249.

② Hill, Dorothy Combs. “An Interview with Bobbie Ann Mason.” *Southern Quarterly*, vol. 31, no. 1, 1992, p. 94.

③ Lyons, Bonnie, et al. “An Interview with Bobbie Ann Mason.” *Contemporary Literature*, vol. 32, no. 4, 1991, p. 460.

是这整个世界当下要做的。（在飞速变幻的背景下）去固守中心，去探索归属几乎是不可能的……况且，当代人面对的变化是在进步，人们是在其中受益，获取其父辈没有的机遇。"① 达琳·希尔（Darlene Hill）指出，梅森小说中的人物都在一个变化迅速而炫目的漩涡里，"身处毫无停顿的变幻中"②。梅森如此评价她笔下的南方人："他们以乐观积极的态度努力追赶而非抗拒变化。他们真诚地相信进步与发展，迅速地吸收新的品质，就如同外国人要学习所置身的一个陌生国度的语言。"③ 她笔下大多数的南方人对南方历史都没有什么概念，更不会苦思冥想从历史中汲取经验，布林克迈尔指出，"南方社会由来已久的传统和社区在梅森作品中杳无踪迹"。他认为，梅森笔下的人物生活在"一个和传统决裂的社会中，在这里，时间没有延续性，人们对科技进步的关注远大于对是非曲直的用心……比起去参考老人或者先祖，它们更愿意诉诸当代文化的代言人。时兴的风潮取代传统成为风向标"，在他看来，"在20世纪初期，人们为了了解当代经历，总会挣扎着以集体性的视角在共同的历史中寻求指引"，然而在当代南方，过去的一切都"不再重要"④。

《旧物》（*Old Things*）中克里奥一直在处理旧物，尤其是在丈夫去世后，她干脆搬到镇上，告别了过去："琳达（克里奥之女）说她就这样摆脱了对他的每一个回忆。"克里奥将丈夫生前所有的西装处理掉，连绣着他名字的手帕也不放过。"如今，名字缩写完全不同的人带着这些手帕擤鼻涕……可是她并没有感到不安，她只是不想活在过去了。"⑤ 而与她急匆

---

① Gholson, Craig, and Mason, Bobbie Ann. "Bobbie Ann Mason." *Bomb*, no. 28, 1989, p. 42.

② Hill, Darlene Reimers. " 'Use To, the Menfolks Would Eat First': Food and Food Rituals in the Fiction of Bobbie Ann Mason." *Southern Quarterly*, vol. 30, no. 2, 1992, p. 83.

③ Magee, Rosemary M. *Friendship and Sympathy: Communities of Southern Women Writers*. Jackson and London: University of Mississippi Press, 2003, p. 23.

④ Brinkmeyer, Robert H. "Finding One's History: Bobbie Ann Mason and Contemporary Southern Literature." *The Southern Literary Journal*, 1987, pp. 20-33.

⑤ Mason, Bobbie Ann. *Shiloh and Other Stories*. New York: Harper & Row, Publishers, 1982, p. 77.

匆摆脱过去的行径相承接的就是她搬入设备完善、装潢新潮的新家。丈夫的遗物是伴随其生前经历的实体，而对遗物的保存实际上跨越了死亡，将其存留的时间从过去延伸到现在，然而对于克里奥而言，死亡就是丈夫存在的终结，她不想和不存在的东西纠缠下去。切断和过去的关联最有效的手段就是融入当下，以现实取代回忆。于是她的人生从以往的乡村生活急转至城镇的摩登消费，买先进的家电、看电视节目，甚至还计划一个人的西部旅行，克里奥在当下的幸福和便利中找到归宿，在瞬息万变的消费中找寻到了评判事物优劣的新标准。她甚至试图将这一全新的、轻松的理念传递给因丈夫在越战中阵亡而守了几十年寡的丽塔。克里奥调侃丽塔现在的年纪都够做死去丈夫的母亲了，与其把情感耗费在这个几乎不认识的孩子身上，还不如再婚生子，重新来过。“南方神话”基本遵循历史认知，在克里奥看来不过是“存天理，灭人欲”的荒诞口号，随着后现代主义思潮的影响，否定终极目标与深度，强调存在先于本质的存在主义席卷南方，倡导除了人的生存之外，没有天经地义的道德与灵魂。死去的丈夫在抽离她们的生活后就应该彻底消失，无谓的坚守和留恋不过是对当下大好时光的浪费。福柯对理性至上、本质压抑存在的现代思想提出质疑，认为人的本性是非理性的，不存在完全理性的人，而所谓理性其实不过是对自由渴求的对抗，故而人最本性的非理性才应是生活的主导力量，“只有逃离了理性的掌控，人们才能实现幻想与非理性，继而享受美好生活”①。故而克里奥坦言，时间就像她养的猫，面对过去养过的、死去的，“你会伤心，但你很快就会忘掉，再养一只”②，比起记忆中的猫，当下的正在养的才是最重要的。

当代理论家金伯利·史密斯（Kimberly K. Smith）指出，怀旧是“一种

---

① Gerschick, Thomas J., and Adam S. Miller. “Coming to Terms: Masculinity and Physical Disability.” *Men's Health and Illness: Gender, Power, and the Body*, edited by Donald Sabo and David Frederick Gordon. London: Sage Publications, 1995, p. 96.

② Mason, Bobbie Ann. *Shiloh and Other Stories*. New York: Harper & Row, Publishers, 1982, p. 104.

普世的体验，一个人类生存中不可或缺的部分。怀旧的倾向……‘一直潜藏在人类思维之中’……怀旧是一个普世的、无处不在的现象，不论何时何地都很常见，扎根于人的本质中，是人类生存状况的表征之一”①。这一本质性、普世性的情怀在南方绵延相传数十年，是其身份的坐标和美德的源泉，然而梅森对历史的抛却消解了旧南方人代代相传的中心与归属，在人们的质疑与戏谑中历史所维护和巩固传统价值的规约也不再起作用，于是当代人切实感受到了其父辈人无法想象的“从心所欲，不逾矩”。梅森甚至举例，其作品《孟菲斯》（*Memphis*）中贝弗利在离婚后陷入暂时的迷茫，脱离传统家庭和角色的她不知何去何从，但是当她对比过去被拴死在婚姻中的人们时，她庆幸自己没有生在过去。“贝弗利获取（许多父辈没有的可能性），这意味着她可以更多地享受生活……从这一点上说，我对变化是十分乐观的，我从人物身上可以感受到更多的激情和活力，因为他们不会被人评判，也没有什么可以感到怅然若失的。”② 霍布森在总结梅森小说中历史和当下的对抗中指出：“梅森笔下的人物对历史毫无兴趣，他们除了活在当下，对其他任何获取人生意义的方式都不在意。”③ 在这个历史不再有指导价值和意义的时代，人们将目光投向当下，似乎没有意义才是真正的意义。

历史是指引旧南方人自我认知和认识当下的灯塔，是回避伤痛抵御工业文明入侵的盾牌，也是支撑“南方神话”的重要支柱和南方文学的经典题材。作为后南方的作家，梅森也无法绕开这一主题，然而比起南方文学的前辈，梅森的特别之处在于她并不像他们那样神化历史，执着地从中探寻其对现在的影响及启迪，而是将其视为欺骗大部分南方人情感并束缚当代人思想的禁锢。她认为“南方神话”的缔造者出于政治与思想的统治需

---

① Smith, Kimberly K. “Mere Nostalgia: Notes on a Progressive Paratheory.” *Rhetoric & Public Affairs*, vol. 3, no. 4, 2000, p. 522.

② Mason, Bobbie Ann. *Love Life: Stories*. New York: Harper & Row, Publishers, 1989, p. 42.

③ Hobson, Fred. *The Southern Writer in the Postmodern World*. Athens: University of Georgia Press, 1991, p. 18.

求，以不容反驳的官方历史驱赶、挤压甚至扭曲非官方历史，从而确立导向地位，而后南方小说的一项重要功能就是打破“史诗式的历史”的程式，开创“非正统”、“反传统历史探究模式”①。更重要的是，在消解历史的真实性和有效性之后，梅森结合后现代思潮，指明了如何摆脱这一限制人自由与主体性的“铁笼”。一如詹姆逊所言，失去了与历史等情节的关联，当代人开始生活在无休止的当下，经历无尽的、反叛传统社会的变化。面对“南方神话”历史观这一高度系统化的传统格局，梅森认为能够拯救人们于沉重而僵化的生活的即为当下的日常生活，即抛却历史等形而上的规约和敬畏，改变被宏大叙事奴役状况，从切实的体验中获取满足。这种遵从享乐主义，追求生活体验和愉悦，没有责任和道德的约束，非理性、去神圣的认知恰与后南方的反叛精神相呼应。梅森的作品承载了典型的后现代主义思想，认同存在主义中感性的积极性和正当性，赞美即时性和非理性的存在必要性与价值，以当下的欢愉和享乐来压制历史，冲破宏大叙事的监禁。

梅森小说中的后南方秉承抛却历史负担的理念，不论其方法如何，都以人道主义的价值观为导向，关注被正统历史忽视的边缘人群并颂扬不再被往昔束缚的现实中的南方人，因而具有其民主性、文明性与先进性的一面。梅森试图以此纠正“南方神话”对人性的压制，从一般的人文关怀角度来看无疑是直击要害，具有相当的进步意义。然而这一理念带有一定的局限性和过于理想化的社会期许。一方面，作为出身中下层阶级的女性作家，梅森似乎有一种天然的、替少数人群发声的责任，她近乎补偿性地为个人发声的同时也相对强硬地掩盖了宏大叙事讲述者的声音。这样带有强烈反叛初衷的写作本身也就落入了其自身试图打破的不对等话语表达的窠臼中。另一方面，以颠覆、反叛神话为导向的创作方式决定了梅森塑造后

---

① Holstein, Suzy Clarkson. "Into the Swamp at Oblique Angles: Mason's *In Country*." *The Mississippi Quarterly*, vol. 54, no. 3, 2001, p. 327.

南方的先天不足，比起现实需求和长远考量，梅森笔下的人物行为和思想多基于对神话的极端背离。诚然，享乐主义的生活方式的确可以将人们从遥远甚至是虚假的历史情怀和内战原罪中解放出来，然而充斥着表层欢愉的南方并非完美无缺，忽略欢愉背后虚无的后南方更像是梅森主观缔造的“乌托邦”。

第二章　神力沦落，宗教再非归处

作为美国宗教氛围最为浓厚的地区，南方以基督教尤其是加尔文主义为主导性信仰和精神支柱，将原罪与救赎、创世与末世等奉为其世代相传、生死依托的精神导向和向心纽带。基督教不仅是沉淀在南方人思想意识深层的一种精神信仰，一套价值准则，而且是一种思维模式和生活方式。由宗教衍生出的道德准则和行为规范恰与南方人的思维模式和生活方式相辅相成，“它支撑着南方的社会、政治、经济、文化……控制着人们的思想和生活，规定人们之间的关系和行为准则”①，正如美国学者所言：“宗教为南方人提供了一种世界观，塑造了一种南方身份和使命意识。南方独特的宗教模式与顽固的种族主义、农业经济和乡村生活一起共同赋予南方文化的地域独特性。”②

从过去传统来看，宗教在南方意义至关重要，几乎是南方人理想形象的必备支撑。托马斯·佩奇（Thomas Nelson Page）在《战前旧弗吉尼亚社会生活》中曾写明，对于南方男性而言，“信奉上帝……是他们的首要责任；这象征了他们的宗教身份和品德。这样的人一定表里如一……于宗教，他如同牧师一样正统权威。他未必是教堂的神职人员，但是绝对是各

---

① 肖明翰：《福克纳研究》，北京：外语教学与研究出版社，1997 年，第 72 页。

② Wilson, Charles Reagan. “Southern Religion (S).” *A Companion to the Literature and Culture of the American South*, edited by Richard Gray and Owen Robinson. Malden: Blackwell Publishing Ltd, 2004, p. 238.

个教堂的中坚力量"①。由此可见，宗教在南方的意义非同一般，即便针对普通人的要求都提升到了牧师级别的专业程度。教堂与现世生活相互依存，一方面吸引、教化着南方人，另一方面也仰仗他们传承，壮大。这也就解释了，为什么宗教在南方具有强大的阐释力，它可以超越其他评判标准，成为成就南方人的重要指标，似乎在宗教的统照下，虔诚的信徒便可占据道德高地，宗教行为即为思想道德。更有学者指出："民众宗教习俗给予了南方人宗教身份，所谓南方性是结合了基督教和自我意识的产物。"② 传统南方社会不断抬高宗教，使得教派、教会、基督教义与宗教信仰共同构筑了南方区域性的宗教文化体系。宗教俨然成为一种规定和制约南方人生活和思想的文化力量和处世准则，每一个身处其中的南方人都能真切感受到那种弥散广泛的、浓厚的宗教气息，使南方获得了"圣经地带"（Bible Belt）的指称而名闻遐迩，为这一地区涂上了神圣、神秘的色彩，也使这一地区的众多经典文学作品笼罩着宗教的氤氲。

美国宗教文化可谓是铸就南方与众不同的地域特色的一个重要因素。不仅体现在人们的日常生活，在意识形态领域的感召、影响强大而持久，其对文学的深刻浸润尤为典型，成为激发、引领福克纳、奥康纳、珀西等几代南方代表作家的灵感源泉，其影响也在上述作家作品的主题思想设计、人物形象塑造、故事框架谋篇等方面挥之不去。福克纳出生在一个虔诚的基督教家庭。他曾对人讲他的曾祖父"是一个在原则上绝无价钱可讲的人。他的原则之一就是每天上吃早饭时，每个人，从小孩到大人都必须准备好一段《圣经》的摘录并流利地顺口背出；不然的话，你就吃不上早饭"③，充分

---

① Page, Thomas Nelson. *Social Life in Old Virginia Before the War*. New York: Kessinger Publishing, 1989, pp. 45-48.

② Wilson, Charles Reagan. "Southern Religion (S)." *A Companion to the Literature and Culture of the American South*, edited by Richard Gray and Owen Robinson. Malden: Blackwell Publishing Ltd, 2004, p. 238.

③ James B. Meriwether and Michael Millgate eds. *Lion in the Garden*. New York: Random House, 1968, p. 250.

显示了南方宗教的权威性在于它甚至可结合家族传统，进一步巩固在形式上的权威地位。福克纳说这一规矩使得他不仅对《圣经》的某些段落很熟悉，甚至对整本《圣经》都了如指掌。他的父母都是虔诚的基督徒。福克纳和弟弟们从小就上美以美教会的主日学校。福克纳在结婚后上主教会教堂，一个规模很小却地位很高的教会。整个南方社会普遍的宗教氛围，再加上家庭的宗教熏陶，为福克纳日后宗教信仰体系的逐渐完善打下了坚实的基础。福克纳本人对于基督教文化的认同意识也十分明显，对此他说："基督教传说是所有基督徒的背景的一部分，特别是一个农村孩子，一个南方农村孩子的背景的一部分。我的生活、我的童年，是在密西西比州的一座小镇上度过的，那是我的背景的一部分，我就是那样长大的……它就在那儿，这与我在多大程度上相信或不相信它没有关系。"① 他还说："南方的美——精神与物质上的美——之所以存在，是因为为了它，上帝做了那么多而人类却做得那么少。"② 据福克纳的妻子艾斯苔尔讲述，在他们婚后一年多时间里，福克纳和她都定期参加圣公会的礼拜式，福克纳"不仅手拿一本英国国教的祈祷书，而且还参与会众一起唱圣歌，出席圣诞节前夜的礼拜式"③。出身天主教家庭的奥康纳自小耳濡目染，她指出，"由于南方人生活在宗教夕阳极为浓厚的'圣经地带'，他们能感悟人性的堕落，并如实地刻画道德上的罪人"④，在"圣经地带"孕育、繁荣的南方神话中总是沁浸着"救赎""虔诚""原罪"等宗教母题，也因如此，以哥特式暴力彰显罪与罚、癫狂与升华的奥康纳将其奉为创作的源动力。她甚至明确表示，"我从极度正统的立场来观察事物，这意味着对我而言，生活的意义集中在基督对我们的救赎上，我是在世界与救赎的关系上来看待世界"⑤，

---

① Frederick L. Gwynn and Joseph Blotner eds.. *Faulkner in the University*. Charlottesville: University of Virginia Press, 1959, p. 86.

② Faulkner, William. "Verse, Old and Nascent: A Pilgrimage." *Essays, Speeches & Public Letters*, ed. James B. Meriwether. New York: The Modern Library, 2004, p. 239.

③ Jay Parini. *One Matchless Time: A Life of William Faulkner*. New York: Harper Perennial, 2004.

④ O'Connor, Flannery. *Mystery and Manners*. New York: Noonday Press, 1969, p. 144.

⑤ O'Connor, Flannery. *Collected Works*. ed. Sally Fitzgerald. New York: Library of America, 1988, pp. 804-805.

故而其《久久的寒意》中借神父与自大的学者阿斯伯对上帝的讨论，揭示了上帝的无所不能与无所不在。直至无神论者阿斯伯临死之时，他看到“圣灵身披冰而非活的华服，怀着仇恨，一步一步走下来”①。此刻，他不得不承认，唯有接受圣灵才可被救赎。奥康纳曾经以天主教徒与作家的双重身份这样精辟地诠释宗教与文学的关系：“当人们说，因为我是一个天主教徒，所以我不可能成为一名艺术家时，我不得不沮丧地回答，正是因为我是一名天主教徒，所以我必须是一名名副其实的艺术家。”② 这种对宗教的极度推崇甚至延伸到 20 世纪 60 年代。皈依了天主教的沃克·珀西（Walker Percy）在其美国全国图书奖的获奖之作《影迷》（*The Moviegoer*）中以超凡脱俗的方案解决深受现代社会异化折磨的主人公宾克斯·波令的精神困境，在物质与世俗的现实生活中感到窒息的波令最终放弃五光十色的世俗生活，并牺牲自我，迎娶了精神不稳定的表姐，“显示了人作为上帝的造化，要进行超越尘世之旅，融入一个大的秩序去追求自我价值崇高的实现”③。这在一定程度上表明，即使到了 20 世纪上叶，宗教的强大规约力使其超越了世事变幻，并没有因内战和之后南方的对外开放而带来的各领域的巨大改革、重建而立即烟消云散。尽管辉煌不再，其严格的传统和思想范式却依然深深植根在一些人的信念中。

然而，在后现代主义思潮等因素以及时代变迁影响下，身处后南方的梅森对普世真理和宏大叙事无认同感。虽然她自小生活在宗教甚至迷信的环境中，长大后却放弃了宗教信仰，而且就她本人而言，她原本就缺乏上述几位文学前辈那样对宗教的虔诚与情怀。她在一次采访中说过：“在我

---

① O'Connor, Flannery. *Everything That Rises Must Converge*. New York: Farrar, Straus and Giroux, 1962, p. 572.

② O'Connor, Flannery. *Collected Works*. ed. Sally Fitzgerald. New York: Library of America, 1988, pp. 808-809.

③ 李杨：《现代与后现代价值观的冲突——〈影迷〉和〈体育记者〉主题比较》，《英美文学研究论丛》，2010 年第 2 期，第 193 页。

书中人物的生活里，宗教并不占多少分量。我只是顺便提及宗教而已，让宗教在个别情况下作为他们生活中正常的一部分。但是，我在涉及宗教的时候心里没底，感觉那是个棘手话题。我努力思考这个问题，也对传教士和他们对人的影响很感兴趣。”① 她之所以说宗教是一个“棘手话题”，是因为宗教对南方文化影响实在太大，连无神论者都无法否认，但坦言自己对宗教心里没底也等于间接亮明了其怀疑否定态度。虽然梅森申明宗教在自己作品里不占多少分量，她这话也算有过于低调之嫌。应当指出的是，在其涉及宗教的有限部分里，对宗教的去神圣化，对这座庄严的大厦的拆解是其要务之一，宗教在后南方陷入空前的危机是她的小说反复出现的命题。她在《羽冠》等小说里展示了新时代的南方宗教的混沌状态及人们宗教信仰的缺失，涉及宗教的描述就是对其不断戏谑、颠覆的过程。至于她所关注的传教士及其对人的影响，列出的基本是满眼乌烟瘴气的负面清单，配合了她对宗教的揶揄、嘲弄、曝光。宗教失去了对公众的约束力、权威性。可以说，她对宗教的调侃、挞伐犀利，毫不留情，近乎是刀刀见骨，极具摧毁力，切中要害，而且是双管齐下，既包括对宗教机构、神职人员的去伪，也包括对教民的揭丑。曾经至高无上的宗教在她的讲述中几乎被掀了个底朝天，留下一件件、一桩桩俗不可耐的、荒唐尴尬的但又振聋发聩的笑柄、真相劝诫世人从对宗教的蒙昧、盲目沉迷中幡然悔悟。这在传统南方人看来，有些惊世骇俗，有亵渎神灵之嫌。劳拉·费恩（Laura Fine）在评说梅森笔下的后南方时就指出，梅森小说中再也没有至高无上的力量，对精神的、形而上的力量的摒弃，首先就体现在对宗教的漠视。②

---

① Lyons, Bonnie and Oliver, Bill. “An Interview with Bobbie Ann Mason.” *Contemporary Literature*, vol. 32, no. 4, 1991, pp. 464–465.

② Fine, Laura. “Going Nowhere Slow: The Post-South World of Bobbie Ann Mason.” *The Southern Literary Journal*, vol. 32, no. 1, 1999, p. 88.

第一节　道貌岸然的信使——宗教代理的虚假与伪善

历史学家斯蒂芬·格林布莱特（Stephen Greenblatt）指出，“家庭和宗教机构在南方中产和贵族阶层的影响彻底而深远”①。宗教机构如教堂、教会甚至是神职人员等是《圣经》驻留世俗社会的载体，上帝的喉舌，向教民传扬上帝的教诲和旨意。他们所承担的这种使命赋予其在南方人心目中圣气凛然的权威，也一定程度上反映了人们对宗教的接纳程度。在传统的南方，神职人员的地位至高无上，礼拜是天经地义的日常，诵读《圣经》更是必不可缺的庄重仪式。

然而，根据对宗教的后现代状况的观察、认识，梅森的作品极为写实地展现了宗教机构在后南方的堕落。神职人员则打着宗教的旗号混迹于世，被公众认清真实面目而失去其信任、尊敬，遭到蔑视、嘲讽，无异于从根本上否定了他们所谓宗教信仰的纯正性及意义和价值。人们从梅森的小说里得到的最直观的感受就是其对布道、礼拜等宗教活动的戏谑与揶揄，或者说，是其对宗教虔诚的不确定性的展示。神职人员威信扫地，曝光借宗教之名、行娱乐之实的骗局比比皆是，本应具有的神圣庄重性瓦解冰消，徒留旧有名称、形式，在新时代实现了另类转身，发挥着世俗、娱乐功能，以这样的奇葩方式延续着其日薄西山的状态。梅森以隐晦或直白的种种事例，平实又不乏揶揄的语言揭示宗教质的退变，向世俗化、娱乐化、实用化无可挽回的坠落，随意、滑稽，甚至荒唐可笑，其拯救灵魂的

① Greenblatt, Stephen. *Renaissance Self-Fashioning: From More to Shakespeare*. Chicago: University of Chicago Press, 2005, p. 1.

神圣使命已不复存在。

在《羽冠》里，牧师琼斯表面上看似乎深知宗教教义，但实际上其宗教造诣却不过了了。他恭维克里斯蒂娜的五胞胎是“神迹”，而克里斯蒂娜并不领情，而是怀疑他信口开河，虚情假意，“他完全可以说天空里那些奇形怪状的云朵也是神迹”①，便故意问他神迹到底是什么，让他丢人现眼。琼斯果然不出她所料一时语塞，无法给出基于《圣经》的解释，情急之下用“讨论月亮的盈亏是不是也可以从《圣经》中找到其合理性”② 转移话题掩盖其狼狈相，蒙混过关，受人耻笑，用这种揭短亮丑的手法将神职人员的正当性、权威性撕得体无完肤。

在曝光公众、牧师对宗教的了解捉襟见肘之外，梅森也通过《羽冠》彰显了宗教在南方已面目全非、不成体统的现状问题所在，神职人员作为教义的传播者和信使却德行欠缺，公众对他们乃至上帝产生怀疑、反感甚至不敬。牧师不深入关心人们的灵魂，只满足于敷衍了事做表面文章，当一天和尚撞一天钟，工作重复、单调，态度冷漠，缺乏真诚投入，不施同情，一事当前，先做个人盘算。大家当然不把他们放在眼里。故此，小说对牧师形象的速写颇有喜剧、漫画笔触。克里斯蒂娜生下五胞胎后，琼斯牧师匆匆赶来提议为他们施洗，仅因为他可以将其充作谈资，在教堂有话说。米妮·索菲亚死后，他“对其他四个婴儿并未表现出关心，只是告诉詹姆斯他可以随时为米妮安排仪式”③。既没对孩子的死表示哀悼，也没对孩子父母表达慰问，马上进入正题，安排后事。人们对宗教的隔阂和反感油然而生。看到琼斯答不上自己关于“神迹”的提问时的窘态，克里斯蒂

① Mason, Bobbie Ann. *Feather Crowns: A Novel*. New York: HarperCollins Publishers, 1993, p. 139.

② Mason, Bobbie Ann. *Feather Crowns: A Novel*. New York: HarperCollins Publishers, 1993, p. 128.

③ Mason, Bobbie Ann. *Feather Crowns: A Novel*. New York: HarperCollins Publishers, 1993, p. 237.

娜看透了他的嘴脸，暗想："即使耶稣在大街上迎面走过来，头顶还闪着光环，琼斯牧师也不一定能认出来。……因为他在任何事情上都几乎是个瞎子。"① 克里斯蒂娜憎恨江湖骗子，也厌恶神职人员，视他们为一路货色，油嘴滑舌，招摇撞骗引人上当，以欺世懵人为业，令人不齿，对他们的敬意当然也就无从谈起："布道者跟江湖医生差不离儿，整出些没用的膏药，还说能拯救你的灵魂。"② 瑞尔福特宣教会是传教士们出场亮相的一个重要场合。他们站在临时搭建的高台上，说话像演戏。克里斯蒂娜感觉传教士们个个像小丑，信口开河。

> 克里斯蒂娜停下来，看见一个精瘦、一脸疲惫的男人，看上去一本正经、头脑清醒，说起话来像古时的哲人，头头是道。手里攥着一本《圣经》，但从没见他翻过。用故意压得很低的嗓音说，他打算把上帝的话带到月球上去开化那里的生灵。要实现这一计划，需要弹药和几根能伸缩的管子。克里斯蒂娜忍不住想笑。说话的男人衣服上还粘了块芥末，她真想去替他擦掉。③

这个传教士虽然"一脸疲惫"，却"头脑清醒"，跟其他的痴迷狂大不一样，所以也就格外吸引克里斯蒂娜。可他却是一派胡言，手里的《圣经》仅是个道具。衣服上的芥末这一喜剧性细节顷刻间把他拖下了神坛。他本应是宗教教义的捍卫者，信仰的引路人，却无法令人肃然起敬，只是装腔作势的笑柄。

在对牧师们嬉笑怒骂的同时，梅森还塑造了一个利用《圣经》赚钱的宗教赝品格林贝利·麦克凯。这一和宗教相关的各色人等泥沙俱下的问题

---

① Mason, Bobbie Ann. *Feather Crowns: A Novel*. New York: HarperCollins Publishers, 1993, p. 393.

② Mason, Bobbie Ann. *Feather Crowns: A Novel*. New York: HarperCollins Publishers, 1993, p. 368.

③ Mason, Bobbie Ann. *Feather Crowns: A Novel*. New York: HarperCollins Publishers, 1993, p. 65.

严重败坏了宗教在人心目中的声誉。此人自称是“著名教育家、演讲家”①，带克里斯蒂娜夫妇和五胞胎尸体巡回展览敛财。他把《圣经》当作工具，从中引经据典，说上帝本来召唤他从事神职，可他却拒绝了，因为这世界上“诱惑太多”②，他抵抗不了。

格林贝利·麦克凯宣称五胞胎的命运是上帝为了某种崇高的目的而设计的，他还从《圣经》中摘章索句来支持他的观点。其实他很多话都是胡扯，所谓《圣经》语录都是他凭空捏造出来的，他想到什么说什么，只要能用到他的演说中就成。③

梅森声称自己“对传教士和他们对人的影响很感兴趣”④。上述形象不言而喻地表明这种影响除了是污染，是引领公众误入歧途，不可能是别的。

至此，仿佛对宗教的颠覆尚意犹未尽，不够彻底，梅森再次出手，掀开作品中人物在宗教神圣包装下不为人知的荒诞内幕，点出克里斯蒂娜的曾祖父维尔本皈依及长期从事的神职居然源自15年前一场恶作剧，是儿子对他的要弄，不啻是对他一本正经献身宗教的莫大嘲讽：

> 家里人都这样说，他听见上帝在召唤：“托马斯·维尔本，别藏了，出来为人们布道吧。”他听从了召唤，直到十五年后快死的时候才知道，当年是自己的一个儿子藏在树上，发出了那一声恶作剧的召唤。⑤

在《羽冠》里，宗教不断与尘世勾连，被从天国拉回人间。克里斯蒂

---

① Mason, Bobbie Ann. *Feather Crowns: A Novel*. New York: HarperCollins Publishers, 1993, p. 324.

② Mason, Bobbie Ann. *Feather Crowns: A Novel*. New York: HarperCollins Publishers, 1993, p. 352.

③ Mason, Bobbie Ann. *Feather Crowns: A Novel*. New York: HarperCollins Publishers, 1993, pp. 336-337.

④ Lyons, Bonnie and Oliver, Bill. “An Interview with Bobbie Ann Mason.” *Contemporary Literature*, vol. 32, no. 4, 1991, pp. 464-465.

⑤ Mason, Bobbie Ann. *Feather Crowns: A Novel*. New York: HarperCollins Publishers, 1993, p. 66.

娜生下五胞胎后，琼斯牧师提出要“把可爱的羊羔们带到教堂里”，他给“洒点儿水”。牧师这里或许想幽他一默，不仅让克里斯蒂娜忍俊不禁，也马上联想到熨衣服。既然都是洒水，和日常琐事并无二致，那就让阿尔玛代劳未尝不可，骤然抹杀了洗礼仪式的唯一性、庄严性和神秘性，轻而易举杂糅、扯平了崇高与平庸。

> 她想起阿尔玛熨衣服时是要洒点儿水。阿尔玛洒水时目的性很强，也颇用力，真像是夏日里突来的一阵暴雨。要是阿尔玛给宝宝们洒水，上帝一定会会心一笑的。①

以其对消费文化的开放姿态而著称的梅森在人们对宗教态度的转向里观察到广告无孔不入的强大渗透、影响力。上帝形象被印在各种商品上。克里斯蒂娜从慕林夫人处买来的扇子上是“广告，广告旁边是耶稣，头顶一道光环，光环画得有些偏，就像皇冠戴歪了”②。神圣与廉价并置，光怪陆离。而且，上帝被赋予了大众文化的娱乐功能，成为芸芸众生可以随心所欲安排角色的演员。霍普维尔镇居民希望能有一台大戏，突发奇思妙想，做一个天翻地覆的设计，要让上帝亲自担当恶棍角色，看其怎么表演，不管如何收场，这戏必定好看。

极其荒诞不经的是，在对宗教肆无忌惮的针砭、利用、消费、娱乐氛围里，与瑞尔福特宣教会上轻松、色情、狂热情绪反差强烈，五胞胎尸体巡回展反倒力挽狂澜，引领人们回归庄严肃穆，俨然取代了曾经的宗教仪式的位置，令人瞠目，“观众穿戴整齐鱼贯而入，像上教堂做礼拜”③，“有专司引座的在两排队伍前头领着满怀期待的人们缓缓前来，很像去神坛前接受拯

① Mason, Bobbie Ann. *Feather Crowns: A Novel*. New York: HarperCollins Publishers, 1993, p. 129.

② Mason, Bobbie Ann. *Feather Crowns: A Novel*. New York: HarperCollins Publishers, 1993, p. 321.

③ Mason, Bobbie Ann. *Feather Crowns: A Novel*. New York: HarperCollins Publishers, 1993, p. 327.

救”①。这两幅场景触目惊心，勾勒出人们宗教是非观彻底颠倒的画面。

无独有偶，《在乡下》中的南方教会也荒诞滑稽。塞姆看出，比起老一代人，新的南方人再无信仰可言，对宗教的信奉仅限于极少数祖父母年纪还去教堂礼拜的人。在她的毕业典礼上，学校请来的牧师喋喋不休地说教，而且是不务正业，将话题从宗教转到了政治，为美国加油助威，摇旗呐喊，“鼓吹支持国家壮大，强调牺牲精神”②。这些空洞落伍的言论让塞姆倍感焦躁，甚至觉得恶心。实际上，四处讲道、宣扬牺牲的牧师并非只是单个的人，而是“浸信教教徒、循道宗信徒（18 世纪从英国国教分离出的基督教新教教徒）和原教旨信徒的代表，展现了南方的宗教背景。然而在该小说中，基督教中的牺牲精神显然在当代社会中水土不服”③。一个学校的毕业典礼竟然请循道宗牧师大谈所谓爱国和牺牲。在塞姆看来不论是演讲人所代表的宗教还是其说的爱国内容，都一样虚伪空洞，毫无价值。但比起《在乡下》中受金钱所驱，更加典型的教堂中的神职人员，这位主旨演讲的牧师就只是小巫见大巫了。她笔下的信徒要么假文艺，自视清高实则庸俗无比，要么直截了当地向钱看齐，一切行动取决经济利益。在塞姆借住祖父母家的时候，祖母告诉了她祖父对神职人员的态度：“他嘲笑他们，这些耶和华的见证者昨天还来过这儿。这是他们第二次来了，他们应该知道，在这穷地方，一个子儿都甭想拿到。”④ 即便虔诚如祖母，整日给塞姆洗脑“信教吧，信了你就不怕那只狗了”⑤，也难以信任神职人员，她和祖父一样，都将挨家挨户搜刮信徒的牧师看作敛财的小丑。她坚信，教堂的神职人员不是神灵也不通神灵，他们既不虔诚又因为无知对传播任

① Mason, Bobbie Ann. *Feather Crowns: A Novel*. New York: HarperCollins Publishers, 1993, p. 328.

② Mason, Bobbie Ann. *In Country*. New York: Harper Perennial, 1986, p. 66.

③ Krasteva, Yonka. “The South and The West in Bobbie Ann Mason's *In Country*.” *Southern Literary Journal*, vol. 26, no. 2, 1994, p. 81.

④ Mason, Bobbie Ann. *In Country*. New York: Harper Perennial, 1986, p. 146.

⑤ Mason, Bobbie Ann. *In Country*. New York: Harper Perennial, 1986, p. 146.

务充满了恐惧。塞姆求证后也发现，这批人根本不是什么“耶和华的见证人”，只是打着上帝的旗号，四处招摇撞骗。如此，教堂、教会更加没有说服力和权威性。鉴于塞姆对宗教的整体意图认知，她从未去过教堂，然而塞姆并不是个例，正如奶奶所言：“说真的，塞姆，年轻人不再有宗教信仰，教堂里除了老人，啥听众都没有。”① 宗教的下滑源于神职人员对教义的扭曲和不合时宜的应用。假借宗教的空架子，挂羊头卖狗肉的神职人员其实就是宗教在梅森心目中的化身，在精神沦落、宗教衰败的后南方，腐化拜金的宗教人士就是上帝的世俗化身。

在《无线电波》（*Airwaves*）中简也毫无疑义地在牧师的布道中顿悟到宗教的沦落。简的弟弟乔曾经是问题青年，后皈依宗教，当起牧师并邀请简去他的教堂聆听布道。当他“表演”“救治”孩子时，他只是叨念着一连串毫无意义的台词，似乎努力在避免说出变戏法时喊的“阿布拉卡达布拉”等熟悉的话②。简对宗教这种装腔作势十分厌恶，就像魔术师说出的咒语一般，弟弟布道的言语只不过是欺骗大众，苍白地证明超自然力量。不同的是，魔术师承认自身欺骗性与表演，而宗教却盲目信奉根本不存在的精神依托。简觉得这种来自天堂的训诫让人难免当作耳旁风。佛朗索瓦·利奥塔在其经典的现代和后现代划分中指出宗教、神话等借助宏大的叙事，通过构建具有普适性的公共体系来阐释个体与局部现象的为现在主义，而“后现代主义时期引发了对宏大叙事正当性的质疑，导致了它的衰落”③。对于生活在后现代社会中的简而言，宗教不再是毋庸置疑的权威，以滑稽甚至戏谑的方式去除宗教神圣特性实则是当代人辩证思考、独立意识觉醒的反映。

---

① Mason, Bobbie Ann. *In Country*. New York: Harper Perennial, 1986, p. 147.

② Mason, Bobbie Ann. *Love Life: Stories*. New York: Harper & Row, Publishes, 1989, p. 117.

③ 李杨：《现代与后现代价值观的冲突——〈影迷〉和〈体育记者〉主题比较》，《英美文学研究论丛》，2010年第2期，第197页。

假若在其早期作品中，梅森对宗教还主要是质疑与调侃的话，那么在其近期作品《午夜魔法》中则是直接而彻底的否定，表明“宗教彻底沦为了纯粹的欺骗伎俩”①。小说中的凯伦一时冲动参加了莎都（Sardo）主持的集会，这个“一千多岁的美国土著人寄身于一个少女的体内”②，拥有众多信奉者和支持者，稚嫩的女孩总是装出历经沧桑的姿态，一成不变地用“答案在你心里”③ 这一万能箴言来敷衍大众。极具反差的出场和拙劣的演技及故弄玄虚的话语让史蒂芬心生不满，甚至在凯伦强调莎都的神性，声称其是雌雄同体时，史蒂芬猥琐地说将其世俗化，发出性的暗示，称“加倍的愉悦，加倍的欢乐”④。史蒂芬信服宗教是性的替代品的说法。换言之，信奉宗教只能说明信徒们没有最大限度地享受性生活，性饥渴驱使他们走进教堂。不仅是异教，对于南方正统的天主教，史蒂芬更是不留情面，认为只有落魄沉沦的人才会想起有耶稣这么回事。史蒂芬的父亲穷困潦倒，但每每在其又可悲又可怜的信件中还要引用《圣经》，教义使得人变得懒惰，这个曾经尚能得过且过、感受现实的人，如今却将一切都抛向耶稣，“史蒂芬不希望他糟糕至此”⑤，但显然父亲的堕落也印证了宗教的虚假。而对于年幼的莎都而言，比起向公众解疑释惑，指引道路，聚敛钱财才是其聚会的最终目的。

这种权威地位岌岌可危、遭遇各方挑战的牧师形象在梅森作品中并不罕见。怪诞的是，真心传教、服务上帝的牧师，在南方反倒再难生存。这

① Fine, Laura. “Going Nowhere Slow: The Post-South World of Bobbie Ann Mason.” *The Southern Literary Journal*, vol. 32, no. 1, 1999, p. 89.

② Mason, Bobbie Ann. *Midnight Magic: Selected Stories of Bobbie Ann Mason*. Hopewell: The Ecco Press, 1998, p. 8.

③ Mason, Bobbie Ann. *Midnight Magic: Selected Stories of Bobbie Ann Mason*. Hopewell: The Ecco Press, 1998, p. 7.

④ Mason, Bobbie Ann. *Midnight Magic: Selected Stories of Bobbie Ann Mason*. Hopewell: The Ecco Press, 1998, p. 9.

⑤ Mason, Bobbie Ann. *Midnight Magic: Selected Stories of Bobbie Ann Mason*. Hopewell: The Ecco Press, 1998, p. 9.

种生存困境在牧师的影响力以及牧师与他人关系中最为明显。小说《退修会》(*The Retreat*)中，乔治亚娜虽嫁给牧师谢尔比，却将丈夫这一赔钱的职位视作儿戏。丈夫重视的“关于基督徒之婚姻”的讲座在她看来也不过是个笑话，包括她在内的参与者们对上帝造就男人和女人以及制定了男尊女卑的秩序深表怀疑，宗教甚至沦落到如同八卦新闻的笑谈。部分学者认为，“不论是在乔治亚娜的内心世界还是其日常生活中，宗教都不能占据主导地位。这似乎是梅森笔下人物的常态。(对于其塑造的南方人而言，)宗教不过是地域的附属品，就像肯塔基田地房子周边的玉米一样”①。对于以乔治亚娜为代表的普通南方人而言，对宗教的视而不见实则隐含了对传统的极度反叛。身为牧师之妻的乔治亚娜本应接受更多的宗教洗礼，更为虔诚，然而对她而言，漏洞百出、有违人性的说教无非是虚假的摆设，她既不能从内心认同，更不能将其融入生活中，故而当其被问到是否是和教会人一起时，她支支吾吾，极力撇清与教会的关系，似乎连表面上的教徒身份都是奇耻大辱，最终在卡车司机的“你不像教会女士”一言中获得解脱，如释重负。显然，非教会人士才是她的真正身份，教徒成为她的心理负担。此外，连自己的妻子都教化不了的谢尔比虽然虔诚地担任神职，却仍旧面临因信徒减少而需调职的困境。与传统至高无上的神职人员不同，谢尔比因家中入不敷出，还需要做电工来补贴家用，常年“开着面包车四处揽活儿”②，守旧的他贴钱传教却收获甚微。谢尔比的窘困处境正是信仰败落、宗教失势的现实反映。曾经因代言上帝而备受尊崇的神职如今却沦落得难以糊口，甚至其当年读神学院的钱都是妻子打工赚来的。与其说他是一个牧师，不如说是挣扎在生存线上却执迷不悟的蓝领。实际上，作为

---

① Morphew, G. O. “Downhome Feminists in *Shiloh and Other Stories*.” *The Southern Literary Journal*, vol. 21, no. 2, 1989, pp. 41-49, p. 43.

② Mason, Bobbie Ann. *Shiloh and Other Stories*. New York: Harper & Row, Publishers, 1982, p. 169.

通篇最热忱的信徒，谢尔比也非圣人，他年轻时偷盗，奔波于生计和三个教堂间而疲惫不堪，生活的压力与现实的困境引发了谢尔比对布道的倦怠，在无尽的有关教堂安排的争吵中不得不妥协，这也预示着信仰危机不可逆转的到来。假若在物质层面的匮乏尚未击垮宗教至高无上的地位，那精神层面的失势则将其驱逐出南方人的生活。当妻子质疑其传教的迂腐，质疑其布道文中古语“童贞”（pucelage）一词含义时，他耐心解释，意图展现权威，换来的却是妻子的不屑“你为什么不用贞洁（virginity）直接说明白，谁能知道你要说什么呀”①，谢尔比哑口无言。宗教的故作玄虚日渐与现实生活脱离，普通南方人连宗教使用的词汇都无法理解，更不用说教义了。这种流于晦涩表象又失去号召内核的宏大叙事非但不能让普通民众信服，就连传教者也因意识到其虚妄而顿生困惑。人们对不接地气的宗教的怀疑、动摇甚至调侃实际上是现实生活对宏大理想的又一重击。不仅如此，对宗教尚存浪漫主义幻想的谢尔比渴望“有一个‘自己的’教堂”，想跟“教堂一起成长，这样他可以认识他的教民，不用只为陌生人的葬礼布道。他想为他看着长大的人主持婚礼”，相信有宏大精神存在的他总希望“事物能够长久存续”②，然而事与愿违，小镇的教堂不增反减，“人们或是搬到了城里，或是对去教堂失去了兴趣”③，去教堂的人不断减少，从70多人锐减到30多，甚至在他专程为酗酒的霍伊特准备的布道上，仅出现了三个人，且布道对象压根不屑参加。“曾经在南方人生活中占据重要地位的教堂，如今却滑稽地消逝了。”④

---

① Mason, Bobbie Ann. *Shiloh and Other Stories*. New York: Harper & Row, Publishers, 1982, p. 138.

② Mason, Bobbie Ann. *Shiloh and Other Stories*. New York: Harper & Row, Publishers, 1982, p. 169.

③ Mason, Bobbie Ann. *Shiloh and Other Stories*. New York: Harper & Row, Publishers, 1982, p. 170.

④ Fine, Laura. “Going Nowhere Slow: The Post-South World of Bobbie Ann Mason.” *The Southern Literary Journal*, vol. 32, no. 1, 1999, p. 89.

第二节　幡然醒悟的信徒——信仰内核瓦解与转向

宗教曾经在很大程度上奠定了旧南方主流社会传统文化的根基，也铸就了独具南方地域特色的精神之魂。刘易斯·辛普森认为，“南方文艺复兴”的核心是“带有强烈宗教和道德色彩的社会秩序和以传统天主教为基石的西方文化”①，他强调，这两者的结合是南方道德历史源泉。故而对传统南方最猛烈的撼动莫过于消解其“道德历史”的根基，对秩序与文化进行戏仿。弗洛伊德曾在《文明与其不满》中指出，人类树立宗教是为了保护自我，防范他人，“因而这些教人有目的地去爱，限制欲望，爱邻如爱己等，这些“十诫”般的规约对人自然本能的约束是其他任何事物都不能企及的”②。宗教是塑造南方特性的重要元素。如果对宗教代理的质疑并不能彻底推翻南方人对宗教的信服，那么信徒对教义的重审和反叛则是对宗教最沉重的打击。

在梅森的故事里，公众对宗教知识往往稀里糊涂，对于宗教教义一知半解，曲解，误用，也无意深入探索宗教真谛，只是人云亦云，既不专业亦无虔诚之心，充其量是些伪教徒。哈瑞特·波勒克（Harriet Pollack）也指出：“（克里斯蒂娜）的故事所反映的历史变革，表现的就是20世纪整个文化和个体教育状况，还有信仰的缺失。”③《羽冠》显示，对几乎没上过几天学的克里斯蒂娜，《圣经》故事毫无意义，可谓对牛弹琴④。阿曼达

---

① Simpson, Lewis P. *The Brazen Face of History: Studies in the Literary Consciousness in America*. Baton Rouge: Louisiana State University Press, 1980, p. 253.

② 弗洛伊德：《文明及其不满》，上海：上海外语教育出版社，2003年，第66页。

③ Pollack, Harriet. “From *Shiloh* to *In Country* to *Feather Crowns*: Bobbie Ann Mason, Women's History, and Southern Fiction.” *The Southern Literary Journal*, vol. 28, no. 2, 1996, p. 103.

④ Mason, Bobbie Ann. *Feather Crowns: A Novel*. New York: HarperCollins Publishers, 1993, p. 49.

对家人说起瑞尔福特布道会上自己被神灵附体，克里斯蒂娜却不明白这些“神灵”到底为何物。她只隐约觉得“那不是恶魔，更像圣灵”，仅因为她知道，家家都想要“圣灵”①。她对宗教态度模棱两可，说起宗教时荒腔走板。克里斯蒂娜分娩前不久，夫妻俩常失眠。宗教方面好为人师的威利夫人故弄玄虚解释说，丈夫詹姆斯失眠是有女巫干扰，克里斯蒂娜失眠是上帝为她分娩后的生活节奏做准备，而克里斯蒂娜和众多普通南方人一样，都以为异教各种意象是基督教的另一种说法，所以对她将异教迷信与基督教教义相提并论并不在意，而且觉得到底是女巫还是上帝，关系不大。

当代南方宗教的落寞不仅表现在信徒减少、宗教仪式形同虚设，更体现在其虚伪性被揭穿，成为人们调侃戏谑的谈资。《鲁克牌友》中就有这样一个桥段，丈夫麦克“在荒废的教堂里捡来一些长凳，做成餐边柜给邻居”②。为了解释他为什么“花几天功夫打磨”③，他义正严辞地说道：“我是在磨去长凳上厚厚的那层虚伪。”④ 而妻子玛丽露反应道：“这听起来就像那个曾经在教堂拐角大声叫嚷的人，他总是对着周日从教堂出来的人喊‘瞧这些伪君子呀’。”⑤ 当麦克质问这人身份的时候，玛丽露回答道：“就是个镇上的人。很多年以前了，他还投入过反氟利昂运动。”⑥ 这段看似家常的情景实际包含了多处对宗教沦落的暗示。首先是教堂的现状，由于人们不再参加宗教活动，就连日常的礼拜也是好几年前的事情，故而运转情

① Mason, Bobbie Ann. *Feather Crowns: A Novel*. New York: HarperCollins Publishers, 1993, p. 18.

② Mason, Bobbie Ann. *Zigzagging down a Wild Trail: Stories*. New York: Random House, 2001, p. 18.

③ Mason, Bobbie Ann. *Zigzagging down a Wild Trail: Stories*. New York: Random House, 2001, p. 18.

④ Mason, Bobbie Ann. *Zigzagging down a Wild Trail: Stories*. New York: Random House, 2001, p. 19.

⑤ Mason, Bobbie Ann. *Zigzagging down a Wild Trail: Stories*. New York: Random House, 2001, p. 19.

⑥ Mason, Bobbie Ann. *Zigzagging down a Wild Trail: Stories*. New York: Random House, 2001, p. 19.

形惨淡，近乎荒废。麦克捡回祈祷用的长凳纯粹是废物利用，无需批准更不会感到亵渎上帝。对麦克而言，现实社会对餐边柜的需要高于宗教活动中对祈祷必需品的需求。与其把木头浪费在毫无价值的宗教活动中，不如改造成居家过日子的家具，也算物尽其用。世俗摆中间，宗教仪式放一边，一种似乎无可厚非的质朴想法。其次是信仰危机，教堂前高喊“伪君子”的“狂人”并非疯狂。他思路清晰，敢于表达疑惑，超前地意识到氟利昂的危害，并组织运动，与其说他是“狂人”，更不如说是“智者”。另外，他对宗教的认知也透彻，直击信徒的痛处，指出宗教的虚伪性，而盲从礼拜的人们不过就是佯装虔诚的“伪君子”，信仰不复存在，信徒不过是表演。与之相应，当年众信徒的回应恰好印证了他的论断。意识到自己行为就是表演的信徒并未对“狂人”的言论予以任何回应。扪心自问，他们也并不觉得被标记为“伪君子”有任何不妥或委屈。心虚的信徒自然难以为宗教正名，到头来他们反倒被“狂人”点醒，不再朝拜。再次，麦克夫妇对“狂人”的态度也体现了后南方人对宗教的认知，麦克夫妇从不去教堂，就连“狂人”的行径也是听别人说的，但麦克对宗教的认知却和“狂人”一致，故而他细细打磨，在戏谑中认真地表达了对宗教的看法，即虚伪。

正如《爬树人》（*The Climber*）中德洛丽丝和小男孩帕蒂的对话：

> “耶稣是吸血鬼。”帕蒂说。
>
> “你怎么会这么想呢?”
>
> “我哥哥说的。”
>
> “他怎么知道的呢?”
>
> “他研究过。在一本书里（讲的）。”
>
> “我听过好多新鲜事，这个还从未听过。”①

在失去了宗教光芒的“圣经地带”，帕蒂听似口不择言，对神灵大不

① Mason, Bobbie Ann. *Love Life: Stories*. New York: Harper & Row, Publishers, 1989, p. 109.

敬的论断。德洛丽丝倒也没有大惊小怪，也只是平淡地回复，不似激进的《圣经》的捍卫者拍案而起。德洛丽丝饶有兴趣地问询，一方面因为帕蒂童言无忌，言为心声，另一方面这一孩童对耶稣的解释也并非无理。与宗教若即若离的德洛丽丝将其言论当成新鲜事，不置可否，更不予评判或纠正。帕蒂作为新一代南方孩童，对宗教已全然无敬畏可言。在他眼中，无法区分所谓的“正”与“邪”、信仰与传说。耶稣和吸血鬼一样，都有人的化身和超越常人的灵魂，两者都因异于常人的能力而脱离现实，充满神秘感。同样是虚构的人物，只不过耶稣出自《圣经》，自带权威罢了。然而帕蒂的哥哥却将《圣经》降格处理，任意一个文本就可以质疑、反驳、推翻它，故而当其看到耶稣是吸血鬼时，便可全然接受并告知帕蒂。然而比起孩子的肆无忌惮的想象，德洛丽丝对宗教的嘲弄似乎更有现实基础。在《爬树人》伊始，面对电视里宗教频道的布道，她根本不在乎这一频道讲了什么。节目里请来一位前宇航员，一边讲着自己的月球经历，一边大谈其对上帝的信服，将宗教和科学混为一谈：

> 这位宇航员声称，在月亮上行走是不能和与耶稣同行相媲美的。跟随耶稣是永恒之旅而月上旅程只有三天……牧师主持的身体缓缓地弹动着，似乎在模仿宇航员在月球上的步法。他穿着一身粉色的格子夹克，由于电视调色不好，整个脸锃光瓦亮，全无阴影。①

牧师的形象颇为滑稽，发亮的肤色和色彩艳丽的着装一改庄重肃穆的人物扮相，光怪陆离，整个人显得愚蠢、俗气。电视的成色质量并非偶然，似乎是借题发挥，意有所指：牧师锃光瓦亮的脸色、花里胡哨的装束和违背科学的无阴影实际上是宗教在聚光灯照射下的本相大显形，产生刺眼、异样的视觉冲击，令人不禁联想到马戏、杂耍、小丑之类的娱乐表演。

其实衣物搭配和牧师自身形象客观来讲至多是不得体，然而德洛丽丝

① Mason, Bobbie Ann. *Love Life: Stories*. New York: Harper & Row, Publishers, 1989, p. 106.

却将其放大化，主观地视其为不协调、非真实的存在。究其原因，问题不在宗教本身，而在于其教化的人不再相信信其存在有何价值。德洛丽丝虽然生活在南方，表面上看生活中有不少宗教元素，然而她不仅不以为然，甚至还有些厌恶：

> 德洛丽丝将电视调到宗教频道只是为了听听音乐。她觉得自己根本不受福音布道者影响的状态特别好。他们急切地甚至兴奋地谈论世界末日的样子总能把她逗笑。可是今天说的内容却让她不寒而栗……一名牧师的特别讲演中提到耶稣指引人们跨越信教和不信教的鸿沟。“不信教和信教的差距”这种说法简直是危言耸听，就跟“导弹差距”似的。①

德洛丽丝对宗教的态度显而易见，她以一种怀疑甚至嘲讽的方式看待基督教中重要的末世说，以更为轻蔑的观察态度对待牧师的布道，似乎那些对教义的阐释和对现世人的提点不过是牧师个人的表演。在这场近乎愚蠢的独角戏中，他兴奋而急切，比起沉迷宗教，想一股脑地将《圣经》传授给人们，牧师更像是初入娱乐界的新人，过于用力和夸张的做派恰恰是没有内功、虚张声势的典型表现。这不免让人联想起《羽冠》中的牧师，虽然相较后者，前者并非丑陋，但也证实了滑稽空洞和外强中干似乎是梅森笔下牧师们的共性。不难想象，在这样的布道闹剧中，听众自然也无法变成虔诚的信徒。对于普通南方人德洛丽丝而言，宗教布道就只是一档音乐节目。她甚至以不受内容干扰，独立于宗教案例之外而感到满足。这种满足并非只展现了简单的排斥宗教或者南方习俗，更是象征着南方人开始独立思考，不再轻易地被传教左右。尤其是危言耸听的“信教与不信教”间的鸿沟一说，更让德洛丽丝觉得是荒唐无比的愚弄百姓的行为。“冷战”时期，美国提出“导弹差距”这一概念，认为美苏之间的导弹实力差异，有可能使美国在苏联成群的带核弹头的洲

① Mason, Bobbie Ann. *Love Life: Stories*. New York: Harper & Row, Publishers, 1989, p. 106.

际弹道导弹面前束手待毙。尼克松和肯尼迪都企图利用该言论造势，夸大苏联的威胁。然而事实是所谓差异只是政治家们愚弄民众、增加军费的借口，况且美方给出的差距标准在现在看来也漏洞百出，只是虚构出一个危险处境，激发民众的恐慌感和紧迫感而已。这种假借某些不切实际的口号、状况，扭曲现实，愚弄大众的行径在梅森看来正是宗教的本质。故而，面对这样牧师的"循循善诱"，德洛丽丝感觉"被欺骗了……她无法理解什么才能促使一个人对想和上帝一起走的感觉，竟然能比在月亮上走还欣喜不已"①。

如果对信仰的外像或者载体的质疑并不能完全消解南方的宗教情结，那么对上帝和天使的质疑则是将这一信仰从南方连根拔起。对宗教的背离和对现实的接纳在《底特律大际线》中还表现为佩吉对守护天使态度的转变。正如多数在宗教氛围浓厚的环境中生活的女孩子一样，佩吉也坚信她有自己专属的守护天使，无时无刻不在守卫她、庇护她，使其远离伤害，然而当她到达底特律时，正赶上当地政治暴动，单纯无知的小孩子自然不清楚政治斗争中的利害关系，更不明白整个"冷战"局势造成当地的暴动与所谓的"破坏"。受姑父影响，她将所有的不幸归咎于流窜的暴动分子，于是她立马陷入恐惧之中，她期盼本应如影随行的守护天使能和妖魔化的暴动者对抗，然而，现实却是在勒奈特的讲述中，这股不可逆的洪流似乎只会愈演愈烈，此时，恐慌与焦躁使得佩吉对那位高高在上的上帝使者产生了质疑，为什么笃信上帝的她要面对怪兽般的暴动威胁。在佩吉看来，天使的守护总是在人们最需要的时候不能及时降临。这使她感到极其的无助和愤懑。起初，她还责备自己"因为我没有完全相信我的守护天使，他就不再保护我了"②。然而现实中她努力乖巧，重获天使眷顾的心愿不但没有达成，反倒使其陷入了更困惑的境地。周围人的讨论，自己内心的挣扎

① Mason, Bobbie Ann. *Love Life: Stories*. New York: Harper & Row, Publishers, 1989, p. 116.

② Mason, Bobbie Ann. *Shiloh and Other Stories*. New York: Harper & Row, Publishers, 1982, p. 138.

都无法呼唤来天使的拯救，于是在失望与沮丧中，佩吉将目光投向客观的世界，在现实消费中体会关怀与呵护。诚然，佩吉对宗教的背离原因是有些幼稚，甚至蛮横的，但不可否认其映射出的宗教气数将尽。一方面，随着社会的发展和现实矛盾的升级，宗教已无法应对超越简单朴素农耕文明的问题，其社会功能性减弱。佩吉逐步意识到宗教的不完美甚至是虚伪特性的过程，实质是其走出落后南方，开启超越愚昧和盲从的新世界的历程。另一方面，宗教的沦落与现实的消费密不可分，守护天使消失带来的焦虑感很快被底特律新鲜的、都市化的、先进的事物取代，佩吉在新的着装和体验中找到精神依托。

小孩子心目中的守护天使，大人祈祷时对向的上帝在梅森看来并无差异，都是虚无缥缈的存在。《羽冠》中克里斯蒂娜在五胞胎死亡后踏上了“巡演”之路，在其离开之前，好友阿曼达叮嘱她“千万不要丢了你的信仰”①，但历经沧桑的克里斯蒂娜已看透世事，承认道：“我不相信有天堂，而且已经放弃它好多年了……我不再有信仰。我当时（开始不信任宗教的时候）有些后知后觉而且谁都没告诉，包括詹姆斯（克里斯蒂娜的丈夫）。但是我相信，他也早就不信上帝了。”② 克里斯蒂娜对上帝的失望并非一时兴起，在经历丧子之痛和被当成商品巡回展示以及看尽南方种种不公之后，即便没有见过神职人员的丑态，克里斯蒂娜也难以皈依这个只训导人隐忍顺从，却从不回报虔诚的信徒，对社会丑陋更是充耳不闻的上帝。讽刺的是在其五胞胎的橡树棺材上刻着“羊羔、鸟儿、藤蔓、果实以及莓子——就像伊甸园的花园”③，连起码的生存上帝都无法给予这些孩子，又

① Mason, Bobbie Ann. *Feather Crowns: A Novel*. New York: HarperCollins Publishers, 1993, p. 307.

② Mason, Bobbie Ann. *Feather Crowns: A Novel*. New York: HarperCollins Publishers, 1993, p. 451.

③ Mason, Bobbie Ann. *Feather Crowns: A Novel*. New York: HarperCollins Publishers, 1993, p. 325.

怎么保证他们死后的幸福，死亡就意味着消逝，而对上帝的幻想不过是人们的自我安慰罢了。对上帝的一次次失望，让克里斯蒂娜意识到，这个救世主根本就不存在：“一个慈爱的上帝怎么如此严酷地惩罚一个人?”① 追根溯源，克里斯蒂娜夫妇对上帝的失望根本在于孩子的死亡，她以各种理由为上帝的冷漠和“不作为”开脱，最后才发现她所有的不解与矛盾都因其还相信上帝的存在，没有上帝也就没有虔诚信徒的委屈与愤懑，不论教义中将上帝推崇得如何强大，在无法预料的死亡和无尽的社会罪恶面前，总是有失偏颇甚至是微不足道的，由此，上帝的地位一落千丈，他不再是神圣而万能的神而是虚伪且永远不会回应信徒的诉求和需要的冰冷的塑像。

宗教为传统南方人设置了内在标准，如何行为，如何遵从教义，如何悔罪，教导他们人生来有诸多缺陷，应时刻警觉自省，顺从上帝意志。然而，梅森的作品却挑战了这样的准则，强调人的自主性，显示人们意识到自我贬损极不合理，怀疑无条件顺从，否定宗教陈规，为人物做精神的松绑。在克里斯蒂娜身上，宗教的约束力经历几个阶段：怀孕时，她尚处于宗教的精神控制下，为自己婚后纵欲和追求享乐感到不安，更因对康内特牧师的性幻想羞愧难当，唯恐原罪、欲望招致惩罚，让她产下恶魔。孩子出生后，的确就“只是孩子，不是天使也不是恶魔”②。愧疚、担心烟消云散。做五胞胎妈妈的成就感、自豪感扫除了她对上帝的恐惧，对宗教规范的敬畏抛到了九霄云外。她信心爆棚，将圣婴和自己的孩子相提并论，想象“马槽里的耶稣肯定也把尿布整得湿湿的。也不知那时候有没有尿布”③。五

---

① Mason, Bobbie Ann. *Feather Crowns: A Novel*. New York: HarperCollins Publishers, 1993, p. 389.

② Mason, Bobbie Ann. *Feather Crowns: A Novel*. New York: HarperCollins Publishers, 1993, p. 141.

③ Mason, Bobbie Ann. *Feather Crowns: A Novel*. New York: HarperCollins Publishers, 1993, p. 141.

胞胎相继夭折，她的罪孽感复发：

> 她满怀罪孽感。她，还有詹姆斯，曾纵欲享乐，都犯了大罪。似乎这还不够，那个可笑十足的康内特牧师大嘴胡诌，地震也能成为愉悦人们的舞台秀，而她竟然对这么个人充满色欲。这是不忠！她没了信念，她妄议神灵，所以上帝才惩罚她。①

但是，她并没有回到温顺的从前，从未真心想过找牧师忏悔，而是沿着觉醒、叛逆之路前行。她明白，自己所谓的罪孽，即欲望和怀疑，让她与旁人不同，成为真正的自我，对上帝可能为她本人的罪孽夺去孩子的生命的悲剧不是逆来顺受，而是愤愤不平。后来，克里斯蒂娜在一本细菌科普书里读到五胞胎夭亡的真正原因，醍醐灌顶。从此，无论遇到什么问题，她再也不诉诸宗教以求得解答或安慰。“是细菌而不是原罪导致悲剧的发生，这让20世纪文化史发生重大转变，宗教权威让位于科学权威，宗教信仰让位于科学信仰。”② 宗教在人们精神世界的主导地位彻底坍塌。克里斯蒂娜后来将五胞胎的尸体留给了科研机构，没有像传统基督徒那样幻想五个孩子的灵魂回到上帝身边，以实际行动宣示了她新的精神皈依。她做这一决定时义无反顾，执意不再受制于宗教教义。挣脱旧的枷锁，开始新生活，她的夫妻关系也不知不觉升温，亲密起来。他们都意识到，夫妻感情远比最后审判重要得多。《羽冠》显示，不相信宗教者在霍普维尔具有一定普遍性，不乏其人。克里斯蒂娜家里的其他人，同样不把宗教放在眼里。妹夫托马斯一次也没有进过教堂，③ 他的妻子阿尔玛心中那点宗教信仰也被繁琐的家务和世俗事务驱逐得一干二净。瓦德更是明白无误地弃

---

① Mason, Bobbie Ann. *Feather Crowns: A Novel.* New York: HarperCollins Publishers, 1993, p. 252.

② Pollack, Harriet. "From *Shiloh* to *In Country* to *Feather Crowns*: Bobbie Ann Mason, Women's History, and Southern Fiction." *The Southern Literary Journal*, vol. 28, no. 2, 1996, p. 113.

③ Mason, Bobbie Ann. *Feather Crowns: A Novel.* New York: HarperCollins Publishers, 1993, p. 286.

绝宗教。妻子阿曼达曾说，她被神灵附体，他回答道：“你最好让神灵哪儿来回哪儿，就把他留在教堂里吧。”① 这些普通人均有提防意识，不由自主与宗教拉开距离，不愿意让其统摄他们的生活。对克里斯蒂娜，对很多霍普威尔的居民，现世生活比任何教义承诺的来世前景都更有吸引力。克里斯蒂娜九十岁的时候对孙子毫不犹豫地讲起自己如何摆脱宗教桎梏：“孩子，你听着，我说这话时，如果真有上帝，如果他真要给我当头一棒，我也不在乎，事实是，我不相信有天堂存在。我好多年都不信了。”② 她明确宣称自己是无神论者，斩钉截铁否定南方传统，拒绝宗教束缚。对宗教从盲从到幻灭、叛逆到选择科学，她本人走过了一条曲折的信仰改弦更张之路，也一定程度上具有指标意义，折射了宗教这一在南方长期被奉为精神至理的宏大叙事在科学技术不断精进，人的自主意识不断增强的新时代所遇到的强劲挑战。

述说了牧师和麦克凯的种种丑态，克里斯蒂娜勇敢地将怨愤、责难的矛头对准了上帝，指出上帝也常出错，惩罚无辜之人。她感到上帝让其生五个孩子，却没供给能喂饱五个孩子的奶水，是计算有误。五个孩子相继死后，克里斯蒂娜更是耿耿于怀，觉得上帝难辞其咎。

> 近来，克里斯蒂娜越来越怨恨上帝。他不公平。她对那位能说会道的黑发布道士产生了一点非分之想，上帝就惩罚她，凭什么？甚至还让对她的惩罚殃及孩子、丈夫和阿曼达，又凭什么？……她感到自己没犯大错，她只是爱做梦而已。世间多少罪孽，上帝视而不见，或者从轻发落，却偏偏饶不了她。上帝的惩罚对象好随意，由着他的性

① Mason, Bobbie Ann. *Feather Crowns: A Novel.* New York: HarperCollins Publishers, 1993, p. 18.

② Mason, Bobbie Ann. *Feather Crowns: A Novel.* New York: HarperCollins Publishers, 1993, p. 451.

子，就像他对人间这么多的罪孽心中没数似的。①

克里斯蒂娜把五胞胎夭折看作是上帝在为所欲为，是其传达给人间的某种信息，跟地震一样，但为此牺牲的人则是上帝随意挑选。

既然质疑、轻看宗教，为何又不与宗教决裂？这是梅森小说里呈现的一种难以理喻的怪象。对于众多所谓教民而言，有的是在随波逐流，沿袭旧俗，而更多人则是别有用心，在榨取宗教剩余价值实现自己的只可意会不可言传的目的。梅森试图表明，在追求娱乐蔚然成风的环境里，宗教活动亦不能免俗，礼拜、宣教会已完全变质，无关朝圣、虔诚。人们各取所需，或者将其作为盈利捞钱的工具或者将其当做散心或社交的平台，具有鲜明、庸俗的功利性。

在《爬树人》里，德洛丽丝记得“橡树岭男孩”乐队曾以唱诗班出道，主打《圣经》歌曲，是典型的南方宗教文化的载体和传播者。然而不久之后，他们便改弦更张，唱起流行歌曲了。“橡树岭男孩”曲风从神圣向世俗的逆向大跨界令人始料不及。在宗教萧条败落，流行文化如火如荼的南方，宗教的受众远远赶不上流行文化，借宗教之名起家的产业已实在难以为继。因此，他们迅速转型。这表明对于这一南方乐队而言，宗教只是演出的题材而非坚定的信仰，是谋生的一个手段而已，是在蹭热点，傍大款，但即便打上了宗教的标签也可以随时撕掉。为了吸引年轻人，他们宛如脱胎换骨，一改正统庄重的外形，开始标榜穿着花哨，风格新潮狂放，一头被“吹风机吹得耸起”的发型宣告了其与低调内敛的宗教教导的告别。和“橡树岭男孩”一样，德洛丽丝周围的一切似乎也都在发生变化，极具象征意义的是门口的大树被一节节锯掉。长久以来，南方人和宗教的关系密不可分，有学者从中品味出了其隐喻的宗教江河日下的命运：

---

① Mason, Bobbie Ann. *Feather Crowns: A Novel*. New York: HarperCollins Publishers, 1993, p. 384.

“想象力丰富的南方人在该地区的历史上一直尝试着以某种有意义的方式来表现这种强大的文化遗产（宗教）。”① 作为南方世代相传的文化遗产，宗教就像门后的大树一样，“树根钻伸到房子的地基里”②，枝繁叶茂，遮盖房顶，两者如此紧密以至于如果直接锯断树根的话就会砸倒房子。德洛丽丝甚至将其视为一种神秘力量，一种普通人的身心庇护。她甚至有些迷信地认为这棵树可以保佑其化验出良性的结果。然而事与愿违，领取检查结果之前，树就被伐倒了，而她也并未因此受惩罚，而是在“几乎认不出来曾经落满树叶的院子”里“迈起了有力的脚步”③，预示着南方人放下宗教等精神重担，轻装迈向未来。

《底特律天际线》（*Detroit Skyline*）中人们或是把礼拜当成交友相亲之地或是根本就忘记礼拜的存在，去教堂的宗教定式不仅内容被抽空，就连形式也被瓦解。表面上看，勒奈特乐善好施，总是在他人的满足中才能实现自我。文中多次提及她和一个教堂的积极分子约会，暗示其过分虔诚的性格可能与宗教有关。她为了与这个宗教人士共度时光并发展下一步关系，每周日会遵循规约，早起装扮，早早去教堂。然而在宗教沦落的大背景下，为做礼拜而精心打扮显得矫揉造作，尤其是在从不去教堂的朋友眼中，勒奈特的装束甚至有些诡异。她穿着华衣吞咽早餐的形象更是违和感十足。然而她卖力装扮，并不是为了取悦上帝，因为她根本不信奉宗教。在男友爽约，不去教堂时，她只是呆滞地吃着东西。当被问及“你为什么不去教堂呢，反正你都穿戴好了”④ 时，她才坦言“可是我根本不信呀”⑤。对

① Ketchin, Susan. *The Christ-Haunted Landscape: Faith and Doubt in Southern Fiction*. Jackson: University Press of Mississippi, 1994, pp. xii-xiii.

② Mason, Bobbie Ann. *Love Life: Stories*. New York: Harper & Row, Publishers, 1989, p. 142.

③ Mason, Bobbie Ann. *Love Life: Stories*. New York: Harper & Row, Publishers, 1989, p. 198.

④ Mason, Bobbie Ann. *Shiloh and Other Stories*. New York: Harper & Row, Publishers, 1982, p. 47.

⑤ Mason, Bobbie Ann. *Shiloh and Other Stories*. New York: Harper & Row, Publishers, 1982, p. 47.

于勒奈特而言，去教堂的装束就是一身约会的戏服，而没有陪伴，形单影只地去礼拜自然也就失去了礼拜的意义。不仅装束和礼拜是为讨好男友，修身克己的形象也只是衣服一样的表象。现实中的她自由散漫，不会在乎别人的感受。她告诉佩吉巷子里同情共党的人蠢蠢欲动，吓得小姑娘不敢出门，噩梦连连。她在男友爽约后神情“失落而涣散”①，完全不似之前善解人意、笃信上帝的信徒。其实，梅森借勒奈特好友布恩和贝蒂之口，对去教堂这一看似神圣的行径进行了世俗却真实的解读，贝蒂说勒奈特“用心装扮不过是为了偶遇她的命中注定”②，她称教堂是“约会地”，因为在贝蒂看来，教堂无异于酒吧、咖啡厅，就是男女社交约会的平台。由此，勒奈特略显夸张的妆容在布恩看来就是“用来钓男儿的饵”③。此时的教堂无关神圣，无关信仰，只是怀揣私心的男女各取所需、满足私欲、感受存在的游乐场。在《南方宗教百科全书》中，评论家迪安·班奇（Dianne Bunch）曾指出，在南方，尤其是战后的南方“人们更需要宗教来填补内心的分离感。对原罪和愧疚情感的救赎几乎成了一种社会伦理，这就为南方教堂的扩展提供了土壤，同时也使其可以和社会架构联系得更加紧密。宗教，曾经是将南方生活合法化的重要途径”④。她认为，在传统南方社会中“不去赎罪，不参加教堂活动的人必将被排除在社会之外”⑤。虽然在梅森作品中，周日礼拜还是被作为宗教活动保留了下来，但是她已将活动的宗教内髓抽离出去。目的不纯还随意缺席的人们早已不再在乎赎罪，对宗

① Mason, Bobbie Ann. *Shiloh and Other Stories*. New York: Harper & Row, Publishers, 1982, p. 48.

② Mason, Bobbie Ann. *Shiloh and Other Stories*. New York: Harper & Row, Publishers, 1982, p. 42.

③ Mason, Bobbie Ann. *Shiloh and Other Stories*. New York: Harper & Row, Publishers, 1982, p. 42.

④ Bunch, Dianne. "Guilt." *The Encyclopedia of Religion in the South*. Ed. Samuel S. Hill, Charles H. Lippy, and Charles Reagan Wilson. Macon, GA: Mercer University Press, 2005, p. 364.

⑤ Bunch, Dianne. "Guilt." *The Encyclopedia of Religion in the South*. Ed. Samuel S. Hill, Charles H. Lippy, and Charles Reagan Wilson. Macon, GA: Mercer University Press, 2005, p. 363.

教的态度也丝毫不影响人们的社交，宗教逐渐失去对世俗生活的掌控。勒奈特的缺席非但没有引起南方姑娘佩吉的反感，反倒让她在怜悯单身都市女性的同时对其产生了些许敬意，佩吉近乎瞬间原谅了她前一天对自己的恐吓，在反叛宗教、所有事物为己所用的实用主义处事方式中找到了和勒奈特的共鸣。

为了突出后南方宗教仪式在人们生活中的边缘化窘境，梅森还在小说中特地展示了周日早上除了勒奈特以外的人的生活。出身南方的佩吉和母亲还有姨妈一家即便到了周日也一如往常，在门廊里慵懒地吃着早点，毫无礼拜的意图，即便她们在南方的时候，每逢礼拜日，一家人也是安然闲适地“坐在门廊前，读着周日的报纸”①，完全不理会礼拜。更讽刺的是，作为教堂活跃分子，勒奈特男友竟然也毫无征兆地找了为母亲扫墓的借口，随性“翘掉”了礼拜。20 世纪初前后的美国作家托马斯·奈尔逊·佩奇（Thomas Nelson Page）指出，信奉上帝是南方绅士的首要职责②。在佩奇等人看来，出席教堂活动的重要性几乎等同于对宗教的信仰。的确，鉴于宗教在南方过去曾经的巨大影响力，虔诚确实是模范公民的标配，是义不容辞的责任。但距离佩奇说这番话已经过去了近一个世纪，已经时过境迁。何谓“虔诚”，定义已大不同或被各取所需。即便“虔诚”如勒奈特男友，将是否笃信宗教作为择偶标准，但这也是他一面之词，似乎也可能是他冠冕堂皇的喊价。到底虔诚与否，还要以事实为依据。不过，勒奈特男友倒是会将个人的情感凌驾于宗教活动之上。这就使他去教堂的初衷大打折扣，而且他唐突的理由也让人心生狐疑，文中只是提及他在教堂活跃，但并未说到其具体的宗教行为。这让人不禁联想其活跃的意图到底在

---

① Mason, Bobbie Ann. *Shiloh and Other Stories*. New York: Harper & Row, Publishers, 1982, p. 46.

② Page, Thomas Nelson. *Social Life in Old Virginia Before the War*. New York: Kessinger Publishing, 1897, pp. 45-46.

宗教还是在吸引异性的注意，相亲交友。通篇仅出现了一次宗教活动，他却没有出现。虽然为母亲扫墓并非不可接受，但在宗教至上、个人行动让位于集体宗教仪式的传统下，随意缺席仍旧让他的“虔诚”显得疑点重重。勒奈特因他的缺席而被朋友调侃，无奈之下也只能搪塞“他真的很爱他妈妈吧”①，以其难辨真假的孝敬聊以自慰，辩解自己不是被有意抛弃的交往对象。小说中频繁出现的去教堂做礼拜，不过是对宗教活动变质、功利化趋势的真实写照。即便人们没有忘记宗教仪式，但虔诚与否，已另当别论。其实，能例行公事般去教堂，就已难能可贵。

《羽冠》里的克里斯蒂娜去教堂祷告，其实满脑子“吃喝玩乐和交友”，远离枯燥无味的家庭生活②。其他上教堂的人也目的相同，把教堂当作与人见面聊天的场所，传播打听小道消息，所聊话题往往都是低级趣味的流言。出于这样的动机，去教堂原本的核心主旨反倒被彻底抛弃，他们不在乎布道者说些什么。

> 每周都见同样的人，饭也淡而无味。加尔文两姊妹是这里的是非婆，每次都有说不完的下流话，到这儿的每个人都躲不开她们那两张刻薄的嘴。③

甚至有人非议，克里斯蒂娜五个孩子夭折，却没见她哭，说明她很乐意。克里斯蒂娜丈夫詹姆斯大为光火，决心不再踏进教堂一步。

克里斯蒂娜和阿曼达为参加瑞尔福特宣教会精心打扮，身穿“星期日聚会的服饰”，“头戴缀着丝边的草帽，还带了姜汁点心、柠檬饮品”，俨

① Mason, Bobbie Ann. *Shiloh and Other Stories*. New York: Harper & Row, Publishers, 1982, p. 47.

② Mason, Bobbie Ann. *Feather Crowns: A Novel*. New York: HarperCollins Publishers, 1993, p. 64.

③ Mason, Bobbie Ann. *Feather Crowns: A Novel*. New York: HarperCollins Publishers, 1993, p. 49.

然一副去野餐的样子。① 这活动对她们两人，更像大型狂欢节，可以见到上千人。实际上，她们的感受在参加教会活动的人群中相当具有代表性。

在梅森笔下，宣教会上完全偏离正轨。关注重点竟匪夷所思从神圣的宗教教义宣讲、聆听，变成色相吸引、点燃情欲、醋意大发的闹剧。众人对康内特牧师的感觉、评价严重分裂。男人嫉妒他相貌英俊，女人则为之着迷而不顾他的恶行，有一对夫妻，女的对康内特牧师赞不绝口，男的却说这人劣迹斑斑“本就一赌徒，而且极其好色”②。阿曼达见到康内特第一眼就豪放表示，“他要没结婚，我就爬到他身上去”。克里斯蒂娜听此也感觉“热血沸腾”，两眼一动不动盯着他看。③ 夜里睡觉时，克里斯蒂娜甚至能感觉到康内特性感的肌肤，让她又兴奋又愧疚。还有一个女人被康内特吸引，跟他说话时不停地“用手抚弄着自己的秀发”④。

> 康内特牧师柔情似水的嗓音与树叶间传过来的阳光融为一体，所有的人都随着他说话的节奏而跃跃欲动。⑤

沿着这一看点，宣讲会变成女人们对台上牧师以貌取人，评头论足，释放力比多的选美秀。有位相貌平平的传教士登台后，阿曼达也不管他讲得好坏，而是先入为主地盖棺论定，断然唱衰：“太丑了。你咋能想象那么丑一张脸能说出个什么名堂来！”⑥

---

① Mason, Bobbie Ann. Feather Crowns: A Novel. New York: HarperCollins Publishers, 1993, p. 62.

② Mason, Bobbie Ann. Feather Crowns: A Novel. New York: HarperCollins Publishers, 1993, p. 66.

③ Mason, Bobbie Ann. *Feather Crowns: A Novel*. New York: HarperCollins Publishers, 1993, p. 67.

④ Mason, Bobbie Ann. *Feather Crowns: A Novel*. New York: HarperCollins Publishers, 1993, p. 80.

⑤ Mason, Bobbie Ann. *Feather Crowns: A Novel*. New York: HarperCollins Publishers, 1993, p. 73.

⑥ Mason, Bobbie Ann. *Feather Crowns: A Novel*. New York: HarperCollins Publishers, 1993, p. 67.

对观众来说，宣教会就是一场嘉年华，可以像疯子尽情发泄，时而跟牧师大喊大叫，时而像风中柳枝摇摆不休，时而低下头默默祈祷。克里斯蒂娜起初只偶尔偷偷左顾右盼，观察众人的荒谬而非倾听牧师的宣教。不久，她便被人群阵阵呼喊搅得昏头转向，极度亢奋，也随他们一起狂叫。

> 他向空中挥舞拳头，人群也向空中挥舞拳头。他的手指向人群中的某个方向，这个方向的一堆人便站起来大喊。他的手在空中旋转，又指向另一个方向，他左侧一群散坐的人群，这一群人便立刻站起来，呜呜地喊个不停。①

在宣教士鼓动下，人群像彻底失去理智。男人边用拳头捶打树干边像狗一样狂吠。女人则趴在地上。克里斯蒂娜虽然也混在人群里，但她不愿意毫无理智地“对着恶魔狂吠，或者像一棵被伐倒的树趴在地上”。② 待这些癫狂的男女信众清醒后对自己的失态也羞愧不堪。

在典型的南方宗教神话中，种族问题是难以回避的。谈及白人至上的种族理念，就不得不涉及南方的宗教传统。正如美国学者在《旧南方宗教》（*Religion in the Old South*）一书中所指出的，南部新教移民们在创建南方社会的过程中将“南方殖民地的历史命运解释为上帝拯救人类计划的一部分。有关建立弗吉尼亚殖民地的私人或公共叙事都表明，这是——融合着英国殖民扩张主义思想——上帝选民在履行向南部新大陆传播基督福音、播撒基督文明的天赋使命”③。在这一天赋使命观的思想指引下，内战前相当一部分南方中上层白人倾向于认为，黑人是上帝创造以担任劳役的人，其种族天生落后、低劣，并且他们大部分是忠诚、恭顺于白人奴隶主

---

① Mason, Bobbie Ann. *Feather Crowns: A Novel*. New York: HarperCollins Publishers, 1993, p. 77.

② Mason, Bobbie Ann. *Feather Crowns: A Novel*. New York: HarperCollins Publishers, 1993, p. 78.

③ Mathews, Donald G. *Religion in the Old South*. Chicago: University of Chicago Press, 1979, p. 51.

且愿意接受其指导的①。自 1661 年弗吉尼亚议会通过法案确立北美最早的蓄奴法起，奴隶制度便随种植园经济的发展在整个南部殖民地得以迅速普及。奴隶制的形成是多种因素综合作用的结果，其中既包含着种植园经济对劳动力的需求、种植园主维护绝对统治地位的需要，也离不开源自早期英国移民的白人种族观念的作用等。但从文化和经济因素审视，“黑人陷入奴隶制主要是英国移民对黑人的种族偏见与经济因素复杂互动的结果”②。正如卡尔·戴格勒（Carl N. Degler）所言，黑人奴隶制是殖民地早期白人对黑人固有种族偏见的结果。他认为早自 17 世纪初叶起，英属北美殖民地白人对黑人就有着强烈的种族偏见，认为黑人比白人低劣，这种种族偏见最终造成了 17 世纪 30 年代后白人对黑人的歧视性待遇和 60 年代奴隶制在法律上的确立。奴隶制的确立是白人对黑人种族偏见的反映，反过来又加深了对黑人的偏见或歧视③。基督教神学家托马斯·阿奎那（Thomas Aquinas）提出，世界所有物质和生命是一个由上帝统管的严格的等级链状结构，这一森严的生物大链（the Great Chain of Being）被南方人不断补充，论证种族制度的宗教合理性。托马斯·杰弗逊（Thomas Jefferson）在种族观方面也深受这一生物大链思想的影响。在《弗吉尼亚日记》（1787）中，杰弗逊基于 18 世纪生物大链思想从种族特征方面比较了黑、白人种的优劣，将黑人划归于白人与类人猿之间的位置并以此说明黑人的“动物性”倾向，以此揭示了黑人在生物链中的“低劣性”以及类似于猩猩的性骚扰特点。在杰弗逊的影响下，生物大链思想在南方中上层白人中得到了广泛传播，许多白人不但接受了黑人在类人猿与白人之间的

---

① 陆镜生：《美国人权政治——理论和实践的历史考察》，北京：当代世界出版社，1997 年，第 264 页。

② Wood, Betty. *The Origins of American Slavery: Freedom and Bondage in the English Colonies*, New York: Farrar Straus & Giroux Publisher, 1997, p. 8.

③ Degler, Carl N.. “The Foundation of Southern Distinctiveness.” *The Southern Review*, vol. 13, no. 2, 1977, p. 225.

等级地位序列，而且也相信，黑人种族的这种低劣“事实”与上帝神秘的裁定之间存在着某种联系①。奎因总结后南方作品的主题之一就是颠覆神话，“展现了农业主义者们过去神话的缺陷”②。白人至上、等级分明的种族制度是南方历史的重要一环，正如阿维·克拉文（Avery O. Craven）所说：“黑人的存在，制造了一个种族问题并产生了保持白人国家的决心，这是南方历史的中心主题。”③ 赫尔曼·尼克松（Herman C. Nixon）也表示：“黑人一直是南方历史的中心主题并构成地方特性的主要基础。”④ 不夸张地讲，南方的历史，尤其是种植园史实际上就是种族史，而对宗教设定的种族架构的质疑其实正是对南方宗教的否定。鉴于旧南方以蓄奴制经济体制为基础，人们对种族形成了“固定的心理认知”⑤。

梅森曾表示，由于自己接触黑人有限，其作品很少涉及黑奴遭遇。不过，在《羽冠》中，她写到了这一问题。关于黑奴的这段叙事可谓是她从种族角度对宗教的正当性或者说对其为白人至上的种族观推波助澜、保驾护航提出的挑战。在她的描写里，南方“伊甸园”时代的种族区隔泾渭分明。她从黑人立场出发书写的黑人生活不再是娴静美好、与白人和谐共生的天堂，而是浸染了血泪、充满压抑与伤痛的地狱。作为南方最底层的人群的一员，黑人奶妈“手套”连像样的名字都没有。对于白人而言，她就是个近乎免费的帮佣。迫于贫困，丧子不久的她还没来得及悲伤就被周围人像抓壮丁一样带到克里斯蒂娜家中，命其将乳汁奉献给白人的孩子。在

---

① Reiss, Oscar. *Blacks in Colonial Americas*. Jefferson and London: McFarland & Company, Inc., Publishers, 1997, p. 14.

② Guinn, Matthew. *After Southern Modernism: Fiction of the Contemporary South*. Jackson: University of Mississippi Press, 2000, p. 73.

③ Craven, Avery O. *The Coming of the Civil War*. Chicago: University of Chicago Press, 1957, p. 81.

④ Newby, Idus A. *The South: A History*. New York: Holt, Rinehart and Winston, Inc., 1978, p. 12.

⑤ Smith, Kimberly K. "Mere Nostalgia: Notes on a Progressive Paratheory." *Rhetoric & Public Affairs*, vol. 3, no. 4, 2000, p. 505.

白人眼中，黑人就如同野兽一般，不仅无需治愈内心创伤，连身体也不需恢复。当差不多时间生产的白人克里斯蒂娜还在卧床休息，每日尚可获取虽然不多但切实存在的优待时，名义上的奶妈“手套”早已被脏活和累活奴役，成为克里斯蒂娜家中所有人的仆人。“南方文艺复兴”的“农业主义者”们赞颂的仁慈的雇主，欢乐的黑人，超越种族的关爱与怜悯在“手套”身上荡然无存，在梅森看来，昔日宗教阴影下的种族制度中只有无限的盘剥和近乎泯灭人性的压榨。“手套”并非特例，南方黑人的苦难遭遇随处可见，瘦骨嶙峋却被驱赶做纤夫河滩黑人、没日没夜采摘棉花以致手指生茧、溃烂的种植园黑人，他们呆滞的眼神和困顿的生活状态与纳什维尔农业主义者、威尔蒂、威廉·珀西等人笔下幸福满足、以服务白人为乐的黑人大相径庭。所谓幸福美好的往昔生活对于黑人来言更像是被奴役、被剥削的苦难史。不仅如此，传统宗教制度的影响下，还强调昔日种族间的和谐关系，珀西甚至称呼这些为其耕地伐木、忠心耿耿的仆人为“黑人兄弟”。然而现实却是当“伊甸园”中的白人妇女克里斯蒂娜有意与黑人“手套”交友时，遭到家人和朋友的猛烈围攻。这些才智、品行和视野都不及“手套”的白人以接触黑人为耻，认为克里斯蒂娜生产后丧失心智，毫无体面可言，在宗教中的下等人生活中根本不存在不同种族促膝长谈，称兄道弟，如亲人、似朋友的景象，这让梅森不禁反思：“那时候为什么黑人生而为奴?”① 种族制度是南方宗教制度中的重要组成，也是构成昔日白人至上、井然有序的农奴制大庄园的根基，故而“南方文艺复兴”作家对往昔宗教架构的怀念并非是对抽象而单薄的年岁的回望，而是对其附着的宗教制度的追溯。如此，传统的宗教史不再是客观的、现实的引导，而是人为建构的、选择性的传承。《羽冠》中对种族制度的重审实质上是在去除宗教存在的正当性和合理性。当人们还在被伊甸园和谐美好生活的圣

① Mason, Bobbie Ann. *Feather Crowns: A Novel*. New York: HarperCollins Publishers, 1993. p. 389.

光所迷惑，认为只有回归宗教才能摆脱当下的种种困境时，梅森一语道破真谛："永远别以为我们过去生活在美好的时光里……很多人在很多时候心里都苦得很呢。"①

因为消解了中心与归属，故而用于巩固这些传统价值的规约也不再起作用。后南方人切实感受到了其父辈无法想象的"从心所欲"。梅森甚至举例，其作品《孟菲斯》中的贝弗利在离婚后陷入暂时的迷茫，脱离传统宗教中再三强调的家庭角色，不知何去何从。然而当其对比过去被拴死在婚姻中的人们时，贝弗利庆幸自己没有受到宗教的约束，"贝弗利积极地看待（许多父辈没有的可能性），这意味着她可以更多地享受生活……从这一点上说，我对（南方去传统、去深度）的变化是十分乐观的，我从人物身上可以感受到更多的激情和活力，因为他们不会被人评判，也没有什么可以感到怅然若失的"②。

受后现代主义思潮的影响，梅森塑造的新南方人摆脱了精神至上的神话理想，一如詹姆逊所言，失去了与深度、历史等的关联，当代人"开始生活在无休止的当下，经历无尽的、反叛传统社会的变化"③。梅森的作品正是体现了这样的后现代倾向。

南方文艺复兴基本遵循现代主义审美认知，认同宏大的集体精神导向，崇尚近乎"存天理，灭人欲"的宗教与道德准则，除了对基本宗教教义矢志不渝的坚守，更有对"关爱、同情、奉献、礼貌、荣誉和尊严"这些超越个人欲望和情感的准则的偏向，塑造了传统人物的精神胜境。然而20世纪60年代，随着后现代主义的盛行，否定终极目标与深

① Mason, Bobbie Ann. *Feather Crowns: A Novel*. New York: HarperCollins Publishers, 1993. p. 452.

② Mason, Bobbie Ann. "An Interview with Bobbie Ann Mason", Conducted by Albert E. Wilhelm, *Southern Quarterly*, vol. 26, no. 2, 1988, p. 42.

③ Jameson, Fredric. *Postmodernism, or, The Cultural Logic of Late Capitalism*. Durham: Duke University Press, 1991, p. 50.

度，强调存在先于本质的存在主义席卷南方，倡导除了人的生存之外，没有天经地义的道德与灵魂。其中，福柯对理性至上，本质压抑存在的现代思想提出质疑，认为人的本性是非理性的，不存在完全理性的人，而所谓理性其实不过是对自由渴求的对抗，故而人最本性的非理性才应是生活的主导力量，“只有逃离了理性的掌控，人们才能实现幻想与非理性，继而享受美好生活”①。

南方宗教神话作为高度系统化的理性格局，它所强调的意义与价值实则是限制人自由与主体的枷锁，马克斯·韦伯（Max Weber）称之为“铁笼”②。他认为能够拯救人们于这一理性至上生活的即为日常审美，即抛却诸如宗教和道德等形而上的规约和敬畏，改变被传统文化中精神奴役存在的状况，从切实的、感官的日常体验中获取满足。早在 19 世纪，存在主义的鼻祖克尔凯郭尔指出，“感性”或“审美”是人生存的最基本层面，即人遵从享乐主义思想，追求生活体验和感官愉悦，没有善恶之分，更没有责任和道德的约束。这一非理性、去神圣的认知恰与后现代的反叛精神相呼应。承载典型后现代主义思想的梅森作品，认同存在主义中感性（审美）的积极性和正当性，赞美即时性和非理性的存在必要性与价值。这和克尔凯郭尔的存在主义哲学不谋而合。他将人的存在分为三个层面，即审美、伦理和宗教，宗教和审美是人认知的两个极端，而近乎与宗教对立的审美并非是概念性的美学认知，而是人作为存在对感性生活和即时体验的关注。换言之，审美的特性为人的客观感知、冲动和自由情感，是包括肉欲在内的偶然性、暂时性的享乐。它既没有确定的可以追寻的目标，也没有现世的规约性的法则。他指出，存在与虚无相生相随，两者不相融合地

① Foucault, Michel. *Language, Counter-Memory, Practice: Selected Essays and Interviews*. New York: Cornell University Press, 1980, p. 96.

② Weber, Max. *The Protestant Ethic and the Spirit of Capitalism*. London: Routledge, 2001, p. 152.

占据人的日常生活，而强调感官体验的审美是证明人生存的最基本层次，经历与体验是最直接有效地证实个人的客观存在的方法。比起无尽的虚无和平淡，体验显得苍白而短暂。人们只能不断累加经历来刺激自身跳出虚无的“黑洞”，减少虚无的侵蚀。在克尔凯郭尔看来，这些即时性的证明存在价值的经历多由身体与感官支配，而此时所谓精神与责任完全没有实际性贡献，故而审美的终极目标就是不断地寻求带来享乐刺激的即时性体验，正如其总结的“审美即为活出即时性的人”①。对于后南方人而言，与其从审美费尽周折，违心地抵达宗教的高度，不如反其道行之，在世俗的、审美的层面感受生活。克尔凯郭尔又将审美即时性存在划分为狭义和广义两种，前者是指单纯而原始的感官体验，肉体的欢愉，后者除了这一层含义之外，还包含了认知层面的对享乐生活的认同、反应和追求。梅森塑造的新南方小人物虽然并没有刻意探究自身“属灵”还是“属肉”，但却在世俗而平凡的生活中印证了即时存在的强大号召力，诸如鲁比、佩顿、琳达等不惜一切获取感官享受和身体愉悦，在近乎迷失的享乐中获取存在的意义，而更多的诸如唐纳德、塞姆、杰克等则将获取即时感官体验作为其行事动力与指导，奠定其生活的基调。总之，对所有直接的感官的刺激予以积极响应，进而躲避虚无空白和深度长远。

克尔凯郭尔在《非此即彼》中指出，没有任何一个时刻会重大到使人难以忘却，然而所有的事情，尤其是痛苦与伤感，都不会被完全忘记，因为这些总是会让人被动地陷入记忆，从而破坏彻底的享乐过程。

梅森小说中，后南方的人们便通过及时行乐来填补和应对失去宗教后的空白带来的无聊和缺乏深度带来的绝望。克尔凯郭尔认为无聊和绝望是一种致死精神疾病，这一不涉及意识但关系自我构成的疾病的后果是可能性与现实性不统一。他指出这两者关系中，现实性优于可能性，即“同能

---

① Adorno, Theodor W. *Kierkegaard: Construction of the Aesthetic*. Trans. Robert Hullot. Kentor, Minneapolis: University of Minnesota Press, 1989, p. 58.

够存在相比，存在就如同一种上升"①，然而由于个人能力的有限性和可能的无限性，人们很难将对可能性的追求转化为现实性，这种无处探求或求而不得的失意便造成了无聊与绝望。他指出，感官的享受和体验是回避绝望的有效途径，这一暂时性的介入可以使人们偏离对可能性与现实性不对等的纠结，进而获得解放，同样，"无聊是万恶之源，消磨时光的转变则极为有益"②。梅森将克尔凯郭尔的"回避"嵌入后南方人的日常生活中。《示罗圣地》中面对儿子夭折、婚姻失败、生活拮据等重重困扰，简和丈夫勒罗伊不再相信理性和宗教对人的教化，无法承受无力挽回生命的无助和难以改变处境的绝望。夫妇两人选择回避。简参加健身班、学习化妆知识、在夜大进修、尝试不同的烹饪，勒罗伊则常年开车在外，和各种陌生人聊天、学刺绣、做模型。两人一起的时候从不肯提儿子和夫妻关系，只是看电视、打牌。平静下来思忖的生活让人恐慌，当不经意触碰到生活的绝望时，夫妇二人不约而同地抽起大麻，致幻的药效使其暂时性摆脱了自己导致儿子死亡的愧疚和夫妻沟通不能的无奈，在身心享受中获得解脱，也因此，当勒罗伊明知不能而为之，踏上挽救婚姻的示罗之旅时，大麻成了他千方百计要将其蒙混过关的必备品。唯独吞云吐雾那一刻，他才能避开自己的无能。对于毒品作用的描述，并非是梅森作品的首创，但她深处后现代语境，并为其发声。早在 20 世纪 50 年代，霍尔姆斯就在小说《去吧》（*Go*，1952）中总结道，在充斥着瘾君子时代，人们"不再相信任何事物，只会追求过度的感官享受"③。勒罗伊最喜欢的事情就是"躺在沙发

---

① Kierkegaard, Søren Aabye. *The Concept of Anxiety: A Simple Psychologically Orienting Deliberation on the Dogmatic Issue of Hereditary Sin*. Trans. Reidar Thomte. Princeton: Princeton University Press, 1980, p. 11.

② Kierkegaard, Søren Aabye. *Either/Or*. Vol. 1. Trans. David F. Swenson and Lillian Marvin Swenson. New York: Anchor Books, 1959, p. 282.

③ 理查德·达文波特-海因斯：《搜寻忘却的记忆：全球毒品 500 年》，蒋平等 译，南京：译林出版社，2008 年，第 289 页。

上，一边抽大麻，一边听诺玛·简弹奏《眼睛一刻也离不开你》和《我会回来的》……他终于和心爱的女人安定下来”①。“他猛吸着（含有大麻的）烟。”② 致幻的毒品一方面从情绪上安抚吸食者，使他们摆脱了现实的焦虑与躁动，毒品带来了爽朗而美好的心境，使人飘飘然地产生幸福感。勒罗伊吸大麻时放松而贪婪的姿态，都在印证其强烈的向感官享受跨越的意愿。另一方面，毒品可造成思维与想象的紊乱，令人产生脱离实际的联想。思绪飘忽的勒罗伊已然忘却和妻子间隔阂日渐加深，赋闲在家使妻子越发看轻自己的现实，竟然产生了“终于和心爱的女人安定下来”的违背事实、不合逻辑的观点，然而这一观点却能支撑其片刻的自我安慰以及暂时的与绝望绝缘。对于这种触手可及的幸福感，金斯伯格在服用了D-麦角酸二乙胺后曾赞扬道，“自然状态是一种心醉神迷的奇妙感，是一种心醉神迷的直觉感，更是一种心醉神迷的精确行动感”③，药物带来的感官膨胀使得吸食者一再出现心醉神迷的飘忽与狂喜。正如心理学家杜森指出，吸毒时会感觉“虚空的顶点被炫目的唯一的存在照亮”④。勒罗伊只有在吸大麻后才能忘却腿残的伤痛，发自内心地认领一家之主的地位，获取幸福感和满足感，毒品带来的解脱使得其具有了神圣的宗教般的“救赎”属性。这一与包括自我在内的现实的脱离使得日常被压抑被消解的感官需求得以释放、满足，为人们带来了快感的盛宴。

直接的感官体验是对抗痛苦与无聊的重要途径，然而由于其存在短暂的即时特性，无法与无尽的黑洞般的空白抗衡，故而缩短即时享受之间的间隔，不断用新体验衔接旧体验，则是无限接近幸福生活的方式。《旧物》

---

① Mason, Bobbie Ann. *Shiloh and Other Stories*. New York: Harper & Row, Publishers, 1982, p. 4.

② Mason, Bobbie Ann. *Shiloh and Other Stories*. New York: Harper & Row, Publishers, 1982. p. 19.

③ 王恩铭：《美国反正统文化运动》，北京：北京大学出版社，2008 年，第 109-110 页。

④ 高春常：《LSD 滥用与富裕社会的精神困惑》，《鲁东大学学报（哲学社会科学版）》，2012 年第 5 期，第 3 页。

中的琳达当起甩手掌柜，婚姻破裂后就将孩子扔给母亲，自己天天游走在男人之中，其好友雪莉更是“没念完中学就结婚，如今又离婚，将孩子丢给前夫，自己整日四处寻欢作乐”①；《爱情生活》中詹妮换男友速度之快，其朝夕相处的姨妈奥普拉都来不及记住这些人的名字；《马瑞塔》中的同名主人公更是沉浸欢愉，最后连腹中孩子的父亲都不知道是谁。这些看上去行为放荡、沉浸欲望的当代南方人，有的正经历人生变故和打击，不堪重负，有的生活一成不变，沉闷无聊。梅森笔下的后南方人将感官体验至上体现得淋漓尽致，正如克尔凯郭尔所言，“焦虑致使人们寻求感官体验”②，深陷现实生活泥淖的当代南方人为“绝望”和“空白”感到焦虑，不断地产生跳出现实的渴求，敦促其寻求立竿见影的出路。感官体验与享乐使得这一人群能够在绝望与无聊中寻找到星点绿洲，在直接的欢愉中忍受生活，这一解放天性、顺应内心的诉求在梅森作品中被着力强化。当代人狂迷的审美体验犹如整日在漂泊流浪中高歌狂舞、放浪形骸的酒神狄奥尼索斯，颠沛流离的漂泊并未打磨掉其对生的热爱。他饮酒作乐，笑看人生。尼采在《悲剧的诞生》中指出，这种醉态与疯癫启示就是对日常生活界限和规则的反击，它是“整个情绪系统激动亢奋”是“情绪的总激发和总释放”③。这一肆意的释放其实是对人存在的认同，与痛苦嬉戏，从反叛森严的宗教体制和约束中获取审美的快感。

在这些人物身上，梅森让人们看到，后南方的人和其他任何人一样青睐当下世俗生活，而不是宗教教义和建立在宗教基础上的价值观和行为准则。南方神话将人模式化为宗教的顺从者，他们恪守教义，每日忏悔。梅森等则反其道而行之。她笔下的人物从心理、行动上都力图冲破清规戒

---

① Mason, Bobbie Ann. *Shiloh and Other Stories*. New York: Harper & Row, Publishers, 1982, p. 102.

② Kierkegaard, Søren Aabye. *Either/Or*. Vol. 1. Trans. David F. Swenson and Lillian Marvin Swenson. New York: Anchor Books, 1959, p. 128.

③ 尼采：《悲剧的诞生》，周国平 译，北京：三联书店，1986年，第6页。

律，追求快乐的生活，自由、物质、钱财。当然，应当指出，这其中采用狂放、消极、颓废的方式醉生梦死，逃避现实，以求获得片刻的心灵慰藉可谓是后南方遭受的文化震荡造成的负面效应，是梅森作品的有争议之处，也是无论哪一时代都不会被广为认同、接受的人生选择。

依据利奥塔的理论，后现代主义致力于解构为个体、局部现象提供共同、恒定阐释基础的普遍真理，是对神话、历史、宗教这类叙事知识有效性、正当性的宣战，宏大叙事遭遇的信任危机贯穿了后现代社会文化现象，成为其鲜明识别特征。各个领域都发生着翻天覆地的变化，其各自的标准和理念均被重新审视与改写。历史作为人为建构之物受到质疑，其客观性、连续性、权威性被无情地推翻和颠覆；地域意识日渐淡漠，地方纽带呈现断裂；家庭结构分崩离析或走向畸形，家庭功能失灵；边缘力量崛起冲击着原有的中心统治势力；真理、原则、道德等普世性价值被消解和抛弃，等等。在时代大潮中，宗教必然无法超然世外，独善其身，保持其原有形式及纯正性。它不可避免地扭曲、变形，其道德统领地位、精神引导力量日薄西山，从曾经高不可攀的圣坛跌落，丧失了威严、神秘色彩，被深深地打上了商品文化、大众文化的烙印，变得世俗化、娱乐化、实用化，平易近人，甚至遭到调侃、质疑乃至言辞犀利的抨击。在这方面，梅森的后南方小说进行了较为集中、典型的再现，写出了评论家罗伯特·塔沃斯（Robert Towers）称之为“后基督教社会”① 的世界里宗教这一宏大叙事陨落划出的清晰轨迹。在这一世界里，虔诚缺失，假冒伪劣充斥，似乎无人以精神追求为初衷，大多以明确的功利目的涉足宗教，宗教已沦为世俗生活里人们消遣散心，各取所需的一种手段。宗教在资本、商品潮流的侵袭下发生变质，呈现出鲜明的世俗化、功利化、娱乐化属性。在过去的普世真理、准则不断遭受质疑、冲击，宏大叙事日渐式微的后现代语境

---

① Towers, Robert. “America’s Moral Landscape in the Ficion of Richard Ford.” *The Christian Century*, 106, March 1, 1989, p. 228.

中，宗教至高无上的神圣地位及其对人们精神世界的统摄作用遭到无情冲击和消解。“圣经地带”的昔日风光难在。梅森敏锐地把握住这一时代特点，坦率、直白地质疑宗教虚假的本质，抛弃了“南方文艺复兴”时期被奉为金科玉律的“原罪—救赎”信仰，视其为自欺欺人的谎言，果断将宗教拉下神坛，带着鄙夷、戏弄的态度对其进行嘲讽。宗教成为商业文化的参与者，世俗、物质生活的一部分，教会变成了社交、狂欢场所，人们的自我救赎取代了对上帝的追随，虔诚的精神寻求转向现实、物质享乐。人们对宗教的理解处于一种茫然、混沌的状态，宗教活动变成一种程式化的敷衍、表演，带有大众文化的娱乐功能，被处理成荒诞不经、滑稽可笑的闹剧，神圣意义荡然无存。宗教意识的淡漠对宏大宗教理想的构筑可谓釜底抽薪，催化了社会思想价值体系的转变，也为人们打开精神枷锁，尽情享受世俗生活铺平了道路。

第三章 故土不再，地方情怀难续

美国当代杰出的地理学家爱德华·W. 苏贾（Edward W. Soja）在其《后现代地理学——重申批判社会理论中的空间》（*Postmodern Geography: The Reassertion of Space in Critical Social Theory*）一书中认为，一种新兴并充满活力的论辩已进入当代社会批判的理论建构中。这种论辩具有以下特点：以富有意味的不同方式同时观照时间和空间，认为历史与地理具有交互作用……历史与地理是存在的“纵向”与“横向”关系①。他同时援引英国艺术评论家约翰·伯格（John Berger）《事物的表象》（*The Look of Things*）中的观点，指出一种明确融合了“纵向”与“横向”的“空间化叙事”是应对现代小说危机的有效砝码。“这种新的小说形式，现在必须在涉及一种明确的历史构造和历史投射的同时，还必须涉及一种明确的地理构造和地理投射。”② 苏贾为人文地理学与文学的融合提供了颇具前瞻性的理论建构和洞见。自 20 世纪下半叶美国华裔地理学家段义孚（Yi-fu Tuan）把“地方”——一个充满意义的空间，引入人文地理学研究以来，地方感（sense of place）便成了这一研究领域的重要主题，亦是文学地理的核心概念之一。随着“地域文学”的兴起，地方感成了该文学流派的标

---

① 爱德华·W. 苏贾：《后现代地理学——重申批判社会理论中的空间》，王文斌 译，北京：商务印书馆，2017 年，第 17 页。

② 爱德华·W. 苏贾：《后现代地理学——重申批判社会理论中的空间》，王文斌 译，北京：商务印书馆，2017 年，第 35 页。

志性特征。而作为美国最具代表性的地域文学，美国南方文学的一个重要特征便是其强烈的地方感，这是美国南方文学界一致认同的观点①。段义孚认为，“地方是一种特殊的物体。它尽管不是一种容易操纵或携带的有价值的东西，但却是一种价值的凝结物”，它“为我们提供了生活于其中的复杂有序、充满感情的世界”②，地方感所体现的是人与地方之间的一种深切的情感纽带，是一种经过文化与社会构建改造的人地关系，一种浓郁的“恋地情结”（topophilia）③。然而，作为一种社会与文化的建构，地方感从来就不是稳定而一成不变的，而是随着宏观社会政治、经济和文化的转型及地域文化景观和社会关系的相应改变，呈现出一种动态的文化过程。

美国南方作为农耕文明的大本营，南方人对土地的深切眷恋所彰显的地方感是其显著的地域身份特征。传统南方人精神和文化的根须深深扎入这片沃土，生根发芽，酝酿出浓郁的恋乡情结。从福克纳对“邮票般大小故土”（postage stamp of native soil）的眷恋到离乡的南方人用音乐表达的思乡情愫“我要回家乡”（“I wanna go home”）④ 再到南方“生寄死归”的民俗文化，“恋乡”作为地方感第一层面和基本维度，最能反映出南方人与土地血肉相融的关系，构成了南方文学书写经久不衰的主题，亦是梅森在后南方这一“时间”与“空间”交汇的历史语境中文学创作不可或缺的组成部分。

---

① Bone, Martyn. *The Postsouthern Sense of Place in Contemporary Fiction*. Baton Rouge: Louisiana State University Press, 2014, p. vii.

② 段义孚：《空间与地方：经验的视角》，王志标 译，北京：中国人民大学出版社，2018年，第9页。

③ Tuan, Yi-fu. *Topophilia: A Study of Environmental Perception*. Englewood Cliffs: Prentice-Hall Inc., 1974, p. 93.“恋地情结”（topophilia）一词是美国诗人奥登（W. H. Auden）在1948年推引英国诗人约翰·贝杰曼（Sir John Betjeman）的诗作《光滑却不流畅》（“Slick but Not Streamlined”）时首次使用，后来又被法国哲学家加斯东·巴舍拉（Gaston Bachelard）的《空间诗学》（*The Poetics of Space*）（1958）加以引用——作者注。

④ Allen, Barrara and Schlereth, Thomas J (eds). *Sense of Place: American Regional Cultures*. Kentucky: University of Kentucky Press, 1990, p. 152.

但值得注意的是，梅森对地方感的感受和再现与众不同，具有双面性，甚至有些矛盾之处。或者说，她对故土有着复杂的情感。梅森是地道的南方人，出身于美国肯塔基西部的一个小农场主家庭，土地和农耕生活的价值观念是流淌于她家族世代血统中的乡土基因，亦是她文学创作的文化根脉。梅森对这片她生于斯，长于斯的土地的情感是毋庸置疑的。一方面她承认对故乡的眷恋，“故乡的父老乡亲、乡土文化无不扎根在我内心最深处”①，“无论我们来自哪里，我们总是随身携带对家乡梦幻般的信念，一种源自我们的出身，我们文化根脉的理念——故乡就在那里。这是我们的归属地，她让我们明白我们是谁”②。“我们之所以能随心所欲浪迹天涯，皆因我们从不曾忘记何处是家园。”③ 当梅森在接受采访时被问及为何她的文学创作专注于故乡的农业小镇时，她回应：“我开始意识到我的故乡——肯塔基西部那一方小小的创作园地——对我的召唤，因为那是我一心一意眷顾的故乡，我此生最爱的故乡。”④ 梅森对故土的这番感言代表了传统南方人对故乡赤诚的依恋之情，亦是其笔端塑造的老一代南方人身上最为明显的乡土文化特征。这也是为什么梅森在她知天命之年（1990年）选择回到她的家乡肯塔基，而非继续之前的在北方等地的生活方式。

另一方面，青少年时代农场生活的辛劳和对偏远乡村人事冷暖的感知也给梅森留下了对家乡的不良印象，也使她对故乡的情感有另一番说辞。打小远走他乡的渴望、青年时代他乡求学和成年后辗转各地的阅历见识、眼光洞见令她不再对南方农耕社会抱有罗曼蒂克的想象，而是以批判性的眼光重审乡土的人事兴衰，沧海桑田。梅森在接受采访时说：“我的远走

---

① Mason, Bobbie Ann. *Clear Springs: A Memoir*. New York: Random House, 1999. p. 2.

② Mason, Bobbie Ann. *Clear Springs: A Memoir*. New York: Random House, 1999. p. 280.

③ Mason, Bobbie Ann. *Clear Springs: A Memoir*. New York: Random House, 1999. p. 12.

④ Wilhelm, Albert. *Bobbie Ann Mason: A Study of the Short Fiction*. New York: Twayne Publishers, 1998, p. 129.

他乡只是一场最平常不过的旅行。首先，你得走出去领略这个大千世界，去探寻理解这个世界的方法，等你回归乡土本源，你终于学会如何去看待，去理解它。”① 作为一位后南方地域作家，梅森更关注的是在 20 世纪巨大社会变革期，新南方人地方感的曲折流变。20 世纪是高科技工业化大生产、金融资本和消费文化搭台唱大戏的喧哗时代，其横扫全球的气势侵入南方镜内的威力令南方在经济、文化、社会层面产生了剧烈的震荡，南方地域的本土性岌岌可危，人们的地方感呈现出一个动态的沉降式的文化过程，并随着南方地理景观和人文景观的“物非人非”不断地淡薄、消解乃至消亡，“无根性”和身份认同障碍成了后现代语境中南方人的一大文化困境，亦是梅森后南方文学创作一以贯之的主题。她将故事发生的背景和小说人物的活动场所设置于具有南方话语经验和情感色彩的地域中，以近一个世纪的时空跨度，通过作品人物地方感的动态演变揭示了南方“这块美国国土上硕果仅存的独特地域”②。在 20 世纪，尤其是 20 世纪晚期的，剧烈的政治、经济、文化震荡中的沧桑巨变，昭示了地方感作为一个动态的文化过程既是文学研究的一个有效视角，亦是美国南方社会 20 世纪发展脉络的一个管窥途径。

第一节　地方感——地方情怀叙事

英国著名人文地理学家爱德华·雷尔夫（Edward Relph）在其《地方与无地方性》（*Place and Placelessness*）一书开篇就写道：“人生在世就应

① Wilhelm, Albert. *Bobbie Ann Mason: A Study of the Short Fiction*. New York: Twayne Publishers, 1998, p. 130.

② Ashmore, Harry S. *An Epitaph for Dixie*. New York: W. W. Norton & Company, 1958, p. 172.

生活在一个充满有意义场所的地方；人活在世就应拥有一处你所熟知和有归属感的地方。”① 因此，对大部分人来说，故乡满足了雷尔夫所诠释的有意义、有归属感的栖居之地，而当故乡是一个具有浓郁地域文化特色的地方，是塑造其居民独特的思想意识、语言习惯、行为模式、价值观念的地方，那么对生于斯，长于斯的人来说，这份原生的地方感将是伴随其终生的文化烙印。而对土生土长的南方人而言，南方独特的历史轨迹、地理风貌、风土人情、气候物产、方言土音、思维习惯等造就的南方独特本土文化则赋予他们非同寻常的归属感和认同感，令他们对这方土地滋长了超乎寻常的浓烈的地方感。在此，我们不妨做一个简单的追根溯源，正如提姆·克雷斯韦尔（Tim Cresswell）在其2019年刚刚面世的《麦克斯韦尔大街——地方的书写与思考》（*Maxwell Street: Writing and Thinking Place*）一书中指出，“要了解一个地方的现在就应回望其过去的历史”②。在美国近300年的发展历史中，南方始终是一个极具地域文化特色的存在。这首先要回到早期欧洲探险家和殖民者对北美大陆的极富煽动性的描述，在他们的形容中美洲大陆是几个世纪以来能在地球上唯一实现田园梦想的乐土，是一方农耕生活的伊甸园。③

梅森的祖先便是在这样极富诱惑性的宣传之下踏上北美大陆的。梅森在家族回忆录中调侃容易受蛊惑是他们家族的遗传基因。17世纪登陆北美大陆探险拓殖的欧洲移民中，涌入弗吉尼亚、马里兰、卡罗来纳和乔治亚的拓荒者们绝大多数是来自英国乡村的自耕农。他们熟知几个世纪家族承传的农耕知识和乡土记忆。他们在美国南方殖民地找到了实现他们农耕伊甸园梦想的乐土。这里温润的气候和肥沃的土壤为农业经济的繁荣提供了

---

① Relph, Edward. *Place and Placelessness*. London: Pion Limited, 1976, p. 1.

② Cresswell, Tim. *Maxwell Street: Writing and Thinking Place*. Chicago: University of Chicago Press, 2019, p. 3.

③ Crasnow, Ellman and Philip Haffenden. “New Founde Land.” Bradbury Malcolm, Howard Temperley. *Introduction to American Studies*. New York: Longman Inc., 1989, pp. 31-36.

最为根本的基础。棉花、甘蔗、稻谷、小麦、玉米、烟草和其他农作物应有尽有，丰沛的物产和宜人的气候以及农耕生活所带来自给自足的安逸平和令南方人对这方乐土深怀感恩之情，俨然找到了他们世代的梦想之地，一方人间的伊甸园。一个欧洲殖民者深有感触地说道："大自然从没有如此地厚赠过……这里河流纵横、树繁叶茂、绿草成茵。……各种奇花异草，四季繁茂，果实累累，风光旖旎。英国有的，这里尽有；英国没有的，这里也有。"① 在优沃的地理气候环境、充沛的土地资源、适宜的农业政策和世界市场需求的共同促进下，再加上黑奴廉价劳力和轧棉机的开发利用，南方的农业经济在南北战争前200多年间得到了长足的发展，其农业经济的规模和成就令美国南方人颇有"傲视群雄，睥睨天下"的气势，亦给予后来的"南方农业主义者"维护和宣扬南方农业文明那份磅礴的精神底气。"天时地利人和"和当时南方农业经济发展的客观状态——奴隶制大种植园经济为主和自耕农家庭农场经济为辅的有效经济模式决定了南方社会以农为重的文明性质。农耕文明的特质铸就了南方以旧南方上流社会为主导确立、引领的核心的价值观念和行为模式，对土地的执着和热爱，对优雅、礼仪、荣誉和尊严的崇尚②，以及对粗鄙的"唯利是图"工商业文明的排斥。这成为旧南方传统文化最为显要的特征，亦是界定南方地域身份的显性文化标记。然而农业文明的一大弊端是安于现状，人们的思想偏于安稳，趋于保守，而又极易妄自尊大。卡什在《南方的思想意识》中，一针见血地指出一个民族优秀文化的塑造除了所处环境的复杂性之外，还基于其民众思想上的几个特质：善于思辨分析的能力、对新思想的欢迎接纳、实事求是的艺术观念和超然公正的处事态度。③ 遗憾的是，

---

① Patrick, J. Max (ed.) *Azilia: A Discourse by Sir Robert Montgomery, 1717, Projecting a Settlement in the Colony Later Known as Georgia*. Atlanta: Emory University Publications, 1984, p. 18.

② 李杨：《欧洲元素对美国"南方文艺复兴"本土特色的构建》，上海：同济大学出版社，2015年，第2页。

③ Cash, W. J. *The Mind of the South*. New York: Random House, 1991, p. 97.

卡什发现内战前南方这块农耕乐土恰恰缺失了培育上述几大特质的土壤：

> 南方的环境似乎永久性地保持了南方人原有的简单个性。无论是作为弗吉尼亚人还是作为一个暴发户，他都不善于思考。自始至终，他钟情于自己的感觉，并把这种感觉即时发泄出来；他并没有培养出对启智文化的需求和欲望，至少没有强烈到能促使他突破自身的诸多禁忌，去创造实实在在的文化成就。①

因此，当北方工业化、城市化高歌猛进时，思想保守、偏安一隅的南方精英们在时代变革的浪潮中妄想独善其身——试图以其农耕文明的盾抵挡住工业文明的矛，终归是自不量力。这是一场农耕文明与工业文明的殊死搏杀，以南方的落败收场。北方工业文明的矛不仅刺穿了盾，更是长驱直入，从政治、经济、意识形态的根基上动摇了南方的社会结构，造成了南方本土文化的颠覆性震荡。曾经引以为豪的农耕社会模式，在北方工业文明的冲击之下，如此不堪一击，令一些南方人产生深重的失落感、挫败感和耻辱感，“失败事业”带来的悲怆情绪给“南方意识”蒙上了一层悲情色彩，然而，历史的诡谲在于，战争的惨败、家园的满目疮痍、身心的重创并没有摧毁南方人的精神和意志、削弱他们对南方的忠诚。“在所有鼓舞斗志的言词中，‘南方人’这个词犹如一把万能钥匙，屡试不爽。”② 四年艰苦卓绝的峥嵘岁月，“为南方而战”强化了“南方人”群体对南方人身份认同。共同的记忆是构建地域身份认同不可或缺的因素。因此，加之以南方主导阶层意识形态的有效控制和宣传，南方人的“南方意识”得到空前的加强，人们决心“师夷长技以制夷”，从此大写的“发展”（progress）进入南方人的核心词汇，人们期冀以“发展”改变南方落后衰败的面貌。与此同时，南方有识之士对内战的失败与南方历史进行了

---

① Cash, W. J. *The Mind of the South*. New York: Random House, 1991, p. 99.

② Cash, W. J. *The Mind of the South*. New York: Random House, 1991, p. 104.

深刻的反思和剖析，追问在急剧的社会变革期，在政治、经济、文化面临剧烈震荡的工业化时代，南方将何去何从。

这便是催发“南方文艺复兴”的重要思想渊源。12 位“纳什维尔农业主义者”联袂出版的论文集《我要选择我的立场》（*I'll Take My Stand*）被视为“南方文艺复兴”的宣言书。在他们看来，南方的错不在于其落后的农业经济，而在于其没能珍惜自身高度文明的风俗礼仪和处世态度，因为正是南方，而非工业化的北方，依然保持了一种生活方式，赋予人们优雅、闲适以及精神和审美的体验。①“南方文艺复兴”涌现的一大批以福克纳为代表的作家，凭借他们对南方生活的切身体悟和深度思考，以其浪漫主义理想化的笔触构筑了带有悲壮色彩的“南方神话”，成为“南方文艺复兴”鲜明的识别特征②。“历史地看问题，对‘南方神话’的赞美并非是‘南方文艺复兴’所独创，而是继承、弘扬了南方一个久远的传统。……所谓的‘南方神话’实际上也就是‘种植园神话’，或者更准确地说，是南方种植园主的神话。经过一代又一代旧南方宣传机器和文人墨客的努力，经过一次次描绘、模式化和提炼处理……成了南方的一个文化徽标、一个图腾，讲述着南方生活的浪漫迷人。”③“南方神话”的核心理念是对旧南方“伊甸园”农耕生活的推崇，对失落的精神家园的怀恋；对浪漫骑士遗风的崇尚，对绅士淑女文化的认同；对“失败事业”的负疚、迷惘、自豪混合产生的矛盾心理；对个人、家族荣誉至上观念的秉持和捍卫；对“白人至上”观念的深信不疑。值得注意的是，引导“南方文艺复兴”主流意识形态的阶层企图“赋予自己的思想以普遍性，将自己所宣扬

---

① Rubin, Louis C. *I'll Take My Stand*, New Preface. New York: Harper & Row, Publishers, 1962, p. viii.

② 李杨：《颠覆·开放·与时俱进：美国后南方的小说纵横论》，北京：中国社会科学出版社，2018 年，第 16 页。

③ 李杨：《美国“南方文艺复兴”——一个文学运动的阶级视角》，北京：商务印书馆，2011，第 81 页。

的旧南方神话描绘成代表了南方生活的真理……把南方一个特定的社会群体从其固有的角度对南方生活的部分剖面所进行的观察、理解和想象等同于整个南方生活的写照。这不能不说是一种文化霸权的体现。”① 尽管“南方神话”有着其加工成分、以偏概全的局限性和为种植园制度背书、点赞的政治性，但应当说，其对乡土的热爱，对地方的依恋还是反映了众多以农为本的南方人在历史长河中达成的共同心声。可以说，南方意识、地方意识是南方文化不可或缺的元素，其强大的凝聚力给予南方人鲜明的地域身份认证标志。梅森的后南方的农业小镇的地方书写，正是以一名局内人的身份和兼具局外人的眼光和洞见重新审视、反思和诠释南方的地域风情和传统文化折射于她笔下的人物对地方的感知和认同，对南方地域文化的继承和反叛，赋予后南方地方书写一种富有批判力度、思维的深度以及时空交织的质感。

人文地理学家告诫说“为了理解一个人的环境价值取向，我们可能需要分析他的遗传因素、成长历程、受教育程度、工作经历和物质生活环境”②。因此，我们有必要先梳理一下梅森与她肯塔基西部家乡之间千丝万缕的联系，我们可以从她的家族回忆录《清泉：一个家族的回忆录》中获取一些有用的信息。梅森的曾曾曾祖父塞缪尔·梅森（Samuel Mason）是田纳西州首府纳什维尔的创始殖民地坎布兰（Cumberland）的拓荒者，老梅森家人丁兴旺。他长大成人后的十个孩子中有几个搬到了“杰克逊购置地”（Jackson Purchase），其中四个在清泉（Clear Springs）定居下来，他们从此在这片土地上扎根繁衍生息，梅森就是梅森家族这一支开枝散叶的后代。到了1920年，梅森的祖父勇敢地跳出家族聚居地清泉，在8英里地

① 李杨：《美国“南方文艺复兴”——一个文学运动的阶级视角》，北京：商务印书馆，2011，第86页。

② Tuan, Yi-fu. *Topophilia: A Study of Environmental Perception*. Englewood Cliffs: Prentice-Hall Inc., 1974, p. 59.

之外以5 000美元的代价购得公路旁一片53英亩又一分的土地。新置的土地开阔又肥沃，离镇上仅1英里，无论是去集市交易还是去镇上的饲料厂，赶个马车都是相当便捷的事。曾经的“杰克逊购置地”草木葱郁，耕地连绵起伏。到了梅森父亲这一代，梅森家族在美国南方这片土地上已辛勤耕耘了四代人。梅森以确凿的数据点出父亲这一代人深扎在这片土地上的悠长岁月：“父亲在这片农场上扎根70年，母亲则在农场生活了59年。”① 梅森家族回忆录的重点从其祖父罗伯特·李·梅森（Robert Lee Mason）和祖母埃塞尔·阿奈特（Ethel Arnett）这一代开始。梅森祖父母是传统美国南方农民的代表。他们一辈子辛勤劳作、勤俭持家、恪守传统道德观念。繁重清苦的农耕生活和闭塞的环境令他们的精神荒芜、性格粗砺，其压抑的心理常会宣泄于暴力。梅森在回忆录中提及幼年时由于淘气爬上餐桌而遭祖父用皮带抽打的事，并记述了母亲心有余悸的一番描述：“我在屋子外面，听到你号啕大哭，我……冲进厨房，只见鲍勃（祖父）手里拿着磨剃刀的皮带，而你哭得撕心裂肺就像有人要活剐了你似的，见他重又挥起了皮带，我冲过去一把夺下皮带……抱起你冲出了屋子。……你细瘦的腿上全是淤青，我不知道他究竟抽了你多少下。”② 梅森祖父的这一通发作在南方农业社区的成年男性中屡见不鲜，农耕社会对力量和暴力的崇尚、家长制的传统观念、乡村物质生活和精神生活的贫瘠，再加上无处宣泄的压抑心理，梅森如此这般的遭遇绝非个案。

梅森的父亲子承父业，继承了家族农场，除了“二战”服役参加了太平洋战争，一辈子没有再离开过土地，这是一个恪尽职守的农民，一年四季，田间地头，饱受农事的辛劳和经济的动荡。梅森的母亲是对梅森影响最大的人，也是回忆录中着墨最多的人物。这是一个受过教育，有想法有主见的农妇。然而由于传统南方社会对女性的偏见和束缚，她失去了接受

① Mason, Bobbie Ann. *Clear Springs: A Memoir*. New York: Random House, 1999, p. 251.

② Mason, Bobbie Ann. *Clear Springs: A Memoir*. New York: Random House, 1999, p. 39.

更多教育的机会，也失去了年轻时外出闯荡的机会。梅森在回忆录序言中满怀同情地说道："要是母亲有机会的话，多年前，她就……义无反顾去往城市闯荡了。"① 即便是她后来想到镇上的一家服装公司干活赚钱亦受到公婆的强烈抵制，认为她抛头露面，不守妇道，有失体统。作为女儿，梅森对母亲深受婚姻约束的痛苦是感同身受的，以至于她在回忆录中言词激烈地说道："我认为婚姻就是一口陷阱，尤其是在肯塔基。婚姻和精神病院，哪个更糟糕？我说不清楚。"②

到了梅森（梅森出生于 1940 年）这一代，世风已吹进了闭塞的南方小镇。梅森不无调侃地说道："是第二次世界大战一把把我们拽进了二十世纪。"③ 言下之意也就是肯塔基西部的农场生活落后外面世界近半个世纪。参加"二战"退伍回家的父亲捎回的半导体收音机为梅森闭塞的乡村生活打开了通往外部世界的一扇窗子。"二战"后，随着南方工业化和城市化进程的推进，她们这一代年轻的农村孩子可以展望离开家乡、去外面游历、上学工作的前景。深知农村封闭压抑环境对人的影响，梅森的父母竭力支持孩子走出乡村去见识外面的世界，对此梅森在回忆录中心怀感激地说道："即便是我那些最不靠谱的志向，我的父母都加以鼓励，……他们希望自己的孩子过得比他们好，不再有乡下人往往都会有的那种低人一等的自卑感。"④ 带着亲人的期许，带着逃离压抑清贫乡村生活的畅快自由，梅森义无反顾一路北上，她辗转获得了学士、硕士、博士学位，在纽约找到了体面的工作。她的文学创作取得了令人瞩目的成就，斩获诸多荣誉和奖项，她于知天命之年返回故乡肯塔基定居。"少小离家老大回"，留在身后的故乡已不再是昔日的家乡，对故乡的感知和认知亦发生天翻地覆

① Mason, Bobbie Ann. *Clear Springs: A Memoir*. New York: Random House, 1999, p. xi.
② Mason, Bobbie Ann. *Clear Springs: A Memoir*. New York: Random House, 1999, p. 129.
③ Mason, Bobbie Ann. *Clear Springs: A Memoir*. New York: Random House, 1999, p. 2.
④ Mason, Bobbie Ann. *Clear Springs: A Memoir*. New York: Random House, 1999, p. 2.

的变化。故乡梅菲尔德的地理意象一而再地出现在她的文学创作中，几乎覆盖了她所有以南方农业小镇为背景的作品，如同福克纳的“约克纳帕塔法”（Yoknapatawpha County），成为她文学创作的标志性地理意象。她对父辈对土地的热爱与执着的理解和同情、对乡土文化的反思性重审实际上都是“故乡地理空间深刻作用于作者心灵之后的一种文学折射与镜像反映”①，成为我们探究后南方地方感的行之有效的视角。

英国人文地理学家 R. J. 约翰斯顿（R. J. Johnston）在其《哲学与人文地理学》（*Philosophy and Human Geography*）中指出：“世界的知识不能独立于知者而存在；相反，它只存在于人关于世界的经验当中，也只有由于那个经验的感观分析来鉴赏。”诚然，能给予我们对某一地域深度了解的地方性知识（local knowledge）一定要透过生存于某一地域当中人的经验世界去获取，因为这一地域性知识并非是脱离当地人存在的普遍性知识②。对此段义孚深以为然，他在《恋地情结》中不无遗憾地写道：“事实上，我们对农民是怎样看待大自然的知之甚少。我们所拥有的大都是那些用细嫩双手写出来的关于农场生活多愁善感的文学作品而已。”③ 因此，借着家族世代承袭的农耕生活经验和启悟，借着梅森亲历农事的真切感受和对乡村生活肌理的深刻认知和体悟，她呈现在我们面前的那份乡土情怀因得到了地气的滋养而显得真实、自然而丰润，揭示了原生态乡土叙事绵密的深层肌理。

“小农阶层对大地有着最切身的体验”④，而梅森乡土叙事的主人公大多是这一阶层的人物。无论是在《羽冠》还是《斯宾塞和莱拉》中，梅森聚焦这一阶层农民对土地的切身体悟，他们的地方感是在经年累月的与大地“耳鬓厮磨”中凝练而成的。人文地理学家认为人们是通过他们的身

---

① 徐汉晖：《空间、地方感与恋地情结的文学书写》，《湖北社会科学》，2017 年第 11 期，第 119-125 页。

② 段义孚：《恋地情结》，志丞、刘苏 译，北京：商务印书馆，2018 年，第 401 页。

③ 段义孚：《恋地情结》，志丞、刘苏 译，北京：商务印书馆，2018 年，第 144 页。

④ 段义孚：《恋地情结》，志丞、刘苏 译，北京：商务印书馆，2018 年，第 142 页。

体、感觉和情感栖居在一个地方，而非通过思想意识①。这确实是农民与土地关系的真实写照。他们对土地的感知是全方位的，融视觉、听觉、触觉和嗅觉于一体，就拿我们生活于当代都市的人们往往最不仰仗的嗅觉而言，梅森笔下母亲通过嗅觉对乡野感知便有了质感的厚度：

> 母亲指着东南方向说："要是风朝这边吹，我就能闻到马尿的气味；朝那边吹的话，闻到的便是牛粪味喽；再朝那一边的话，就是烤烟的气味；风从北边吹过来的话，鸡饲料的气味就会飘过来。"母亲手中的木棍就着她所指的方向绕了一圈，一边顾自放声大笑起来。②

气味能够唤起人们对过去事件或场景的丰富情感与生动记忆，哪怕是一丛草的清香亦能激起我们对故乡的怀旧情绪。如果没有一种历久不变的感官体验的帮助，我们就不能完全重温长大之前对世界的感受，人文地理学家如是说③。上述这番描述出现在梅森年近花甲时出版的家族回忆录中，那鲜活的记忆和细节描写让那股久违的乡土气息扑面而来。倘若感官的体验处于地方感最为基础的层面，那么方言土音则带有更深层次的本土文化和情感印记。无论是梅森父母这一代的乡音土语，还是梅森本人的南方口音，抑或梅森笔下人物的方言特色都镌刻着南方农耕文明的乡土记忆和家族承传的历史痕迹。梅森对母亲的语言习惯有着极为深刻的记忆，因为它承载了家族迁徙的轨迹和"杰克逊购置地"的乡土记忆：是植根于乡土生活……作用于母亲身上最为明显的乡土文化符号。"'杰克逊购置地'上古老的方言深植于这片农耕之地，是经年的风霜雨雪、作物的四季轮回和岁月的跌宕起伏共同酿造的文化符号。"④ 梅森特别提及母亲爱用的一个习语

---

① Connvery, Ian, Gerard Corsane and Darvis, Peter (eds). *Making Sense of Place: Multidiciplinary Perspectives*. WoodBoydell: The Boydell Press, 2012, p. 2.

② Mason, Bobbie Ann. *Clear Springs: A Memoir*. New York: Random House, 1999. p. 10.

③ 段义孚：《恋地情结》，志丞、刘苏 译，北京：商务印书馆，2018 年，第 13 页。

④ Mason, Bobbie Ann. *Clear Springs: A Memoir*. New York: Random House, 1999, p. 10.

“If that don’t beat a hen a-rootin!” 被剥离了梅森母亲所处的乡村生活语境和养殖知识的我们，面对这样的土语一头雾水完全是情理之中的事，梅森写道：“这一表达法源自对家禽习性的深度了解。母亲有应对孵窝母鸡的丰富经验，对于如何管理放养的鸡，母亲是行家里手。”① 因此，俗语“beat a hen a-rootin” 是一种“对某事感到惊讶”的表达（此释义来自于“美国地方英语词典”网站）。梅森在回忆录中不无感伤地说道：“母亲使用的俗语伴随着美国小型家庭农场和她们这一代人的消亡而逐渐消失。她的说话方式是除了农场的轮廓线和地貌，我最为熟悉的。”② 梅森在访谈时说道：“家乡和家人的语言是我创作的丰富源泉。”③ 梅森深知与乡土交融的农场生活和审美体验总是塑造着人们的语言习惯，比如《羽冠》中，女主人公克里斯蒂娜总是借用农耕词汇来隐晦地描述夫妻生活。丈夫的叔叔韦德（Wad）对她诞下五胞胎是这么形容的：她生了一窝，就像一头母猪下了五个猪崽④。而当克里斯蒂娜和五胞胎被展示在蜂拥而至的好奇的访客面前时，“她觉得自己像一只被拔光了毛的鸡”⑤。即便是远游他乡，人们原生的语言习惯依然如影随形。梅森谈及北方文化对她的影响时，打了这么个比喻，“北方文化对我的影响就像妈妈放置在酸菜坛子上的石块——用来把酸菜压在卤水里”⑥。而《鲁克牌友》中脱离了农耕生活的男主人公麦克在提及他不安分的妻弟埃德时，是这么形容他的：他在一个地方呆不到一季庄稼成熟。⑦ 即便是炮火纷飞的战场，看到歼击机降落在航空母舰时，斯宾塞脑海中浮现的场景是“就像蜻蜓在空中掠过，飘落在

① Mason, Bobbie Ann. *Clear Springs: A Memoir*. New York: Random House, 1999, p. 10.

② Mason, Bobbie Ann. *Clear Springs: A Memoir*. New York: Random House, 1999, p. 10.

③ Wilhelm, Albert. *Bobbie Ann Mason: A Study of the Short Fiction*. New York: Twayne Publishers, 1998, p. 130.

④ Mason, Bobbie Ann. *Feather Crowns*. New York: HarperCollins Publishers, 1993. p. 34.

⑤ Mason, Bobbie Ann. *Feather Crowns*. New York: HarperCollins Publishers, 1993. p. 166.

⑥ Mason, Bobbie Ann. *Clear Springs: A Memoir*. New York: Random House, 1999, p. 149.

⑦ Mason, Bobbie Ann. *Shiloh and Other Stories*. New York: Harper & Row, Publishers, 1982. p. 23.

一株草茎上”[①]。梅森曾言及童年感知的乡土文化对其创作和文化审美的影响，她说：我的语言来自农场生活的语言，它质朴无华，这是母亲的语言，它植根于人们共同的记忆和农业族群的传统中。[②] 富含乡土韵味的方言土音折射出南方这块土地上人们共同的生活方式、传统观念、审美情趣和对世界的认知，是地域身份认同一个重要的构件。“乡音无改鬓毛衰”应是对乡土文化至真至朴的情怀表达。

福克纳指出：“南方是美国唯一具有真正地方性的区域，因为在那里，人和他的环境之间仍然存在着牢固的联系。在南方，最重要的是，那里仍然还有一种共同的对世界的态度，一种共同的生活观，一种共同的价值观。”[③] 尽管梅森后南方文学创作的重点落在南方人地方感的失落，但无论是留守家园操持自己一亩三分地的南方人，还是脱离农耕生活的小镇居民，即便是远走他乡的南方人，在梅森笔下，不经意间，源自原生土地上乡观礼约的传统文化烙印无不昭示其绵长的文化凝聚力和影响力。在梅森的《南希·卡尔派珀》中，与小说同名的主人公南希离开故乡多年，并嫁给了一个外乡人。尽管远离家乡和亲人，南希并没有完全放弃她家乡肯塔基的传统文化理念。因此在她的婚礼上，当主持的牧师满脸胡子拉碴、吞云吐雾时，她便忆起儿时的牧师，认为这个另类的北方牧师保准会被他们南方的同行斥为亵渎上帝。对宗教信仰的虔诚和恪守是南方人一个重要的文化标记。因此，南希多年的他乡生活也只能算是物理层面上的离乡，并没有完成真正意义上精神和文化上的离乡，故乡传统文化依然影响着她应对人情世故、看待世界的态度。南希在结婚几年后踏上归乡之路亦是情理之中的事，尽管她多年受异域文化熏陶，并对其保持了相当的认可度。小

---

① Mason, Bobbie Ann. *Spence + Lila*. New York: Harper & Row, Publishers, 1988, p. 77.

② Price, Joanna. *Understanding Bobbie Ann Mason*. Columbia: University of South Carolina Press, 2000, p. 10.

③ Meriwether, James B. and Michael Millgate (eds). *Lion in the Garden*. New York: Random House, 1968, p. 72.

说中的另一个人物，南希的奶奶，同梅森自己的祖母一样，是南方传统道德观念的坚定捍卫者和坚守者，亦是农耕乡土风俗“生寄死归”的虔诚拥趸。老奶奶九十有三，由于衰老和疾病只能卧病在床，照顾了她几十年的儿子儿媳亦是年事已高再加上自身健康状况欠佳，无力继续侍奉在侧，但这个固执的老人坚拒搬去养老院，对于这个一辈子栖居这座房子的老人来说，房子承载着她所有的生活经验和情感体验，是她生命记忆中不可或缺的部分，强迫她抽身离去，就如同割裂了她深扎的根须，夺走了地气的滋养，也便断了她生命的念想。即便知道儿子儿媳搬离老屋，她仍将独自生活，她仍无视现实，执拗地对孙女说：“我还可以自己动手……简单烧点饭，打扫打扫还能干得动。”① 而另一个老人，梅森的奶奶，晚年因沉疴痼疾无奈住院，终归积疾难愈，生命岌岌可危。深知自己生命危在旦夕，老人无法忍受远离自己熟悉的这方水土，她思乡心切，恳求医生准许她出院回家。《楚辞》云“鸟飞反故乡兮，狐死必首丘”，被农耕生活塑身塑心的乡民对土地对故乡的那份生死相依的恋乡情结在这两位老人身上得到了无以复加的体现。或许在外人看来她们思想保守、僵化，抗拒改变，但她们对土地家园的执着和热爱、对清贫乡野生活居安乐和的态度是支撑她们应对漫长岁月风霜的精神力量之所在。她们辛苦劳作的一生，并未得到命运太多的眷顾。梅森在回忆录中对她奶奶的一生着墨不多，但为数不多的片断足以让我们对这位沉默寡言的老太太有一个大致的了解。埃塞尔·阿奈特年轻时容貌秀美、聪慧好学，一心想成为一名教师。她中学毕业后想进入梅菲尔德的教育学院，无奈家庭经济拮据，无力供她继续求学，她转而进入当地的一家社区学校。她终归没能实现自己的教师梦，她要照顾患病的双亲，拖至28岁才成婚，婚后希望越发渺茫。当时南方有一条成文规定，成婚后的女性无法执教，而结婚后的农家妇女更是无暇无力再去图书

① Mason, Bobbie Ann. *Midnight Magic*. Hopewell: The Ecco Press, 1998, p. 199.

馆，她有太多的农场、家庭事务需要完成，教师梦从此搁浅。但这位有个性有想法的女性还是竭力通过阅读报纸杂志试图让自己的心灵不会沉寂在日复一日繁重的日常操劳中。然而终年的劳作、无尽的操劳、清苦的物质生活和沉闷的环境，终究还是把这位曾经意气风发的女性塑造成了一名传统的农家妇女，她恪守妇道、勤俭持家，亦按传统的道德观念要求她的儿媳和孙女，即便是儿媳外出打工、孙女从事电影相关行业，老太太都颇有微词，认为母女俩太过离经叛道。在老太太看来，妇女去镇上打工，抛头露面，就是有失体统；而电影行业有着太多的纷扰、丑闻和罪孽。老太太思想的守旧和僵化可见一斑。梅森以凝练的笔触，以理解同情之心勾勒出祖母这一代人，她们既是保守的传统文化的受害者，亦是传统文化的卫道士。她们对乡土的依恋和对传统文化的恪守是她们这一代女性地方感的精神底色，塑造她们的生活方式、处世态度和生活信念。在此，不妨再提及梅森作品中另一个奶奶来做一个注脚。《在乡下》中，塞姆的奶奶跟塞姆和塞姆的舅舅艾米特一起住店，艾米特建议三个人同住一间房，因为这样能省点钱，可是奶奶不太情愿，下面是祖孙之间的一段对话：

> “别担心，奶奶，”塞姆说，“我睡加床，你和艾米特各睡一张床。”
>
> “我不知道我们跟一个男人同睡一屋合不合适，塞姆。”
>
> “瞧您说的，奶奶，我一直都跟艾米特生活在一起，敢情你以为我以前没见过艾米特穿睡衣的样子？”……
>
> “我可从来没有跟别的男人在一个屋子里睡过，除了我丈夫。”奶奶笑道，“老家的人会怎么想？他们以为我是疯了，跟别的男人厮混……”①

在旁人看来奶奶小题大做着实可笑。人文地理学家有着他们的看法。

① Mason, Bobbie Ann. *In Country*. New York: HarperCollins Publishers, 2005, p. 10.

欧文·哈罗威尔（A. Irving Hallowell）指出：“在这样的例子里，个体的感知完全被传统信条禁锢了，以至于客观上无害的刺激引发了最大的恐惧感。相比于外界刺激本身，文化里蕴含的思维定式更能解释他们的行为。”① 南方文化赋予老一辈南方人的文化基因和观念内核塑造和预设了他们对世界的认知和自身行为身份的诠释。

浓厚的家庭观念和对乡观礼约的践行是建构南方地方感又一重要成分。在梅森笔下令人印象深刻的是无论是在《清泉：一个家族的回忆录》《南希·卡尔派珀》《羽冠》《斯宾塞和莱拉》还是其他作品中，老一代人晚年几乎都仰仗于后代的尽心赡养。梅森在回忆录中写道：“母亲洗衣煮饭、操持家务、打理菜园、制作罐头、冷藏食物；此外，她还要监督奶奶服药，替她准备一日三餐。”② 梅森奶奶活到了94岁，可想而知，几十年如一日的侍奉老人，尤其是卧病在床的老人是何等艰辛的付出。也许医生的问话最能体现母亲的辛劳和心理上的煎熬。“你这么些年究竟是如何办到的？”母亲内心的回应是连医生都看出“我要被逼疯了”③。而这样的家庭赡养模式在岁月的轮回中，一代接着一代，到了梅森这一代，依然延续着传统的养老模式，又被赋予了时代气息。随着父亲的过世，家庭农场的去留、母亲的赡养成了家庭要务。农场的去留直接关乎母亲养老的问题。母亲的意见：“我实在不愿意看到农场转手他人，不再冠以梅森家的姓氏。”她深知她的几个孩子没有一个愿意经营农场。梅森回忆道：

> 我们当时意识到，于她而言，保住这个家庭农场有着非凡的意义。这是她孩子长大成人的故乡，我们的家。她希望我们能照料这个农场，同时也不希望我们为得到这个农场横生阋墙之祸。她希望我们能继承这个农场并好好经营，就像过去子承父业那样。家庭农场对于

---

① Hallowell, A. Irving. *Culture and Experience*. New York: Schocken Book, 1967, p. 258.

② Mason, Bobbie Ann. *Clear Springs: A Memoir*. New York: Random House, 1999, p. 165.

③ Mason, Bobbie Ann. *Clear Springs: A Memoir*. New York: Random House, 1999, pp. 165-166.

其成员的凝聚力是衡量故乡的价值和意义的标准。①

最后，兄妹几个达成一致意见，把农场房屋和土地出租，给母亲在镇上重新购置了房屋供其安度晚年，并承诺保留农场以便给老母亲留个念想，让她还能上自家农场种种菜、钓钓鱼。最为关键的是，农场还是梅森家的农场。② 在处理农场和对待母亲养老问题上，农耕文化的传统观念依然起着决定性的作用，彰显了子女对父母的孝道，对家族承传的责任等基本的乡土观念风俗。而在处理父亲的丧葬事务时，梅森深刻体会到南方这片土地上几个世纪沉淀下来的乡规礼约对南方人行为和价值理念的塑造和影响。梅森抓取了乡土文化中的经典瞬间来加以检视。“在父亲的葬礼上，父亲生前的至爱亲朋，无论是清泉老家的亲戚，还是加油站的老伙计，抑或儿时的玩伴都来了，他们说起我们不曾听说过的有关父亲的往事，甚至是父亲生前的恶作剧，悲伤凝重的气氛也因此得以稍稍缓和。”③ 英国学者迈克·克朗（Mike Crang）在其《文化地理学》（*Cultural Geography*）谈道：“我们需要研究的是为什么在有些情况下文化是带有地方性的，而在另一些情况下却不存在地方性？……‘无地区性’的地方和‘有地区性’的地方的区别在于前者的形式受‘契约的孤独’所控制，个人或小群体与稍广泛一点的社会群体发生联系是通过有限的、特定的互动方式，而后者却存在着一个‘有机的社交活动’。在那里，人与人之间有长期的固定的关系，他们之间的交往不只是为了实现一时的某种需求功能。”④ 诚然，在乡村诸如婚丧嫁娶这等人生大事是一个家族社会关系的大检阅，此类“有机的社交活动”是日积月累人际交往在一个关键时刻的大检视，此类场景

---

① Mason, Bobbie Ann. *Clear Springs: A Memoir*. New York: Random House, 1999, p. 213.

② Mason, Bobbie Ann. *Clear Springs*: *A Memoir*. New York: Random House, 1999, pp. 213–214.

③ Mason, Bobbie Ann. *Clear Springs*: *A Memoir*. New York: Random House, 1999, p. 199.

④ 迈克·克朗:《文化地理学》，杨淑华、宋慧敏 译，南京：南京大学出版社，2007 年，第 106 页。

所折射的乡风礼俗、伦理规约、情感通路给予人的身份认同和归属感绝非商业化时代商业住宅小区文化所能营造的。而梅森把镜头稍稍再拉远一些，她在送别父亲的路上所见令她相信乡土观念最为本质的东西是镌刻在人们内心深处，是内化为他们为人处世的准则。梅森在回忆录中有一段颇为详细的描述：

> 送葬队伍沿着公路行进，迎面驰来的车辆看见我们，车速慢了下来。司机们并没有呼啸而过赶往他们的目的地，或许是一家影像店或皮格利·韦格利连锁百货店；他们把车靠边，停在了路肩上。所有的车辆，无一例外。这是南方的习俗。其中有一些司机很年轻……再往前，在一条两车道的州公路上，我们遇上了一段止在修的道路，铺路工程车给我们让了道。一位筑路工人脱下自己橘黄色的安全帽，按在胸前，向我们行注目礼。①

美国好莱坞2009年拍摄了一部片子叫《护送钱斯》（*Taking Chance*），讲述美军少校护送在海外阵亡的下士钱斯遗体返回故土的故事，千里护灵，路途迢迢，一路场面感人至深，虽有宣扬意识形态之嫌，但不可否认这是一部引人强烈情感共鸣的上乘之作，其中有一个非常类似于梅森书中表述的场景。当护送的车队缓缓行驶在一条高速公路时，路过的车辆看见前方盖着星条旗的棺木，无一例外全都打开大灯，自动排成车队或引领或殿后，送这个士兵最后一程。这两个场景有着极强的互文效应。梅森的乡土叙事往往能抓住关键的细节，把乡土文化中最为根本的东西呈现出来，无论岁月如何流变，有些东西终归沉淀成了一方土地、一种文化或一个民族的共同记忆，内化为共同的行为道德规范，由此建构的地方感才是最具生命活力和恒久凝聚力，是铸就一个文化或民族认同的最根本的要素。

农民与土地的关系是梅森乡土叙事最重要的篇章，土地承载着生活其

---

① Mason, Bobbie Ann. *Clear Springs: A Memoir*. New York: Random House, 1999, p. 199.

上的农耕者的情感归属、生计所依、生寄死归，他们的生活方式、价值理念、期望、光荣与梦想无不与他们脚下的土地息息相联。土地是他们的生命，是他们世代相传的一本家谱，是他们的文化图腾。一位南方腹地的农民以肺腑之言表达了自己对土地无上的珍惜之情，“土地就像一直在那地方陪着我一样，它就是我生命的一部分，是我的存在方式，于我而言，情同手足”①。澳大利亚人类学家史特瑞劳（T. G. H. Strehlow）对土著民族的恋地情结深有感触：“他们深恋着故土，用每一寸肌肤去依恋它。”② 同样，梅森小说《斯宾塞和莱拉》中父亲斯宾塞对土地的执着和对故土的依恋在梅森的笔下倾泻而出：

> 他眺望着自己的农场：“……这就是世间的一切——它包含了人们想要知道，想要拥有的一切，然而每个地方的人却还是绞尽脑汁去追寻更好的，更新奇的东西。就算自己的孩子们也离家去寻找自己的人生。人们总是想去过不同的生活，可是他在家乡拥有的就是世间最重要的东西——熟知万物的生长与枯萎、观看日出日落。这就是生命亘古不变之真理。”③

在一定程度上，故乡即世界的本源与中心，是一切价值与意义之所系。因此梅森以理解同情之心献上了对父亲太平洋战争结束后解甲归田的理解和敬重：“我开始理解退役回家的父亲选择回归乡土时的感触……他选择了他认为最为重要的东西。而他清楚自己是谁。他重拾了对土地的忠诚，尽管土地里刨不出富足的生活。”④ 对经历了战争血雨腥风的父亲而言，只有归乡，只有在与土地的朝夕相处，在四季轮回的农事操劳中才能寻求灵魂的安顿和岁月的平和。他们对土地的执着和坚守无法用局外人的

---

① Coles, Robert. *Migrants, Sharecroppers, Mountaineers*. Boston: Little, Brown, 1971, p. 411.

② Strehlow, T. G. H. *Aranda Traditions*. Carlton: Melbourne University Press, 1947, p. 30.

③ Mason, Bobbie Ann. *Spence + Lila*. New York: Harper & Row, Publishers, 1988, p. 132.

④ Mason, Bobbie Ann. *Clear Springs: A Memoir*. New York: Random House, 1999, p. 279.

眼光和价值观来衡量。在《斯宾塞和莱拉》中，当儿子李竭力鼓动父亲斯宾塞出售城郊的土地，谋取尽可能多的商业利润时，父子间便有了这样一段对话：

“你为什么不把临街的那块地卖掉，用作房产开发的启动资金呢？”

“我为何要那么干？”父亲质问。

“你可是坐在一座金矿上啊。”

“说得好。那你何不回来经营这座金矿！”①

寥寥数语父亲斯宾塞对土地的珍爱之情便溢于言表。在他看来，土地远不是资源和商品，“土地是用来种植庄稼，而非谋利的”（A farm is not a place to grow wealthy; it is a place to grow corn）②。真正的农耕经济不是获利经济，那是热爱土地的人们的经济，他们从土地上获取他们生存的物质，土地不是供人们挥霍享乐的。当来势汹汹的后工业化和商业化经济裹挟着消费文化以压倒性的喧嚣之势侵入南方这片曾经的农耕净土后，像斯宾塞家这样的小型农场在劫难逃。类似的情况同样出现在梅森的家族回忆录中。梅森以淡淡忧伤的口吻写道：“作为一个家庭农场，这片土地的命运可想而知。……我的侄子一心想把它改造成一片高尔夫球场；我的兄弟则梦想在这上面建一个小型市场；亦有人提出要开发成羊驼养殖场。诸如此类，不一而足。……现在的人一谈到土地，满脑子都是钱。但是靠土地发大财的人，从来都不是真正懂得土地的人。”③ 随着工业资本和金融资本进一步加速对农村土地的渗透，66 岁的农民斯宾塞安稳的日子也算是到了头，且不说农场后继乏人，经济的压力、市场的动荡，加上“树上鸟飞绝”，“死鱼满池塘”的污染惨状令斯宾塞身心俱疲。已过花甲之年的他竟

---

① Mason, Bobbie Ann. *Spence + Lila*. New York: Harper & Row, Publishers, 1988, p. 100.

② Bone, Martyn. *The Postsouthern Sense of Place in Contemporary Fiction*. Baton Rouge: Louisiana State University Press, *2014*, p. *7*.

③ Mason, Bobbie Ann. *Clear Springs: A Memoir*. New York: Random House, 1999, p. 14.

暗自庆幸自己的父亲没有活着看到农场的奶牛被全部卖光。而且他对儿子不想再经营农场有着自己的理由，现在这样规模的农场根本无法维持年轻一代南方人的生活需求。南方传统意义上的自耕农经济在后工业化时代已不再具有“生计所依”的价值。毋庸置疑，梅森本人对工业化经济和消费文化持相当欢迎的态度，但她依然保持一些对南方曾经的农场生活的向往：“我希望那连片的黑莓地还能重新出现。当工业化席卷而来时，还能拥有这块地的想法令人激动，我们可以把它称之为保留地，我记起在航天飞机腾空而起的背后那些懒洋洋活动着的鳄鱼和长颈鹤。”① 然而“鱼和熊掌兼得”的想法也只是美好的愿望而已。

第二节　失落的地方感——地方情怀难续

尽管梅森对像祖父母、父亲、斯宾塞等老一代南方人固守家园土地给予了深切的理解、同情和尊重，尽管她本人也有一定的地方情结，但是她还是更希望看到并享受改变。基于此，她的小说对于告别过去，走出南方情有独钟。她说：“我不能肯定旧南方的特点都那么美好……我不留恋过去……时代是变化的，我的兴趣是写现在。在我看来，南方变得充满了活力与复杂性……我作品里的人物在生活中的机会比他们的父母要多，甚至他们的父母的老年生活要比以前富裕。这就是南方正发生的变化——越来越多的人过上了美好生活。”② 因此，在她的作品里鲜有因传统的衰落而伤春悲秋，而是对新生活到来的欢欣、拥抱。所以，她的小说里，地方情结

① Mason, Bobbie Ann. *Clear Springs: A Memoir.* New York: Random House, 1999, p. 14.

② Wilhelm, Albert E. “An Interview with Bobbie Ann Mason.” *Southern Quarterly*, vol. 26, no. 2, 1988, p. 37.

在后工业文明、消费主义冲击下的衰落是一个主要观测点。

历史地看，南方的地方情结由盛转衰经历了一个演变过程，也毫无疑问体现着时代的变迁和其对人价值观念的重塑。自18世纪中叶工业革命的浪花在英格兰土地上冒出，人类的历史便犹如一匹脱缰的野马，资本主义的机器大生产、高科技开发、全球化的资本流动和市场配置、消费文化主导的社会意识形态让人类社会进入一个高度一统化、同质化、平庸化的文化景观时代。诺伯格·舒尔茨（Norberg-Schulz）杜撰了“a flatscape”（“千篇一律的景象”）一词用来说明这一现象，指出这种文化景观人为的缺乏深度，只提供普通常规的经验。① 早在19世纪上半叶法国历史学家亚历西斯·德·托克维尔（Alexis de Tocqueville）就对这种一统化提出了自己的看法：“‘多元’从人类的生活中不断消失；世界范围内，人们的行为、思想、感觉都趋于类同。”② 这一现象演变到了资本主义晚期经由弥漫性消费文化的渲染和金融资本在全球范围内的开疆拓土，标准化、大型化趋势所向披靡。毋庸置疑，地方感赖以存在的物质基础——地域的本土性、文化的多元性变成了与后工业化社会格格不入的字眼，地方感的失落成了后现代社会人们普遍的文化标识，由此产生的身份认同障碍和归属感缺失亦是梅森笔下新南方人共同的情感体验。新南方人经历的经济、文化、心理上的震荡，以及伴随着失落、迷惘、沮丧的地方感的动态演变过程正是梅森后南方文学创作浓墨重彩的篇章。

南方地方感的消弥首先从其农耕经济的衰落开始。美国南方作为美国国土上曾经的农业王国，有着引以为豪的资本。“肯塔基州的六月禾、北卡罗来纳的烟草、路易斯安那的甘蔗、佛罗里达的柑橘”扬名异域他乡，更别提声名远播的棉花种植。“占世界棉花种植面积的3%，产量却占世界

---

① Relph, Edward. *Place and Placelessness*. London: Pion Limited, 1976, p. 79.

② Tocqueville, Alexis de. *Democracy in America* Volume II. New York: Vintage Books, 1945, p. 240.

棉花这一大宗产品的60%”，无愧其“棉花王国”“棉花产区”的美誉。“棉花成为南方的宗教、政治、法律、经济和艺术。”① 南方是整个18世纪上半叶世界经济发展最强劲的地区，棉花产业是其最主要的功臣，并对美国金融业的发展发挥了极其重要的作用，久踞美国出口商品的头把交椅。美国棉花的年出口额从1800年的525万美元飙升至1860年的2亿美元，而同一时期烟草出口额也从625万美元上升到2 100万美元。这一时期可谓是南方农业的黄金期，在后来的“南方农业主义者”眼中不啻是天堂的人间翻版，是人类文明的巅峰和标杆，“南方伊甸园神话”也非浪得虚名。南方曾经强盛的农耕文明是构筑南方人地方感的物质和情感基础。然而人类发展的惨痛教训告诉我们，有资本主义工业化这头“饿虎”环伺在侧，无论是东方的华夏农耕文明，还是偏安一方的美国南方农耕乐土，妄图斯守“风景这边独好”也只是一厢情愿而已。在南方十三州宣布“脱离联邦”的昭昭之心后，北方工业文明借由奴隶制这一天大的政治、道德把柄，长驱直入、攻城掠地，四年的战场征服、加之近十年的战后重建，北方工业文明从政治、经济、心理上对南方进行了颠覆性的摧毁。卡什曾用一句话形象地概括了南方战后的景象：“南方被重新打回到了拓荒年代”②，即便是到了20世纪初，南方这片曾经富庶的农耕乐土依然没能从历史的废墟中恢复过来，在此我们不妨撷取梅森作品中的一段文字加以佐证：

> 他们（克里斯蒂娜夫妇）再往南走……内战的痕迹随处可见。克里斯蒂娜想，这场战争就像雷尔福特大地震，只不过其威力不是表现在满目疮痍的地貌上，而是更多地呈现在人们失败沮丧的神情以及破败不堪的建筑上。……低矮的棚屋、烧毁的砖房，还有仅仅靠粗陋风

---

① Davidson, Donald and Ransom, Crowe etc. *I'll Take My Stand*. New York: Harper & Row, Publishers, 1962, pp. 184–185.

② Cash, W. J. *The Mind of the South*. New York: Random House, 1991, p. 103.

化掉的木头十字架依稀辨别出的教堂；一队衣衫褴褛的黑人，蓬头垢面，光着脚步履艰难地走着。……看着望不到头的田野，克里斯蒂娜心想，她这辈子都未曾见过如此破败凄凉的场景。①

这一凋敝景象是梅森以小说人物的视角对20世纪初南方纵深地带的描述。即便战争已过去三十多年，战争施予美国南部的毁灭性打击依然触目惊心。战后重建未能让南方摆脱战争的重创，无论是物质层面，还是精神层面。内战摧毁了南方农业经济的支柱——大种植园的农耕体制，“战后种植园主大量抛售土地，战前以10万美元购得的大农庄，战后即使卖1万美元也乏人问津。……由于大种植园的瓦解和新垦土地和抛荒土地的增多，小型农场和小农场主数量增多。……‘新南方’意味着小农场经营”②。南方农业经济结构的改变，小农场经营为主导的模式预设了在应对北方工业资本和金融资本强势压境时，无力招架的命运，“人为刀俎，我为鱼肉”便是战后南方重建时期南方经济生活的真实写照。疯狂的土地投机买卖、房地产开发、城市化、工业化便是南方自内战后上演的一首迄今为止依然亢奋的进行曲。经济历史学家加文·赖特（Gavin Wright）一针见血地指出：“自1856年后，无论是农场的打造，还是城镇建造基本上都是不动产投机活动。”③ 而美国南方作家托马斯·沃尔夫（Thomas Wolfe）在其小说《天使，望故乡！》（*Look Homeward, Angel*）中有一段令人印象深刻的描述：“人人投资房产，无论是实际上的，还是名义上的……镇上沿街的土地所有权人总是在不断地变换；当沿街的土地被卖光后，新的街道又在周围的荒地上被迫不及待地开发出来；还没等这些街道被平整完成，房屋竣工，沿街的土地已经开卖，转眼间就又被按亩、按地块、按英尺转手倒卖来

① Mason, Bobbie Ann. *Feather Crowns*. New York: HarperCollins Publishers, 1993, pp. 340-341.

② Davidson, Donald. *I'll Take My Stand*. New York: Harper & Row, Publishers, 1962, pp. 189-190.

③ Bone, Martyn. *The Postsouthern Sense of Place in Contemporary Fiction*. Baton Rouge: Louisiana State University Press, 2014, p. 8.

攫取成百上千美元的利润。"① 土地被剥离了农耕文明赋予的传统文化内涵和情感内涵，只剩下赤裸裸的商业价值——"一片纯粹的不动产而已"②。

工业化和金融资本主导的现代经济模式的强烈渗透从根本上动摇了南方原有的农耕经济体制。最受影响的便是南方的自耕农，他们曾经是南方自由人群体的主要构成成分，在以自耕农经济为主体的"新南方"，他们鲜少与资本家和工业商品打交道。然而，在金融资本主义和垄断资本主义所带来的经济动荡中，他们一步步被逼入经济困局而无力自保。在梅森的作品中，破产的农民随处可见，《斯宾塞和莱拉》中邻居比尔深陷债务无法自拔，而另外几家农户也因为无法偿还债务而以土地抵债③；斯宾塞本人亦担心无力支付昂贵的医疗费，把农场抵给医院；当地的支柱产业烟草，也因为金融资本家和大工业生产的干预，价格跌穿谷底，濒于崩溃的边缘。越来越多的农户迫于经济和市场的压力，无奈只得把农场拱手相让，失去了新南方自耕农经济标志性的特征——"个人土地所有权"，而这恰恰是以约翰·克罗·兰瑟姆（John Crowe Ransom）、艾伦·泰特等为代表的"南方农业主义者"极为看重的农业文明的核心概念：认为这是"南方"能在金融资本主义动荡的经济环境下赖以生存的法宝。④ 当代资本主义对农业不动产的投机性取代给后南方地理景观和文化景观带来了深刻的震荡和剧变。失地的农民被从原先农耕社会"安稳的根据地"连根拔起，⑤ 被迫远离土地去城镇寻找新的生机。此为"经济上找生路"的被迫

---

① Bone, Martyn. *The Postsouthern Sense of Place in Contemporary Fiction*. Baton Rouge: Louisiana State University Press, 2014, p. 23.

② Bone, Martyn. *The Postsouthern Sense of Place in Contemporary Fiction*. Baton Rouge: Louisiana State University Press, 2014, p. 104.

③ Mason, Bobbie Ann. *Spence + Lila*. New York: Harper & Row, Publishers, 1988. p. 76.

④ Bone, Martyn. *The Postsouthern Sense of Place in Contemporary Fiction*. Baton Rouge: Louisiana State University Press, 2014, p. viii.

⑤ Bone, Martyn. *The Postsouthern Sense of Place in Contemporary Fiction*. Baton Rouge: Louisiana State University Press, 2014, p. 13.

迁徙。在《当代小说的后南方地方感》（*The Postsouthern Sense of Place in Contemporary Fiction*）中，马丁・博恩（Martyn Bone）援引了加文・赖特《新南方、旧南方》（*Old South, New South*）中一组翔实的数据说明南方农业人口流失之规模："在 1940 至 1945 年的 5 年间，南方农业人口的 20%～22%，超过 300 万之多离开了土地；其间，从事农业生产的人数下降了 35 万；而在 1950—1959 年的十年间，又流失了 100 万人口。从 1935—1970 年的 35 年间，共计达 1 300 万人放弃了南方的农业生活。"① 或许这组大数据过于抽象，我们不妨来参照一下梅森在短篇小说《示罗圣地》中一个情节描写，男主人公勒罗伊原本是一名常年在外的卡车司机，车祸后回归家庭他发现家乡小镇已是"物非人非"。"商业住宅开发区就像泼在肯塔基西部一大片的漏油。镇子边上竖着的告示牌标注'人口：11 500'——这数据只比 20 年前的小镇人口多了区区 700 人。而勒罗伊也不清楚这些新住宅区究竟住着什么人。曾经在星期六下午聚集在县城广场下棋和嚼着烟草的乡民也不见了踪影，……他们在他毫不知情的情况下都消失了。"② 南方农业人口从土地流出不单纯是农民自身地理空间的移动，农业人口大规模流出标志着南方以农民为主体的农耕经济的分崩离析，而南方农业社会失去其赖以生存的经济基础也就不能作为独立的社会地理区域而存在。詹姆逊在其《后现代主义》（*Postmodernism*）一书中直言不讳地指出，"南方"——无论是作为文本符号，还是"'南方农业主义者'和福克纳曾指称的前资本主义农业现实和/或想象的地方——都实实在在地被资本主义摧毁了。"③ 而依附于南方这一独特地域的地方感，在失去其社会经济和文

① Bone, Martyn. *The Postsouthern Sense of Place in Contemporary Fiction*. Baton Rouge: Louisiana State University Press, 2014, p. 15.

② Mason, Bobbie Ann. *Shiloh and Other Stories*. New York: Harper & Row, Publishers, 1982, p. 6.

③ Jameson, Fredric. *Postmodernism, or, The Cultural Logic of Late Capitalism*. Durham: Duke University Press, 1991, p. 127.

化地理特色，南方地方感的内核被削弱，地域文化认同随着农业社区集体记忆的稀释而越发淡薄，新南方人地方感沉降式的动态过程便是南方社会经济模式剧烈震荡的文化表征。

北方工业文明对南方农耕文明的侵蚀和征服不仅仅是从经济物质层面，更深层次的影响来自对其心理、精神、文化层面的干预和征服。内战中被旧南方社会精英一向视为粗鄙的北方工业文明打败，令南方人不得不深刻反思自身的文化。工业文明势如破竹的军事攻势和咄咄逼人的文化侵蚀映衬了南方农耕文明的闭塞和固步自封的必然结局。在付出毁灭性的代价后，南方开始放弃坚守、抗拒，而是放眼世界。北方工业文明自然成了近水楼台的参照物，北方高速发展的工业化、城市化带来的物质繁荣和城市生活的活色生香对“国门洞开”的南方人的视角和心理的冲击是巨大而深刻的；梅森在《底特律天际线》中，以南方农村小姑娘佩吉跟随母亲北上探亲访友的经历生动地揭示了南方人对北方工业文明带来的物质生活和现代化设施的钦慕心态。佩吉回忆母亲之前曾去过一次底特律，“她从此对自己见过的高楼大厦念念不忘”，并对自己的女儿描绘了城市建筑的宏伟气势，以至于在年幼的佩吉心目中，“城市的高楼高上天”。而这一次来底特律，看到大姐家厨房电烤箱、食品搅拌机、电气炉具、电子钟等一应俱全时，“母亲兴奋地转了个圈，活像个少女，几乎忘了一路上晕车的不舒服”，一边对佩吉说道：“瞧我之前跟你说什么来着，这些玩意儿是不是很吸引人?”而从未来过城市的佩吉对城市景观的反应似乎也能说明母亲对城市生活的钦慕对她的耳濡目染，“我从没见过这么多的新房子整整齐齐地排列着，房子淡淡的颜色很诱人，让人看着舒服。……我当时就知道，我长大后要住在这样的地方”①。相比南方农村生活的清贫单调，北方工业化的现代生活方式和生活水准对南方人具有相当

① Mason, Bobbie Ann. *Shiloh and Other Stories*. New York: Harper & Row, Publishers, 1982, pp. 35, 37.

的诱惑力。因此，“去北方”“去城市”对南方人，尤其是年轻一代而言，就是去见世面、开眼界，去追逐自己的人生和梦想，去寻找更好的人生机遇。梅森以佩吉抑或梅森自己童年的亲身所见，记述了南方人离开土地的历史潮流：“我们生活在肯塔基西部的一个农场上，离公路国道线不远。‘二战’之后，这条公路把许许多多的南方人送往北方的汽车工厂上班。”①

而北方迅猛发展的教育和文化艺术亦凸现了南方教育的滞后和文化的落后守旧，而对老一辈的南方人而言，内战的败北对一些南方人曾引以为豪的南方人身份意识的打击尤为深重。经济军事的溃败、奴隶制的历史负罪感、传统价值观念的崩塌、生活的困顿尤措令南方人滋长出乡巴佬“低人一等”的自卑感。这种自卑感成为战后南方人心理的一个标记。从此在南方人的意识中因袭下来，久而久之，演变成了南方人固有的文化心态。梅森在《清泉：一个家族的回忆录》中的一番记述可谓是一个绝好的例证，“母亲肯定对家里简陋的布置感到羞愧，尤其是因为罗杰（梅森丈夫）是纽约人。肯塔基人对纽约人总是高看一等。要是哪户人家有客人要从纽约来，这户人家就觉得有必要给起居室糊上新墙纸，重新粉刷房屋，再把门前的车道铺上柏油”②。因此，自内战后，南北双方从文化和心理层面而言，出现了不对等的关系，在年轻人求学、找出路和父母替自己子女考虑前途时，北方似乎就代表着机会和希望，梅森本人的经历就是一个绝佳的范式。乡下生活的清苦和闭塞令小小年纪的梅森产生了身为乡下孩子的自卑感。“我们住在梅菲尔德的郊区，我确确实实感觉到我们是乡下人……我觉得我们有一种心理上的自卑感。……妈妈说，我们算不得穷人，但我

① Mason, Bobbie Ann. *Shiloh and Other Stories*. New York: Harper & Row, Publishers, 1982, p. 35.

② Mason, Bobbie Ann. *Clear Springs: A Memoir*. New York: Random House, 1999, p. 159.

们是乡下人。”[①] 因此梅森打小渴望成为一个城里的孩子，接受城里人的教育，长大后去北方的城里生活，而她的人生轨迹也确实如此。而在梅森父母看来，他们的孩子也不应再囿于乡下逼仄的文化环境，不应再遭受很多乡下人往往都有的那份自卑感。因此他们对女儿远走他乡求学、追求自己的理想都极为支持，因为深知乡村农场不再有孩子发展的天地。就如同罗伯特·佩恩·沃伦笔下的人物杰德·特克斯伯里的母亲辛苦劳作的唯一愿望就是让自己的儿子去往千里外的大城市生活。她总是在儿子还小时就一再叮咛他：“老家没什么好给你的了……你的前途就是出去闯。”[②] 因此，南方人的北上迁徙之路——从农业文明去往工业文明，从它开始之日起，从未停歇过，也从未放慢它的脚步。为了生计、为了生活、为了教育、为了前途，或仅仅为了离开土地、远走他乡、周游四方。到了 20 世纪中叶，约有一半的南方人生活在城镇中，远离了与土地亲密接触的生活方式。人与地方的那份根植于农耕文化的独特情感纽带被撕裂，他们对于土地的认知和感情，对乡土文化的认同或反思，与父辈乡土观念的冲突或妥协在梅森写实主义的笔触的勾勒下，呈现出一幅历史变革期新南方人心理和文化震荡的原生态图景，而对待土地的认知和态度变化是最为直观和直接的。年轻一代的南方人多半不愿意继承家庭的农场，有的干脆拒绝，有的不善于打理以至于抛荒。斯宾塞的儿子李、梅森自己家的四兄妹和《汉克镇》(*Hunktown*) 里一心想成为歌手的科迪等人，他们显然已没有了父辈与土地的那种深厚的情感联系和心思，时代的潮流、消费的理念、多元的世界、人生的机遇和梦想加之文化的强弱分明的碰撞导致心理的偏差，使新南方人，尤其是年轻一代对土地的依恋日渐淡化，土地上的四季轮回，泥土湿润清冽的气息早已退隐成模糊的记忆。当《斯宾塞和莱拉》里乔娜的女

---

① Mason, Bobbie Ann. *Clear Springs: A Memoir*. New York: Random House, 1999, p. 83.

② Bone, Martyn. *The Postsouthern Sense of Place in Contemporary Fiction*. Baton Rouge: Louisiana State University Press, 2014, p. 58.

儿帕蒂穿着细高跟鞋下菜地，分不清芜菁叶和杂草叶子时，南方的乡土观念和气息已在她身上荡然无存，她也绝难理解老农斯宾塞坐在拖拉机上，看着一丛丛的杂草、一排排的庄稼，听着头顶上鸟儿的鸣叫，闻着刚刚犁过的泥土湿润的气息，倏然生出的一份人生豪情，此情此景直叫他愿意把拖拉机开到世界的尽头。① 情感和距离上的疏离导致现代人五谷不分、地方感失落是梅森后南方叙事的落墨点，亦是现代高速城市化后的普遍现象，现代生活的高度虚拟化、抽象化、数字化让现代人不再拥有真切的地方感。

当代科学技术的飞速发展带来了现代交通质的飞跃。1890 年前，时速 100 英里的交通工具也只停留在人们的想象中，而仅仅 80 年后，人们就已登上了时速超过 1 300 英里的协和超声速航班，而宇宙飞船更是以常人难以想象的 17 000 英里的梦幻时速一飞冲天。② 曾经隔着万水千山的天涯海角、穷乡僻壤亦成了现代人能涉足的土地，再加以被高科技和信息化时代滋养出来的探险精神和好奇心，现代人的触角伸向了地球上的每个角落，"与世隔绝" 反倒成了现代生活的神话。对此，梅森借小说人物之口感慨，"20 世纪清除了人类生活的所有神秘感"③，当然包括那些曾经与世隔绝的乡土文化的神秘感。现代发达的交通对本土文化 "地方性"（locality）的侵蚀亦是人文地理学关注的命题之一。爱德华·雷尔夫指出："公路、铁路、机场侵扰了当地的景观而非发展了景观，它们本身不仅仅是 '无地方性'（placelessness）的标记，而且由于它们所带来的各种各样风格和习性人群大规模移动的可能性，他们让 '无地方性' 的扩展远远超越了其直接造成的影响。"④ "根据美国人口普查发布的统计数字，自 1955 年至 1960 年从国外来到南方的人为 50.5 万，而到了 1980 年至 1985 年期间，这类人

① Mason, Bobbie Ann. *Spence + Lila*. New York: Harper & Row, Publishers, 1988, p. 126.

② Reason, Mason. *Man in Motion: The Psychology of Travel*. New York: Walker Press, 1974, pp. 2–3.

③ Mason, Bobbie Ann. *Shiloh and Other Stories*. New York: Random House, 2001, p. 232.

④ Relph, Edward. *Place and Placelessness*. London: Pion Limited, 1976, p. 90.

数激增至120万。1975年到1991年，230万外来移民选择在南方定居……他们带来的文化价值观念和传统南方文化的主流交汇之后在一定程度上稀释了它的浓度，冲淡了它的色彩，加速了它的改变。”① 在梅森的《定居者和迁徙者》(*Resident and Transients*) 中女主人公玛丽表达了类似的观点：

> 北方人越发频繁地涌入这个地区，这一现象令当地居民不安……我之所以这么说，是因为我无意中听到他们满是疑虑和绝望的话语，似乎他们的小镇遭受了外族的入侵。而学校的孩子也学会说“嗨，伙计”，而且还学会嗑药。我能想象教室里，一帮羞怯的乡下孩子，听着一个新来的孩子操着一口北方话眉飞色舞地谈论他在欧洲的时光。如此这般的影响令人紧张不安。②

对从小就深切体悟乡下孩子自卑感，长大成人后亦深深带有这一乡土文化烙印的梅森而言，这一情节的安排并非只是即兴的文学创作，而是源于作为历史在场者对乡土文化与外部世界交流冲突的审美体验。这些北方来的迁徙者带来了北方强势文化的影响，其施加于乡下孩子的影响才是最令乡民们忧心忡忡的，因为他们才是本土文化传承的纽带和希望。显而易见的是，新生代乡土人对外来文化的接受却是最容易而迫切的。因此外来强势文化对本土文化的侵蚀，在年轻一代不太抵抗的合作中对乡土文化内质的稀释也只是个时间问题，并从一定程度上扩展了由强势文化主导的文化同质化现象，同质化、一统化也就意味着文化地方性的失落，使无地方性这一后工业化时代和晚期资本主义的文化表征得以在南方土地上蔓延拓展。

而对现代公共交通的标志性产物——高速公路和火车对地域文化、地方感造成的冲击在梅森的作品中得到了重点再现。高速公路和铁路的建筑

① 李杨：《颠覆·开放·与时俱进：美国后南方的小说纵横论》，北京：中国社会科学出版社，2018年，第25页。

② Mason, Bobbie Ann. *Shiloh and Other Stories*. New York: Harper & Row, Publishers, 1982, p. 119.

为美国南部偏远地域的人们打开了通往外部世界的大门，带给南方乡土文化的冲击与震荡在以下的观点中得到了极大的印证：“南方的剧变并非来自内战，更多的源自高速公路的开发。”① 梅森笔下诸多人物的行为记录了这种巨变。梅森在《羽冠》中有关铁路的意象以及铁路带给当地人思想观念的变化和对地域身份认同的冲击应和了上述观点。克里斯蒂娜这名居住在肯塔基西部小镇霍普维尔的村妇，由于生了五胞胎而扬名于世，被捧上了天，被称为创造了世界第八大奇迹。在20世纪初工业化和消费文化行将大举入侵南方之时，一列列火车把成千上万争相一睹生命奇迹的游客送到了尚未沐浴工业文明之光的霍普维尔小镇，其汹涌之态势对于一家弱小的农户而言犹如千军万马压境。《羽冠》不厌其详地描述来自远方的火车满载被工业文明熏化的游客蜂拥而至的盛况。看梅森笔带讥讽勾勒的那一幕幕喧哗的场景：

这是小宝宝们降临人世的第10天。下午3：03从孟菲斯开出的“友谊号”列车的汽笛声已在远处响起……当克里斯蒂娜不经意间抬头望向窗外时，忍不住叫出了声。只见不远处，一大队人马飞速穿过田野朝她家这边奔来。女士们手里拿着帽子，又拽着裙子，深一脚浅一脚地穿过泥泞的牧草地；孩子们飞奔乱蹿；男士们则大步跟在后面，活像赶着羊群的牧羊犬。……游客们一拥而入……女士们争先恐后地抱起了孩子……男士们也争相挤到克里斯蒂娜的床边，目瞪口呆地看着床上躺着的孩子们。这令克里斯蒂娜浑身起鸡皮疙瘩。

游客们挤满了屋子，前间就足有50人之多。他们全都穿着光鲜靓丽的各色服装，这让克里斯蒂娜对自家狭窄简陋的房屋感到丢脸。……突然之间，新糊的墙纸看起来有点劣质、手工制作的家具太

① Lawson, Lewis A. “The Grotesque in Recent Southern Fiction,” in *Patterns of Commitment in American Literature*, ed. Marston LaFrance. Toronto: University of Toronto Press, 1967, p. 177.

过简朴、房屋空间显得太逼仄……她不愿再面对访客，觉得自己像一只被拔光毛的鸡。

很多游客在克里斯蒂娜面前旁若无人地说着话；她发现几个男人一脸猥琐地暗自发笑，有一个甚至拿手指指指点点，这让克里斯蒂娜无比尴尬……她还发现正当牧师为孩子祈祷时，有人吃着三明治，……还把包装纸随手扔在了地上。①

象征着工业化文明的火车以势如破竹之势撕破了乡村往日平静的生活，搭乘火车而来的游客把外部世界的生活方式、价值观念、社会风尚和审美情趣等都形象直观地展示在偏僻村落的乡民面前。他们的富足随性、傲慢自得、侃侃而谈、对乡规礼约的不以为然，还有那个破窗而入的不速之客等都给克里斯蒂娜造成了强烈的视觉和心理冲击，使这些没有见过世面的“土包子”突然发现山外有山，对当地生活的麻木不仁、因循守旧、习以为常瞬间崩塌，自卑感和走出去看世界的渴望油然而生。没有对比就没有伤害，环视游客们光鲜的外表，克里斯蒂娜感到的不仅仅是物质层面的清贫简陋，而是在这无比喧闹的环境中被点燃的原本被乡村压抑的生活环境抑制而久藏在内心深处的期盼和对生命困顿的强烈感知。呼啸的火车和蜂拥而至的游客侵扰了乡村原有的界限分明的生活秩序，于克里斯蒂娜而言，这份侵扰是多重而振聋发聩的。家庭生活的宁静、女性的私密领地，甚至孩子的性命都统统被撕裂，这正是科技引发的时空压缩和工业化对乡村生活大扫荡的真实写照。强弱分明、力量悬殊的较量，结局毋须多言。走笔至此，火车引发的意象实则刚刚开始。克里斯蒂娜对席卷而来的现代工业文化冲击的心理是矛盾的，这体现在火车的多重意象上：一方面它摧毁了克里斯蒂娜原有的生活轨迹，它带来的浓郁商业气息让她成了一

① Mason, Bobbie Ann. *Feather Crowns*. New York: HarperCollins Publishers, 1993, pp. 165, 166, 197.

件被毫无遮拦地展示在游客面前的不折不扣的商品，她和她“第八大奇迹”的五胞胎成了“景观年代”（“age of spectacle”）的“一桩生意”（“a business”）；而另一方面，又给予她走出乡村，去领略外面世界的机会。这迎合了克里斯蒂娜埋藏在心底的夙愿：“我想去看看外面的世界。我渴望陌生人与陌生人之间自由自在地宽容相待，再没有什么熟悉的东西把义务强加于你……没有支配、没有评判……我想去探索整个世界，我想去了解其他的人。……我想逃离农场去看看外面蔚蓝色的世界。”① 火车带着克里斯蒂娜夫妇和经过防腐处理的五胞胎的遗体离开农场踏上了美其名为“教育展览”的巡回演出之旅。这几个月的所见所闻、亲身经历外部世界的光怪陆离和各色人等，抑或亲眼目睹过去从未触及的社会现实，让克里斯蒂娜的心智和眼界得到了一个质的飞跃，让她对当地的闭塞落后有了一个更清醒的认识，并以一种更为客观和积极的心态去看待现代文明和乡土文明的冲突：她一边抨击工业化的景观年代对个体的侵犯，一边又赞同现代性所带来的正面变化，正如这趟远行给予她的认知上的启迪，现代性带给乡村的人们认识世界的新方法，尤其是把乡村女性从严酷的传统性别角色中解放出来。克里斯蒂娜游历他乡的生命体悟有着梅森本人人生轨迹的投射。梅森对现代化交通促使的20世纪的大流动持乐观的态度，她特别提及她家农场西边的45号公路，把它比作一根薄薄的沥青飘带，把她偏僻的梅菲尔德家乡同北方的芝加哥和位于密西西比的猫王故乡联系起来。近在咫尺的公路把远走他乡的梦想呈现在她眼前，她称之为“无根的诱惑”，她写道：“高速公路召唤着我们。我们的祖先听信了虚妄的宣传漂洋过海来到了这片应许之地……而我们同样也想远走他乡，去领略他乡的景致。”② 现代交通的发达促进了相互联系交流的可能和频繁，交流的增多，

① Mason, Bobbie Ann. *Feather Crowns*. New York: HarperCollins Publishers, 1993, p. 147.

② Wilhelm, Albert. *Bobbie Ann Mason: A Study of the Short Fiction*. New York: Twayne Publishers, 1998, pp. 7-8.

地域界限被突破，触发了人们思想观念的变化，人们对本土文化的审视便有了更多元的参照物，原有的地方感由此得以重构，无论《羽冠》中的克里斯蒂娜，还是梅森本人都是有力的佐证。

地方感或对地方的依恋，在以经济和工业、科技为主导的社会模式中，不仅仅是无足轻重，而且地方感的缺失显现出一种经济上的优势，因此人们追求“无地方性”以获得空间利用的最大效率。[①] 梅森的短篇小说《爬树人》围绕着砍树展开。丈夫格伦正计划把房子东南角的一棵鹅掌楸砍了，腾出空间为自己造一间木工房。此树是庭院中最高的，高达 80 英尺，树冠浓密，挂满一棵棵圆滚滚的绿色小坚果，可谓是这个家、这所房子、这方庭院的标志性景观，见证了这所房子主人数十年的生命光阴，然而却在主人的经济利益面前轻而易举败下阵来，最后被爬树者一截一截地肢解掉。这地方的这一年代久远的物理身份标识就这样被坚决清除掉。树是乡村最为经典的景观，在农家庭前屋后的景观树对一个家庭而言，通常具有非同一般的意义。在《斯宾塞和莱拉》中，梅森特别提及斯宾塞对儿子李在城里靠贷款买的房子周围没有树很是纠结。随着承载着家庭历史和共同记忆的树的倒坍清除，格伦一家人的地方感也缺失了有机的一块，因为地方景观是地方感赖以附着的重要载体。同样，为了追求土地效益的最大化，房产商们铆足劲、最大限度利用土地空间开发出成片的商业住宅，无论起个多么博眼球的名字，普通住宅的景观设计、房屋结构、内部装修几乎大同小异，万变不离其宗，最多也只是材质上稍作区分。在大张旗鼓的广告宣传和消费文化的浸润和蛊惑之下，越来越多的乡村年轻人跟随潮流，进城贷款购置房产，《斯宾塞和莱拉》中的小儿子李便是其中一员，也为现代商业经济的利益最大化贡献了一份力。这样钢筋水泥砖块累积而成的几乎一模一样的住宅不具有任何深层文化内涵和地方归属感。李住在

① Relph, Edward. *Place and Placelessness*. London: Pion Limited, 1976, p. 117.

这样的房子里，每月支付400多美元的房贷，在一家标准化工厂辛勤工作，加班是常态，养家养房是他终日忙碌的最大动力。城市生活的不易，令只有32岁的他，脸上早早刻上了皱纹，父辈农耕生活的闲适自主在他的生活中无从循迹。他探望住院母亲的一番话可以窥见他真实的生活状态。母亲问："你提早下班了?" 儿子应道："没有。我只请了一个小时的假，我得赶紧回去，我晚上要加班到9点。他们这个月老叫我加班。"① 的确，时间就是金钱。当代最具影响的技术哲学家之一，法国著名学者雅克·埃吕尔（Jacques Ellul）指出："经济学不仅仅是关于生产、分配和消费，而是一种绝对的，带有宗教意味的生活方式……经济策略与人的遭遇战并不只是纸上谈兵，而是与人的血肉之躯短兵相接。人类在经济氛围的压力下慢慢改变；蜕变成自由经济学家规划的一个不再复杂、头脑简单的人。"② 虽然李是小说中梅森着墨不多的人物，梅森却在简明扼要几笔中利落地勾勒出一个被后工业和消费经济绑架的年轻人。当代经济手段，譬如房产政策、抵押贷款、信用消费等，于李而言都不是纸上谈兵，而是有着短兵相接的切肤体验，他就像被一根无形的鞭子抽打的无根陀螺，让自己在超强度的工作环境和经济压力面前保持正常运作便是他生活中的首要目标，他压根不会有闲情逸致像他父亲斯宾塞面对土地与自然油然而生一份情愫。为了金钱的收益，他们日常生活和人生追求被一统化、同质化的后工业化时代的经济模式所塑形，失去了自我掌控的能力，也就变成了相对简单的人。城市的空间于他而言是工作生存的空间，缺乏提供具有深层内涵的意义空间来建构人们的归属感，离开乡村久居城市经济压力下的像李这样的新南方人，地方感的缺失是意料之中的事，因为城市本身并没有提供这样的土壤，而远离乡土的他们亦早已被切断了南方乡土气息的滋养。

在后南方语境中，新南方人生活在大众文化和消费文化的天罗地网

---

① Mason, Bobbie Ann. *Spence + Lila*. New York: Harper & Row, Publishers, 1988, p. 20.

② Ellul, Jacques. *The Technological Society*. New York: Random House, 1967, p. 219.

中，他们的生活方式、价值观念、审美情趣、消费模式无一不受到生产厂家、大众传媒、政府机构的影响和强力塑形，他们失去了自我塑造的能力，甚至是意愿。潮流、时尚、流行、模仿是他们日常语境中的高频词汇。这些因素超越了地域界限，将后南方的人们与美国及世界紧紧地联为一体，在催化后南方的人们的地方感的散失过程中发挥了不可忽视的作用。在梅森创作的鼎盛期，大众文化最具影响力的是电视，电视成了梅森笔下普通南方人日常生活不可或缺的存在。男男女女、老老少少，他们的生活信息、休闲娱乐、时政新闻都离不开电视的日夜播放。“艾米特在旅店房间内把电视频道换来换去。……艾米特已经把所有的电视台频道都按了一遍”；“对于她（塞姆）来说，电视节目里上校的死比起自己父亲的死还要真实”。① 而对于《斯宾塞和莱拉》中莱拉的女儿南茜来说，即便母亲刚刚做了乳房切除手术，一等母亲清醒过来便迫不及待地为母亲打开电视以免她错过先前追看的电视剧，看电视居然比养护性命都重要，新南方人的对电视文化的追捧到了走火入魔的地步。普拉斯（Joanna Price）对此发表了自己的看法：“这些小说人物对他们共同面对的现实的一个共同认知来自大众文化人物对日常生活的理解，尤其是电视人物。”②

以晚期资本主义的经济和文化逻辑为主导的社会模式，追求同质化（homogeneity）和效益的最大化是其根本的文化特征。在大众文化和消费文化的弥漫性渗透之下，当今文化的导向是求同而非求异。这一文化现象投射在生活的方方面面，从世界文化景观的标准化、类同化，到生产、管理消费层面的一体化再到公共建筑、超市连锁、货品陈列以至于文化制品，无一例外，莫不如此。而“地方感不会来自一个内在同质化的生存空

① Mason, Bobbie Ann. *In Country*. New York: HarperCollins Publishers, 2005, pp. 12, 27.

② Price, Joanna. *Understanding Bobbie Ann Mason*. Columbia: University of South Carolina Press. 2000, p. 6.

间”①。因此在大众文化和消费文化时代，新南方人地方感的消弥、失落乃是历史发展的时势使然。地方感是建构身份认同的重要成分，地方感的失落造成新南方人身份识别障碍和情感困顿。“我是谁？又身处何方？”是梅森小说人物不断纠结的问题。在梅森的《在乡下》中，有一段文字描述就是一个形象的例证：

> 她（塞姆）继续往前跑，经过了一家殡仪馆、一个灯具店、一座图书馆、一家大房地产公司，还有一家装饰豪华的古董店以及礼品店、旧货店和肯德基店。她看见雷恩体育用品店内陈列的一排保龄球奖杯熠熠闪着光……隔壁是一家美军征兵工作站，窗户上贴着征兵海报，海报上山姆大叔的手指很有气势地指着她，她拿手指回敬了他一下，然后跑开了。汤姆·哈德逊的汽修厂就在前面，她慢下了脚步。②

倘若把这一现代生活中的景观放置于任何一个现代城市、小镇、抑或乡村的环境中都不令人感到突兀，因为类同化、匀质化的景观本身就不含有地方性的内质，没有地方性的辨识度，自然跟日趋类同的人类生活环境“融为一体”了，如不借助特别指明，仅凭这一段落的描述很难让读者明白这是在南方、在北方抑或其他什么地方的街区。显而易见，同质化的消费符号无论从视觉上还是从心理认知上都严重削弱了南方的地方感。詹姆逊指出，“晚期资本主义把商品化的力量扩展到了几乎所有的社会生活和个人生活领域”③，认为资本的流动带来消费文化等强势扩张，他将地区文化间的趋同与相互影射视为“被再生和复制的超空间”。如此，在这个复

---

① Connvery, Ian, Corsane, Gerard and Peter Darvis, (eds). *Making Sense of Place: Multidiciplinary Perspectives*. WoodBoydell: The Boydell Press, 2012, p. xiii.

② Mason, Bobbie Ann. *In Country*. New York: HarperCollins Publishers, 2005, p. 76.

③ Jameson, Fredric. *Postmodernism, or, The Cultural Logic of Late Capitalism*. Durham: Duke University Press, 1991, p. 214.

制的消费空间中，塞姆所体验的不再是富有历史、意义和价值等内质的地方特性，而是无地方性的空间符号，是被剔除了南方特性的消费空间。

同质化是大众文化、流行文化和消费文化的内在特质。在《斯宾塞和莱拉》中，当斯宾塞看到沃尔玛停车场里一排排工业化生产出来大同小异的汽车，不禁一时目眩，不知自己身处何方。“那一排闪着银光的银白色车辆像一排整齐的牙齿；垂直的街道灯柱就像一棵棵没有树叶的树。停车场看上去貌似熟悉的场景，他却一下子无法识别。”① 沃尔玛停车场就是现代同质化社会的微缩版，此刻的斯宾塞就如同他自己那辆隐没在一排排大同小异车辆中的大众兔牌汽车，在一个没有深层内涵的空间里，没有边界、没有显性的特征，与同质的空间消融隐没自不足为奇。停车场意象映射了斯宾塞内心的困顿，这一瞬间对自己“身处何方”的茫然失措是强烈的视角冲击下身份迷失的投射，亦是新南方人地方感失落的共同情感体验。梅森《午夜魔法》中的主人公斯蒂夫有着类似的经历，斯蒂夫被认为是梅森乡土新时代人物中最无生活目的、方向感的人。② 一次他驾车行驶在高速公路上，发现硬路肩上躺着一具“尸体”，他赶紧下了高速，在一间公用电话亭拨打了911，下面是他和接警员的对话：

(接警员)：“请告知你的位置，先生?”

(斯蒂夫)：“我的位置？哦，加油站。”

(接警员)：“加油站的位置?”

(斯蒂夫)：“该死，我不清楚。克拉克维尔高速出口。”③

斯蒂夫对自己位置脱口而出的应答，就如同一个年幼的孩子回答接警员：“能告诉叔叔你的位置吗，孩子?”“我在家里。”终日被类同化的地方

---

① Mason, Bobbie Ann. *Spence + Lila*. New York: Harper & Row, Publishers, 1988, p. 58.

② Wilhelm, Albert. *Bobbie Ann Mason: A Study of the Short Fiction*. New York: Twayne Publishers. 1998, p. 10.

③ Mason, Bobbie Ann. *Midnight Magic*. Hopewell: The Ecco Press, 1998, p. 16.

景观包围，相似的高速路、加油站、超市、写字楼、街道，让现代人的地理概念、地方感越发的淡薄，对于这一具有高度象征意义的情节，有学者进行了深入的解读，并指出，斯蒂夫无法确定自身所处的具体地理位置，亦无法了解自己所处的人生的位置①，这种无处着落的感觉便是地方感失落所引发的无根性、无归属感。新南方人缺失地方感的想象力令他们在当今这个变化莫测、快速流动的世界无所适从，无法做出明智的选择，这是梅森笔下后南方人的群体文化心理标识，亦是后现代文化的一大表征。“我是谁？又身处何方？”（“No-one and No-where”）是梅森后南方地方书写一以贯之的主题，亦是全球化同质化年代人们不断遭遇的灵魂叩问。

地方既是一个物质形态的客观存在，亦是一个承载人类情感和精神皈依的意义空间，它是动态而非静止的，是开放而非封闭的，是独特而非普遍的②，地方这一概念的丰富内涵为梅森后南方地方书写提供了最根本的理论基础和框架。美国南方是一个具有浓郁地域文化特色的地方，其独特的历史轨迹、地理风貌、风土人情、气候物产塑造了南方人独特的思想意识、语言习惯、行为模式、价值观念，赋予他们非同寻常的归属感和身份认同，再加以农耕文明“重乡情、恋故土”的文化心理的强力塑形，南方人滋长了超乎寻常的恋地情结，一种浓郁的南方地方感。这是梅森笔下老一代南方人身上属于他们那个时代印记的文化符号，是他们归属感和身份认同的重要源泉，亦是他们应对清苦忙碌寂寥的乡土生活最重要的精神资源。土地是他们的生计、他们的根脉、他们的文化图腾，赋予他们身份的自由和生命的尊严，是他们安身立命的最大傍依。然而随着 20 世纪工业化和金融资本主义在全球范围内开疆拓土，南方这片曾经的农耕乐土反倒成

---

① Wilhelm, Albert. *Bobbie Ann Mason: A Study of the Short Fiction*. New York: Twayne Publishers, 1998, p. 13.

② 徐汉晖：《空间、地方感与恋地情结的文学书写》，《湖北社会科学》，2017 年第 11 期，第 120 页。

了工商金融资本大施拳脚的"乐土"，传统社会经济结构的崩坍、投机资本的疯狂涌入、农业人口的大量流失、消费文化的弥漫性渗透、地方景观的物是人非，让南方人地方感借以依附的物质、心理、文化上的载体被逐一蚕食，由此引发的无处着落的"无根性"（rootlessness）是梅森笔下南方人的共通特征，亦是后工业化社会一种普遍的心理标识。梅森在其回忆录卷首语中写道："当今的美国人有一种普遍的失落感，一种被割裂的感觉。我们不再确信我们是谁，我们为何身处此地。"①

阿尔伯特·威尔海姆（Albert E. Wilhelm）评论道："梅森作为一个南方区域作家，她更多着眼于它的变化而非地方本身。她在看待购置地（梅森家族世代居住的地方）的时候并不把它视为一片充满地方色彩的特殊区域，而是一系列变化的载体。"② 作为一种社会与文化的建构，地方感从来就不是稳定而一成不变的，正如爱德华·萨义德（Edward Said）所言，而是随着经济、文化、社会的不断转型以及社会关系的相应改变，地方感被不断重构，被赋予新的含义。从这个意义上说，地方感更多体现的是一种文化的过程。③

这一观点折射在梅森本人的地理空间的精神体验和她笔下人物地方感的动态变化中。梅森的生活轨迹昭示了一位"走四方"的作家独特的空间感知、地方感受和空间认同，多方位、多角度、多层次的地理空间精神和审美体验赋予梅森一种稳定而多维的空间价值观，从而升华了对自我、对故土、对世界的感知和洞察能力。正是基于她的地域、经济文化出身和兼具局外人的多维空间审美体验和环境价值理解，梅森的后南方地方书写才能深层次挖掘小说人物在时代的沧桑巨变中地方感动态发展的深层肌理。

---

① Mason, Bobbie Ann. *Clear Springs: A Memoir*. New York: Random House, 1999, p. ix.

② Wilhelm, Albert. *Bobbie Ann Mason: A Study of the Short Fiction*. New York: Twayne-Prentice Hall, 1998, pp. 8-9.

③ Said, Edward. *Culture and Imperialism*. New York: Knopf, 1994.

地方感的失落是后工业化时代梅森笔下南方农业小镇人们普遍的情感体验和文化标识。然而，与她的文学前辈们不同的是，梅森笔下地方感的消散算不上一首挽歌，而更像是一首赞歌，尽管里面也夹杂了些许怅然若失。梅森并不悲悼新南方人失落的地方感，因为她清醒地意识到，故乡已非往昔的故乡，已经换了人间，新南方人必须与时俱进，逆潮流而动并非明智的选择，因此她笔下被后工业化经济挤压、被大众文化和消费文化裹挟的小人物们，在原有的生活秩序被消费文化的意象和意识形态取代所带来的剧变中，不断妥协调适，试图在逼仄的生存空间努力寻找人生的方向和存在感，希望融入这个喧闹的世界，找到自己的归属感，他们的行为或许滑稽可笑，他们的理想可能不值一提，他们的成就微不足道，他们浸润在消费文化中的人生没有太多深层的意义，然而这一幕幕细琐浅表的人生小叙事正是后南方文化生活的一大表征。

不可否认，梅森的后南方地方观顺应了全球化发展的趋势，抽离固定地方的情感依附，打破了神话圈禁南方人的枷锁。然而，地方是历史的载体，随着地方情结的消散，其附着的历史意蕴、人文经验、传统习俗也消失殆尽，南方地域文化的特质也将消弥，南方这片曾经以农为本的土地终将被融化进一个高度一统化、同质化、平庸化的文化景观时代。而身处这一时代的梅森后南方地方书写总难回避肤浅性和狭隘性带来的困境。此外，梅森对流动的地方观的赞美亦是仁者见仁，智者见智。在当今全球化的高速流动年代，在高新技术大数据操控的背景下，地域、民族、文化、国家间的交流融合不断加强，多元文化的多样性和地域空间的清晰界线渐趋模糊，蔓延的同质化认知最终导致的也可能是千篇一律，难分彼此的地方，也许未来的情形是，人类的忠诚感只会指向两个极端——留在记忆最深处的家园和整个地球。① 这确实是一个人们需要面对的前景和问题。

---

① 段义孚：《恋地情结》，志丞、刘苏 译，北京：商务印书馆，2018 年，第 151 页。

第四章　气质流动，性别身份模糊

人的性别常被区分为生理别和社会性别，前者是个体与生俱来的，不具有选择可能性的性别，而后者则是在社会、文化、习俗、教育等因素影响下，后天获得的，具有相当的可塑性和不确定性。在旧南方，以当时上流社会集团为主构建的传统的性别观相当单一和绝对。一方面，站在本质主义角度出发，这种性别观信奉生理决定论，认为人的天然生理差异决定了其行为差异，而在进入农耕文明之后的父系社会中行为差异所表现的高低优劣就是划分性别等级的重要屏障。另一方面，从文化和符号角度出发，这种性别观也认同性别社会建构论，主张人的社会性别由社会文化建构，具有相对的稳定性和功能性。不论从哪一个角度上讲，旧南方居主导地位的性别观所崇尚的性别架构是一个突出男性优势，践行男尊女卑的单一性别框架。该性别框架是“南方神话”的重要组成部分，乔治·廷德尔（George Tindall）曾如此描述以种植园经济为背景的旧南方版的理想的青年男女：

> 修长的身着灰色军装的青年们在月光下或木兰花下，追求娇媚的美女。这幕场景并不是简单的一幅漫画或讽刺，因为它精致的庄园主形象承载着厚重的贵族美德：谦恭、风度、好客、荣誉、君子之德……而南方的漂亮淑女，是社交魅力的完美典范，她们的美貌让人着魔，然而她们的灵魂却坚定而不可动摇，盖尼斯写道，“她可能是

我们的幻想曲中最迷人的形象”。①

克里斯·布拉泽纳（Chris Blazina）在《男性气质的文化迷思》中，探究了这种男性气质出现的历史渊源，他认为“男性气质是贵族的宫廷礼仪、古老的骑士风范和印欧武士的坚强相结合的产物”②。这其中值得注意的是欧洲文明尤其是骑士文化在南方男性人物塑造上具有不可抹灭的作用。不同于普通的骑兵，欧洲中古骑士身兼双重身份：既是身跨战马为君主作战的武士，同时又是有封土庄园的领主，属于封建等级制中的贵族阶层。以这种欧洲贵族文明为模板，美国旧南方上层阶级仿制出了这一地区独特的绅士文化并予以大力弘扬。

威尔博·卡什在《南方的思想意识》（*The Mind of the South*）中进一步阐释道，绅士理想在美国南方深入人心并自我发展为一个核心愿望。“（南方系）一个精心打磨过的、成熟的、平衡的世界，完全受到荣誉和贵族骑士阶层理想的主宰——在瓦特·司各特（Walter Scott）书中提到的那些过去的情感、价值、行为习惯，常常加诸到（南方）绅士和骑士身上。”③ 在旧南方文化中，绅士就是这种颇具仪式感的符号集合，他们承担了人们对高大伟岸的领导者和保护者的情感期待，是主流文化的精神柱石，也正是他们的独特气质，为南方文学注入阳刚之美，使其在美国乃至世界文坛独树一帜。发生于20世纪上叶的“南方文艺复兴”的代表作家大多来自南方中上阶层。无论是男作家还是女作家，均不约而同达成了跨越性别的共识，基本上全盘继承了这样的绅士塑造模式。所以，“南方文艺复兴”作品中南方的绅士不仅样貌俊朗、身形挺拔，而且风度翩翩、高雅文明，他们内化“忠诚勇敢、慷慨仁爱和公平正义”等价值观念，被塑造

---

① Tindall, George B. “Mythology: A New Frontier in Southern History.” *The Idea of the South: Pursuit of a Central Theme*, edited by Frank E Vandiver, Frank E Va. Chicago: University of Chicago Press, 1964, pp. 4-5.

② Blazina, Chris. *The Cultural Myth of Masculinity*. Westport: Praeger Publishers, 2003, p. 39.

③ Cash, Wilbur Joseph. *The Mind of the South*. New York: Vintage Books, 1941, p. IX.

为兼备欧洲骑士侠肝义胆及新大陆拓荒者坚忍与魄力的神，他们高尚可敬，视荣誉为生命，有强烈使命感，沙多里斯、班钦、麦凯尔瓦等经典形象既为证明。理查德·H·金（Richard H. King）认为这类男性角色“是‘南方文艺复兴’的核心人物”①。

与之相应的是南方纯真美好、高贵迷人的“南方淑女”形象，她们是家中的天使，被捧上圣坛的完美女神。在德行层面，淑女们也不输绅士，她们贞洁温顺、贤淑无私，即便要担负沉重的劳作也默默付出，任劳任怨，廷德尔笔下“窈窕淑女，君子好逑”之景证明了南方女性的美好得到男性的认同甚至是追捧，“纯洁的南方女子就是男人顶礼膜拜的神”②，被慷慨地献上各种几乎至高无上的赞美之词：

> 她是南方的庇护神，南方女性如身着铠甲的雅典娜在云天之上闪耀着眩目光辉。她是南方人面对敌人时集合的旗帜，是传奇般的象征。她是阿斯托拉脱城百合般纯洁的少女，是皮奥复山上的狩猎女神。同时，她又是令人心生怜悯的圣母。仅仅提起她的名字，强壮的男人就会为之垂泪或高声呐喊。没有哪一个布道不是从称颂她的荣耀开始又以此为结束，没有哪一个慷慨的演讲不是由捍卫她的尊严开篇又以此收尾。③

除了树立各自美好的形象和高尚的情操外，“南方神话”中严格的两性架构也是其突出的特性。具有讽刺意味的是，尽管女性在其功能的表述里不吝被最美好的语言修辞捧上了天，但是在现实生活中，却跌回了尘世。在典型的南方家族中，是男性家长制的一统天下，父亲、丈夫，甚至

---

① King, Richard H. *A Southern Renaissance: The Cultural Awakening of the American South, 1930—1955*. New York: Oxford University Press, 1980, p. 7.

② Friedman, Lawrence Jacob. *The White Savage: Racial Fantasies in the Postbellum South*. Englewood New Jersey: Prentice Hall, 1970, p. 171.

③ Cash, Wilbur Joseph. *The Mind of the South*. New York: Vintage Books, 1941, p. 89.

儿子都占据话语的中心位置，享受绝对的权威，而女性作为装饰者，则是顺从的配角和被消音的他者。

在《男性的终结》一书中，英国学者约翰·麦克因斯指出人们的性别身份或者自我“实质上是社会地建构的，社会的或政治的进步可以经由正确的反思性自我重构来实现”①，强调了性别的社会性和政治性。这也是性别在旧南方社会里被确立的关键因素。性别身份是父权制意识形态的产物，其核心的自我发展也可以被视为是性别社会化或者说性别规约化的过程。这期间，具有初步性别意识的少男、少女还是通过对自我性别身份的确认，成为继承男性气质或者女性气质的个体。而后，在其反复的性别身份践行中，不断自我实现，固化其对性别的文化认知和社会角色。性别身份是典型的现代主义认知，它不仅确认了人的决定性，即人的社会身份虽缘于自然身份，但内涵却甚于自然身份，而且确定了该群体中的等级以及立法者。在这一过程中，男性因生理优势和对理想的掌控，理所当然地占据社会主导地位，相应的，女性便成为被边缘、被支配的他者。在“南方文艺复兴”的文学架构中，两性对自身传统身份的认领是其完成认知自我和实现自我的重要途径。

然而时过境迁，在对“南方文艺复兴”冷静、客观的再审视中，绅士、淑女被拉下神坛，不难发现，传统两性格局的诸多虚伪与压抑。对男性而言，性别气质实际上是一种虚无的符号存在。为了巩固其占据话语权的地位和强化男性内部的凝聚力，旧南方主流思想建构者们无视出身、受教育水平、个人经历的差异，将极少数男性的特性普遍化，使得南方绅士呈现出相似的模板，即威武高大、品行高尚，是整个社会的道德树立者与监督者。与之相对，被奉为女神的淑女不过是表面光鲜，失去自我的“玩偶”。她们身上的贞洁温驯、对男性无条件的崇拜等品德更像是将其孩童

① 约翰·麦克因斯：《男性的终结》，黄菡、周丽华 译，南京：江苏人民出版社，2002年，第195页。

化，视其为无法辨别是非、保护自己的弱势群体。与其说南方绅士仰慕和呵护的是女性，不如说他们实际上采用了一种捧杀策略，诱导她们成为顺从听话、服务于家庭并保障男性大家长地位的母亲、女儿和妻子。在男性主导的两性关系中，凡是能很好地完成家庭角色，得到男性赏识的女性便是楷模和天使，像威尔蒂《乐观者的女儿》里的贝基，而违背规约、突破格局、觊觎权力的就是妖妇、荡妇，在旧南方社会中“如果你违抗这种模式而按照非淑女的方式为人处事，你就不是女人，会被抛弃、失去关爱，你很可能会被饿死”①，像福克纳《喧嚣与愤怒》里的凯蒂、《圣殿》里的坦普尔。失去依附者的认同，女性便失去了社会身份，于是，那些想去通过摆脱传统身份而获得新生的女性也被戏称为“男女人”或者“冒牌货”②。由此可见，旧南方男权社会中对南方淑女的颂扬并非真心实意，不乏虚伪性，其后有巨大的权力关系和实用目的：“旨在安抚女性忍受这种角色的安排，死心塌地地为这种有损于女性权益的权力关系服务。”③ 总之，男性的评判是衡量女性行为正确与否，价值高低的唯一标准。

时至20年代下半叶，在后工业文明的冲击下，旧南方遗留下来的传统的性别思维方式和价值观念遭遇挑战，看似牢不可破的两性格局被颠覆，性别的品质和角色被重新定义，形象被重写。梅森深受后现代思潮的影响，无视传统说教中气质与性别相符的绅士、淑女或英雄天使。可以说，在梅森的作品与时俱进，破旧立新的几大主题中，性别问题堪称是她最重的着力点。霍布森就指出，“梅森对南方变化的关注很大程度上体现于其

---

① Scott, Anne Firor. *The Southern Lady: From Pedestal to Politics, 1830–1930*. Chicago: University of Chicago Press, 1970, p. 21.

② Watson Jr, Ritchie Devon. *Yeoman Versus Cavalier: The Old Southwest's Fictional Road to Rebellion*. Baton Rouge: Louisiana State University Press, 1993, p. 88.

③ 李杨：《颠覆·开放·与时俱进：美国后南方的小说纵横论》，北京：中国社会科学出版社，2018年，第210页。

对新性别观念的认知”①。她以开放、去中心、质疑权威的精神对这一问题进行了多方位、多层次的生动展现。她在其作品中揭示了新时代的南方两种性别气质的转变、僭越、交融甚至互换，写到了男性气质的衰变，他们为此做出的徒劳捍卫以及对女性气质的吸纳，挑战了旧南方绅士的经典形象，颠覆了传统南方文化二元对立的性别规范和思维模式以及长期占统治地位的父权制霸权。与此对应的，她也表现了女性在体貌、气质、追求、事业上的强势崛起，僭越了原来被认定为男性专属的特质，风头盖过了窝囊颓唐的男性人物，成为名副其实的“女汉子”。这样一个状态用过去“南方神话”里男权统治的标准来衡量属于性别关系、角色完全的倒挂，毋庸置疑地表明后南方与旧南方俨然是两个世界，已经换了人间。针对梅森作品中气质与性别的颠倒，法恩也发现了之前的传统在梅森小说里的断裂终止，“（梅森小说中）异性恋白人的家庭生活，男性与女性气质以及其各自的角色都不再被延续”②。透过这种变化，可以解读出梅森对性别的见解，她否定性别身份生物决定论，认为社会因素在其建构过程中发挥着至关重要的作用，故此性别身份不应是一个僵化、封闭的概念，应赋予其流动、交融性。她笔下与传统模式大相径庭的男性、女性群体是她为与时俱进，重塑两性角色，再造性别关系做出的大胆探索，也揭示了南方生活、价值观的嬗变及其在当今语境中的新形态。“我不知道如何树立一个主流角色，但时常关注那些边缘的人群，尤其是那些曾经根本没有办法评判并离开（主流）社会的人们，这有点像 60 年代嬉皮士们做的事。”③

---

① Hobson, Fred. *The Southern Writer in the Postmodern World*. Athens: University of Georgia Press, 1991, p. 79.

② Fine, Laura. “Going Nowhere Slow: The Post-South World of Bobbie Ann Mason.” *The Southern Literary Journal*, vol. 32, no. 1, 1999, p. 88.

③ Lyons, Bonnie, et al. “An Interview with Bobbie Ann Mason.” *Contemporary Literature*, vol. 32, no. 4, 1991, p. 454.

第一节　坠入凡间的雕像——绅士气质的消解和僭越

和“南方文艺复兴”的作家一样，梅森没有亲历种植园时代和内战，无法以见证者的身份描绘昔日经典男子的风采，然而前者生活的时代仍旧笼罩在浪漫的内战神话当中，其在内战中厮杀的父辈、祖父辈讲述内战的往事，言传身教，灌输信念，这时，面对拥有实体附着的男性气概，该作家群可在理想化的认知中再现昔日男性的光辉形象。然而出生于1940年的梅森未曾直接接触过内战的亲历者，且因出身低下，家族中也没有值得传唱的英雄。对她而言，传统经典男性的实体是虚幻的，同时，在北方工业文明以及后现代思潮的冲击下，固化的刻板性别形象被消解，这使得其在认知上也疑点重重。对于男性的转型，梅森曾将其与女性对比：“我一点也不担心我笔下的女性，她们会适应得很好，反倒是男性总是陷于进退两难的境地。”① 不同于身处弱势被压迫、被消音的女性，男性对本质的探寻更多地不是激进的争取和对资源的抢夺，而是承认自身的非高大、非扩张的本质，退缩式地撤回对强势气质的把控，在徘徊中探究出路。

在梅森解构家族图腾般男性人物的过程中，她虽未直接否认传统男性的存在，然而在其作品中，这群秉承父权至上，身体力行地担当“主人”角色的人物，要么是遥远的存在，要么是落伍的怪人，都不同程度的“死”了。梅森在人物设定中刻意呈现硬汉式父亲的“阙如”，从而规避对男方绅士角色的维护以及对该典范形象的传导。《夙愿》（*Wish*）中的老父

① Smith, Wendy. “Publishers Weekly Interviews: Bobbie Ann Mason.” *Publishers Weekly*, vol. 30, no. Aug. 1985, p. 59.

亲身材魁梧，威仪肃穆，凭借一杆枪逼死了女儿的恋人，其子达玛森在其死后多年回忆家庭场景时依旧是："父亲坐在中间的椅子上，两腿叉得很开，似乎要把自己定成一个锚，支撑起整个家庭。他是那样刻薄而坚毅，就像随时都准备抽打别人似的。"① 这种形象似乎与福克纳笔下艾米丽小姐的父亲有着异曲同工之处，"他（艾米丽的父亲）叉开双脚的侧影在前面，背对爱米丽，手执一根马鞭，一扇向后开的前门恰好嵌住了他们俩的身影"②。同为威武、霸道的大家长，同样以专横震慑住子女，甚至暴力干预她们对婚姻和幸福的选择，不同的是，作为父权受害者的艾米丽对父亲却产生了挥之不去的依恋，在其死后不忍下葬，一辈子都没逃离父亲的阴影，而《夙愿》中的子女除了小女儿对父亲有些许恨意，其余子女均将其死亡化为了其"统治"的终点，"父亲"不过是曾经让他们战栗，而今却无法左右其人生的老古董。由爱到恨再到忘却，父亲在子女心中地位的滑落反映了男性大家长的消亡。艾米丽所顺从甚至神化了的不是父亲，而是兼备"谦卑、荣誉、牺牲、英勇、怜悯、忠诚、诚实、公正"等崇高品质的传统角色，象征着制度与价值，她对父亲的敬畏和依赖是旧南方人在世事变化中对传统男性气质孤独的守望或者是摄于男权统治的威严。她错过韶华，情感坎坷，乖戾变态的人生悲剧就是在印证父亲，哪怕是死去的父亲，在家庭中依旧是活着的神像，被供奉在家里的中心位置。而梅森在她的小说里轻描淡写地处理了这种"恋父情结"。达玛森兄妹四人对父亲模糊的印象和日渐消退的记忆则宣告着"父亲"这一角色在他故去之后的终结，他们偶尔想起父亲，心头泛不起一点儿情感波澜或勾起温馨的回忆，反倒是只会无奈地嘲笑自己当初对他盲目的顺从，以至于蹉跎了自己的青

---

① Mason, Bobbie Ann. *Midnight Magic: Selected Stories of Bobbie Ann Mason*. Hopewell: The Ecco Press, 1998, p. 271.

② 福克纳：《福克纳中短篇小说选》，斯通贝克编，陶洁等 译，北京：中国文联出版公司，1985，第 62 页。

春。梅森有意展现达玛森父亲死后在子女生活中的“缺席”，以及儿子们对步其后尘而成为严父的遗忘、厌恶，展现了传统气质和性别统一的男性在后南方失去了传承的立足之地，老一辈的死亡也就标志着其所代表的威权的寿终正寝。

比起“死亡”的传统硬汉，活着的南方男性才是梅森再造性别角色的重点。正是在这种观念驱动下，她在创作中独辟蹊径，塑造出“因气质不保而失去安全感的男性”①，描绘了当代南方“衰男”众生相：年迈多病、被女儿管制的克劳德，少言寡语、惧怕异性的麦克，没有担当、逃离家庭的埃德，色厉内荏、临阵退缩的安德鲁。他们真切演绎了因“气质不保”而产生的性别身份困惑和与异性气质趋同、融汇的潜势，与“南方文艺复兴”打造的拥有铮铮铁骨，散发凛然正气的男性群像形成鲜明反差。

作为最直观的印象，体貌不仅是男性气质的直观映像还是衍生性别气质的物质根基和分配社会、家庭角色的先决条件。正如格切尔克（Thomas J. Gerschick）和米勒（Adam S. Miller）所言，“身体是男性定义自我及被别人定义的根本基础，是决定自身价值的工具，反过来也会转换为地位与名望”②。传统的南方对两性气质的界定泾渭分明，尤其对男性体貌有着固化的共识：强壮、威严，也由此在其文学叙事中创造出了沙多里斯和麦凯尔瓦等“南方绅士”的经典形象，比较具代表性的是约翰·库克（John Esten Cooke）《鹰巢的萨瑞》中的“骑士之花”：

> 这位伟大的军人在那天上午朝前走时堪称是理想的骑士情人。他军帽上的黑色羽毛骄傲地随风飘扬，他的战刀叮当作响；他的眼神飞

① Collado-Rodriguez, Francisco. “Minimalism, Post-Humanism, and the Recovery of History in Bobbie Ann Mason's *Zigzagging Down a Wild Trail*.” *The Southern Literary Journal*, vol. 39, no. 1, 2006, p. 103.

② Gerschick, Thomas J., and Adam S. Miller. “Coming to Terms: Masculinity and Physical Disability.” *Men's Health and Illness: Gender, Power, and the Body*, edited by Donald Sabo and David Frederick Gordon. London: Sage Publications, 1995, p. 349.

> 扬；他浓密的髭须随着大笑而弯曲；他的声音欢快、洪亮，在充分享受着生命、健康和壮美的秋色所带来的乐趣，充分享受着他想象所描绘的惊心动魄的壮丽景象。他的眉宇间似乎已经感受到了胜利的气息……（他）与其说是一个人，不如说是一台庞大的战斗机器。体格壮硕、无所畏惧、极为迫切地渴望参加战斗，坚不可摧的昂扬斗志——所有这一切都能从走向指挥位置的他的脸上和身上看到。①

该人物比照南方邦联军队名将斯图亚特，虽然人物形象过于理想但的确展现了“南方文艺复兴”对男性的叙述范式，依托于健硕的身材，人物的英武骁勇志气表露于其眉宇间，梅森意识到这一模式所包含的文化意蕴，指出“（传统思维中）健壮的男性体貌可以解释许多（文化现象）”②，由此可见，身型为性别气质提供了天然保障。然而梅森并未顺应这一架构，她认为如此高大全的理想形象有意识形态构建之嫌，与其说是自然的联系不如说是筑牢男权统治文化的类型化手段。于是她在作品中反其道而行之，打破这一固有模式。将男性形象拉下圣坛，从体貌这一性别气质的根本性指标开刀，釜底抽薪，对南方男性进行“去男性化”处理。《在乡下》中的病秧子艾米特整日浑浑噩噩，精神颓靡，消瘦的身体长满脓疮，不得不靠大麻提神，人到中年依旧需要“啃”姐姐，“人们都说艾琳（艾米特的姐姐）把他惯坏了，她把他当成残疾人对待，也没指望他找工作”③。不仅如此，梅森还通过多次强调他的性无能来削弱他的雄性特质，并将艾米特的爱情与事业上的失利也归咎到这一缺陷。正如澳大利亚性别学家瑞文·康奈尔（Raewyn Connell）所言：性能力是产生男性气质的基础，支撑起人物的性别认同，缔造了男性在两性架构中侵略性、

---

① 转引自李杨：《美国“南方文艺复兴”——一个文学运动的阶级视角》，北京：商务印书馆，2011年，第119页。

② Hill, Dorothy Combs. “An Interview with Bobbie Ann Mason.” *Southern Quarterly*, vol. 31, no. 1, 1992, p. 1.

③ Mason, Bobbie Ann. *In Country*. New York: Harper Perennial, 1986, p. 24.

统治性的地位，“缺失的或是低下的男性性能力会造成男性气质被阉割”①，艾米特的性无能使其与具有侵略性的、实现男性霸权理想的气质完全绝缘，丧失旺盛生命力的他根本无法展现扩张性的征服力，更没有原始的性吸引力。其实身体的无能是其社会身份的阉割状态的外现，在活泼开朗的女友面前，艾米特常年自惭形秽，极度自卑，甚至连话都不敢多说。在家庭中，他又沦为了被姐姐和外甥女关怀和施恩的弱者，受制于女性的边缘“废人”。除了艾米特，“胳膊细长，还有张梗犬样的（长）脸，零星长些灰白的体毛”② 的司各特，“消瘦纤细，发际线很高”③ 的波恩姨夫，孱弱佝偻的妈宝男老杰瑞等，都真切地演绎了当代南方男性滑落的身体形态，印证了梅森还现实男性以本真，颠覆南方男性的范式的初衷。

如果天生羸弱的多属无奈，那么硬汉的沦落则更具解构意义，他们的出场非但没有挽救男性的颓势，反倒印证了在岁月和伤病的侵袭下强悍气概的不堪一击。梅森先是建构了一个硬汉群，然后逐个击破，记录其沦落，展现当代男性弱者的宿命。《葬礼之外》（*The Funeral Side*）的老父亲克劳德年轻时是垒球主力，妻子死后，一手经营丧葬店一手养育儿女，他性格独立倔强，不肯接受别人帮助，然而终究抵不过年老和体衰，不得不接受了女儿的照料和邻居的同情。曾经英武的他不再在意外形，整日衣衫不整，褴褛邋遢，“他的头发愈发灰白，谢顶愈发严重，脸色更是苍白”④，曾经在外风光无限，还能徒手撑起帐篷，而今连手杖都把持不住，只能窝

① 康奈尔：《男性气质》，柳莉 译，北京：社会科学文献出版社，2003，第 47 页。

② Mason, Bobbie Ann. *Zigzagging down a Wild Trail: Stories*. New York: Random House, 2001, p. 88.

③ Mason, Bobbie Ann. *Shiloh and Other Stories*. New York: Harper & Row, Publishers, 1982, p. 83.

④ Mason, Bobbie Ann. *Zigzagging down a Wild Trail: Stories*. New York: Random House, 2001, p. 116.

在阳台上，打发时光。《抽签》（*Drawing Names*）中的老祖父虽不忘旧日风光，念叨："按常理，应该男人先吃饭，孩子们在另外的桌子上吃。女人应该最后吃，而且是在厨房里吃。"① 但无奈自己中风致残，无力再摆谱，只能任由家人"塞进儿童车里，推得飞快"②。《供奉》中祖父斯坦帕也是仅凭一己之力，白手起家，风云一时，然而年老时却因帕金森"消瘦而扭曲"③，完全无法自理的他毫无尊严可言，退回到了婴儿阶段，全靠妻儿"用勺子喂他吃饭，请他人更换床单被罩"④。如果老年人的硬汉的气质消散是渐进的、有适应期的退落，那年轻男性的转变则更像遭遇急转弯，迅速地改变人设。《示罗圣地》中勒罗伊要养家糊口，在外出车时也是家中的顶梁柱，妻子为讨好他还会为其做早点。车祸之后，他在家中地位急剧下降，身体的病痛让他自惭形秽，支撑其在家中支配他者的男性气质也逐渐消散。他为了证明自己还是有用之人，他甚至甘愿沦落为"家庭煮夫"，忍受别人的嫌弃、揶揄。勒罗伊深知自己身份的转变，当妻子跟他解释"勒罗伊"的法语意思是"王"时，他自嘲道："我在家中算哪门子的王呀？"⑤ 从几乎无所不能的神蜕化到几乎一无是处的人，身体变化在男性气质消解起着举足轻重的作用，他既是精神层面与气质分离的隐喻又是放手气质的前提，从中心到边缘似乎成为他们无法抗拒的自然规律。梅森的肯塔基同乡、"南方文艺复兴"前辈罗伯特·佩恩·沃伦笔下的外祖父可完全不是这样写的。在沃伦《军事法庭》（*Court-Martial*）一诗里，曾是

---

① Mason, Bobbie Ann. *Shiloh and Other Stories*. New York: Harper & Row, Publishers, 1982, p. 132.

② Mason, Bobbie Ann. *Shiloh and Other Stories*. New York: Harper & Row, Publishers, 1982, p. 126.

③ Mason, Bobbie Ann. *Shiloh and Other Stories*. New York: Harper & Row, Publishers, 1982, p. 69.

④ Mason, Bobbie Ann. *Shiloh and Other Stories*. New York: Harper & Row, Publishers, 1982, p. 69.

⑤ Mason, Bobbie Ann. *Shiloh and Other Stories*. New York: Harper & Row, Publishers, 1982, p. 13.

内战中南方邦联骑兵的外祖父尽管已人到暮年，胡须发白、皱纹纵横、肌肉萎缩却依旧挺拔、整洁、体面、英气逼人，驰骋疆场的雄姿依稀可辨。威尔蒂笔下为人正直、好善乐施的老法官麦凯尔瓦，格拉斯阁笔下身负重伤还顽强战斗的安姆布勒，他们都显现了身体的衰变愈发砥砺男性气质，拥有正宗的阳刚标志。由此可见，传统南方叙事在塑造男性中心角色时将骑士精神奉为至上原则，而岁月与病痛都无法动摇其捍卫自己信念和尊严的决心，气质不倒。与之相反，梅森推出了一批形态不堪、意志衰退、无精打采的弱男，则全然不顾什么礼仪与风尚，为了生存，放弃气质坚守，接纳现实，顺其自然。这种随遇而安，无所谓的精神状态实则是在解构本质主义裹挟的性别身份认知，消除形而上的主宰和权威。比起过于理想化的高大上英雄模式，梅森笔下的普通衰男似乎观感不佳，但难以否认少了一些概念化的加工，更贴近现实，更具人性化处理。在这一通俗化、去英雄化的后现代语境中，梅森以细腻的笔法，坦然地面对旧南方人忽略、掩饰，甚至篡改的人性，真诚地彰显时代的本真。

社会学家托尼·科尔斯（Tony Coles）曾强调“身体之于男性气质的不可或缺性”，认为“前者能发展成身体资本的各种形式，成为各种张力的场所，再生产社会不平等，身体资本可以转换成其他形式的资本”①，换言之，男性之所以占据社会资源和社会地位就在于其有身体作为原始资本。梅森笔下不论是天生缺失还是后期消解的男性体格其实都展现了作者是以相对客观的态度对待身体资本和气质之间的非天然关联，从而揭示男性气质并非是相应性别的专属。在某些情形下，这一特权是可以被剥夺的，并非相生相伴。

在《协商男性气质场：多元主导男性气质的生产与再生产》一文中科尔斯还指出，男性气质其实可看作是一种场域，而不同男性在这个场域中

① Coles, Tony. “Finding Space in the Field of Masculinity: Lived Experiences of Men’s Masculinities.” *Journal of Sociology*, vol. 44, no. 3, 2008, p. 233.

由于自身的经济地位、文化素养、政治实力等因素不同，占据的位置也不同。他认为场域中的位置是动态的，在两个极端气质位置，即正统的霸权男性气质和异端的屈从男性气质之间还存在斗争与妥协的空间，在由强至弱的动态过程中可产生坚持支配地位而拒绝改革的反复与抗衡。这就解释了男性在男性气质逐渐式微或与其密切相关的格局、地位遭到挑战时，除了无奈接受和顺应，其心底残留的些许失落怨忿也难免会受雄性的本能刺激，促使其保全身份。换言之，“当男性在两性文化中被贬值时，由此产生的焦虑将过分激发男性气质，这便意味着其对攻击倾向的过分补偿和对胜利与地位的无休止追求”①。这种现象也存在于梅森作品中，部分男性为化解气质危机，摆出硬汉、家长姿态，试图恢复统治者派头，夺回丢失的权威高地。梅森对此持否定态度，认为随着“南方神话”的逝去，支撑男性勇武的精神内力趋向分崩离析，在这样背景下，再做这样无谓挣扎自不量力，是不智之举。所以，她以戏谑的方式讲述他们虚伪的捍卫意志和力不从心掌控局面的能力，彰显其行为逆时而上的荒诞、落后性，将他们自视阳刚之举出乎意料地转化为淋漓尽致暴露他们怯懦、无能的拙劣表演，采用这样独特的方式进一步确立了所谓的男性气质衰落已成定局。

推崇暴力是霸权男性气质的突出表现，男性借此彰显自身的扩张性、侵略性性情，拉大与非暴力群体的差异，进而居高临下占据主动。受欧洲骑士精神影响，尚武好战是旧南方中上层男性的性别特性，著名学者艾莉森（Christopher G. Ellison）曾指出，“以荣誉、忠诚为核心理想的旧南方骑士精神与南方人在遭受威胁时诉诸暴力的倾向直接相关”②。不过比起切实地回击外部威胁，“南方绅士”诉诸暴力更多的是在维护自身荣誉感和

---

① 康奈尔：《男性气质》，柳莉 译，北京：社会科学文献出版社，2003 年，第 68 页。

② Ellison, Christopher G. “An Eye for an Eye? A Note on the Southern Subculture of Violence Thesis.” *Social Forces*, vol. 69, no. 4, 1991, p. 1225.

尊严，在厮杀与决斗中捍卫男性荣誉。泰特在《父辈们》中就以荣誉的名义，描绘了波西和兰顿的决斗，福克纳更是对决斗崇敬有加，甚至将其祖父决斗而死视为英勇壮举，照其原型创作了骁勇善战的沙多里斯。在南方长大的梅森深知暴力是男性气质遭遇危机和挑战时激进的本能反应，故而其小说中不乏以暗含暴力倾向的行为武装自己的男性。小说《托尼卡》(*Tunica*) 中佩顿事业潦倒，时运不济，最后在妻子的冷眼中接受自己失业的事实，自尊心受挫的他暗中发狠，沉溺暴力之中，企图夺回男性血性。不同于传统南方人的尚武精神，佩顿对暴力的盲目崇拜更像是叶公好龙，在英雄理想和懦夫现状中，佩顿几乎被撕扯成人格分裂的病人。表面看，佩顿确实是狂热的暴力崇拜者，他常在腿上放把枪来回拆装①，最爱的电影是充斥着打斗戏的《虎胆龙威》，他甚至会将“最暴力的片段反复播放”②，实际上，他的枪就是个空壳，从未上过膛，他跟随电影的“经历”也不过是他人的冲突，跟自己没有切身关联，他将暴力推向自己安全距离外，凡是不伤害到他的暴力，都是他所钟爱的。佩顿清楚自己与暴力的距离，故而每每提及暴力电影时，他总自我安慰，消除恐惧，“那又不是我的生活”，“我连屁股上都不会掉一丁点皮”③。虚拟世界中的暴力满足了其虚荣心，而真实暴力却又使其避尤不及。小说将他自相矛盾的心态展示得一览无余，表明其玩枪并非为了战斗与射击，对暴力影片的“伪热爱”不是为了体会热血豪情，仅是虚张声势，如坚硬的蚌壳遮掩着柔软的内里，使其既可保全颜面，不至被看作懦夫，又能规避过激行为的风险与代价，确保自己绝对安全。佩顿并非个例，《在乡下》中塞姆的父亲维恩也

① Mason, Bobbie Ann. *Zigzagging down a Wild Trail: Stories*. New York: Random House, 2001, p. 48.

② Mason, Bobbie Ann. *Zigzagging down a Wild Trail: Stories*. New York: Random House, 2001, p. 55.

③ Mason, Bobbie Ann. *Zigzagging down a Wild Trail: Stories*. New York: Random House, 2001, p. 55.

是人格分裂。他本来胆怯懦弱，在越战战场上畏缩不前，就是胆小鬼一个，这是他真实的一面。但在给妻子的信件中却还要硬撑门面，戴上面具，进行表演，以换取妻子对男子汉的崇拜，慷慨激昂写满豪言壮语，尽显英雄主义气概，而实际上他却见不得流血、听不得炮声，还未见到目标就想撒腿后退。为了表现其尚存些许壮士之勇，他在战友达雷尔中弹后发誓："如果我们在碰到那群黄鬼，我会结果了他们，让他们变成黄色的布丁。"① 他曾立下誓言："如果让我碰到一个黄鬼又没子弹了，我就会拿支烟插进他的眼睛里，把他眼珠子烧烂。"② 然而现实是，他终日"无所事事，躲着，等着"③，甚至最后的"牺牲"也只是没有任何反抗的失踪，不了了之。巴特勒认为，社会规范通过言语等行为促使行为主体选择与自身性别相符合的行为④，使得戴上了一副符合周围环境要求与看法的面具，以掩盖真我的表演来证明其有"正常"的行为和思维。男性气质暴力的嫁接表象上看是佩顿等对传统异性恋矩阵（Heterosexual Matrix）中男性气质的"引用"，而面具就是其千方百计扯上关系的暴力。明明无胆无谋，不敢正视暴力，却偏装出"酷爱"暴力衍生品的样子；分明是惧怕枪林弹雨，丢掉性命，时刻想着躲藏，却还是发毒誓、撂狠话，佩顿和维恩都是企图借助这一仪式性行为迎合传统对男性气质的期望，证明自己算条汉子。他们企图通过这一造势的面具旨在创造男性气质尚存，一切安好的假象来减轻其性别气质缺失的恐慌。虽然他们在性别气质重建过程中仍有意沿循男性气质规约，但因其秉性怯懦根本达不到规约期望，造成捍卫计划落空，更使其男性气质消亡的事实欲盖弥彰，淋漓尽致凸显了其贪生怕死的本相以及所谓阳刚气概的荡然无存。

---

① Mason, Bobbie Ann. *In Country*. New York: Harper Perennial, 1986, p. 247.

② Mason, Bobbie Ann. *In Country*. New York: Harper Perennial, 1986, p. 245.

③ Mason, Bobbie Ann. *In Country*. New York: Harper Perennial, 1986, p. 224.

④ Butler, Judith. *Gender Trouble: Feminism and the Subversion of Identity*. New York: Routledge, 2011, p. 7.

对自身的要求只是男性对其性别气质捍卫的内导向表现，而对外部世界的掌控，尤其是对女性的“保护”和规训则是其外导向诉求。传统南方男性在社会与家庭事务中享有绝对权威，是受人仰仗的向导和精神依靠。在《乐观者的女儿》（*The Optimist's Daughter*）中麦凯尔瓦法官为了给受迫害的黑人姑娘提供庇护，不惧强暴，置身于白帽党对抗；《掠夺者》（*The Reivers*）中优雅的绅士卢修斯与奥蒂斯大打出手，因为后者践踏女性尊严，不仅如此，他还高尚道德感化、引领沦落风尘的科丽走向正轨，足见传统男性气质的感召力与责任感。然而梅森笔下的男性在提供保护和进行规训时总是心有余而力不足，最终都会沦落为虎头蛇尾的笑柄。身心受损、整日无所事事的勒罗伊在受伤后就不得不遭受妻子的鄙夷、岳母的嘲讽和同学的超越，每每面对这些困窘，他就摆出“燕雀安知鸿鹄之志”的架势勾勒、制作拟建造的小木屋的蓝图和模型。他总在幻想，一旦木屋建成，他就可以和妻子结束居无定所的生活，从而重建期男性担当和家长功能，成为家人的庇护者，然而这一宏伟计划最终还是只停留在幻想层面。从未付诸事实的造屋更多的是勒罗伊在现实受挫时谋求绝地重生的自欺欺人的手段。这些美好的想象暂时性地满足了他对拯救男性气质和践行家长角色的憧憬，然而事实上并没有带来什么切实的改观，反而进一步暴露了他的无能无用，最终妻子猝然离去，彻底击碎了其恢复男性气质的幻想。同样为夺回失去的家庭地位而努力的还有身处窘境依然对妻子装腔作势，张口就是“你应该……”“你不能……”发号施令的杰克和麦克，以及被妻子逐出家门后仍不厌其烦打骚扰电话的佩顿，一再“苛责妻子不尽人妻之责”，强调“你是属于我的”①。恰如巴特勒的论述，“这些行动、姿态、演绎实践大体都可以解释为操演性的，因为它们原本意图表达的本质或身份都是

---

① Mason, Bobbie Ann. *Zigzagging down a Wild Trail: Stories*. New York: Random House, 2001, p. 47.

虚构，是通过身体符号以及其他话语手段制造并维系的”①，这些旨在操控外界以挽救自身男性气质的尝试不过是身处边缘的“捍卫者们”麻痹在自我托大的谎言中，极力地“捍卫”着徒有虚表的“男性化符号”，企图以自我安慰的精神胜利法获取一切尚好的假象。有学者在剖析梅森塑造的新南方人时指出“男性似乎在社会变革中深受其害，比之女性，他们尝试为其生活创造新的中心的努力似乎都毫无效果”②，然而男性的沦落和“精神阉割”和很大程度上体现于他们无谓的恢复男性气质的尝试。这些自欺欺人的气质“引用”使其暂时获得虚妄的满足，然而这片刻的幸福犹如水中影、镜中花总会遭遇梦醒时分，于是，狼狈的逐梦人只好在女性的蔑视与拒绝中尴尬收场，这种不安心的欢欣正是“捍卫者们”以美梦对抗现实、被人耻笑的写照。

与其说梅森笔下的部分男性发起了拯救尊严与地位的气质保卫战，不如说是上演了滑稽独角戏。当与气质紧密相关的荣誉、威望以及能力被架空时，他们无能为力又不甘沦落，恰如梅森尖锐指出的：“（气质沦丧）的处境使他们茫然失措，情急下他们回溯激进的男性行为也就不令人吃惊了。”③ 然而在梅森看来，这种情急之下的回溯无非是外强中干的“引用”以及自我安慰的把戏，仅是逃避现实和满足虚荣的表演，而这一无视自身处境、“拨乱反正”的虚妄企图无助其重拾对自身和他者的规约，巩固硬汉与家长形象，反倒更加充分暴露了其人格的怯弱和现实的无奈。以抗争招致嘲弄，以操控导致背弃，对男性气质的回归仪式最终颓变成自慰的游戏。梅森揭示了在去中心、去神话的后南方，仍墨守成规，僵化地进行所

---

① Butler, Judith. *Gender Trouble: Feminism and the Subversion of Identity*. New York: Routledge, 2011, p. 178.

② Morphew, G. O. "Downhome Feminists in *Shiloh and Other Stories*." *The Southern Literary Journal*, 1989, p. 44.

③ Hill, Dorothy Combs. "An Interview with Bobbie Ann Mason." *Southern Quarterly*, vol. 31, no. 1, 1992, p. 95.

谓男性气质捍卫不合时宜，应积极寻找新的生存路径。

从不可逆的传统气质的衰落到力不从心的气质捍卫，梅森笔下的男性似乎是消极被动的时代产物，除了被边缘、被支配的归宿，他们似乎别无他途。然而梅森在看待这一问题上并不消极，在她看来，与其像佩顿、麦克等那样囿于社会规约刻板地进行装腔作势的性别表演不如放下身段，走灵活自在的处世之道，以柔和的方式纾解生存和认知困境。基于她对女性气质对男性的影响，以及男性为何又如何转变身份的强烈兴趣①，梅森为当代男性探寻到出路。她将女性气质融入男性行为与性格，尝试为男性指明一条主动的调适路径。借助吸纳反传统、非男性的气质元素，他们可以“适应变化更加迅速的时代”，“更加世故、灵活，也更加复杂”②。正是由此，梅森再造了一批以“异”为美、得益于“异”的新南方男性，使性别身份从固定转向流动状态，打破了形而上的性别对应，在进一步拆解了异性恋矩阵的同时也似乎印证了气质僭越的合理性和可行性。

作为身份的外在标识，着装通常承载着主体的性别气质以及品味。在《献给艾米丽的玫瑰》（*A Rose for Emily*）中，福克纳刻意描写了参加葬礼的南方邦联军队老兵着装，他们翻箱倒柜，郑重地穿上封存多年的军装，表明自己是保卫家园的勇士，同时也彰显了他们作为绅士对着装规范的考究。然而梅森笔下的男性却对性别着装完全没有执念。《和爵士在一起》（*With Jazz*）的爵士为讨好女友竟然穿起女士内衣，“我们将两个文胸挂在一起，拼出了个颈上系带的露背装。他（爵士）穿着那条石灰绿的比基尼式三角裤，看上去棒极了”③。文胸、比基尼式三角裤作为典型的女性服

① Havens, Lila. “Residents and Transients: An Interview with Bobbie Ann Mason.” *Crazyhorse Archive*, vol. 31, no. 29, 1985, p. 115.

② Lyons, Bonnie, et al. “An Interview with Bobbie Ann Mason.” *Contemporary Literature*, vol. 32, no. 4, 1991, p. 463.

③ Mason, Bobbie Ann. *Zigzagging down a Wild Trail: Stories*. New York: Random House, 2001, p. 17.

饰，其功能在于展现女性的性感体貌，是其作为被观察对象发出的暗示性着装。依照传统范式的两性架构，女性衣着服饰的主要作用是强化对异性的吸引，凸显其作为“花瓶”的观赏性。这一将人物物化的性别关系其实蕴含了男权社会中不平等性别地位和在这一体系中女性被动的、从属性的气质属性。相反，作为观察者，男性则不必讨好对方，其着装主要则通过衬托男性雄武的主导型气质增强其身份与地位。然而爵士明明生有堂堂男儿身，却甘心披上代表女性角色的“异装”，性别与外观的强烈冲突戏剧性的塑造出悖论式的角色表演，使男性从“看”女性的“满足”消费者转变为“被”女性“看”的“满足”制造者。看似游戏的易装表演背后其实是权力关系的变化，它已从不对等的男强女弱的状况转换到到两者平等，甚至后者反过来压制前者的现状。由此，涉足传统上令人侧目的性别禁区也就不足为奇。男性易装，从表象上宣示两性之间角色转换的可行性，否定了森严的性别界限存在的意义。爵士的易装并非个例。无独有偶，《在乡下》中男性易装似乎已成为一种时尚，以至于公众人物凯林格就大大方方地以“女装大佬”的形象示人。这一社会审美转型也影响到小人物的选择，艾米特整天穿着一件“细长的印度风情裙子，上面印着大象和孔雀”①，他还一本正经地向蓝尼解释女装的诸多好处，“男人穿裙子更健康……他并非装腔作势胡说八道……希腊和罗马人都穿过”②。艾米特对健康和以往传统的牵强列举实际上只是为其跨性别“引用”以合理化阐释，与其说他在说服别人不如说是安慰自己。艾米特所言的健康更多地指向的是心理健全，身为男性的他曾在性别气质召唤下参与越战并遭受巨大心理创伤，他对自身气质的憎恶、恐惧和拒绝将其推向了对立的气质特性，企图在异化的性别身份中获得安全感和慰藉。布莱（Ellen A. Blais）就艾米特的气质给出一个假设，“如果他没有参加越战，如果他被像一个

① Mason, Bobbie Ann. *In Country*. New York: Harper Perennial, 1986, p. 26.

② Mason, Bobbie Ann. *In Country*. New York: Harper Perennial, 1986, p. 30-33.

女人一样对待，那么他是要比现在‘健康’的”①，点出了性别流动、越界的可能性，也暗示是他不能随性而为，听从内心的呼唤，而是被硬性要求要符合男性气质的僵化标准才导致其精神扭曲的状态。

如果着装越界还只是暗示了气质僭越的可能性，那么，言行的越界则坐实了该趋势。深谙这一规律的梅森在小说中极少出现果敢刚强，甚至专横的硬汉，挥舞马鞭赶走女儿的追求者的父亲、无畏与坚忍对抗狂暴的战士，取而代之的是即便衣冠楚楚、仪表堂堂，仍旧“弃暗投明”，在女性气质中寻找到身份的归属。《雷打雪》（*Thunder Snow*）中有这样一段对话，丈夫布吉急切问刚从战场回来的妻子：“你有没有想家呀?”“你想过我没?”妻子敷衍回答：“我们那么忙，哪有时间想这些。”② 若是将场景设计在传统南方中，最有可能形成共识的理解是留守在家的妻子向归家的丈夫撒娇示爱，完全颠覆两者身份，这一性别的反转在对话中达到了极致。布吉情感细腻，温柔脆弱，甚至有些多愁善感，他总是对妻子在战场上没想念自己难以释怀，俨然僭越到女性的温顺体贴，神经过敏，有时甚至有些娇柔做作的特性中。同样，《托布拉》中洁姬对丈夫的评价竟也是“安静而温情”③，而《无线电波》中的科伊（Coy 本身就有腼腆、羞涩之意）更是连切肉都看不得。“家庭妇男”勒罗伊总怕妻子离去惶惶不可终日，在家刷盘子洗碗做针线活，保守的岳母顿生鄙夷，调侃道：“你一大早就开始干这个?”④ 《旧物》中克里奥如此评价女婿鲍勃：“如果他觉得你没有给他足够的爱，他会蔫掉——就像晚上的牵牛花一

① Blais, Ellen A. “Gender Issues in Bobbie Ann Mason's *In Country*.” *South Atlantic Review*, vol. 56, no. 2, 1991, p. 109.

② Mason, Bobbie Ann. *Zigzagging down a Wild Trail: Stories*. New York: Random House, 2001, p. 68.

③ Mason, Bobbie Ann. *Zigzagging down a Wild Trail: Stories*. New York: Random House, 2001, p. 26.

④ Mason, Bobbie Ann. *Shiloh and Other Stories*. New York: Harper & Row, Publishers, 1982, p. 6.

样。"① 堂堂七尺男儿竟成了时刻都在渴求爱意的花朵，可见其气质的移位，一再的气质错位是梅森性别认知的写实。依照传统的标准，这是男性气质消散的危机，但在梅森看来，这算不上是什么危机，或者说，她认为这一现象自然而然，不足为奇，因为男女气质本来就非泾渭分明，一成不变，在一定条件下可以相融互换。她曾公开表达对荣格（Carl Jung）两性潜倾向的赞同："在许多社会中，女性外出打猎而男性灶边炉台，这证明我们成为这样或那样的人并非由自然（生理性别）决定。"② 灶旁厨边似乎成了男性最常见的活动场域，主导空间的紧缩也将其关闭到了家庭之中。梅森对这类闭门不出，自绝于外界的顾家男人非但没有蔑视与调侃，反倒青睐有加，梅森认为时代的嬗变对他们的挑战"令人恐慌"，在困顿与迷茫中他们很难维持传统气质③，而吸纳与融合异性气质，在安全的家庭空间先做缓冲，不失为是该群体适应社会的绝佳选择，换言之，男性特质的衰变与越界不过是一种自然"进化"，无可厚非。梅森将这一认知灌入小说中，通过展现女性化的男性的特质，进而否定源于本质主义的性别自然论，从而模糊两性气质间的界限，使得其笔下男性的性别身份充满不稳定性。这其实也为"身着女性气质"的布吉等平反，与其说性别气质生来就有，不如说是后天构建，那么吸纳异性气质当然也未尝不可了。于是，在身份构建过程中，男性跨越了生理性别界限，选取最适宜生存的气质更无可厚非。当代男性借助温婉可人的性情巧妙避免了和部分女性"硬碰硬"的冲突，通过妥协、示弱来平衡了两性关系，这也不失为巩固家庭关系的良方。巴特勒认为个体可通过重复扮演或模仿某一性别的行为将自

---

① Mason, Bobbie Ann. *Shiloh and Other Stories*. New York: Harper & Row, Publishers, 1982, p. 101.

② Hill, Dorothy Combs. "An Interview with Bobbie Ann Mason." *Southern Quarterly*, vol. 31, no. 1, 1992, p. 98.

③ Hill, Dorothy Combs. "An Interview with Bobbie Ann Mason." *Southern Quarterly*, vol. 31, no. 1, 1992, p. 98.

己构建为具有所表演性别特性的主体，从而消除性别气质的先决性。布吉对女性性情的表演正体现了主体超越、重塑规范的可能性，反转性重组性别气质，彰显了人物性别身份的变动不定。

除了狭义上对温婉柔情，感性脆弱的典型般女性气质的吸纳之外，梅森笔下的男性走向了更广义的极端的“女性气质”。所谓男性与女性气质，是在对比和分配的关系中产生的。传统男性通过与女性的“异”来定义自身的特性，换言之“男性气质部分地是通过与他所排除的——女性气质的对比来理解的”①。在传统作品中，男女特性有一系列的二元对立组成，如坚强和娇弱，理性与感性，果敢与踌躇，总之，女性气质构成显性男性气质场域中的“不在场的在场”，是典型性男性气质外的空白。小说《在乡下》中女主角塞姆的父亲胸无大志，懦弱恋家，婆婆（德维恩的母亲）说他是“最最体贴的男孩子”②，并将他和艾琳（德维恩的妻子）做对比：“艾琳总想做大事，净是那些与众不同的事情。他（德维恩）可做不来，他总会回到我这里。德维恩就是那样，啥事都能说出来，但是真正做的时候依旧是妈妈的乖孩子。他是那样的依赖父母，所以他绝对不会像比尔·侯萨姆的儿子那样走掉。”③ 德维恩就像一个未成年的男孩一样规规矩矩、小心翼翼地讨好父母，“不抽烟，不喝酒”④，乖巧之至，连妹妹冬娜都自叹不如。即便在战争中，他依旧强烈地渴求着家的庇护，回家成为支撑其活下去的唯一动力。不仅如此，他还贪生怕死，毫无英雄气概，他在日记和信件中大量描述了对战场的畏惧和回避，见战友鲍勃的膝盖中枪时，他惊恐不安，“双膝抖得厉害”⑤。他胆小娇气，无病呻吟，与经典男

① MacKinnon, Kenneth. *Representing Men: Maleness and Masculinity in the Media*. London: Arnold, 2003, p. 7.

② Mason, Bobbie Ann. *In Country*. New York: Harper Perennial, 1986, p. 237.

③ Mason, Bobbie Ann. *In Country*. New York: Harper Perennial, 1986, p. 237.

④ Mason, Bobbie Ann. *In Country*. New York: Harper Perennial, 1986, p. 238.

⑤ Mason, Bobbie Ann. *In Country*. New York: Harper Perennial, 1986, p. 224.

性不拘小节，不惧牺牲的壮士情怀更是背道而驰，他的日记中充斥着对破皮和拉肚子等病恙小题大做，怨妇般地抱怨。德维恩对男性气质的坚决摒弃将其推向了女性角色操演中，“塞姆的父亲极为到位地展现了传统的女性气质”①。这些带有些许病态和人格扭曲的行径恰是女性追寻安全感的极端体现。不同于塞姆的凭空臆想，德维恩的日记揭示的是其最真实的性格特性和气质抉择，在其摆脱社会规约的自我表述中，女性气质成为最符合其生存意愿的依托，由此，实现了对异于其性别气质的深度认可。

性别观念演变在梅森作品中并非偶然，从其气质松动到捍卫失利以及最终颠覆的过程实质是后现代背景下男性紧随时代，谋取生存的必由之路。日渐平等的就业机会削弱了男性的操控能力，极大减少了他们长久占据的经济优势，迫使其放手强势话语，寻求与自身经济能力相称的地位。他者实力崛起对中心的冲击，尤其是身为他者的女性对知识的掌控极大限制了男性支配他人的权力，抽去了巩固与维护中心的基础。向往普通、微小的思潮取代了追求神话、宏大的冲动，曾经伟岸刚强的男性走出高光时刻，学会接纳平凡、卑微甚至弱小的自我，适应无人喝彩的生活，不因差异而感到失落和愧疚，虽不心甘情愿但也只能尽力适应，甚至接受扮演弱者带来的福祉。梅森笔下“衰男”群体并不意味着她对这一性别的敌视和刻意的揶揄、贬低。她更想说的是，性别气质并非天定，社会因素发挥着至关重要的作用，故此，在当今时代，扮演什么角色，全靠自己酌情把握，不必刻意伪装去符合什么模式，自然处世，响应内心呼唤，顺应生活需要和自然规律即可，平平淡淡才是真。

① Krasteva, Yonka. “The South and The West in Bobbie Ann Mason's *In Country*.” *Southern Literary Journal*. vol. 26, no. 2, Spring, 1994, p. 83.

第二节 跌落神坛的天使——女性角色圮绝与气质越界

对于女性生理和社会性别的讨论在1960年后蔚然成风，是第二次女性主义浪潮的重要成果之一，依芙琳·凯勒（Evelyn F. Keller）指出60年代后“人们从思想上出现了双重转变——从关注性转向关注性别；从关注影响男人和女人发展的生理因素转向他们所处的自然和文化的环境因素”①，然而真对女性生理性别和社会性别进行剥离的理论可追溯至波伏娃在《第二性》（*The Second Sex*）中的经典论断“女人不是天生的，而是后天形成的”。所谓“天生”，对应的就是女性的生理特性，更为狭义的阐述即为女性身体，而“形成”指的是在社会规约引导下形成的女性气质，两者没有天然的关联，女性的社会性别不过是为维护男权，人为建构的集体认知。波伏娃还指出，从父权制开始，男人就认为将女人保持在从属地位是有用的，他们的法典是为了对付女性而设立的；女性就是这样具体构成的他者。这种情况服务于男性的经济利益，也适合其本体论和伦理要求。一旦主体力图确定，限制和否定主体的他者仍不可少：“主体只有通过这种不是它本体的实体才能到达自身。”②

在旧南方两性格局中，处于罗格斯中心地位的男性为巩固统治，不断将女性排挤到边缘，形成一种“他者”的存在，并为其打造了一系列的“性别规约”（Gender Conventions），故而“南方文艺复兴”所塑造的女性

---

① Keller, Evelyn Fox. *Reflections on Gender and Science*: *Women's Studies*, *Philosophy of Science*, *Psychoanalysis.* New Haven: Yale University Press, 1985, p. 285.

② 西蒙娜德·波伏娃:《第二性》, 陶铁柱 译, 北京: 中国书籍出版社, 2004年, 第6页。

多是秉持“美丽、优雅、贤惠、坚贞”① 等特性的女神，美国南方文学研究者马克·泽林斯基（Mark Zelinsky）和艾米·科莫（Amy Cuomo）也将规约下的南方淑女形象总结为：“泰然自若”“心灵手巧”“心地善良”“对自己的男人不离不弃”“刀子嘴豆腐心”等，并指出“这些其实都是与南方女性有关的所有刻板印象”②。历史学家伊丽莎白·福克斯-杰诺韦塞（Elizabeth Fox-Genovese）阐明南方性别特性蕴含的文化寓意，认为它们“渗透在南方文化的各个层面，并形成了一套符号体系，用来描绘作为性别成员的男男女女们的生活模式”③。然而随着南方传统瓦解，女性自我意识觉醒以及能力提升，束缚女性的性别规约不再因权威而不可置疑，波伏娃指出，“她们（女性）在所给予她们的客体即他者角色和坚持自由之间犹豫不决”④。

海姆斯（Joseph S. Himes）就认为南方的历史就是白种男人的历史，与种族和阶级一样，性别差异也是决定人们所叙述的历史能否被保留和传承的重要因素。在上层白人男性主导的历史中，女性经历被筛选和扭曲，呈现出幸福优雅、安然闲适的状态，然而梅森在《羽冠》中却通过阿曼达和阿尔玛的遭遇，展现了性别历史的丑陋和血腥。女主角克里斯蒂娜的两名白人闺蜜阿曼达和阿尔玛性情相反，处事风格迥异，然而最终都成历史制度的牺牲品。阿尔玛性情温和勤俭操劳，是旧南方传统颂扬的女性典范，克里斯蒂娜对她的印象就是“牺牲”，她不断地通过剥削自己来满足他人，日复一日忙着服务一大家子的吃穿，以至于忘却了自己丧子的伤

---

① 李杨：《美国“南方文艺复兴”——一个文学运动的阶级视角》，北京：商务印书馆，2011 年，第 31 页。

② Zelinsky, Mark, and Amy Cuomo. “Southern Drama.” *A Companion to the Literature and Culture of the American South*, edited by Richard Grey and Owen Robinson. Malden: Blackwell Publishing, 2004, p. 294.

③ Fox-Genovese, Elizabeth. *Within the Plantation Household: Black and White Women of the Old South*. Chapel Hill and London: University of North Carolina Press, 1988, p. 196.

④ 西蒙娜德·波伏娃：《第二性》，陶铁柱 译，北京：中国书籍出版社，2004 年，第 46 页。

痛。然而丈夫托马斯对她的付出毫不在意，对他而言，妻子和仆人无差，于是当他心血来潮，觅得新欢，“巧不巧和新老婆定居其他地方”① 的时候，阿尔玛惨遭抛弃，其命运可想而知。与阿尔玛相反，阿曼达性情直爽，敢爱敢恨，总有着一种热切的、南方人不屑谈论的欲望，甚至和托马斯关系暧昧。然而在丧子之后就成了家族的众矢之的，最终，这个强大的反叛者也不堪重负、选择了自杀。波勒克指出：“梅森塑造的阿曼达是逃脱‘妥当’身份的先锋，然而她却生错了时代。”② 克里斯蒂娜讲述的两名闺蜜的经历和大历史中对女性的描绘截然不同，不论性情是否温和，行为是否妥当，神话时代的女性不全都是宠儿和娇妻，辛劳的弃妇和被逼死的“妖女”挑战了大历史的真实性，“她（梅森）通过最不官方的女性视角展现了南方的妇女史，揭示了历史的不完美特性”③。也正是由于看透了官方历史对女性的忽视和扭曲，梅森笔下的当代女性才会萌生拒斥和颠覆的态度。

生活于南方乡村的梅森在看尽母亲和同龄南方女性为了迎合女性气质而抛却理想后，深刻认识到传统强加于女性的负担，从小就渴望逃离南方古板生活的她甚至为了逃脱早早结婚生子的命运而旅居北方。梅森在访谈中曾庆幸自己的解脱，指出传统的女性角色“让人不满，令人沮丧，真难以想象如果没有逃脱她们的生活，我的人生将是什么样子……在我看来，他们中的多数都没有享用过我获得的机遇”④。由此看来，拒绝传统女性身份更像是其自身的诉求。生于 20 世纪 40 年代的梅森目睹了 60 年代后在后

① Mason, Bobbie Ann. *Feather Crowns: A Novel*. New York: HarperCollins Publishers, 1993, p. 427.

② Pollack, Harriet. “From *Shiloh* to *In Country* to *Feather Crowns*: Bobbie Ann Mason, Women's History, and Southern Fiction.” *The Southern Literary Journal*, vol. 28, no. 2, 1996, p. 109.

③ Pollack, Harriet. “From *Shiloh* to *In Country* to *Feather Crowns*: Bobbie Ann Mason, Women's History, and Southern Fiction.” *The Southern Literary Journal*, vol. 28, no. 2, 1996, p. 104.

④ Fine, Laura. “Going Nowhere Slow: The Post-South World of Bobbie Ann Mason.” *The Southern Literary Journal*, vol. 32, no. 1, 1999, p. 2.

现代、女性主义等浪潮推动下的女性觉醒与反叛。在反观当下女性和传统规约的差异后，梅森着重聚焦消解的“南方女性神话”以及在跳出两性藩篱后新女性的身份意蕴。“南方神话”中的女神像具体看来有三种类：慈爱优雅的母亲，乖巧温润的女儿以及贤淑美丽的妻子，然而梅森却通过消解这三者的气质特性，彻底将“南方淑女”拉下圣坛。

与时代变化中的南方父亲角色滑落、重塑一样，后南方母亲形象也在变革中完成过渡和转型。在男性的凝视下，焕发慈爱与温暖的母亲是“南方家庭罗曼司”的核心人物，是奉献与仁爱的典范，即便在世俗的现实生活中，她们除了任劳任怨、承担家务、管理奴仆、确保种植园的自给自足等社会功能外，最重要的是她们还拥有旺盛的生育能力。生育能力作为母亲最重要的功能，其异化与消亡可最直观地印证当代女性社会角色的瓦解。在梅森塑造的南方母亲群像图中，去女性化已渗透到生理机能，她甚至通过描写病变来强制去除这一女性的性别标志。作为最突出的生理性别承载体，乳房象征着女性的哺育能力，子宫象征着繁衍后代的生产功能，然而梅森笔下近半数的女性都不同程度地（不论情愿与否）弱化这两个特性：莱拉患有乳腺癌，德洛丽丝乳房肿块病变，鲁比乳腺肿块；桑德拉的外婆死于产褥热，母亲阴道感染；达丝媞因病刮宫、做子宫切除；甚至连玛丽的猫都因 X 线检查而流产，之后又因子宫肌瘤而不得不切除卵巢。生理性特征的缺失实质是当代南方女性摆脱沦为“繁衍工具”的客观推动力。在父权至上的旧南方，女性的生养能力保证了家族、世系的延续，故而拥有“健全”生理特征，为父系社会繁衍做出贡献的母亲和身体为繁衍预先存在的处女往往是“南方文艺复兴”中神化的角色，她们因生与养的功能与自然紧密相连，承载着生命的诞生与文化的延续。在《女人所生》中，社会学家艾得里安·里奇（Aderienne Rich）将母亲这一社会角色解剖开来，认为它一是证明女人、生育能力和孩子的关系，二是保障在这一潜在关系中所有女人处于男权控制之下，而第二层意义正是森严的两性制度中利用社会身份来削弱和压抑女性力量的重要途径①。故而，在传统南方作品中，几乎所有的已婚的南方淑女都以母亲的姿态出现：《防洪堤上的灯笼》中的卡米尔，《乐观者的女儿》中的贝基，《喧哗与骚动》中康普森夫人皆育有子女，就连福克纳笔下叛逆的凯蒂也生下了女儿昆丁。对于传统南方人来讲，母亲是女性最终的也是唯一的归宿也是天经地义，于是失去成为母亲可能性的女性就会沦为无能的畸形。然梅森笔下的部分女性却由于身体的病变无法生育或不再生育，被排除于传统意义的女性定义之外，而这一被动的去女性化正是南方女性摆脱捆绑，实现自我的助力。波伏娃指出，作为生育载体的女性"既是植物又是动物，是胶囊的储备、孵化器、卵子"②，身为母亲的女性本可以作为意识的主体，获取自由，却"沦为了生命的被动工具"③。诚然，波伏娃的论断因过于激进而饱受诟病，但她揭示了社会对生育功能的过分强调的确强化了女性的"物"性。爱丽丝·杨在《怀孕的肉身化》中也指出，能够孕育的母性身体是"去中心化主体"的身体经验，即在摧毁自身的同时充当孕育他者的肉身。这就说明，在传统两性观中，社会角色决定了女性需要通过自我牺牲来完成繁衍，一旦怀孕，女性便转化成器皿，其唯一价值就在于体内培育的生命，这种看上去高尚的"升华"实则是对女性本体的谋杀。在小说《州冠军》（*State Champions*）中，梅森就形象地展现了"母亲"这一角色对受孕"肉身"地毁灭性支配：在未开化的南方小镇里，高年级的女孩子就像四季变换一样，规律地怀孕、结婚、退学，"因为有很多女孩要去生孩子，班上的人数迅速萎缩"④。见怪不怪的佩吉觉得这些消失的女孩"就像秋天

---

① Rich, Adrienne. *Of Woman Born: Motherhood as Experience and Institution*. New York: WW Norton & Company, 1995, p. 31.

② 西蒙娜德·波伏娃：《第二性》，陶铁柱 译，北京：中国书籍出版社，2004年，第320页。

③ 西蒙娜德·波伏娃：《第二性》，陶铁柱 译，北京：中国书籍出版社，2004年，第20页。

④ Mason, Bobbie Ann. *Love Life: Stories*. New York: Harper & Row, Publishers, 1989, p. 141.

被赶到屠宰房的牛犊”①。怀孕的女性与待宰的牛犊一样，其最大的价值在于肉身对“主人”的贡献，而到达生育年纪的她们也如成长到一定重量的动物，被“收割”和被屠宰完全是“自然规律”，此时，个人意愿在不可抗逆的“职责”面前显得毫无价值。值得注意的是，梅森对怀孕的消极态度也蕴含在牛犊的去向中，牛犊的死亡暗喻着女性主体性的消散，失去了教育和外出的机会，退出大众视线，蒸发在家庭中，故而有学者指出《州冠军》中“对于年轻女孩来说，怀孕就如恶灵般不祥”②。也正是由此，梅森笔下病变的女性以极端的形象震荡着“女人天性”和所谓“母性”等基于生理决定论的制度谎言，客观上消解了女性的“工具”功能，使其与物化的社会角色剥离。此时，与“母亲”无缘的当代南方女性并不以此感到惭愧，反倒能够接纳、认同并尊重“不生养”的能力。

如果内部病变是母亲的女性气质被动地遭受“阉割”，隐晦地预示去性别枷锁的时代必然，那么主动拒绝“母亲”这一社会角色则更能突显人物反叛的决绝。在《汉克镇》中女服务员乔安直接结扎了输卵管，一劳永逸地避免了沦为母亲的命运，她坦言“因为有了生育器官，就得做饭，我讨厌被人这么想”③，“做饭”只是她对母亲众多责任的借代，而不甘被家庭奴役的她主动堵塞了“祸害”生活的通道，以极端的方式宣判其社会角色的退场。同样，《在乡下》中的塞姆长期服用避孕药，当被问及是否担心药品的不良反应时，她反驳道，“生小孩才是糟糕透顶不良反应”④，不仅如此，她还劝诫闺蜜道恩堕胎，因为在塞姆看来，生育带来的“灾难”不是因为道恩未婚先孕，有伤风化，而是它对女性生活的破坏，“到哪儿

① Mason, Bobbie Ann. *Love Life: Stories*. New York: Harper & Row, Publishers, 1989, p. 141.

② Wilhelm, Albert. *Bobbie Ann Mason: A Study of the Short Fiction*. no. 74, New York: Twayne-Prentice Hall, 1998, p. 33.

③ Mason, Bobbie Ann. *Midnight Magic: Selected Stories of Bobbie Ann Mason*. Hopewell: The Ecco Press, 1998, p. 45.

④ Mason, Bobbie Ann. *In Country*. New York: Harper Perennial, 1986, p. 43.

都得带着小孩子，实在让人沮丧。道恩简直就像被人贩子捉了”①。生活在封闭小镇的塞姆目睹了同龄人被孩子“绑架”的“惨象”，她们失去了在社会中自由竞争的资本，并逐渐在家庭的母职中放弃自我实现，在经济、思想等多个方面沦为男性的附庸品。小孩子就如同被塞姆妖魔化的妹妹一样，是“生来有牙齿和尾巴”② 的“怪兽”，咬断了母亲与外界的关联，并将其绑定在有封闭的家庭空间内，孩子的诞生可有效协同男权社会统治女性身心。值得注意的是，小说中年轻女性对生育的恐慌与拒绝和男性以及家族对新生儿的期待形成反差。不论是男友们还是其父母，都在大肆宣扬母亲的“伟大”，道恩的男友肯甚至断言，道恩即便牺牲性命也得生下这孩子，这样的家庭与社会舆论与男性权威立场“合谋”，迫使女性屈服于家庭，而堕胎者违反自然生育、与男性话语背道而驰的行径自然被视为大逆不道。由此，塞姆等离经叛道地对生育的厌恶和恐惧恰是以相对极端的方式呈现对被规约的“天然的母性”和“传统的性别角色”③ 的对抗。避孕与堕胎在梅森小说中并不罕见。结婚 5 年却无子的布吉意识到妻子无法受孕的原因是她“总是离他远远的，这样他身上关键的东西永远不会倒她身体里”④。习惯独身的洁姬更是坦言即便怀孕了也绝不会告诉男友鲍勃。尤其对于年轻一代，堕胎对于她们而言就是轻描淡写的相对私人的事故。马瑞塔的堕胎之旅更像是在郊游。“诊所在四小时车程开外的刘易斯维尔。马瑞塔心情大好，十分确定她的决定。她们（马瑞塔和母亲）一路欢笑着还跟着收音机唱了会儿歌。就像前几个月苏埃琳（马瑞塔的母亲）

---

① Mason, Bobbie Ann. *In Country*. New York: Harper Perennial, 1986, p. 155.

② Mason, Bobbie Ann. *In Country*. New York: Harper Perennial, 1986, p. 155.

③ Kinney, Katherine. “ ‘Humping the Boonies’: Sex, Combat, and the Female in Bobbie Ann Mason's *In Country*.” *Contemporary Literary Criticism Select*, edited by Philip K. Jason, Michigan: Gale, 2008, pp. 43-44.

④ Mason, Bobbie Ann. *Zigzagging down a Wild Trail: Stories*. New York: Random House, 2001, p. 68.

送她去上大学的场景。”① 在传统两性观念中，将女性物化为生殖工具的男权思想借助社会舆论和宗教气氛将堕胎认定为反自然、反伦理的行径，故而马瑞塔在怀孕初期还有放弃学业把孩子生下来的念头，然而当其逐渐发现孩子是“（对她）一点好处也没有”② 的绊脚石时，她索性卸掉包袱，堕胎了事，以追求自我实现。主动拒绝母亲的社会角色是梅森笔下女性对传统气质和角色的极端挑战。对于传统女性被物化、被等同于子宫的性别界定，后南方女性不仅不屑遵守，甚至还以堕胎等方式强烈地反抗。而传统气质中与母亲紧密相连的自我牺牲和无私奉献的品性以及温润慈爱、相夫教子的社会属性也随之化为乌有。

与母亲角色相对应的是在其养育与教化下，继承并弘扬女性气质的“女儿们”，而消解“女儿”女性气质的有效途径就是弱化其标榜人物的存在。在梅森作品中，传统南方母亲向导的缺失是年轻的后南方女性排斥女性气质的重要外在原因。安妮·格德文·琼斯（Anne Goodwyn Jones）指出南方女性作家的作品中，母亲的缺席是作品中与女儿们身份建构时出现的矛盾情绪最为密切的元素，表现在“女性对传统女性身份的深层不满”③。正如身体特性造就的母亲身份一样，在父权制强势压迫下，传统母亲天使般的形象被定格为父权文化的附属品和道具，“女人是压迫女人制度的产物，她所受的教育，正规的和非正规的，都是为了永久性地延续这一制度”④。对于这些女性而言，延续制度的最佳途径就是言传身教，把传统价值观灌输给女儿们，然而作为新生代女性的梅森却看到了这一传承的暗含的专制策略，她笔下的女性要么无视母亲的样本与典范，要么其成长历程中母亲几乎不存在。

---

① Mason, Bobbie Ann. *Love Life: Stories*. New York: Harper & Row, Publishers, 1989, p. 63.

② Mason, Bobbie Ann. *Love Life: Stories*. New York: Harper & Row, Publishers, 1989, p. 63.

③ Jones, Anne Goodwyn. *Tomorrow Is Another Day: The Woman Writer in the South, 1859–1936*. Baton Rouge: Louisiana State University Press, 1982, p. 211.

④ 凯特·米利特：《性政治》，宋文伟 译，南京：江苏人民出版社，2000年，第120页。

虽然在女儿成长中，母亲的缺席在南方小说中并不罕见，但与福克纳笔下整日沉迷旧时光以至于忽略子女的康普森夫人不同，梅森笔下的有相当一部分母亲不论在情感上还是在物质上都与女儿鲜有交集，更重要的是这些女儿们也没有充当母亲的迪尔西，故而她们处在了一种与神话断层，目睹传统失落的时代。《在乡下》里，塞姆的母亲艾琳早早地离开了霍普维尔小镇，改嫁并生子，开启了全新的生活，似乎和小镇不再有瓜葛。为数不多的探访也只是给塞姆和艾米特经济援助，她与塞姆的交流少之又少，尤其在资助塞姆买车之后，她便彻底消失了。《底特律天际线》中佩吉虽和母亲一起北上探望姨妈，但母亲也甚少出现于女儿生活中，以至于佩吉对于两人共同的经历都感到混沌不清。《供奉》中桑德拉和母亲长期不来往，两人像陌生人一样客气。《葬礼之外》的桑德拉之母和《无线电波》中桑德拉在开篇时就去世了。在梅森作品中这两种母亲都没有办法成为值得信赖的典范，客观上断绝了传统女性的榜样作用。现代精神分析学指出，在女性成长过程中，如果缺少了前俄狄浦斯阶段，即没有对作为女性的母亲的模仿，女儿就很难完成向女人的转变，更难以成为独立的性别个体。对于梅森而言，所谓初期的性别模仿对象本来就是服务男权社会傀儡，根本没有模仿的价值，故而她取消了母亲的存在，断绝了部分女性向社会规约靠拢的途径。

此外，即便遭遇坚定的传统捍卫者，梅森笔下的女儿们也都以其独立的思想和宽广的视野拒接母亲试图传承的“淑女”精髓。《旧物》中琳达人过三十带着两个“拖油瓶”与丈夫分居，母亲总是见缝插针地展现她对亡夫的眷恋，妄图树立榜样，使其回心转意，然而琳达却去意已决：“我实在受不了和一个人生活在同一房檐下却仨小时都说不来一句话的人”①，而且这种两代人的分歧在琳达拿到薪水后愈发明显，虽然只是超市小职

① Mason, Bobbie Ann. *Shiloh and Other Stories*. New York: Harper & Row, Publishers, 1982, p. 79.

员，琳达却可以自由支配收入，甚至如果她愿意的话还养得起孩子，而欧普拉却一辈子仰仗丈夫，获取物质支持，经济独立带来的自由意志使得琳达跳出母亲传承下的畸形家庭关系，她甚至将学习的典范设定在和欧普拉截然相反的朋友雪莉身上："雪莉没毕业就结婚了，现在又离婚。她让丈夫抚养孩子们，自己却天天四处游玩。"① 母亲与典范的不对应预示着传统母亲功能的失效，这不仅呈现出当代社会常见的两代人关系隔阂，沟通不能，更是寓意"南方文艺复兴"所崇尚并代代相传的女性气质的脆弱空洞。梅森借助女儿的反叛，折射出当代女性克服身份束缚的渴求，因为否定了最直接的教导者，摆脱了"典范的指导"与"规劝"女孩可以相对自由地以适合自己的方式来定义自我，为其性别越界提供了可能。

从整个家庭体系而言，父母不仅是子女未来生活的样板模态，引导其照搬自身的性别气质和社会角色，同时还是社会价值观念的传声筒，规定与限制子女的行为与认识。卡加·西尔弗曼（Kaja Silverman）指出在传统社会中，"我们的首要职责是展现适应'以父亲的名义'的（话语）体系，其重心是父权制上的家庭，最重要的体现就是对菲勒斯的推崇"②。值得注意的是，在传统南方社会中，父亲虽至高无上，却游离于家庭关系和子女教育之外，他们不必亲力亲为，便可将女儿塑造成"淑女"。究其原因，主要是家中母亲这一角色因长期浸染于父权统治，内化了传统的两性规约，转化成其代言人，故而在对子女，尤其是女儿的训导中"以父亲的名义"代理了大家长的身份。由此可见，梅森小说中母与女的冲突并非是两个弱势群体的内讧，而是女性（女儿）对传统制度（母亲）的挑衅。小说《示罗圣地》中的母亲梅布尔见自身的表率对女儿"淑女"养成完全不起作用，就直接介入其生活，寡居多年的她经常趾高气昂地"视察"女儿

① Mason, Bobbie Ann. *Shiloh and Other Stories*. New York: Harper & Row, Publishers, 1982, p. 9.

② Silverman, Kaja. *Male Subjectivity at the Margins*. London: Routledge, 1992, p. 34.

的生活，频率之高，连女婿都“数不清她来的次数了”①。她的出场也颇具压迫性“她每次探访的时候，总是会去巡查衣柜和植物，看到叶子蔫了或者黄了就赶紧通知诺玛·简”②，而且她总是很在意女儿洗衣房里堆起来的衣服。尽管诺玛·简已经是一个 34 岁的已婚女性，且生过一子，梅布尔依旧将其视为未成年的女儿，想牢牢地把控住她，可悲的是，诺玛·简完全把母亲的劝导当成耳旁风，我行我素，毫无改观。这种对家长监督的反叛在抽烟一事上极为明显：诺玛·简在家中抽烟的时候被梅布尔逮个正着，性情独立而刚硬的诺玛·简在跟丈夫谈论此事时虽仍心有余悸但更多的是对母亲管制的不满，称“我没听到她来，还跟往常似的吞云吐雾，她根本就不知道‘敲门’俩字是啥意思，没早几年逮着我简直就是个奇迹”③。有学者认为，梅布尔“虽为女儿身，却是代表的是家中的男人”④。她在女儿家出入自如，根本不必敲门是梅布尔行使替代男性大家长特权的体现，“随时随意地出入女儿家中，使得梅布尔可以肆意地在女儿物理和心理空间内施展权力”⑤。然而诺玛·简毫不避讳，明知会被不定期“抽查”还悠然自在地抽烟，甚至还调侃“没早被发现简直是奇迹”，可见家长的权力毫无效益，威严扫地。不仅如此，梅布尔还在另一次巡查中企图用报纸上狗吃婴孩的新闻谴责年轻夫妇尚不成熟、难以担当抚养之责，进而影射诺玛·简丧子完全由于她自身心智尚浅就匆忙生子、粗心无知而忽略儿子造成，冷酷地为女儿“敲警钟”，而诺玛·简对母亲不近人情的“提点”

---

① Mason, Bobbie Ann. *Shiloh and Other Stories*. New York: Harper & Row, Publishers, 1982, p. 5.

② Mason, Bobbie Ann. *Shiloh and Other Stories*. New York: Harper & Row, Publishers, 1982, p. 3.

③ Mason, Bobbie Ann. *Shiloh and Other Stories*. New York: Harper & Row, Publishers, 1982, p. 7.

④ Bentley, Greg. "A Man Named Mabel: Bobbie Ann Mason's *Shiloh* and the Concept of Subjectivity." *Journal of Evolutionary Psychology*, vol. 25, no. 1-2, 2004, p. 57.

⑤ Bentley, Greg. "A Man Named Mabel: Bobbie Ann Mason's *Shiloh* and the Concept of Subjectivity." *Journal of Evolutionary Psychology*, vol. 25, no. 1-2, 2004, p. 57.

反感之余更满是不屑。她不断打断母亲的说教，跑到另一间房，堵上耳朵，还嘲笑母亲连“腊肠狗”都念不对，以女勇士的姿态招架母亲的爆击，拒绝其训导。以诺玛·简为代表的女儿们由于尚未完全内化传统两性等级，被排除在稳定的性别架构外，是未被塑造完成、尚待审查的最弱势群体，如此，女儿对母亲的漠视反映了身为两性架构中的底层反叛。格罗巴在总结《示罗圣地》中母女关系中指出：“梅森笔下的诺玛·简相较于母亲有更多的个人自由，她没有被局限在一个小小的传统社区，她的社会角色也更加灵活。”① 换言之，在梅森笔下的后南方，“女儿”具备了更多层、更不稳定的阐释力。梅森表示“诺玛·简赶上了神话解体的进程，对她而言就是自由和更好的生活”，灵活的社会角色以及自由的认知选择使得当代女性具备了更独立的自我认知，消解了其对前代的机械关联和传承。

无独有偶，《第三个星期一》（*Third Monday*）中，面对刚刚做完乳腺切除手术的鲁比，母亲搬出了一系列“理论”，将女儿的不幸归咎于她过于独立，不肯结婚，认为鲁比在工作中伤到了乳房，她在小心照料女儿的同时还虔诚的期盼着“如果能移植的话，我（母亲）就把我的一个乳房给你（鲁比）”②。然而女儿的反应却颇为决绝，并称“你那大乳房我这儿可放不下”③。乳房只是母亲传统价值观的借代，从直观的形体角度，乳房的缺失不符合“淑女”丰盈的体态，这使得老姑娘鲁比更加难嫁，同时作为哺育的象征，乳房的缺失还象征着女性角色的不完整，功能性下降。母亲认为乳房病变是对鲁比叛逆而独立性格的惩罚，是抢夺男人工作造成的

---

① Mason, Bobbie Ann. *Shiloh and Other Stories*. New York: Harper & Row, Publishers, 1982, p. 4.

② Mason, Bobbie Ann. *Shiloh and Other Stories*. New York: Harper & Row, Publishers, 1982, p. 238.

③ Mason, Bobbie Ann. *Shiloh and Other Stories*. New York: Harper & Row, Publishers, 1982, p. 239.

乳房受伤，故而将自己乳房给鲁比实际上是将温柔顺从、奉献家庭的观念再安置在女儿身上。鲁比的拒绝恰恰反映了她对母亲强制性安插价值观的厌恶，表面上看，母亲乳房与自己身体的不匹配，实则是在讲传统价值观念对当代女性的不适用。

在父母对女儿的规训中，家庭关系，尤其是夫妻关系占据了主导地位。《无线电波》中简的父母就以比喻和命令的方式训导女儿恪守性别规约，成为合格的“妻子”：

> 简记起她母亲曾经给她讲的一个笼中少女被迫与狮子交配的故事。笼子外面，驯兽者大声叫嚷指挥——她不得不抚摸狮子，直到他满意为止。被困在狮子身下的女人只能顺从男人的教导以求生存。这个故事多多少少和母亲总是在说的与丈夫或者强奸犯相处之道相类似。她（简）把母亲比作狮笼中的女人，听从着驯兽人叫喊出的指令——为了活着，她不惜做任何事情。简回忆着讲故事的母亲，她似乎看到狮子的眼睛愈发迷离，之后翻过身去，沉沉入睡。①

母亲看似无奈的生存哲学训导实则是在向女儿灌输扭曲的社会化的两性关系。表面上看，抚摸狮子甚至满足其欲望的少女是因力量悬殊过大，屈服于其淫威之下。这便如同南方淑女与男性之间的关系，其实对于母亲而言，丈夫与强奸犯没有差别，都是暴虐的侵犯者。然而在这两者之外，还有着一股更强大的力量，即发号施令的驯兽人，他没有出现在笼中，少女连与其正面对峙的资本都没有，而他却以无形的、绝对的控制力操控着少女的言行举止甚至思维模式。获取满足的狮子可能会倒身入睡，少女还有一线生机，然而笼外的驯兽人却不为其动，所谓“直到他满意为止”，仅仅是驯兽人驯化女性的阶段性“成果”，其终极成果就是女性失去自我，为了生存，无条件接纳所有指令。少女、狮子和驯兽者分别对应了南方淑

① Mason, Bobbie Ann. *Love Life: Stories*. New York: Harper & Row, Publishers, 1989, p. 192.

女、男性和从父辈传承下来、森严的性别制度。在传统南方，处于中心地位的男性既是参与两性对横的笼中狮子，又是制定规约的驯兽人，强者身份的叠加，使得弱者的发声愈发苍白，于是传统南方女性只能采取带有表演性质的性别操演来换取生存空间。巴特勒指出，所谓性别操演的表演特性在于其“自然化的行为举止的幻觉效果”①，换言之就是忽略主体的自然诉求，使其适应“非自然”化的过程。狮笼一方面象征着禁锢着南方人的传统社会，一方面又集中了焦点与矛盾，形成舞台效果，此时，笼中之人的行为便脱离了其拒绝、反抗、逃离等自然反应，将如何能满足观察者（驯兽者）的期待定格为了其操演的终极目的。同时，巴特勒还指出，性别操演是在“询唤”的作用下，通过不断的“重复”与“引用”才可完成。所谓女性气质的询唤就是驯兽人喊出的指令，以习俗、制度、规定甚至是道德的形式出现，诱导女性相信什么是对的、可行的、或者起码是生存必须的，而“重复”与“引用”就是女性将其付诸行动，不断地对其进行巩固的过程，进而实现在召唤异性恋的范式成为合格的主体。可悲的是，委曲求全、潦草一生的母亲虽然也是这种畸形关系的受害者，但当她向女儿传授这一生存法则时，她就成了驯兽者的帮凶，而女儿自然就沦为新一批的笼中少女，只不过在这个轮回中，她的故事非但没有迫使简皈依“正道”，反倒给她提供了一更开阔的视野，她意识到，母亲的不幸源于其行为的“非自然性”，而一味的顺从社会询唤只能换来窒息的禁锢。故而当询唤披上人性的外衣，假借父亲的“谆谆教诲”“循循善诱”时，简还以暴击。父亲认为简的情感破裂源于其不守妇道，过于独立，故而时常叨念“女人出门会抢了男人的工作”，“女人就该呆在家里”②，简却对他们的劝诫嗤之以鼻，怒斥其住嘴。“来自父母的过时的性别观念信息和她当

---

① Butler, Judith. *Gender Trouble: Feminism and the Subversion of Identity*. New York: Routledge, 2011, p. 9.

② Mason, Bobbie Ann. *Love Life: Stories*. New York: Harper & Row, Publishers, 1989, p. 185.

下的婚恋策略脱轨”①，在男友科伊找了份不如人意的差事时，父母便怂恿简搬回去跟他住，然而不愿再做狮笼中牺牲品的她宁肯外出工作和申请失业救助，也不接受父母的“建议”，即使收入微薄，生活难以维系，离经叛道的简也不肯屈服。哈瑞特·波勒克意识到角色传承和家庭教育对当代女儿角色的失利，他总结道：“梅森笔下的女性已经走出其从小到大被灌输的角色外”②，母与女思想的断层预示着传统女性角色后继无人，惨遭抛弃的命运。

在简的母亲所传授的狮笼理论中，妻子一直是弱势的被支配者，是柔弱而敏感，渴求呵护的附属品，不仅如此，面对无处可躲的狮笼，她们还必须是永远不会主动走出牢笼的坚贞的捍卫者。然而随着女性自我意识的觉醒和社会地位的提高，她们开始重审婚姻给“妻子”这一社会角色附加的气质特性，戳穿其虚伪性。《退隐会》中乔治亚娜的牧师丈夫还在不遗余力地宣传男性至上的论调：“上帝创造了男性，为的是让女性追随他、喜爱他，女人应将男人视若至宝，因为男性才是最高级生灵。男性是上帝的化身——想一想，你（女性）可是与这样的化身生活在一起啊。”③ 这种虚妄空洞的宣扬连乔治亚娜都无法忍受，反驳道：“如果有一天你发现他并不是合适你的人，如果恰巧找错了呢?”更有女性提出这些论断充满了“欺骗与虚伪”，婚姻本身就是对女性单向的束缚。因此，梅森的小说中的妻子们“在这些（争取身份与独立）的斗争中，重审婚姻甚至离婚。梅森关注这些女性的处境，不论是闲谈中的分居还是誓言的终结，都是梅森作品的主题”④。在梅森作品中，离婚独居是女性的常态，而诸如不婚、

① Fine, Laura. “Going Nowhere Slow: The Post-South World of Bobbie Ann Mason.” *The Southern Literary Journal*, vol. 32, no. 1, 1999, p. 90.

② Pollack, Harriet. “From *Shiloh* to *In Country* to *Feather Crowns*: Bobbie Ann Mason, Women's History, and Southern Fiction.” *The Southern Literary Journal*, vol. 28, no. 2, 1996, p. 97.

③ Mason, Bobbie Ann. *Shiloh and Other Stories*. New York: Harper & Row, Publishers, 1982, p. 185.

④ Champion, Laurie. “Bobbi Ann Mason's (Open-Ended) Marriages.” *The Midwest Quarterly*, vol. 43, no. 1, 2001, p. 95.

分居、婚外情等变体更加突出了当代女性对“妻子”身份的拒绝和对传统女性气质的蔑视。作为梅森早期作品之一，《示罗圣地》就意味深长地暗示了后南方人婚姻破裂的在所难免。表面看来作品给出了一个开放式结尾，诺玛·简和丈夫试图挽救婚姻来到示罗内战遗址。她走到断崖，将丈夫一人留在车里，然而劳拉·肖邦（Laurie Champion）认为这极具象征意义，是妻子在告别丈夫与婚姻。迪·贝克（Dee Baker）也认为身心都比丈夫健全的诺玛·简“最后将以离婚的方式去探寻和拓展自己的力量”①。墨菲尔指出：“勒罗伊再也配不上诺玛·简了，就像示罗战场上的联邦军，她更好斗，更具攻击性，而离开勒罗伊那一刻就宣告了她的胜利。”② 诚然，勒罗伊男性气质衰落，无法胜任家庭顶梁柱功能，对于家庭的破裂固然难辞其咎。不过，破坏力更强的是妻子的觉醒与反抗。少不更事的诺玛·简在没有做好准备的时候就为人妻母。婚后生活中勒罗伊就沉溺安逸无知与白日梦里，而简则不断积蓄力量，不仅在体格上打造自我，更在精神上寻求独立：开始上班赚钱，报夜校学习，生活喜好也发生改变，很少做饭，喜吃速食，夫妻差距拉大造成交流障碍。有时诺玛·简会怀念两人聚少离多的日子，坦言更喜欢丈夫在外开车。最终在其到达示罗后，她跟格格不入的丈夫明确提出“我想离开你”③。在勒罗伊试图挽回，恳求重新开始时，她冷冰冰地答复道“我们已经试过了”④。《示罗圣地》中的诺玛·简不再是以家庭为核心，以满足丈夫为终极目的的家庭天使。相反，她憧憬打破家庭的藩篱，探求、体验外面更广阔的天地。小说最后，诺

① 转引自 Champion, Laurie. “Bobbi Ann Mason's (Open-Ended) Marriages.” *The Midwest Quarterly*, vol. 43, no. 1, 2001, pp. 83-84.

② Morphew, G. O. “Downhome Feminists in ‘*Shiloh and Other Stories.*’ ” *The Southern Literary Journal*, 1989, p. 45.

③ Mason, Bobbie Ann. *Shiloh and Other Stories*. New York: Harper & Row, Publishers, 1982, p. 14.

④ Mason, Bobbie Ann. *Shiloh and Other Stories*. New York: Harper & Row, Publishers, 1982, p. 15.

玛·简悬崖边挥臂的场景颇具寓意。在看穿丈夫的无知、虚伪与不切实际后，她只身走到悬崖，探头看着脚下的田纳西河，转身对勒罗伊挥臂，好似在做扩胸运动。悬崖作为山与河的界限，象征两种状态的分界点，而站在悬崖边的诺玛·简恰恰就处在马上就突破家庭，解除婚约的零界点上。她以运动的姿态挥动双臂一方面是对勒罗伊有力的告别，一方面又是对其已有准备的新生活的迎接，针对有评论认为诺玛·简不堪家庭压抑准备纵身跳下的论断，梅森并不掩饰其情感的向背，予以正面答复："勒罗伊有可能跳下去，但是诺玛·简绝对不会，她是生活的幸存者。"① 在梅森心目中，孰强孰弱，不言自明。较之于努力"挽救"虚妄的婚姻，在假想中通过建造木屋来稳定家庭的丈夫，诺玛·简选择离开才更要勇气，迈出家庭的她彻底地与"妻子"角色告别。同样，《在乡下》中的厄妮塔也通过分离展现了女性拒绝被支配，被占有，只被当作装饰、衬托、观赏的家庭角色。"她（厄妮塔）体现了当代女性拒绝履行女性在社会单元，如家庭中的定位。"② 厄妮塔将第一场婚姻的失败归结为性别身份对人的扭曲："他会打球，长得也帅，但他不知道我是怎样的人。他想让我变成一幅画，那就是我该做的，只要漂漂亮亮的就够了。"③ 对于反感被当作花瓶的厄妮塔来讲，只剩下皮囊的女性形象显然是对其独立与思想的侮辱，于是她愤然离去。对婚姻和男性的失望使她彻底转变了看两性的态度。她开始只恋爱不结婚，将试图约束她的男朋友拒之千里，"当他们（前男友们）变得特别爱占有时，我就要逃出这段关系了"④。

对妻子身份的拒绝甚至影响到年轻一代对婚姻的态度。《和爵士在一

① Lyons, Bonnie, et al. "An Interview with Bobbie Ann Mason." *Contemporary Literature*, vol. 32, no. 4, 1991, p. 466.

② Blais, Ellen A. "Gender Issues in Bobbie Ann Mason's '*In Country*.'" *South Atlantic Review*, vol. 56, no. 2, 1991, p. 111.

③ Mason, Bobbie Ann. *In Country*. New York: Harper Perennial, 1986, p. 63.

④ Mason, Bobbie Ann. *In Country*. New York: Harper Perennial, 1986, p. 64.

起》中女儿劳拉放浪形骸，自由不羁，在结束了几年漂泊的生活和随意的感情之后，似乎有些腻烦，开始认真地交往。母亲克丽西担心她孤老终身便敦促其尽早嫁给男友尼克，但劳拉却满不在乎，声称“我才不结婚呢。我谁都不信，更不想要那些官僚的垃圾”①。劳拉甚至对男友的情感投入有些不解，调侃道：“说真的，他的投入真是让人难以置信。”② 这种在传统婚姻观中不可理喻甚至有些做作的行径其实是当今南方女性拒绝妻子身份的直接表达。一方面，在男权社会中，男性对婚姻的始末有绝对的发言权，一段婚姻的开始是男性例行程序般向女性求婚、女性顺理成章答应开始。然而在这段恋情里，剧情出现反转，男性心急如焚等待女性的“许可”，话语权移交到劳拉手中，这其实象征了女性对权力的把控。另一方面，劳拉以心境上自由自在、甚至游戏散漫的生存状态表达了对传统身份的戏谑，她的身份和形象不是在与男性的关系中被界定，而是处于一种自我的、中心的地位。这种连男性都很难达到唯我境界被她演绎得淋漓尽致。不过更让传统南方人咋舌的是梅森通过不婚主义极致地展现了性自由对女性传统身份的抛弃。《第三个星期一》中形单影只的鲁比在集市上随便捡了个情人巴迪，经常去汽车旅馆中获取慰藉。只想放纵情欲，享受当下的她甚至他的名字都懒得跟朋友讲，只是当作是“第三个星期一”集市认识的人。这种相互独立的，纯粹肉体的关系，使她获得相对自由的满足，“她（鲁比）不是他（巴迪）的财产”③，她喜欢他“保持距离，从不展现占有欲”④，当她摩挲着他的身体，涂抹精油时，她感叹自己在“擦拭

① Mason, Bobbie Ann. *Zigzagging down a Wild Trail: Stories*. New York: Random House, 2001, p. 12.

② Mason, Bobbie Ann. *Zigzagging down a Wild Trail: Stories*. New York: Random House, 2001, p. 12.

③ Mason, Bobbie Ann. *Shiloh and Other Stories*. New York: Harper & Row, Publishers, 1982, p. 279.

④ Mason, Bobbie Ann. *Shiloh and Other Stories*. New York: Harper & Row, Publishers, 1982, p. 303.

一件上好的家具”[①]。对于鲁比来说，壮实的情人就如同一件给自己带来身心愉悦的陈设，其功能性压倒性地取代了任何社会定位。这一单纯的感性追求不允许她有长久的感情承诺。鲁比看上去行为放荡，沉浸着后南方女性对两性关系的认知，婚姻不再是其寻找欢愉的羁绊，比起被囚禁在婚姻的道德坟墓里，解放天性，顺应内心欲望、需求才是当今女性的诉求。

性解放对婚姻的瓦解在封闭的婚姻中更为突出。如果温柔顺从与承担责任是传统南方妻子的典范，那么忠贞就是她们的底线，有学者甚至将其奉为道德之最[②]，是女性气质堡垒的最后一道防线。以是否会对丈夫忠诚为分界之一，神话刻制出两个截然不同的两类女性模板，即圣女和妖女。然而梅森笔下的女性极少理会神话中妻子“德行”的准绳，不论忠贞与否，女性都无善恶美丑之分，婚外情是部分女性反叛妻子角色，挑战沉闷生活的捷径。《定居和迁徙》中女主人公玛丽出轨的行径十分潇洒，她在丈夫去路易斯维尔工作后迅速和牙医拉里发展恋情并公开同居，甚至在丈夫来电话时也毫无愧意。她游刃有余地穿梭于两人之间，表面上看她似乎在两个男人间难以抉择，实际上根本没在他们身上浪费感情，她在乎的只有自己。这些都在展现比起人妻，玛丽更将自己当作一个独立的、有欲望的、不受约束的人。《高粱》（*Sorghum*）里已为人妻、为人母的莉兹不堪家庭的无趣与寂寞，和好友菲伊开启抛却家庭的“探险”，在菲伊的鼓励下，和不知婚否的艾德擦出火花，而后身心愉悦的她重新焕发青春，对生活也充满好奇，抛夫弃子，在无尽的新鲜感中体会到身为一个人而非人妻的自由与欢畅。性自由是后南方女性解放的里程碑。不同于从一而终、节制附属的传统女性，她们在行事与否和对象选择上有了更广的选择空间。有学者认为，“梅森只是让女性在两性关系中有一个喘息的空间，有些女

① Mason, Bobbie Ann. *Shiloh and Other Stories*. New York: Harper & Row, Publishers, 1982, p. 305.

② 肖明翰：《福克纳研究》，北京：外语教学与研究出版社，1997 年，第 189 页。

人通过提出离婚来达成其追求的变革，而有些女人就通过奸情来打破死寂”①，贞洁不再是女性的底线，忠诚更不是其应对两性关系的至高原则，如此，“妻子”的规范被其彻底击碎。

正如贝蒂·弗里丹（Betty Friedan）在《女性的奥秘》（*The Feminine Mystique*）中所言，当代女性有“一种奇怪的骚动、一种不满足感、一种渴望……当她铺床的时候，当她套沙发套的时候，或是和孩子们一起吃花生酱三明治时、开车带他们参加童子军活动时、夜间躺在丈夫身旁时，她甚至害怕地默默询问自己：‘难道这就是一切？’”②。其实早在1913年，剧作家萧伯纳就针对这种疑惑给出了答案，他认为除非女性能摆脱自己对丈夫、对孩了、对社会的责任，摆脱除了对自己负责之外的所有束缚，否则女性不能完全解放自己。旧“南方神话”中女性是男权凝视下家的天使，具化为母亲、女儿、妻子这些社会角色，以服务男性作为终身事业，然而梅森却反其道而行。她的写作中渗透着对南方传统女性规约的否定，认为“在男权社会中，女性的自由被剥夺，留下一个个女性自我破坏的丰碑”③，她质疑人物与社会角色的关联合理性，否定为成为典范和丰碑而压抑自我、依照规约“修剪”行为和思想的范式，进而解构了附着在其身份之上的气质规约。有学者认为“在南方加速的现代化和同质化进程中，梅森笔下的人物跌跌撞撞地遭遇生活困惑。她记录下了这些人，尤其是女性（对传统）不再确定的反应”④。对社会身份的拒绝使得女性跳出气质典范，适

① Morphew, G. O. “Downhome Feminists in *Shiloh and Other Stories*.” *The Southern Literary Journal*, 1989, p. 42.

② Friedan, Betty. *The Feminine Mystique*. New York: W. W. Norton & Company, 2010, pp. 116-117.

③ Showalter, Elaine. *Sister's Choice: Tradition and Change in American Women's Writing*. Oxford: Clarendon Press, 1991, p. 165.

④ Groba, Constante González. “The Call of the Hearth versus the Call of the Wild: Residence and Transience in Bobbie Ann Mason's Short Fiction.” *Short Story Criticism*, edited by Lawrence J. Trudeau, MI: Gale, 2014, p. 4.

应时代发展。

虽然梅森早期的作品中女性还未大规模地向男性气质跨越，但已通过其与传统角色的剥离为僭越奠定基础。她们的性格中“创新元素”压制了“正统元素”①，摆脱了“顺从、合规、避责和依赖等特性的后南方女性彰显了其对世界求知和掌控的态度。梅森自己也坦言，她对时代变化中抓住机会创造可能的人们，尤其是女性非常感兴趣，而非“戴着眼罩，囿于陈规，对外界充耳不闻的人”②。于是，在否定母亲、女儿和妻子这三大传统角色后，梅森笔下的新南方女性开始积极地探索适合自身状况的角色，她们有意地吸纳传统男性特质，进而攻占不均衡的性别高地。

如果说对传统角色的拒绝只将她们踢出了“女性气质”的范畴，那么身体外形的重塑则更为直观地在消解女性特性的同时又将其推向了“男性气质”的阵营。在传统南方刻板印象中，女子美好的形象大多归结为相互矛盾的丰乳肥臀和纤细娇弱，束腰裙、露肩披风等无不服务于南方女性优雅而诱人的风情。对于男权社会而言，身体样态不仅是女性生育功能的延伸，更是作为观察对象，提供审美体验的源泉。爱丽丝·杨在将以乳房为特性的女性身体放置于物体的本体论之中，认为在从属与被从属的二元传统性别关系中，作为附属性被观察的女性，其身体的任何器官虽然长在其身，但所有权和规范的制定权却归属男性。换言之，男性凝视下，以视觉享受为中心的传统审美界定是则将女性身体客体化，而女性通过极力地贴近与硬汉完全相反的“他者”形象，获取对方的认同。然而梅森笔下的女性体态却和男性产生错位，她甚至通过小女孩佩吉的视角，以男性为对

---

① Groba, Constante González. “The Call of the Hearth versus the Call of the Wild: Residence and Transience in Bobbie Ann Mason’s Short Fiction.” *Short Story Criticism*, edited by Lawrence J. Trudeau, MI: Gale, 2014, p. 3.

② Phillips, Ginny. “Poised for Possibility: Interview with Bobbie Ann Mason.” *Atlantic Unbound* 19 September 2001. 26 March 2002 〈http://www.theatlantic.com/unbound/interviews/int2001-09-19.htm〉.

比，呈现出这种反传统的女性形象："姨夫是个消瘦纤细的男人，发际线很高，他布满斑点的皮肤总让我想起了易碎的麻雀蛋壳。姨妈正好相反，她体格强壮，晒得黝黑，深色的头发像翅膀一样耷拉在耳旁。"① 梅森早期塑造的女性诺玛·简也是个典型的例子：她浑身肌肉，有着硬硬的二头肌，随手举起二十磅的杠铃，让身体残疾的丈夫相形见绌，并使他联想到"神力女超人"。汤姆的情妇"又高又壮，一只手就能剥掉驴皮"②。《第三个星期一》中保龄球爱好者贝蒂因常年吃避孕药刺激脸部汗毛的生长，甚至到她停药了"胡子还是一个劲儿地往外钻"③。《午夜魔法》中的纳夫拉蒂洛娃有着"和男人一样粗壮的胳膊"④。在信奉生物决定论的传统南方，生理差异决定两性的气质向度和社会角色，因而身体被夸大成对气质具有决定性影响的因素。健壮结实的体格确保了男性在两性制衡中的中心地位，以最原始的方式将女性驱赶到"第二性"的附属地位。然而梅森小说解构了气质与性别的刻板对应，在男性气质气场中"竞争最为激烈的资源——体魄"，如强壮的肌肉和有轮廓的体型也可以被女性占据。此时的"男性身体"已然不在是吸引异性的皮囊，而是个体获取自我认同、区别于被边缘的第二性（可男可女）的重要标志。长期的训练使得诺玛·简锻造出一身肌肉。经过战争洗礼的达琳更是魁梧健壮。这种形态上的强势赋予了她们超越性别的资本与特权。托马斯和米勒指出，身体样态是男性气质被定义的根本基础，"它是决定价值的工具，反过来也会转化为

---

① Mason, Bobbie Ann. *Shiloh and Other Stories*. New York: Harper & Row, Publishers, 1982, p. 44.

② Mason, Bobbie Ann. *Shiloh and Other Stories*. New York: Harper & Row, Publishers, 1982, p. 79.

③ Mason, Bobbie Ann. *Shiloh and Other Stories*. New York: Harper & Row, Publishers, 1982, p. 309.

④ Mason, Bobbie Ann. *Midnight Magic: Selected Stories of Bobbie Ann Mason*. Hopewell: The Ecco Press, 1998, p. 12.

地位与名望”①，而事实上，更加具备显性男性气质的简、达琳、莫泽拉姨妈的确在家庭中占据更主导的地位，是决策的制定者也是家庭的经济与情感的顶梁柱。这种错位的结合并非偶然，后现代主义理论家斯图亚特·霍尔就将身体美学和性别气质区分开来，指出传统男性之所以能将其结合在一起，其实是一种权利策略，但身体与气质的“结合”只是一种“连接形式，它可以在一定条件下将两种不同的因素统一起来。它是一种关联，而非总是必然的、确定的、绝对的和本质的”②。强壮的身体预示着事业的成功和家庭的主导力，尤其是在与身体柔弱、心理亚健康的勒罗伊、布吉和波恩姨夫对比下，这些健壮的女性身躯更能承担责任与压力，故而在两性和社会的竞争中成为胜利者。在梅森的后南方小说中新女性旧时目光里近乎怪诞的身体特性是抵抗性别束缚的重要标示。它与婀娜优雅的传统倩影不同，打破了封闭而僵化的规约模式，拒绝屈从“南方神话”的理想设定，具有更开放的阐释空间。

除了外形之外，梅森塑造的女性，尤其是女性的行为与能力也打破性别壁垒，消解男性专权，她们在与男性争夺男性气质上占据主动，在对比中成为该气质实质的主人。《午夜魔法》中独立干练的凯伦“脑子里装满了关于起重器和油泵的知识。要是她的车子熄火了，她一准儿知道是分电器的盖子潮了”③。相比之下男友史蒂夫懒散愚蠢，对机械一窍不通，几乎丧失动手能力，连给车子喷粉漆都需要别人做。不仅如此，凯伦吸纳了无畏而强大的男性气质使其能在极端劣势的处境中主动出击，占据上风。面

① Gerschick, Thomas J., and Adam S. Miller. “Coming to Terms: Masculinity and Physical Disability.” *Men's Health and Illness: Gender, Power, and the Body*, edited by Donald Sabo and David Frederick Gordon, London: Sage Publications, 1995, p. 349.

② 斯图亚特·霍尔：《接合理论与后马克思主义：斯图亚特·霍尔访谈》，周凡、李惠斌 编，周凡 译，北京：中央编译出版社，2007 年，第 203 页。

③ Mason, Bobbie Ann. *Midnight Magic: Selected Stories of Bobbie Ann Mason*. Hopewell: The Ecco Press, 1998, p. 3.

对社区流窜的强奸犯，她展现出女猎人的姿态，布下陷阱，意图引诱其上钩，“我早就准备好了，就等那个强奸犯爬窗户了”，“我一准儿把他炸到地狱去，对，我是认真的”，“我一定会将这王八蛋杀的死死的”①。凯伦强大的气场和勇猛的行为使其在在抢夺男性气质的决斗场中赢得绝对优势。达琳是梅森笔下极具代表性的新南方女性，她从形象到行为都彰显了对之前女性气质的摒弃，硬汉式的“女子汉”呼之欲出。她参加海湾战争时，满身沙尘、饮食简易、干着沉重的体力活，比丈夫还要壮实的达琳头发总是油油的，浑身散发着一股雪茄味儿②。不仅是身形，达琳的男性特征还体现于其思维和行事风格中，她言语粗鄙，口头禅是“总得有人给萨达姆一脚”。即便回到小镇，她还是酷爱开车，尤其是在气候恶劣的时候飙车。此外，她性格执拗，咄咄逼人，连母亲都拿她没办法。其性别与气质的分离的更是体现在她与布吉的不对等关系中。布吉心思细腻，为人体贴，总是想着如何经营好小家庭，幻想着和达琳有几个孩子。琳达的男性社会属性绝对性地压制了布吉的男性自然属性，她凭借其强大的男性气质不仅使得自己在战场上赢得敬畏，也在身为自然意义上男性的布吉面前占据上风，在这个关于男性特质的争夺中不战而胜，梅森对达琳男性化权威的凸现实为借助性别戏仿的方式嘲弄传统南方对女性社会性别的规约。

这种对抗在男性妄想恢复性别气质的制衡中，更显突出。《托尼卡》里的莉兹精明能干，收入稳定，修理家具更不在话下，然而当其意识到丈夫不过是个好吃懒做毫无收入的附属品时，立刻将其扫地出门。即便后者再三威胁骚扰，她也不肯再履行任何“女人的职责”。作为梅森笔下还残存些许男子气概的男性，佩顿体格健康，酷爱暴力，表面上看充满男子气

① Mason, Bobbie Ann. *Midnight Magic: Selected Stories of Bobbie Ann Mason*. Hopewell: The Ecco Press, 1998, p. 7.

② Mason, Bobbie Ann. *Zigzagging down a Wild Trail: Stories*. New York: Random House, 2001, p. 76.

概，然而拥有该气质内核的莉兹却看到他“脸颊下的空洞”，认识到这不过是败下阵来的男人们外强中干的挣扎。于是她静观其“表演”，直至最后他跪求她原谅，就像父母看待逞大人的孩子一样。莉兹对佩顿超然甚至蔑视的态度展现了其更大的话语权与影响力，这也暗示着她在男性气质的争夺中占据主动。《静物西瓜》（*Still Life with Watermelon*）中露易丝与丈夫汤姆的婚变更大程度上是两人男性气质的较量。汤姆是梅森笔下为数不多的仍秉持传统气质的男性。他曾在牧场工作，身体健壮，性格冲动而狂野，开着皮卡就去西部当牛仔了，他突破了许多传统男性的戒律，极端地向往新鲜事物与暴力刺激，这种由外到内的阳刚之气甚至为他吸引来同性追求者。然而，作为身形合一的父权文化载体，汤姆也居然在露易丝面前败下阵来。汤姆的出现强烈刺激了同样具备男性气质的露易丝，使她遇强则更强，于是他们生活中充满了吵闹与打斗，露易丝将炊具直接摔到汤姆脸上，对其暴力至极。这段跌跌撞撞持续了四年的婚姻以汤姆出走告一段落。婚姻失败的女性露易丝完全不以为然，相反，她觉得“上次动手打他似乎把她的某些东西释放出来，并且她对此毫无悔意”①，甚至颇为炫耀的对迷信脚趾长短决定两性支配权的佩吉说：“你读的那些小说里，没有讲女人揍丈夫的吧。”② 打斗中释放出来的正是露易丝的男性气质。然而与通过反复引用才可实现的社会气质设定不同，男性气质是脾气倔强、自食其力的露易丝内在的秉性。巴特勒在《身体之重》中着重强调了性别操演的颠覆力。她认为，性别操演不仅仅是特定性别建构传统身份的规范，更是跨越性别，吸纳异性特征的途径。身为被性别化的主体，露易丝通过反复引用异己的气质规范，不断延缓和阻碍形成既有规范的权力话语。这也就

---

① Mason, Bobbie Ann. *Shiloh and Other Stories*. New York: Harper & Row, Publishers, 1982, p. 81.

② Mason, Bobbie Ann. *Shiloh and Other Stories*. New York: Harper & Row, Publishers, 1982, p. 84.

意味着“性别身份被对仪式规训的过程中不仅充满变化的可能性，而且其最终的成形被无限延宕下去……故而性别身份的主体充满了流动性和不确定性”①。不仅如此，这位“做事疯狂而冒险”的女性对于留在家中的“天使”颇有成见，认为她们是“出于对开放空间的恐惧……简直就像一种疾病”②。强大的、僭越而来的男性气质不仅让露易丝突破了家庭的桎梏，更使其在与男性较量的空间中占据主动，在与同样代表男性气质的汤姆的对抗中取得胜利。

“女汉子”达琳、莉兹、露易丝等的身形打扮以及男性化的言语方式都指向了其争强好胜的男性和心理状态。她们出色的工作能力以及生存能力都展现了其智慧、理性与责任，将其推向了一个中性化的准男性形象。梅森刻意展现出女性的男性化特征实际是女性通过吸纳异性气质完成自我雄性化，进而向男权社会中心挺进的谋略，是一种深层次的易装。通过装扮来偷渡到异性领域的女性以错位的方式警示人们气质与实体的剥离，艾斯特·牛顿（Esther Newton）曾指出：“‘扮装’是一种双重的倒错，它告诉人们‘表象是假象’。扮装说：‘我的‘外在’面貌是女性，但是我‘内在’的本质是男性’。它同时又象征了反向的倒错；‘我的‘外在’面貌（我的身体、我的性别）是男性，但是我‘内在’的本质（真实的我自己）是女性’。”③ 梅森笔下，易装不仅拓宽了女性的生存空间，更质疑了形而上的本质化、自然化的父权制度。正如巴特勒所言：“在模仿社会性别的时候，扮装隐含透露了社会性别本身的模仿性结构——以及它的历史偶然性。”④ 且

① 韩晓丽、李杨：《基于“性别操演”的女性身份解读——以麦卡勒斯作品为例》，《江西社会科学》，2016年第6期，第9页。

② Mason, Bobbie Ann. *Shiloh and Other Stories*. New York: Harper & Row, Publishers, 1982, p. 93.

③ Newton, Esther. *Mother Camp: Female Impersonators in America*. Chicago: Chicago University Press, 1972 p. 103.

④ Butler, Judith. *Gender Trouble: Feminism and the Subversion of Identity*. New York: Routledge, 2011, p. 187.

看满嘴脏话的达琳，不畏强暴的凯伦以及对丈夫施暴的露易丝。她们抹杀了女性听话顺从的性别规约，消解了男性气质和女性气质的对立和不可跨越性，同时这种强势进攻性性格是两性间中心与边缘的悬殊地位，在角色对调中掌控两性关系的主动权。梅森甚至以自身为例，列举她本人对男性气质的内化，从而证明性别气质是不全依附于生物性别身份的。她说，"（我）对女性相关的诸如持家、结婚和安居等事宜缺乏兴趣。这与传统相悖。我的好多行为其实是具备典型男性色彩的"①。通过对现实中自我性别的反传统剖析，梅森等于重述了弗洛伊德对两性规则的质疑，即纯粹的男性或女性根本不存在，不管这些特征与其生物学特征是否吻合②。天生的生理特性与后天的心理特性以一种随机的方式组合起来，使得人物性别属性变得模糊。梅森笔下人物的外形与行为的易装充满了对男权社会中男性气质和女性气质的嘲讽与解构，体现了性属身份的流动性、异质性、人为性和可逆转性。通过塑造这种女强人的形象，"作者能够投射独立与力量的虚幻意象，以抵制虚构文学作品中普遍存在的女性作为男性附属物的形象"③。

如果身体与行为都是表象的话，那么女性思想意识的转向则是对男性气质根基的吞噬。《在乡下》中，梅森就以塞姆为例，特意凸显了后南方女性吸纳男性气质，背离传统的主观能动。在颇为保守的霍普维尔小镇中，社会性别界限依旧明晰。"男孩子在一起时，讲的全是喝醉酒、吹牛皮和性，女孩子的话题永远是男孩子和衣服。女人们聚会时说的净是疾病和处方。塞姆不知道男人们会讨论什么，男人好像很神秘。"④ 然而就是在如此保守的社会背景下，塞姆依旧打破陈规，跨越了性别界限，显示了自

---

① Butler, Judith. *Gender Trouble: Feminism and the Subversion of Identity*. New York: Routledge, 2011, p. 98.

② 弗洛伊德：《性学三论》，宋文广 译，长春：长春出版社，1998 年，第 9 页。

③ Munt, Sally Rowena. *Murder by the Book? Feminism and the Crime Novel*. London & New York: Routledge, 1994, p. 93.

④ Mason, Bobbie Ann. *In Country*. New York: Harper Perennial, 1986, p. 184.

己的与众不同。她拒绝了傻白甜男友蓝尼的求婚，打工赚钱，为的是早日自己有辆车，因为“在霍普维尔，男孩们高中毕业的奖励就是辆车，而女孩们不会，因为大家都觉得女孩们只需要嫁给有车的男孩就行了”①。除此之外她还每日长跑来宣告自己的不同“她热爱跑步，因为跑步的时候她知道，自己和学校里那一群群唧唧歪歪、鸭子般的女孩是完全不同的”②。就连起其名字也颇具象征寓意，典型的女孩名萨曼莎被大家简化为塞姆，与塞米尔等男名的缩写一致，而她也更乐于接受自己被缩略的名字，从指称上弱化了其女性的喻指。在当时整体社会性别等级观念依旧残存的南方，塞姆的行为无异于离经叛道，不知好歹。连与她一起北上的祖母都怀疑塞姆脑子出问题了。尤其是她对战争的好奇，更是让对暴力恐慌不已的老太太感到焦虑。塞姆的男性气质就是通过反复性的操演，内化于其日常生活中，成为她言行举止的一部分，从根本上动摇了社会性别规范和异性恋规约。

塞姆的气质转型不仅限于零碎的日常行为，更是贯穿《在乡下》全书的主线之一。梅森在访谈中明确指出塞姆的寻父历程实质上是一次象征之旅，别有所思，是要“寻求男性经历”③ 的历程。布莱破译了其中的端倪：“塞姆对父亲的探寻，实际上是对自身男性气质的探求。”④ 表面上看，塞姆通过父亲的日记、老兵的回忆以及复制的越战场景来认识年纪轻轻就抛尸疆场的父亲，然而她的意图远超过缅怀这一从未谋面陌生人。哈里特·波莱克指出，父亲仅是个媒介，塞姆所做的是将展现男性气质的战争史 history（男性谱写的历史）嫁接到 herstory（女性人质的历史）。小说中

① Mason, Bobbie Ann. *In Country*. New York: Harper Perennial, 1986, p. 58.

② Mason, Bobbie Ann. *In Country*. New York: Harper Perennial, 1986, p. 75.

③ Wilhelm, Albert. “Making over or Making off: The Problem of Identity in Bobbie Ann Mason's Short Fiction.” *The Southern Literary Journal*, vol. 18, no. 2, 1986, p. 77.

④ Blais, Ellen A. “Gender Issues in Bobbie Ann Mason's *In Country*.” *South Atlantic Review*, vol. 56, no. 2, 1991, p. 107.

男性对战争经历的霸权掌控构建了封闭的、更高层的话语体系，并且女性被排除在外，一如艾米特所言："女人们根本不在那儿（越南）……所以她们啥都不懂。"① 虽然越战给艾米特为代表的老兵带来无尽的伤痛与梦魇，但同时又是其凌驾于女性认知并获取优越感，炫耀其强悍威猛的资本。由此，战争经历对塞姆而言并非旧南方人心心念念的怀旧思绪，而是性别差异的标识，而吸纳并内化这段经历实则是在攫取男性独特气质。梅森归结道：

> 女性探寻男性经历——成年男性或男孩在社会中所面对的事情——意义深远，因为在青少年时期，女孩子是被隔离在许多事情之外的。于是很多女性作家对探求男性经历有着强大的动力。例如在《在乡下》中，我就把塞姆刻画成时常好奇战争的形象，因为战争是大部分女性不会参与的事件……为什么是他们（男性）去战场而非我们（女性）？为什么他们不肯为我们详述战争也不愿说这场战争到底意味着什么？这简直就是个宏大的神话。②

对于塞姆而言，战争经历一方面展现了男性气质，尤其是主导型男性气质的暴力特性"男人们就想杀戮。他们整日做的就是打打杀杀，她想。这就是他们的秉性"③。男性通过极端的武力对抗成为这一气质的化身，也占据了掌控他者的资本，福斯特认为战争将男性推向社会的金字塔尖④；另一方面不管战场上真实表现如何，占据"亲身经历"资本的男性就有了讲述历史、建构神话的权利，确立了话语的中心地位，感知女性身份被边缘化的塞姆迫切地希望切入他们的话题，层层剥开他们被优越外像包裹着

① Mason, Bobbie Ann. *In Country*. New York: Harper Perennial, 1986, p. 107.

② Wilhelm, Albert. "An Interview with Bobbie Ann Mason." *Southern Quarterly*, vol. 26, no. 2, 1988, p. 153.

③ Mason, Bobbie Ann. *In Country*. New York: Harper Perennial, 1986, p. 209.

④ Faust, Drew Gilpin. *Mothers of Invention: Women of the Slaveholding South in the American Civil War*. Chapel Hill: University of North Carolina Press, 1996, p. 4.

的谜团。随着塞姆探索的深入，男性气质天平不断向她倾斜：塞姆发现所谓英雄主义与血性灵魂其实不过是对怯懦与麻木的掩盖与粉饰，由此从内部解构了男性高不可攀的虚幻气质；此外，为还原战争场景，塞姆独自挺过池塘惊魂夜，尤其在她将艾米特误认为强奸犯时，临危不惧，严阵以待。本应处于下风的“被害对象”反而掌握主动权。有学者认为“整部小说（《在乡下》）就是在叙述塞姆如何成为历史的‘局内人’（Insider）”①。以超越男性的行事方式重审凸显男性气质的战争史。塞姆不仅突破了性别壁垒界限，成为享有话语权的“局内人”，并在森严的特权体系内揭露其虚伪性，进一步瓦解了气质与性别的刻板关联。葛尔·罗宾曾指出：“异性恋机最强有力的基础在于生理性别、社会性别和性欲三者的关系。”② 梅森在小说中颠覆了女性生理与社会性别的刻板对应，赋予了女性更多僭越机制，是其在有悖于传统规约的“性别”操演中实现了身份转变。

长久以来，南方男性以性别气质为助力，把持着两性关系的决定权。然而，伴随后南方翻天覆地的变化，人们开始反思这一古板的性别架构，揭示其庇护男性特权的本质。这一看似牢固的性别关联在新的社会和文化氛围下发生“错位”，走向“凡人”的男性不敌气势日渐上升的女性，不得不将男性气质的把控权让位于后者。气质的易主除了前任主人的退场，更在于现任的强势崛起，而梅森小说就呈现了多种将女性推向“主人”地位的力量，而这其中教育水平和经济地位最为突出。

受教育层次的提升催使女性的觉醒。在父权制上的南方神话中，女性被圈养在家中，排除在公共领域之外，家庭技能之外的文化教育和自我提升更是与女性隔绝。艾伦·格拉斯阁（Ellen Glasgow）在《战场》中就将这种封闭而无知的女性奉为典范。她无条件地支持丈夫，一人操持家庭，

---

① Eckard, Paula Gallant. *Maternal Body and Voice in Toni Morrison, Bobbie Ann Mason, and Lee Smith*. Columbia: University of Missouri Press, 2002, p. 83.

② 葛尔·罗宾等：《酷儿理论》，李银河 译，北京：文化艺术出版社，2003 年，第 4 页。

这种盲目的奉献是她“对自己的任务从未迟疑过”① 并教导女儿：“亲爱的，女人不需要像男人那样有智慧，如果上帝想让你聪明的话，他会把你打造成男人。”② 然而这一自甘低人一等，被排除在“聪明人”特权外的认知，在梅森笔下被彻底颠覆。相比于自甘堕落不思进取的男性，梅森小说中的女性更加积极上进，努力进取，比较具有典型性的就是对教育的追求。《示罗圣地》中不甘平庸的诺玛·简专注自我提升，不放弃一切学习的机会：“（她）晚上还要去夜校。从为期6周的健身班毕业后，现在又要去帕迪尤卡社区大学上成人写作课。她把岸上的时间全都花在描述文章大意上。”③ 以前少睡十分钟就昏昏沉沉的她，如今经常熬夜写论文，在看到论文得分为B时，她想的全是如何改进。这些点滴积累的进步使其和丈夫的共同语言越来越少，当她饶有兴致地向丈夫传输写论文的步骤时，他竟心生畏惧，怯懦地辩解，“我英语一直不怎么样”，而对于妻子的变化，他又羡慕又害怕：“我可不敢评判你的英语水平了。”从文化水平半斤八两的同学到相差甚远的夫妇，诺玛·简的文化提升在与丈夫的对比中愈发明显。无知而不思进取的勒罗伊只是焦躁地担忧“肯定出什么事了”。这种冲突在诺玛·简准备离开的前几天愈发激烈。当诺玛·简开启一本有关另一个世纪的书，仔细研读时，勒罗伊还是无所事事，满脑子就是挽留妻子，而当她跟他阐释两个人的名字时，他无知地像个孩子，回复都是简单的“不知道”，“真的么”。在诺玛·简看来浅显的常识在他看来却高深复杂。教育是将诺玛·简推向权威的重要因素，就连死守传统的梅布尔都说：“她（诺玛·简）的脑子被那些书搞乱了”④，被教育启蒙的诺玛·简

---

① Glasgow, Ellen Anderson Gholson. *The Battle Ground*. New York: Doubleday, 1920, p. 48.

② Glasgow, Ellen Anderson Gholson. *The Battle Ground*. New York: Doubleday, 1920, p. 48.

③ Mason, Bobbie Ann. *Shiloh and Other Stories*. New York: Harper & Row, Publishers, 1982, p. 13.

④ Mason, Bobbie Ann. *Shiloh and Other Stories*. New York: Harper & Row, Publishers, 1982, p. 15.

不再甘心委身做自己都看不上的丈夫的附属品，因而其所谓不和身份的气焰和不守规矩的言行其实都是有知识的女性的腐朽规约的质疑。值得注意的是，诺玛·简并不是个例，梅森小说中大部分女性的受教育程度都比男性高，且学习热情远在男性之上。《新潮摇滚》（*A New-Wave Format*）中萨布丽娜上过一年大学，虽因父亲无力支付学费而辍学，却不改初心，一直在想办法发重拾学业；《高粱》中都结婚生子且生活并不宽裕的莉兹也在挣扎回学校完成学业。教育虽没有给女性生活带来即时改变，却提高了其心智，为其之后的对主导型气质的驾驭提供做好了铺垫。

财务自由和经济地上升为女性提供占据话语权的资本。在传统大家族关系中去，南方淑女秉承从父、从夫、从子的理念，从年幼到年老都扮演着被抚养、被圈养和被赡养的附属角色。在家庭中，经济的附属地位极大地束缚了女性自由，也决定了其处于话语权的下风。然而梅森笔下的女性多精明能干，工作稳定，且其中相当一部分是家庭的唯一经济来源。《肥婆故事》（*Big Bertha Stories*）全靠詹妮特养家糊口，丈夫唐纳德整天在外瞎混，“时不时带回点牛排和冰激凌，偶尔带回点钱”①；《托尼卡》中莉兹也是家庭的经济支柱，丈夫佩顿出去坑蒙拐骗的小钱还不够他自己败的，遇到讨债的还要觍着脸向莉兹伸手；《汉克镇》中乔安和帕提母女都是自食其力的独立女性，男人对她们而言无异于家养的宠物。福柯指出，性别错位不仅关切到个体的生理性别、心理性别，它还“与权力手段密切相关”②。在“南方家庭罗曼司”中，绅士淑女依照性别规约各司其职，然而后南方倒来时，所谓规约不再能适应新的权力关系，逐渐失去了约束力。一如福柯所言，“‘资产阶级’社会是一个有着明显性倒错的社会，至

① Mason, Bobbie Ann. *Love Life: Stories*. New York: Harper & Row, Publishers, 1989, p. 77.

② 米歇尔·福柯：《性经验史》（增订版），余碧平 译，上海：上海人民出版社，2005 年，第 32 页。

今我们社会热就如此”[1]，同样，后工业文明的引导，处在经济上峰的具备男子气概的女性具备了更充足的权力支配空间，其“性倒错”并非是偶然现象，而是“受到许多权利机制的召唤、揭示、区分、强化和整合”[2]。正是由此，杰姬在为同父异母的妹妹托布拉讲床前故事的时候，直接将灰姑娘改编成了现代女性的版本。当托布拉质疑道“她又没有狠心的姐姐，没人逼迫她工作呀”,[3] 杰姬反驳道，“‘她只是自己想工作，’‘灰姑娘决定不嫁给王子了，而是去了医学院，最后成为了一名医生”[4]。

对男性气质的占据并非凭空杜撰，梅森笔下的女性之所以能占据这些曾经与其性别气质完全相反的特性是因为其在意识形态、经济领域甚至在政治运动中都打破传统格局，颠覆性地获取了话语权。占据男性气质的女性不再是被定义、被评审视、被评价对象。《转向亚特兰大》中商业间谍安妮拆穿了规约甜美的假象，在上司安德鲁“夸赞”她办事得力时，她反感地要求着：“别对我说‘好姑娘’，听起来就跟‘好狗’似的。”[5] 针对气质互换展现出的社会地位重置，曾有学者给出这样的描述：“我们看到，失败的男人通常倒卧在沙滩上，抱着空无的啤酒瓶昏然睡去，他们是长期失业者、啤酒爱好者和被女人抛弃的烟蒂。他们的身上残留着新西兰红嘴鸥遗留的鸟屎。有时候，他们的目光也会越过温暖柔软的沙地，失神地注视着那些在写字楼下抽烟的女人。她们是他们的前妻，同时也是这个崭新

---

① 米歇尔·福柯：《性经验史》（增订版），佘碧平 译，上海：上海人民出版社，2005 年，第 31 页。

② 米歇尔·福柯：《性经验史》（增订版），佘碧平 译，上海：上海人民出版社，2005 年，第 32 页。

③ Mason, Bobbie Ann. *Zigzagging down a Wild Trail: Stories*. New York: Random House, 2001, p. 34.

④ Mason, Bobbie Ann. *Zigzagging down a Wild Trail: Stories*. New York: Random House, 2001, p. 34.

⑤ Mason, Bobbie Ann. *Zigzagging down a Wild Trail: Stories*. New York: Random House, 2001, p. 96.

时代的主人。”①

纵观传统，南方作家遵从气质由性别本体决定这一理想化的性别规范，即“异性恋矩阵”，认为生理性别和内化了气质的性别角色一致，打造了众多模式化的淑女。梅森对这种模式进行了纠偏，对南方性别化的女性人物进行了重塑。正如沃尔夫（Virginia Woolf）所言：“我们再次陷入两难的境地。因为性别虽有不同，男女两性却是混杂的，每个人身上，都发生从一性向另一性摇摆的情况。② 不论是“女超人”还是“女汉子”，梅森笔下的女性人物都体现了性别摇摆性或间或性，性别气质的杂糅“允许每个人都成为雌雄同体性格的人，即每个人都可以充分展示自己的男性气质和女性气质”③。只允许女性展现其单一的性别气质无异于对其个体对施暴和自由的阉割，“每个人对作为人的整体性的感受都不应受到禁止，这种整体性来自男女个人将他或她的男性气质和女性气质的诸多方面结合为一体”④。性别的气质特性只是生活态度，在价值上不存在高低优劣之分，更没有中心边缘之别。埃莱娜·西苏指出每个人身上都有可以“双性”的特征：“每个人在自身中找到两性的存在，这种存在依据男女个人，既不排除差别也不排除其中之一性。”⑤ 正如梅森在小说中的男主人公被褪去曾经的专属性别气质，作为纯粹的主体存在，因缺乏占据强势话语权的男性气质，在时代变迁中处于边缘、弱势境地，为适应其处境采取了传统意义的女性气质；相应的，女性则突破母亲、女儿和妻子的人设，大胆地拒绝社会和文化对其设定的气质标准，在教育提升和财务自由的支持下，

---

① 朱大可：《记忆的红皮书》，广州：花城出版社，2008 年，第 3 页。

② Woolf, Virginia. *A Room of One's Own*. London: Penguin Books, 2004, p. 108.

③ Tong, Rosemarie. *Feminist Thought: A Comprehensive Introduction*. Colorado: Westview Press, 1989, p. 3.

④ Tong, Rosemarie. *Feminist Thought: A Comprehensive Introduction*. Colorado: Westview Press, 1989, p. 3.

⑤ 埃莱娜·西苏：《美杜莎的笑声》，转引自张京媛编译，《当代女性主义文学批评》，北京：北京大学出版社，1992 年，第 198-199 页。

体貌、行为和思想上都部分或完全地跨越到男性气质上。梅森对女性性别与气质的非传统结合否定了传统的二元性别对立，挑战了菲利斯男性中心论。这在男性家长制霸权长期统治的南方，格外引人瞩目，甚至显得有些离经叛道。梅森演示了性别气质可以脱离实体存在，否定了自然化或本质主义的性别身份或生物决定论，挑战了推崇男性气质的罗格斯主义，拆除了男性、女性气质间在她看来人为设立的隔板，建起了两者交融的渠道，也为两性角色、关系在新时代的再平衡提出了另一种视角和解决方案。

旧南方以绅士、淑女为代表，严格的男主外、女主内的分工有其特殊的历史根源。面对以蓄奴制为基础的南方大种植园社会模式，南方贵族男性出于树立自身形象和家长权威统治的政治需求而标榜身型魁梧，果敢坚毅的性别气质，而女性作为男性的“一根肋骨”是注定无法独立而且要听命于男性的，再加上她们时常受到穷白人和黑人的威胁，顺从与依附男性是其寻求庇护的唯一手段。故而在南方神话中，男性除了具备和其身份匹配的身型，更重要的是拥有“关爱、同情和奉献”的对外处事规范与道德准则与“礼貌、荣誉和尊严”的自我行为规约和价值追求相应的，女性除了有姣好的容颜，更要彰显淑女的性别风范，即沃特·布朗（Wyatt Brown）总结的三大核心特点：对母亲身份的赞颂、贞操的神圣和妻子高尚的自我牺牲精神。随着时代的变迁，工商业文明、后工业文明的介入以及后现代主义和女性主义等思潮的涌入，梅森笔下的当代两性都蜕变为跌落神坛的凡人。她一方面通过男性身体形态的衰变，气质复辟的失败和对女性气质的吸纳，消解了支配性的传统男性气质，另一方面通过女性对母亲、女儿和妻子三个典型社会身份的叛离以及由外及内对异性气质的占据，抽空了从属性的女性气质。梅森对两性气质的颠覆性书写质疑了父权社会对男女程式化的认知以及僵化的本质主义关联。她通过极端地展现“娘娘腔”和“女汉子”等典型的反性别气质形象表明人为架构的性别规约并非本质存在，也不具有排他的封闭性，而是一种流动的、开放的、充满无数可能性的立场属性和生活方式。作为应对生活的态度，性别气质本身不存在高低优劣之分，如此，保障父亲至高无上地位的男尊女卑的心理认同也不攻自破。然而在她的作品中，消解并非是最终目的，梅森所倡导的是在两性平等的基础上，气质只是人们自然而然的生活态度、方式与状态，在社会中占据怎样的位置，扮演什么样的角色的初衷都应是内心的需求而非社会的约束，从形而上的性别架构中突围出来，感受“做自己”带来的自由与舒畅，抛弃僵化的性别划分教条，享受平凡而真实生活的美好。

第五章　消费盛行，商品拜物主导

物质与精神对价值评判高地的争夺向来是文学聚焦的核心。不论现实生活中物质何等必要，对于迷恋宏大叙事、鄙夷物质追逐的“南方神话”追随者而言，精神才是思想的主轴和终极的归宿，没有精神的引导，人们只会在沉沦中迷失。然而，即便近乎膜拜精神的神话也难敌经济学上一个真理性的规律，即经济基础决定上层建筑，后者变化虽非亦步亦趋，紧随前者之后，有时甚至会滞后或超前，但不可否认，地区经济的发展和变迁必然会引发南方人思维模式、生活方式、价值取向等的升级换代。自 19 世纪中期南北战争结束，工业文明就在生产力水平欠发达的南方地区长驱直入，逐步瓦解了其自给自足的大种植园经济模式。时至 20 世纪 60 年代，以商品、科技、媒体和信息为基础的后工业潮流席卷南方，原本诗情画意的农业经济逐步被收益最大化的工业、后工业经济体系取代。相应地南方文学也从“从一个亲近土地、乡村的文学向拥抱工业文明、消费经济、大众文化的文学移位”①。在这一过程中，精神的统治力逐步下滑，这在前一章对宗教的讨论里已有阐述，而切实可见的物质占有逐步占据上风，最突出的体现就是以消费为主导的商品拜物教的盛行。它不仅作为一种经济形式，更作为一种文化现象，包含了物质消费活动和与之伴随的心理思维、道德评判以及日常认知。美国南方的物质消费现象并非到 60 年代才出现，

① 李杨：《颠覆・开放・与时俱进：美国后南方的小说纵横论》，北京：中国社会科学出版社，2018 年，第 17 页。

早在19世纪就有萌生迹象，马修·霍尔（Mattew R. Hall）明确指出，彼时“全国性的消费模式已渗透了南方地区”①，只是此时的兴起和蔓延引发了作家们的警觉与反感，将其视为违背清教主义思想，挑战节俭传统和灵魂救赎的堕落之举。

作为旧南方传统价值观念的追随者和捍卫者，福克纳主张的对物质的追求局限在生活必需品层面。当时上层社会的开源节流旨在树美德，平民的节俭克制为的是讨生活，黑人生而为劳作，过多的物质消耗对他们而言更是天方夜谭，任何的奢侈与浪费都是对南方朴素生活价值观的亵渎。在《八月之光》（*Light in August*）中福克纳借麦克伊琴的行事和言论，表达了其对物质追逐的鄙夷。他对勤俭生活的坚守达到了极致，将任何生活必需品之外的物质享受都和颓废连接起来，就算偶尔随波逐流，参与镇上的集市，也会在内心备受煎熬，叹息自己意志薄弱，不能抵抗诱惑。于是，当他发现继子乔准备卖掉母牛来换一身西装时，不禁怒从中来，指责他："你要不是为了嫖女人，干嘛买一套新装？"② 麦克伊琴是靠农业获得生活资料的南方农民，在他看来，购买物品最主要功能是满足生活需要，其次是投入生产，在物质并不富裕的背景下，有限的资源总要用在刀刃上，而乔对消费物品的痴迷实在让他匪夷所思，不论继子买西服的最终目的是否是为了勾搭女人，“买西服”这个行为本身已经犹如堕落和犯罪了。麦克伊琴般朴实的南方人并不在少数。小说中莱娜的清教徒思想更是有过之而无不及，对她而言，购物的过程简直就是对道德的拷问，分毫的奢侈都会让她负罪感十足。她总是将购买生活必需品之外的消费和剥夺人的独立性等同起来。在“南方文艺复兴”作家笔下，不仅是迫于生计的穷人，就连衣食无忧，掌握权力的贵族对物质消费也持抵制态度。《小镇》中的沙多

① Hall, Matthew R. "The Reliable Grocer: Consumerism in a New South Town, 1875-1900." *The North Carolina Historical Review*, vol. 90, no. 3, July 2013, p. 148.

② Faulkner, William. *Light in August*. London: Penguin Books, 1987, p. 116.

里斯上校甚至制定法律，勒令整顿，禁止象征奢侈品的汽车在大街上行驶。整个社会几乎是上下齐心，意图将物质消费的冲动扼杀在萌芽中。

不过，一味武断地抵制并不能阻止物质消费在南方的推行。在铺天盖地的商品蜂拥而至的情况下，固守苦行僧般的清规戒律变得尤为另类，宛如在以堂吉诃德式的方式与时代为敌。“南方文艺复兴”作家笔下部分南方人，尤其是爆发户穷白人率先开始转变，企图以光鲜的物质提升地位，可是在这些作家看来，这仅是小丑的玩闹和堕落的先兆，物质消费只能泄露其内心深处的自卑感和精神的空虚。《大宅》中，靠不择手段手段而发际的弗莱姆·斯诺普斯在爬到行长位子之后，秉性爱财如命的他却花大笔资金购置，搬进德斯班家的两层大宅，极尽奢华与浪费。在他看来，这座气势恢宏，威风凛然的古典建筑与其说是个住所，不如说是一篇宣言，证明自己已摆脱了穷白人的身份，开始踏入上流圈子。在他看来，对物质财富的占有显然已超越了其使用价值。但是对于福克纳来说，“坏胚子”永远开不出玉兰花，根深蒂固的劣根性使得斯诺普斯即便改头换面，浑身贴金，骨子里仍旧是那个被人唾弃的阴险小人。在精神至上，内在的压倒外在的现代认知中，附加物无法与本质对等，部分人虚伪的放纵和满足，并不能实现物质对精神的反噬，反倒更有利地佐证了“南方文艺复兴”作家对物质消费的质疑与审判。

在日渐风靡的物质崇拜中，消费主义作为最直接而最鲜明的体现形式不容被忽视。从 19 世纪初消费就在主流意识中占据一席之地，美国社会学家丹尼尔·贝尔（Daniel Bell）指出，消费主义是无节制的，其目的是满足“消费的欲望”而非“使用的价值”，“生活的目标就是对新体验、新价值、新用语的无止境追求”①。19 世纪中后期，卢瑞指出，伴随高度发达的经济社会，消费主义不仅出现于商业领域，是外化的经济行为，更不

---

① Featherstone, Mike. *Consumer Culture and Postmodernism*. London: Sage Publications, 1991, p. 192.

断被内化，成为体现个人身份和建构和认同机制的有效途径。这与鲍德里亚提出的消费社会中，财富形成了由文化符号组成的系统一致，强调消费在认知层面的延伸。随着价值评判依托屈从于市场逻辑，交换和符号价值开始主导人们的思想，于是关于本质、文化、传统等的追寻都转化为了量的积累，在这种“一切坚固皆为烟云”的指导下，消费文化逐渐和后现代消解意义与中心，权力和理想等特性相重合。当代理论家费瑟斯通将消费主义与后现代主义文化结合，认为这两者相辅相成，相互融合，在消费社会中日常生活具有审美价值，物质符号被前所未有地突出出来，形成了新的价值取向。这一特质在南方的植入就体现在消费主义伴随着符号体系与日常实践，引发了旧的传统文化失序，颠覆了南方人的认知架构，解构了传统南方的价值体系。消费主义对后南方的渗透有着深刻的历史必然性。后工业文明给南方人打开了新的视界，以极大丰富的物质选择、多样的文化奇观感召着南方人投身于消费浪潮。费瑟斯通指出资本主义生产带来的物质膨胀使得“把大众培养为消费者成为极为必要的事情”①。承载了后现代主义精神的消费主义颠覆了传统南方的地方和生活景观、消费主体和客体关系以及人物的认知、道德和审美观。消费主义和商品文化深度重塑了人们的生活和思维，使得人们对物质与精神的关系进行再思考。“后南方作家超越了视物质消费具有腐蚀道德、败坏世风的负面叙事，衷心地欢迎、拥抱消费主义，以更为开放、坦然、包容、欣喜的态度对待物质的效能，将人们拥享美好物质生活的权益正当化。”②

作为南方转变的亲历者和记录者，梅森就以开放的姿态积极地展现南方新貌。她赞许商品文化、消费主义在封闭的南方取得的突破，认为受这

---

① Ewen, Stuart. *Captains of Consciousness Advertising and the Social Roots of the Consumer Culture*. New York: McGraw-Hill, 1976, p. 56.

② 李杨：《颠覆·开放·与时俱进：美国后南方的小说纵横论》，北京：中国社会科学出版社，2018 年，第 201 页。

些与保守的农业文明迥异的消费文化的启蒙，“人们似乎更愿意走出去，去尝试新事物”①。在这一接纳、认同思想指导下，她的作品多聚焦超市、游乐场和演唱会等地点，极力贴近当代南方人的日常生活。也正是由此，其作品被比做“南方哥特小说走进超市”②，作者本人也被誉为“超市写实主义作家”。

第一节　物质消费的礼拜——商品与商场的兴起

消费彰显的人与物的关联早在半个世纪前就已崭露头角。鲍德里亚指出，“作为消费主体——人和消费对象——物之间的关系极其微妙，在之前生产为主的美国社会，物品，也许是最早买主拥有的东西是作为满足人们需求的商品来呈现其价值的。美国自 20 世纪 20 年代后，生产主人公的传奇现在已到处让位于消费主人公”③，然而这时对物的消费多遵循消极被动、有违规约的基调，如《影迷》中波令泡吧，看电影。但是，他们最终的救赎方案往往是逃离物质消费，以个人价值的凸显和实现来消解物和价值之间的关联，以精神升华取代物质沉迷。所谓消费中人与物的关系就是指商品的价值不在于满足人的生活需求使用价值，而在于其隐含的经济、地位、趣味等符号意义。此时，消费者的身份等同于其附属商品在交换体系中的符号价值。不同于传统南方小说的是，梅森小说中物的出现非但没有带来迷失自我，不断沉沦的痛苦，反而成为定位身份、找寻存在的归宿。

---

① Lyons, Bonnie, et al. “An Interview with Bobbie Ann Mason.” *Contemporary Literature*, vol. 32, no. 4, 1991, p. 452.

② Havens, Lila. “Residents and Transients: An Interview with Bobbie Ann Mason.” *Crazyhorse Archive*, vol. 31, no. 29, 1985, p. 103.

③ 鲍德里亚：《消费社会》，刘成富、全志刚 译. 南京：南京大学出版社，2000 年，第 28 页。

人们在物质消费浪潮中通过购买商品、服务和体验来构建自身，凸显自我，这在南方尤其具有革命性意义。在精神至上，崇尚本源的旧南方，身份维系于宏大的、高于生活的价值体系，如宗教、历史、地方，甚至是家庭，然而在梅森作品中，这些曾经被奉为真理的标尺却被无孔不入的物质消费体系侵蚀、瓦解直至取代。此消彼长，精神的褪色更使物质大放异彩，宏大叙事的退场确保了商品符号的主导。

查尔斯·威尔森认为宗教的世界观孕育了南方人的身份意识和使命感，给予了南方人特定的身份，然而梅森笔下的宗教在物质的冲击下不仅不能定位身份，还充斥着世俗与荒诞，似乎一文不值。或者说，它也不是一无是处，是可以服务于特定功利目的的。此前论及的梅森的小说里，利用宗教作为神职人员敛财和政府欺骗大众的工具的大有人在。被去掉神圣光环的上帝在《羽冠》中甚至被印到广告上，被硬性安排了人世间商品促销员的角色，其对公众说不定尚且残存的些许感召力被以这样怪诞的方式榨取着，为原本与其水火不容的行为背书、助威。后南方人已经悟出真谛，信仰很丰满，现实很骨感，相较于教义的宣导，精神境界的升华，物质的追求、拥有、消费才是硬道理，看得见、摸得着、用得上的物品才应置于优先位置。塞姆理直气壮地质问："我需要信仰？……就算我有充足的信仰，它能给我好工作，给我车么？"① 这样的问题足以让对方语塞。信仰的苍白无力在物质的映衬下黯然失色。同样，原来使南方文化、文学独树一帜的核心元素——定位南方身份的历史意识和地方情结也在物质消费大潮的冲刷下荡然无存。曾经令人肃然起敬的内战战地遗址被改造成商住区，家族旧址被出卖和重新开发。更为奇葩的是《旧物》中人工仿制古董的赝品被追捧，成为体现个人鉴赏和品位的标志，而真正祖传的传家宝被视若垃圾，无人问津。此外，格林布莱特指出，除了地方和宗教外，家庭

---

① Mason, Bobbie Ann. *In Country*. New York: Harper Perennial, 1986, p. 146.

也是塑造个人身份的三大元素之一①，理查德·金也强调："个人和区域的身份、自我价值、地位是由家庭关系决定的。家庭本身即等于是个人的命运；南方被视为是一个庞大的具有象征意义的家庭。"② 他们的观点用以阐释过去的南方可以说是富有见地的，但是对于后南方，就难以有其适用性了。梅森笔下的故事，在市场经济推崇的消费主义氛围里，物质的具象取代了感情交流，升格为联系家人情感的纽带。在《抽签》中，人们衡量亲疏关系的标准是礼物价值几何，而在《托尼卡》里，莉兹对家的回忆居然不是以人为中心。她对家留下的唯一印象就是桌子、椅子还有床。一切的一切俨然都是围着物品转，物品身价看涨，成为"引导人们再次定位身份的导航"③ 和构筑个人身份的价值尺度。人与物在消费互动中展现出各自的符号价值。

在 19 世纪凡勃伦提出了"炫耀性消费"的概念，他认为"有闲阶级"通过非生产方式的消耗证明自己的经济实力，虽然在阶级社会里，与地位直接相关的是权力和责任，而非物质财富，然而较高价值的物品却能证实其持有者地位的稳定性，是阶级划分的符号，并指出："炫耀性浪费和明显有闲是有荣誉性的，因为这是金钱力量的证明；金钱力量是有荣誉性的或光荣的，因为归根到底它是胜利或优势力量的证明。"④ 换言之，消费者的荣耀与地位很大程度上依附于其对物的消耗能力与水平。时至今日，在工业、后工业文明和大众传媒的推动下，原来偶然性局部的炫耀性物质消费成为普遍性趋势。而随之而来的就是阶级内爆，即凡勃伦、布迪厄时期

---

① Greenblatt, Stephen. *Renaissance Self-Fashioning: From More to Shakespeare*. Chicago: University of Chicago Press, 2005, p. 1.

② King, Richard H. *A Southern Renaissance: The Cultural Awakening of the American South, 1930–1955*. New York: Oxford University Press, 1980, p. 27.

③ 李杨：《颠覆·开放·与时俱进：美国后南方的小说纵横论》，北京：中国社会科学出版社，2018 年，第 201 页。

④ 凡勃伦：《有闲阶级论：关于制度的经济研究》，蔡受百 译，北京：商务印书馆，1964 年，第 132 页。

泾渭分明的阶级界限被模糊甚至溶解。大众的社会地位也不再刻板地由出身、阶级和等级决定。此时，社会最具阐释力的符号——物便以形式化、表面化的方式化身为身份的象征。由此，消费社会中人们遵照对物占有和消费的基本模式，建构和认知自我与他者。这种通过物对社会身份进行编码的过程反过来也是消费者被吸收到符号意指系统的过程。此时，由物质消费缔造的新的社会整合机制以符号的形态呈现出来。这恰好与鲍德里亚对商品的符号、象征价值的论述不谋而合：符号化的商品是拥有者身份、地位和财富的象征，通过对符号的占有和消耗，人们可以定义和突显自我。

身处消费社会的梅森深谙符号建构身份的模式。在《抽签》（*Drawing Names*）中，她对出场人物的相貌性格描写可以说简略到吝啬的程度，但对每个人物的物质附着却不厌其详，一一罗列，因为在她看来，这些是人物刻画的新要素，必不可少。“他们（佩吉夫妇）拥有一艘机动游艇，一辆卡车，一辆露营车，一辆客货两用车和一座殖民风格的砖房。”① 作为家中长女，佩吉的形体、相貌并不出众，其学识经历也不及卡罗琳，然而梅森却通过这些细致的物质堆积，使这一追求时尚和奢侈生活、重视享乐和拜物的摩登女性从其他家庭成员中脱颖而出，成为独一无二、让兄弟姐妹羡慕不已的榜样。这些超出生活需求之外的消费物品已不再局限于使用与交换价值，转而成为了彰显消费者品位与实力的符号。鲍德里亚指出，在消费社会中，物的符号意象被赋予了新的价值意义，即“它（符号的价值）与其他的符号的差异性关系之中，有点像列维·斯特劳斯所谓的神话，符号——物在它们之间交换。由此，只有当物自发地成为差异性的符号，并由此使其体系化，我们才能够谈论消费，以及消费的物”②。梅森将

① Mason, Bobbie Ann. *Shiloh and Other Stories*. New York: Harper & Row, Publishers, 1982, p. 97.

② 鲍德里亚：《物体系》，林志明 译，上海：上海人民出版社，2001 年，第 56 页。

消费系统中物的符号张力运用于作品中，佩吉的游艇、卡车等占据了更强烈的象征性符码意义。换言之，符号的产生使得佩吉夫妇标榜自我得以实现，在消费文化系统中，他们对商品尤其是炫耀性商品的占有与展现实质上构成了其身份和社会的差异，此时，他们的个体价值极大地附着于物的对比，恰如鲍德里亚所言，“当代资本主义社会消费结构中的消费品系列，是一整套消费品之间存在的必然有序性关涉，其间起根本性支配作用的东西，就是由符号话语制造出来的暗示性的结构性意义和符号价值（风格、威信、豪华和权力地位）”①。佩吉对奢侈品的痴迷极具代表性地体现了当下消费群体对商品符号价值的追寻，与使用价值消散形成对比的是人们在消费系统中借助差异性来定位身份。鉴于物的符码价值，它直接地连接了人和符号世界，而对于物的消费便彰显了符号系统中的差异，消费品已异化为一种符号语境中的意指逻辑。无独有偶，《底特律天际线》中的小女孩佩吉也诠释了消费品符号对身份的意义：“莎伦的父母送了她一个托尼洋娃娃作为礼物，那娃娃简直让我神魂颠倒……我安静地坐在派对上，期待能给洋娃娃卷一次头发。”② 土生土长的西肯塔基姑娘佩吉总觉得自己在大城市底特律低人一等，其原因就是她缺乏莎伦等女孩子的“好东西”。北方孩子们手里的名牌玩具、身着的新潮服装以及他们酷爱的溜冰等刺激的运动都让见识浅薄、兴趣狭窄的佩吉自惭形秽。这也促使她向往抹去南方印记，以尽快融入玩伴的圈子。“南方与北方的冲突在孩子（佩吉）对底特律商品等的反应中可见一斑”③，佩吉与莎伦等孩子的身份落差就在于后者有大量品牌的外在符号物。她对娃娃和服饰的渴望隐含了在消费文化的支配下的思考方式：佩吉望眼欲穿地等待与娃娃接触的机会，哪怕是给

---

① 鲍德里亚：《消费社会》，刘成富、全志刚 译，南京：南京大学出版社，2000 年，第 7 页。

② Mason, Bobbie Ann. *Shiloh and Other Stories*. New York: Harper & Row, Publishers, 1982, 56.

③ Price, Joanna. *Understanding Bobbie Ann Mason*. Columbia: University of South Carolina Press, 2000, p. 45.

它卷一次头发也让她兴奋不已。此时，托尼娃娃显然已不再是冷冰冰的玩物，而是莎伦拥有、佩吉渴求的身份符号。只有手持托尼娃娃，身着名牌服装时，佩吉才在恍惚中觉得自己信心倍增，不是一无是处的"丑小鸭"。由于个体身份由外在的符号物构建，故而传统作品中宣扬的"内主体性"被悬置，人其实是只剩下外在附加、符号化的"空心人"。列斐伏尔提出"消费被控制的科层社会"概念中指出，人其实是被他人和自己眼中的物所定义，包括佩吉在内的所有人物都不会对比自己和她人的道德品行或家庭出身，而是借助对物的物质消费来界定他者和自身的区别，这种人与物的表面化、直接性的关联缔结出依附于消费体制的次体系（sub-system），即鲍德里亚所定义的"（次体系）是作为当代社会简明扼要的身份结构象征的普遍符码"，"它是极权的，没有人能逃脱它"①。无论是《抽签》中的佩吉和塞西尔，还是《底特律天际线》中的小女孩佩吉都不可避免地融入消费社会营造的这一"次体系"之中，商品符号的附加是包括南方人在内所有当代人的突出显示。

除了作为标识消费者身份外，符号化的消费品更是当代人存在的依托，是践行"我买故我在"的直接动力。部分学者认为，"梅森的人物完全依赖于其周边的物质存在……（物质消费）是证明他们还活着的重要途径"②。刚接触消费场景的斯宾塞虽一时难以反应过来却见证了"人们总是在一堆一堆地买东西，并为此感到开心，当地面上摆满物件，连插脚的地方都没有时，人们就开始卖田"③。《静物西瓜》中老绅士赫尔曼·普里德尔深居简出，然而他却近乎恋物癖式的收藏、毫无选择地购买与西瓜相关的"艺术品"，正如露西所见："房间里的西瓜视觉效果足以让人晕厥。墙

---

① 鲍德里亚：《物体系》，林志明 译，上海：上海人民出版社，2001 年，第 214 页。

② Jersild, Devon. "The World of Bobbie Ann Mason." *The Kenyon Review*, vol. 11, no. 3, 1989, p. 164.

③ Mason, Bobbie Ann. *Spence + Lila*. New York: Harper & Row, Publishers, 1988, p. 57.

上挂的满满的，其余的画则靠在地板上。”① 其收藏品不仅涵盖了油画、素描和水彩画等常见艺术品，还包含刺绣的椅垫和陶瓷礼品盘。普里德尔与西瓜没有任何渊源，却“甭管什么东西，只要上面有西瓜，他准愿意花大价钱买”②。其实西瓜的存在对于普里德尔来讲并没有任何审美价值，他所追寻的只是在消费和占有过程中体会到的存在感，其不断盲目购买，自己都不肯看一眼的“艺术品”已失去艺术价值和实用功能，取而代之的是普里德尔在购买过程中抽象出的符号价值，这些符号相互指射，形成了一个开放的共同指向主体的符号体系，由此，普里德尔的主体客观存在被证实。这种通过消费品来建构存在的境况，在《旧物》中表现的更为突出，老太太克里奥甚至都不知道她该买什么，买了什么，但总是受一股无形的力量驱使，一个劲儿地在购物中心“买，买，买”③。假如说对于佩吉夫妇和小女孩佩吉来讲，物是彰显社会地位，在符号体系中占据“社会距离”的承载，那么对于克里奥来讲，则是更为迫切的进入以消费物为基础的符号系统的门票。

在“我买故我在”的符号系统当中，物的存在是人存活的基本标识，而在消费主义引导下的后现代社会中，物的符号价值也是瞬息万变，流沙一般。鲍德里亚认为，在消费社会中，物的存活和意义都来源于死亡，即被占有、被消费、被耗费、被浪费，只有缩短消费品从生到死的周期，才能激发消费社会的运转。克里奥所做的不过是通过不断的占有，加速消费物的死，悖论式地催促消费物的“生”，进而将自身的存在嫁接在流动的消费品之中。这种以消费为手段的毫无选择性的“收藏”被鲍德里亚称为

① Mason, Bobbie Ann. *Shiloh and Other Stories*. New York: Harper & Row, Publishers, 1982, p. 92.

② Mason, Bobbie Ann. *Shiloh and Other Stories*. New York: Harper & Row, Publishers, 1982, p. 77.

③ Mason, Bobbie Ann. *Shiloh and Other Stories*. New York: Harper & Row, Publishers, 1982, p. 110.

“一个被引导的周期的永恒更始”①。在消费符号预设的价值体系当中，商品当道，物升格为主人，而通过物来被定义、被言说的人则被整合为这一体系的隶属，此时，消费主义拜物教认知沁浸到社会的集体意识，犹如魔咒一般在无意识层面发挥作用。这种对新生物的渴求甚至可以超越人们对旧物的留恋，物化人与存在物的关联。鲍德里亚指出，传统社会里物和空间有象征意义，物在特定空间中占有一定位置，有了独一的象征意义，而消费社会中的物是流水线的产物，不过是一系列高度相似、可以替代的产品。物在其功能体系中“失去了自我的特殊价值，只拥有作为记号一般的功能，自然体制（如冲动和象征）在其中的存在也只是记号的样态”②。梅森在《蛰伏》（*Lying Doggo*）中就极端地呈现了新南方人的新“消费观”，将物的“死亡”与“更新”设为杰克的终极信条。杰克的老狗格罗夫曾经是主人吸引异性、打造好男人的重要辅助。然而由于患有关节炎，难以站立，杰克毫不犹豫地准备带它做安乐死。对杰克而言，格罗夫就是一个活物、一个可以被任意替代的工具，他迫不及待地给妻子说“我想要只（新）狗”③，连年幼的儿子都看得出“爸爸根本不在乎格罗夫，他就想把它扔掉，他想杀死它”④。妻子想在格罗夫安乐死时在场，请求杰克推迟几天，他便恼火道“我只想把这件事尽早了结了”⑤。杰克急于“了结”的态度是消费社会对待其他事物的写实，即便是掺杂了些许情感因素的宠物，在杰克看来也是日渐贬值的物品，而死亡与更替永远在发生，旧的不

① 鲍德里亚：《物体系》，林志明 译，上海：上海人民出版社，2001 年，第 111 页。

② 鲍德里亚：《消费社会》，刘成富、全志刚 译，南京：南京大学出版社，2000 年，第 25-26 页。

③ Mason, Bobbie Ann. *Shiloh and Other Stories*. New York: Harper & Row, Publishers, 1982, p. 259.

④ Mason, Bobbie Ann. *Shiloh and Other Stories*. New York: Harper & Row, Publishers, 1982, p. 264.

⑤ Mason, Bobbie Ann. *Shiloh and Other Stories*. New York: Harper & Row, Publishers, 1982, p. 263.

去，新的不来，这正是商品消费的精神所在。不同于传统意义对“物”的阐释，鲍德里亚所言“幸福要成为平等的神话媒介，那它就得是可测之物，必须是物；是符号”①。而对物的符号占有方式无疑只有消费。此时，杰克看上去备受良心谴责、道德审判的行为不过是为了充实物体系的符号，保持物品的持久性而已。这符合消费逻辑，甚至是维护社会生机的重要手段。对行将就木的老狗格罗夫而言，它已失去了其存在的符号意义，不得不为能够继承起符号象征的新狗腾出位置。鲍曼在《流动的生活》中将这种依照符号，不断求新的“过度与废弃”称之为“消费主义综合征”。它为后南方人造就了全新的激情和充满活力的基调。普里德尔、克里奥和杰克对商品的信仰般的占有与耗费体现了物体系对当代南方人行为和思维的影响，它以符号挤压现实，正如费瑟斯通所言：“符号的超负荷生产和影响、仿真的再生产导致商品固有的含义逐步消失，并使得‘实在’以审美的方式呈现。大众在这长篇累牍、无穷无尽的符号前神魂颠倒。”② 后南方人沉浸在物体系中，随时随地可以接触到符号的载体，这使得他们通过消费来进入、参与社会的日常游戏，从而证明自我的存在。普里德尔和克里奥的看似盲目购买以及杰克极度的渴求新宠都证实了南方人融入符号，重新构建自我的现实状态。不同于构造“南方神话”的作家，梅森不相信阶级出身、社会架构以及历史文化对人身份的界定，更不认同身份是根深蒂固、一成不变的。在一切事物被斩断根基，游动于平面的当下，人们附着的消费符号就可以完成对身份的再定义，消解虚无的内在与形而上的理想后，人们实现了外在和身份的统一，以最简单的方式来表达自我。

商品崇拜的极端体现就是人和物界限的消失，一方面，消费是人们的评价基准，而效仿性的消费行为更是人们获取另一群体准入的“晋升符

---

① 鲍德里亚：《物体系》，林志明 译，上海：上海人民出版社，2001 年，第 34 页。

② Featherstone, Mike. *Consumer Culture and Postmodernism*. London: Sage Publications, 1991, p. 30.

号”，通过物与物的关联引导出个人的价值评判与生活哲理；另一方面消费客体扩大，它不仅囊括了切实可见的物，更将人物化，成为其他消费者购买和消费的商品。

小说《羽冠》场景设定在消费盛行的时代，女主人公克里斯蒂娜因生下五胞胎一举成名，从碌碌无为，普通的不能再普通的村妇莫名其妙地摇身一变，一跃成了“霍普维尔小镇年度最佳母亲”①。邻近城市的猎奇观光者纷至迭来。观光者的涌入实质是克里斯蒂娜和五胞胎物化的开始，游客们去过“陈列着各式绘画奇观、科学和工业奇迹”② 的孟菲斯展览，在返回途中必定要驻留霍普维尔小镇，欣赏现代社会的另一“奇迹”。对观光者而言，五胞胎和展览陈设并无差异，都是被观赏被消费的客体，是被符号编码之后给消费者提供猎奇、满足和快感的工具，其本身不再具有主观能动性，不再是可平等交流和互动的主体。故而梅森笔下的游客可打破公共与私人空间，自由出入、观赏甚至介入克里斯蒂娜家，至此，主人公一家完全被抛在了公共观察视阈之中：“来来回回穿堂而过的游客观赏着这一家人的嬉笑、哭闹、酣睡、尖叫、吹哨、长叹甚至家里的鸡鸣犬吠、新生儿吐泡儿，他们为之惊讶，狂喜不已。”③ 而作为被观察的克里斯蒂娜一家犹如“一直被拔了毛的鸡，全身赤裸”④ 地面对大众。然而克里斯蒂娜一家真正沦为消费品是在丈夫韦伯审时度势，认定既然参观具有消费价值，那也就要依经济规律办事，决定收取“神奇五胞胎”观赏门票。从此，对五胞胎的参观便名正言顺地以商业行为登场。克里斯蒂娜“总是听

① Mason, Bobbie Ann. *Feather Crowns: A Novel*. New York: HarperCollins Publishers, 1993, p. 149.

② Mason, Bobbie Ann. *Feather Crowns: A Novel*. New York: HarperCollins Publishers, 1993, p. 206.

③ Mason, Bobbie Ann. *Feather Crowns: A Novel*. New York: HarperCollins Publishers, 1993, p. 180.

④ Mason, Bobbie Ann. *Feather Crowns: A Novel*. New York: HarperCollins Publishers, 1993, p. 166.

到男人们谈生意，而这次，她就是生意”①。在消费社会中，物的符号价值远大于其客观存在，作为孕育五胞胎的符号，克里斯蒂娜是被研究、被解密的公式，她是具有传奇色彩和引导价值的消费客体，故而消费者对克里斯蒂娜的参观无异是拜物教般的朝圣。除此之外，五胞胎也是被物化的重要客体，各式各样的公司发现了其中蕴涵的商机，要从这一本来属于个人生活的一个片段里发掘出其所追逐的经济价值，纷纷借助他们为自己造势，做起了广告，如药店无偿供应奶粉，婴儿用品公司则送来奶瓶与尿布，都旨在将五胞胎转换成产品展示的橱窗。对于消费者而言，婴孩的主体性早已隐退，留下的是充满魅惑的奇异符号。这一消费文化带来的主题消亡在五胞胎死后愈发明显，因为如果说克里斯蒂娜一家在孩子活着的时候还残存了部分自主性，那么以死亡为界点，被消费客体的自我认知和发声挣扎则彻底泯灭，由此，梅森“将私人与公共空间、民俗与‘科学’、母系文化与‘官方文化’的冲突凸显出来”②。面对第一个死亡的婴孩，克里斯蒂娜夫妇曾犹豫要不要遵从习俗，将其掩埋，然而兼任“科学家”和商人的马林斯先生却坚持保存遗体，为之后“新奇的葬礼”③ 做准备，待至五胞胎全部死亡后，他便应用最新的技术将其安置在装扮精良的水晶棺材中，“她们的头就像木头刻出来的，袖子被卷起来，露出细细的手腕，如同一根根削皮的木棍，上面还挂着手镯。她们的手指像甲虫腿一样卷曲着”④。于是原本因天寒难以入土的夭折五胞胎被从“展柜”转变为“展

① Mason, Bobbie Ann. *Feather Crowns: A Novel*. New York: HarperCollins Publishers, 1993, p. 172.

② Eckard, Paula Gallant. *Maternal Body and Voice in Toni Morrison, Bobbie Ann Mason, and Lee Smith*. Columbia: University of Missouri Press, 2002, p. 128.

③ Mason, Bobbie Ann. *Feather Crowns: A Novel*. New York: HarperCollins Publishers, 1993, p. 226.

④ Mason, Bobbie Ann. *Feather Crowns: A Novel*. New York: HarperCollins Publishers, 1993, p. 260.

品”，其葬礼就是“盛大的游行”①，至此，五胞胎的出生与死亡完全被推出了私密的家庭空间，而进入“去人格化的消费领域”②。此时，完全失去主体性的五胞胎甚至在母亲眼中也变成了物：“她们不再是她身上掉下来的肉，而是打扮的粉扑扑的物品，就和手工艺品一样。”③ 克里斯蒂娜与五胞胎之间的陌生感与距离感进一步深化了消费对人的异化，尤其当马林斯先生宣称只要不接触空气，她们就会一直被保存住的时候，克里斯蒂娜竟感叹技术的发展而完全忘却了盒子里面的是自己的骨肉。克里斯蒂娜一家失去孩子的造成的不可弥补的情感伤痛被抛到九霄云外，不仅为公共大众所完全无视，他们自己也在应接不暇的各种商务活动、安排里趋向于麻木、淡忘。各方目光紧盯的就是能利用这一事件做成多大的经济文章，开发出哪些商业价值，或者一语道破，能掘出几桶金钱。不仅如此，向往外界的克里斯蒂娜夫妇主动呈现五胞胎的物属性，踏上了披着“科学讲座”外衣的奇异巡游之旅，如同蛇女、半男半女等供大于求的“展品”，“奇异五胞胎”从被动被看到主动找观众，已完全心安理得地蜕变为换取收入的消费工具，“人们还是想炫耀自己见过五胞胎——他们是死的还是活的压根就不重要”④。正如普里德尔、克里奥和杰克通过消费、占有商品来证明自己的存在，《羽冠》中争相观看五胞胎并借此吹嘘的游客在意的是其消费过程，这是其进入“已消费”群体的入场券。不仅如此，圣路易斯公司甚至制作五胞胎玩偶衍生品，以满足人们纪念消费体验的需求。五胞胎是消费社会中人被物化的直观标识，像实验中的观察对象，“她们的身

① Mason, Bobbie Ann. *Feather Crowns: A Novel*. New York: HarperCollins Publishers, 1993, p. 223.

② Eckard, Paula Gallant. *Maternal Body and Voice in Toni Morrison, Bobbie Ann Mason, and Lee Smith*. Columbia: University of Missouri Press, 2002, p. 129.

③ Mason, Bobbie Ann. *Feather Crowns: A Novel*. New York: HarperCollins Publishers, 1993, p. 259.

④ Mason, Bobbie Ann. *Feather Crowns: A Novel*. New York: HarperCollins Publishers, 1993, p. 200.

体被戳、被捅、被处理、被喂食、被治疗、被去腐，都是在无休止、迅速变化的社会中被消费”①。从克里斯蒂娜怀孕、生产、哺乳到五胞胎相继死亡并最终定格在羽冠中，她们一直是被商品化的客体。有学者指出，《羽冠》所呈现的已经远远超过一个极简作品对琐事的关注，取而代之的是追寻“不同寻常、名声大噪”的经历，整部小说中的地域与人物都像是橱窗中的摆设，将人的家庭生活包装成为可购买、可量化的消费体验。

在“南方神话”缔造者、信奉者笔下，物质消费被妖魔化，似乎是人们招致不幸、迷失自我的诱因。福克纳笔下为了和富人看齐，受人蒙蔽买下野马的村民以及痴迷奢侈品，最终落得身败名裂的富家小姐都在向读者警示商品消费的危害。在他看来，物质消费带来的不是真正的主体个性和他人认同，而只是愿望得到满足的虚假感觉②。然而随着后南方的经济发展，人们除了有能力购买生活必需品外，还具备了享受价格相对昂贵，曾经是少数群体专利的商品与服务，前者保障了人们的生存需求，后者满足了心理期待，这在梅森看来同等重要，无可厚非，所谓物质消费招致堕落无非是神话中危言耸听的谬论。对物的堆砌和迷恋展现了梅森对消费界定身份的认同，她给消费文明在南方的正名，展现人们从简单的商品崇拜转向对其意义和象征的崇拜，赋予了物以精神价值和情感意义。这些商品所蕴含的符号价值构建了当下的文化认同模式，即浅表化和超真实。同样是面对艰辛与痛苦。旧南方人倾向皈依精神，在虚无飘渺的神话中探寻答案，但这往往伴随着反复的自我质疑与无尽的牺牲，最后的“觉醒”也是经过一系列的压抑、纠葛、挣扎。梅森笔下的后南方的人显然没有经历过

---

① Mason, Bobbie Ann. *Feather Crowns: A Novel*. New York: HarperCollins Publishers, 1993, p. 129.

② 李杨：《颠覆·开放·与时俱进：美国后南方的小说纵横论》，北京：中国社会科学出版社，2018年，第194页。

这一为“真理”而上下求索，遭遇精神危机的里程，以及在物质与精神碰撞中怀疑、徘徊、纠结的痛苦，而是跳出窠臼，与其信奉不可触及的精神，不如依赖切实可见的物质，这样一劳永逸地解决了所有旧南方人的困顿与焦虑。消费决定社会地位，消费决定社会团体，消费甚至能体现存与亡。如此单一的物质评价系统看似简单粗暴，实则将南方人从精神这一隐形的思想牢笼中解脱出来。它转换了人们看待生活的视角或者人生观、价值观，以自由轻松而又简易的方式为南方人找到安置内心与体会的归宿。

梅森笔下人与物在消费中的互动不仅在价值和哲理层面独领风骚，更渗透到人们的日常生活中，比起对“南方神话”的不懈追求，人们在纷繁复杂而又极大丰富的商品主导的消费环境和消费活动中更能获取精神的愉悦和心灵的安抚。有学者认为，比起固执的“南方文艺复兴”作家，经过后工业文明洗礼的梅森对消费场景中的人和价值有着更为与时俱进的解读：“梅森成长中伴随了购物中心和城市化的拓展……故而她笔下的人物以难以在历史和反讽中思索出意义与存在的问题。”① 她塑造的人物虽难以在宏大而深刻的历史中实现所谓的救赎与价值，却在消费中探求到了依托。在消费场景中，人们通过对物品的体验和互动感知幸福感、安全感。艾玛·考博（Emma Cobb）在《当代南方作家》中评述梅森的作品是如何反映消费主义文化时写道：“梅森的作品就像一部编年史，记录着当代南方风景的变化。随着连锁店和大型商场在原本偏僻的乡村的不断扩张，纷繁的商品名称及大众文化的种种指代成为人们日常交流的主题。文学作品中的人物就在这种变化中努力地穿行着。”②

① Fine, Laura. “Going Nowhere Slow: The Post-South World of Bobbie Ann Mason.” *The Southern Literary Journal*, vol. 32, no. 1, 1999, p. 91.

② Cobb, Emma. “Contemporary Southern Writers.” Contemporary Authors, *New Revision Series*, Vol. 235, p. 73.

与北方渐进式经济推衍模式不同，南方后工业转向夹杂了许多农业文明跳转的痕迹。这种逾越性的冲突在南方景观中极为明显，伴随着农业地貌的迅速萎缩，消费景观不断扩张，购物中心、超市、游乐园、街心花园、旅游胜地、美容院、健身房等“新物种”以强大的“繁衍”能力，迅速地形成新的小镇“地貌”。梅森笔下充斥着极大丰富的购物场景以及目不暇接的购物人群：从早期《示罗圣地》中诺玛·简天天喋喋不休的化妆品店，到《鲁克牌友》中玛丽和小女儿嬉戏放纵的购物中心，再到《斯宾塞和莱拉》中斯宾塞反复经过的连锁店，《隐秘的谎言》（*Private Lies*）中米奇与前妻邂逅和重逢的商店，消费场景如同空气一样弥散在几乎所有的梅森后南方小说中。这些场所以缤纷的环境、超越现实的模式为大众开启享乐之门，《金字塔的秘密》（*The Secret of the Pyramids*）中芭芭拉和情人鲍勃也常出入其中：“一到周末，购物中心就挤满了来购物和观光的人。这是近百公里最大的一个中心，所以周末人尤其多，那些乡下的、小城镇的人都涌到这里了。羞涩的农场男孩有些忸怩地漫步其中，年轻的夫妇身着牛仔布外衣，挎着对方的胳膊，每个人看上去都有些眩目。在购物中心，人人都有双超市眼——鲍勃觉得这有趣极了。”① 包罗万象、充满无尽可能的消费景观是后工业文明的重要标识，它“舒适、美丽又效率”②，是芭芭拉和小镇居民释放消费欲望，构建繁荣景象的绝佳场所。费瑟斯通对比传统计划性的消费，指出当代美国人已经告别因需求而选择、因功能而购买的时代，当今的消费场景能够给人营造出没有需求也可以创造需求的消费模式，正如购物中心中蜂拥而至的小镇居民，他们对商品渴求甚至贪婪的欲望被梅森比做“超市眼”，探照般地搜寻和制造欲望附着体，而消费场所对于身处其中的人来讲，已经变成了“激情、欲望与缠绵徘恻的怀

① Mason, Bobbie Ann. *Love Life: Stories*. New York: Harper & Row, Publishers, 1989, p. 74.

② 鲍德里亚：《物体系》，林志明 译，上海：上海人民出版社，2001 年，第 6 页。

旧之情的泉源”①。鲍德里亚指出，消费场地之所以能造就欲望且使其持续膨胀，很大程度上依赖于其营造的刺激群体消费的环境货气氛，比如产品的摆放位置、商场的灯光温度，甚至包括其背景音乐，其所造就的整体效果吸引人们流连其中。梅森敏锐地捕捉到这些场景的功能性，在她极简的叙事中却穿插了大量对消费场景的近态观察，比如芭芭拉对灯光的痴迷：“她热爱购物中心的灯光——喜爱它洒到喷泉上蔬菜般的绿和打到商店窗户上货物反射出的五彩色泽。”② 迪恩对消费场景的光影感悟一语道破了其兴盛的源泉：“商场楼下的灯光照在街角银行的平面玻璃上。玻璃上的许多景象是多次反射形成的，就像万花筒一样，显示着它的无尽可能。他突然间意识到，让他困惑的是这儿有太多太多的选择，在这些充满想象力的选项里只眷顾一个是不可能的。他怕自己会像很多人那样简化选项，（因为）在他看来，失去了一个就是失去了全部。”③ 迪恩所看到的无限可能性是对消费场景丰富性的感性概括。使得小镇居民和芭芭拉等都为之兴奋的购物中心以及被迪恩梦幻化的商场通过营造充盈而富足的氛围，造就了一个商品“取之不尽、用之不竭”的幻象，它吸纳了脱离现实的狂欢要素，并“荟萃了种种异域风光与铺张景观之映象和仿真”④。在这个仿真集合中，传统文化中有限的资源配置和单一的消费模式被打破，万花筒般魔幻的消费场景与欲望不断膨胀的消费者相生相息，前者恰到好处地为这些欲望提供了安放之处，使得后者获取最大可能的需求满足。不论是小镇居民还是芭芭拉和迪恩，都在这舒适而光鲜，一切“又新鲜又新潮”⑤ 的消费

① Mercer, Colin. “A Poverty of Desire: Pleasure and Popular Politics.” *Formations of Pleasure*, vol. 1, Routledge and Kegan Paul London, 1983, p. 122.

② Mason, Bobbie Ann. *Love Life: Stories*. New York: Harper & Row, Publishers, 1989, p. 76.

③ Mason, Bobbie Ann. *Love Life: Stories*. New York: Harper & Row, Publishers, 1989, p. 96.

④ 蒋原伦：《媒体文化与消费时代》，北京：中央编译出版社，2004 年，第 245 页。

⑤ Mason, Bobbie Ann. *Love Life: Stories*. New York: Harper & Row, Publishers, 1989, p. 74.

场景中感到愉悦，鲍勃将购物中心比作“一朵怒放的鲜花”①，其对欲望的寄托和对美好的追寻在物的海洋里得以释放。正如社会学家乔治·刘易斯（George H. Lewis）总结道：“从市场的角度讲，购物中心最关键的是它展现了一个温暖舒适的社区幻境”②，以购物中心为代表的消费场所成为了周边地区的商业和社交的核心区，它以类似艺术展、车展、步行街等形式仿真地向大众提供了“社区幻象”，其真实程度甚至超越了现实，也正因如此，鲍勃等只有在购物中心他才能确定“他身处何处，究竟是谁”③。

极大丰富的消费场景在梅森作品中不断被背景化处理，这一方面说明城市化进程推动了南方地貌转型，另一方面则展现了南方人对消费场所的情感依赖。已然融入南方人日常生活的消费场景在梅森作品中不仅象征着缤纷绚丽的魔幻之乡，更扮演着一切安好的幻境和逃离现实的避难所。《托尼卡》中深陷婚姻危机，对亲情与爱情失去幻想的莉兹迷上了购物城托尼卡。“她惊喜地看到崭新而浮夸的装饰品，门廊前那棵真的大榕树上星星点点布起的小灯，更是营造出一番圣诞的气息……莉兹喜欢这里全员上阵的乐队，闪耀的灯光……这一切让她有一种家的感觉。她想象着自己穿着奢华的裙子，毛茸茸的靴子，说着俏皮话，招摇过市。”④ 莉兹在托尼卡感受到的“家”自然不是其真的家。它实质上是购物中心通过拟像塑造出的超真实幻像，是具象的装饰品、圣诞树、乐队和灯光等“明亮而干净”⑤ 元素搭建的模型，这种不以现实存在为摹本的“家”的“像”，是

---

① Mason, Bobbie Ann. *Love Life: Stories*. New York: Harper & Row, Publishers, 1989, p. 74.

② Lewis, George H. “Community through Exclusion and Illusion: The Creation of Social Worlds in an American Shopping Mall.” *The Journal of Popular Culture*, vol. 24, no. 2, 1990, p. 123.

③ Mason, Bobbie Ann. *Love Life: Stories*. New York: Harper & Row, Publishers, 1989, p. 74.

④ Mason, Bobbie Ann. *Zigzagging down a Wild Trail: Stories*. New York: Random House, 2001, p. 54.

⑤ Mason, Bobbie Ann. *Zigzagging down a Wild Trail: Stories*. New York: Random House, 2001, p. 54.

没有本源或者所指的。它独立于入不敷出、丈夫无能、家庭破裂的真实困境之外，以触手可及的安全感暂时性地为莉兹打开了一个与现实困扰绝缘的保护层。此时，除却充盈的满足感外，莉兹更能在回避、解脱中得到些许慰藉。幻像的温暖惬意使得莉兹现实中的家被遗忘、消解，鲍德里亚强调，仿真比实在的真实还要真，幻象比现实的表象更逼真。莉兹所感受到的家是一种超越真实的拟像存在，而且在这一安全的空间内，她可以设想自己理想的样态，奢华的裙装、毛茸茸的靴子以及俏皮张扬的生活状态，虽然并未付诸实践，但其对购物中心满足而积极的回应印证了当代南方人对无忧岛般消费场景的情感寄托。梅森极力突出深陷现实泥淖、逃往消费环境的后南方的人。《高粱》里夫妻名存实亡、子女反叛无知、整日里因孤独无助而抑郁的莉兹在购物中心和暧昧对象艾德猜价格、照大头像、尝试奇异的装束，“在试衣镜前笑个不停”①。购物中心俨然转化成为混杂着些许癫狂的世外桃源。在莉兹眼里，购物中心是摆脱精神困扰的圣殿，其环境设备、娱乐项目、奇异商品都让莉兹紧张的心绪得以松弛，在精神上愉悦和充实自己，感受消费场所带来的无限精神享受，暂时性的安然与幸福使其忘却了购物中心外的孤立无助的失落与沟通不能的恐慌，离婚、失去抚养权等全被体会消费快感的笑声淹没。《肥婆故事》中，貌合神离的夫妻詹妮特和唐纳德只有在购物中心才能和平相处，“他们（在购物中心）一呆就是大半个下午，就是随便逛逛”②，整天浑浑噩噩不着家的唐纳德还陪儿子鲁迪打电动。只有这个时候，詹妮特才觉得他们是“一个正常的家庭”③。消费场所以其极大的丰富性和活动的多样性，把人们从封闭的、孤立而又沉闷的日常生活中引诱出来，使其在以消费活动为代表的社会活动

---

① Mason, Bobbie Ann. *Love Life: Stories*. New York: Harper & Row, Publishers, 1989, p. 204.

② Mason, Bobbie Ann. *Midnight Magic: Selected Stories of Bobbie Ann Mason*. Hopewell: The Ecco Press, 1998, p. 77.

③ Mason, Bobbie Ann. *Midnight Magic: Selected Stories of Bobbie Ann Mason*. Hopewell: The Ecco Press, 1998, p. 77.

中与他人建立联系，进而建立临时的群体意识以驱赶常态的精神危机。

消费场景与现实间的差异为人物突出自我，激发热情，实现个人狂欢提供了可能。消费文化的隐形逻辑是个体化，以商品的个体化风格满足人们对个性的追求，从而为消费者制造出各种各样他们本身没有意识到的需求欲望。消费场所通过刺激购物者的潜在欲望，使其在相应的环境中产生暂时的满足感。梅森认同消费带来的满足与自我认可，她指出，南方人日常生活中会被工作等现实束缚，但是象征消费的“外面的世界是更大更好的”。也正因如此，她表示，“我塑造的人物都崇尚物质，似乎在这里（消费场所）他们才能得到解脱”①。

于是，在她的作品中，购物中心和超市在日常生活中成为必不可缺的解除压抑，解放和认可自我的场所。《马瑞塔》（*Marita*）中未成年的女主角马瑞塔和朋友最常做的事情即是“在购物中心荡一天，直到人家关门赶人了，才驱车到朋友家过夜”②。马瑞塔平日语不惊人、貌不出众，甚至有些腼腆怯懦，她缺乏自信，觉得母亲都比自己有男人缘。她苦于舍友的无知与粗鄙却一直隐忍，现实生活中的家与宿舍都让她难以容身，而与之形成鲜明反差的是她常在购物中心的海洋里徜徉一天。在这里一改平日暗淡的隐性存在，赋予其“平凡”以梦幻般的光辉。她甚至在离开的路上还意犹未尽，恍惚地觉得高速路边绵延的山脉如同深夜起伏的海浪，而她就是乘风破浪的勇士。这种令人眩目的奇幻带来的极大自我认同促使与异性有交流障碍的马瑞塔解放自我，认可自身的魅力，以致在某一次“游荡”一改拘谨内向的常态，与朋友发生关系，冲破了现实中的所谓“自爱”的训导。至此，购物中心俨然成了自我实现的狂欢，人们以消费的形式践行自己的主体身份。《钢琴手》（*Piano Fingers*）中领着失业金却依旧不思进取

---

① Shomer, Enid. “An Interview with Bobbie Ann Mason.” *The Black Warrior Review*, vol. 12, 1986, p. 88.

② Mason, Bobbie Ann. *Love Life: Stories*. New York: Harper & Row, Publishers, 1989, p. 58.

的父亲迪恩不得不担负起了洗衣打扫接送女儿的事务。现实生活的沉闷与卑微使其难以确定自身存在的价值，然而超市却能为他提供暂时的“价值”和光辉，带着女儿詹妮弗逛沃尔玛的他一改以往颓靡的精神面貌，以饱满的激情融入其中。此时，“吃软饭”“窝囊废”等标签不复存在，取而代之的是“慈父”“消费者”等新的标记，从因小气拮据而被女儿嗤之以鼻的小人物到无所不能慈爱睿智的大家长。这种身份的转变达到了狂欢的高潮，即小丑的加冕。巴赫金认为，小丑加冕作为狂欢节的核心仪式可以填平日常生活中高贵与卑贱、王与奴、上与下等人为建构的相互对立的鸿沟，因为此时的小丑与国王实际上是一个人。狂欢节元素的加入是对传统南方森严的等级体系以及现实生活中难以逆转的身份的颠覆与僭越，是激烈而直接的欲望宣泄。沃尔玛为迪恩营造的正是对其日常生活压制的反叛，使其以卑微之身执掌神明之职，让这一事业家庭都走投无路的人转为具有充足价值和尊严的王。巨大的身份转变使其越过了心理阈限空间(Liminal Space)，禁忌和幻想都有了实现的可能，遥不可及的梦想也得以表达。这种暂时性的脱节与时序也在游戏中得到回应，当其引导詹妮弗去挑选键盘，她竟反常地展现出“敬畏”① 之情。此外，在象征着物质极大丰富的购物场所中，欲望和需求被激发、制造，并在虚幻中满足，进而产生新的欲望。这种无止境的体验循环式的消费行为成为消费者的生活主宰。此时，物质满足在消费狂欢中的意义远不及其营造的意义“升华”。鲍德里亚在《消费社会》中总结道：“消费是个神话，也就是说它是当代社会关于自身的一种传说，是我们进行自我表达的方式。”② 不论是马瑞塔还是迪恩，都在消费场景中摆脱了被压抑、被表达的无声状态，在自由表达的幻象里寻找到了存在的意义和幸福感，并最终完成了突破性的自我实现。

---

① Mason, Bobbie Ann. *Love Life: Stories*. New York: Harper & Row, Publishers, 1989, p. 97.

② 鲍德里亚：《物体系》，林志明 译，上海：上海人民出版社，2001 年，第 201 页。

在梅森笔下异彩纷呈的消费世界中，汽车功不可没，它几乎贯穿于所有人物的日常生活，参与建构了人物的思维方式。《大海》（*The Ocean*）的主线就是比尔和伊莫金开着房车，漫游在65号公路上，《在乡下》里开着二手福特车的塞姆一路北上，成为其打开新世界的钥匙，《雷打雪》中琳达酷爱飙车，《午夜魔法》就是以杰克的车命名的，汽车作为看似日常的必需品，实则蕴含了重大的消费转向。20世纪50年代前，汽车还未普及之时，它被视作自命不凡的有钱人和干活穷人之间令人不快的鸿沟，而50年代后却成为大众消费的风向标，正如社会学家丹尼尔·贝尔所言："你们为什么要研究这个国家变化的原因呢？……我可以告诉你们发生了什么，四个字母：A-U-T-O！"① 开汽车作为消费意象，虽然并不始于梅森，然而在梅森作品中，它不再是有闲阶级的身份符号，更多的是一种生活方式和思维模式。它以迅速的不断更新的生产和销售势态不可挡地击碎了传统南方节俭、自制、抵制冲动的传统价值观念和对精神的不懈追求，一如列斐伏尔所言："小镇对新出现的这些事物职能提供无效的抵抗，无论在什么地方，这种抵抗发生，它就会及时地被平息。"② 短到以车代步，出门购物，长到开车远行，离开南方，新南方的主人再也不是周末嚼着烟草无所事事的农民，而是被新世界注入了生命的个体，是"抽象的非个人的'前进'"③。作为当代消费精神的承载，汽车使得驾驶者完成了从固有保守到富足开放的跨越，而这一生活模式的变迁又引发并折射出当代南方人的新思维模式，即没有什么是深刻永恒的，只有浅表和变化才是当下的现实。作为典型的消费社会载体，汽车以其疾驰的速度带动了后南方平面化

① 丹尼尔·贝尔：《资本主义文化矛盾》，赵一凡、蒲龙 译，北京：生活·读书·新知三联书店，1989年，第114页。

② Lefebvre, Henri. *Everyday Life in the Modern World*. Piscataway: Transaction Press, 1994, p. 102.

③ 马歇尔·伯曼：《一切坚固的东西都烟消云散了》，徐大建 译，北京：商务印书馆，2004年，第214页。

认知的进程。在急速行驶的公路上，路过的已不再是有名字、有丰富性和差异性的地点，速度带来的瞬间经历磨平了地方的深度，教会人们“你需要做的。只是与你人生经历中出现的一切事物进行一次蜻蜓点水而又灵光闪现的接触，然后优雅地放开手，让它飘然而去”①。在瞬息万变，新事物层出不穷的消费社会中，没有什么是坚固持久的，他们都以闪电般的速度消失，一如梅森在叙述塞姆开车北上经历时多采用的是时间略微紧凑的概述。短短十几页的篇幅，梅森走马观花似的叙述了塞姆一行上高速、加油、住宿、修车等几乎所有的经历。虽然她事无巨细，统统列来，但基本上没在任何一处逗留，浮光掠影，蜻蜓点水式地快速划过。这段时间犹如上了发条的时钟，新鲜情景层出不穷，让人应接不暇，而在这一跃动的节奏带动下，读者似乎也和塞姆一起疾驰在公路上。梅森以塞姆大众车上的所见串连其北上的经历隐含了消费文化的浅表化理念，即使事物是表面、无深度、缺乏内涵的②。基于这种表面化的认知，梅森用压缩、跳转的概述呈现行走中的流光溢彩，在加速的动态推展中，使塞姆来不及停下思忖，更来不及回望反思，从而摆脱了深藏于表面之下的宏大叙事。梅森欣赏推崇这一无深度的直观体验，认为消费带来的“直观的就是真实的”③，因而她笔下的塞姆悟到“在路上，一切显得比以前更加真实”④。该“真实”演绎了浅表思潮下的真理观，即现实就像印刷它的纸张一样薄，图像下面或背后没有任何东西，因此没有隐藏的有待于人们去发现的真理。塞姆之所以感受到路上的一切更加真实是因为汽车速度使她抛却了景观被认为附加的内涵、象征意义，景观就是景观，不必做无谓解读，平面表象即

① 齐格蒙特·鲍曼：《流动的生活》，徐朝友 译，南京：江苏人民出版社，2012 年，第 5 页。

② Jameson, Fredric. *Postmodernism, or, The Cultural Logic of Late Capitalism*. Durham: Duke University Press, 1991, p. 440.

③ Mason, Bobbie Ann. *Signature, Program* 101. Dir. Marsha Cooper Hellard. Prod. Guy Mendes. Videotape ed. James Walker. Narr. Marsha Cooper Hellard. Kentucky Network, Lexington. 1995, p. 12.

④ Mason, Bobbie Ann. *In Country*. New York: Harper Perennial, 1986, p. 6.

为所有。梅森通过对塞姆行程的概述，将生机勃勃，整洁明亮的物体系以直观的美好的形态展现出来，通过概述明快的节奏寓意后南方人消费时畅快淋漓的精神状态。

第二节　文化消费的狂欢——流行元素的蔓延

费瑟斯通指出，消费主义一方面依附于商品层面，化身为物或者物化的事物的符号，将“商品”晋升为标签与工具，以符码价值取代使用价值，另一方面则隐含于文化产品等精神消费层面，即文化传媒与商品供求、市场运作以及资本认知之间的关系，并由此形成了一个新时代的大众文化消费。包括电影、电视、流行音乐、广告等在内的大众文化是社会主导性文化趣味和现代技术，尤其是媒体传播技术结合的产物，是消费主义的重要体现。它与物质消费相依存，共同重塑着当代人的生活。道格拉斯·凯尔纳（Douglas Kellner）认为以电视文化为代表的大众文化消费“拓殖于休闲领域，同时占据了美国和其他资本主义民主国家文化和传播体系的中心位置”①。随着电视的普及，文化消费成为当代人社会生活中的主导力量。英国学者格雷厄姆·默多克（Graham Mdock）也指出，“20世纪后半叶的西方思想文化发生转变，其缘由就是商业电视等的诞生与传播，人们第一次看到了铺天盖地的商业广告，由此，一个新的消费时代到来了”②。除了技术的发展和传播方式的拓展，文化消费在20世纪后半叶

① Kellner, Douglas. *Media culture: Cultural Studies, Identity and Politics between the Modern and the Post-modern*. Abingdon: Routledge, 2003, p. 44.

② Murdock, Graham, and Peter Golding. "For a Political Economy of Mass Communications." *Socialist register*, vol. 10, no. 10, 1973, p. 73.

的强势来袭还与后现代文化息息相关。后现代主义的最主要特性是消解意义，挑战权威，解构中心。它模糊了现实与幻象、理性与非理性之间的距离，崇尚断裂、平面、零散和复制的文化。作为消费文化在精神层面的展现，大众文化借助技术与传播，使得人们在影响、极好和符号商品中实现“满足感”“猎奇心”和“求异欲”。詹姆逊指出，美国社会由于各种媒介复制形象充斥泛滥，人们感到现实本身的逝去和匮乏。一切都是文本，大家对生活产生一种没有根基、飘零于表面的感觉，没有真实感。这与摄影、电影等复制技术不无关系①。后现代文化的去本源，去中心特性使得人们接纳并习惯了虚幻的仿真世界，放弃了对真理和客观实在的追寻。现实与幻境之间已不存在清晰的界限，而大众文化消费所传递的世界观恰恰就是这样平面直观又纷繁混沌。鲍德里亚也表示，电讯、大众传媒对后现代主义文化发展起着关键性作用。电视的产生与普及威胁了人们真实地感知现实世界的影像与信息。大众传媒依靠符号创造出一个仿真世界，消解了现实与想象之间得界限，换言之，人们所见所感都被现实化，抑或都被拟真化。这种无深度，失去本源的认知正是后现代精神所在。尽管詹姆逊和鲍德里亚看待问题的切入点不同，但他们所观察到的后现代社会与大众文化都有千丝万缕的关系，即人们不再以前所熟悉的现实感以及过去所安身立命的真实根基，而是生活在电影等形象（拟象）产生的文本（代码符号）世界中。

梅森的小说也正是旨在从深层次扫描和分析一个形象、符号和代码掩没客观现实的后南方世界。身为倡导后现代精神的南方作家，梅森敏锐地捕捉到视觉文化在后南方的影响，其作品中最为突出的文化媒介无疑是电视。它承担了几乎所有作品的背景音，以其强大的影响力和广泛的包容力，成为最为普遍的传媒实体，几乎每一个有人的房子里就会有电影、广

① Jameson, Fredric. *Postmodernism, or, The Cultural Logic of Late Capitalism*. Durham: Duke University Press, 1991, p. 208.

告、新闻、纪录片、电视剧、比赛等闪烁在荧屏上。它无孔不入地深入后南方的公共空间和私人空间。

梅森在小说中不停地历数人物接触的电视节目、流行乐、娱乐节目和品牌广告："今夜"、《野战医生》、摩城唱片、布鲁斯·斯普林斯汀、黑尔街布鲁斯、爱德· 麦克马洪、雅达利、吃豆姑娘等，评论家比尔·奥利弗甚至戏言"再过些年，《在乡下》可能到处都要注释了"①。这其实解释了梅森列举这些事物的浅层用意，即定位时间，之所以需要注释是因为梅森所列事物多是20世纪80年代风靡一时的流行文化的产物，鲜明的时代特色意在拉近和当时读者的距离，"对（电视节目等）的不断重复使得当前读者更易于熟悉作品。在看节目中获得的愉悦和认知可与（小说外的）观众产生共鸣"②。然而梅森用意远不止于此，她将大量文化消费产物如商品般间插于小说之中，体现了当代文化消费的极大丰富以及其对主人公生活的强势介入。梅森欣赏这一文化对南方的濡染并坦言："我的人物生活中充满了电视节目和流行乐，我十分认真地对待这一现象。"③

媒介文化作为大众文化的重要组成在梅森作品中举足轻重。它借助广播、电影、电视、报纸、唱片、杂志等形式填充着人的生活，使其在纷繁复杂的媒介传播中形成了一种与传统相背离的日常生活和认知景观。60年代后，随着后现代文化的传播以及南方文化变革，以电视为代表的视像文化逐渐取代了诸如报纸、杂志等传统的媒介，占据了人们的日常生活，就此，形象以其可视性的优越特性压制了文字，成为后南方的人生活的标志，詹姆逊指出，"晚期资本主义是一个超越文字的世界，人们的生活到

---

① Lyons, Bonnie, et al. "An Interview with Bobbie Ann Mason." *Contemporary Literature*, vol. 32, no. 4, 1991, p. 475.

② Price, Joanna. *Understanding Bobbie Ann Mason*. Columbia: University of South Carolina Press, 2000, p. 63.

③ Mason, Bobbie Ann. *Signature*, *Program* 101. Dir. Marsha Cooper Hellard. Prod. Guy Mendes. Videotape ed. James Walker. Narr. Marsha Cooper Hellard. Kentucky Network, Lexington. 1995.

了这个阶段就迈入了阅读和书写以后的全新境界了”①。在其笔下的后南方景观中，看电视是人们最日常的行为：《孟菲斯》中凯瑞未见前夫，先闻其体育频道的欢呼声；《爱情故事》里欧普拉随时都要开着电视；《高粱》中——整天只会直勾勾地看着电视。梅森在《旧物》中总结道：“有些东西总是开着，不是洗衣机就是洗碗机，当然咯，电视机一直都开着!”② 正如米尔佐夫所言，“现代生活就发生在荧屏上……在这个图像的漩涡里，观看远胜于相信，这绝非日常生活的一部分，而正是日常生活本身”③。

看电视作为后南方最普及的休闲方式，它填补了人们生活的空白，是陪伴人们打发时间、避免无聊或深度思考的重要载体。《底特律天际线》中的因为工人罢工而不能出游的佩吉最大的兴趣就是看电视。她经常入迷地坐在电视机前，盯着屏幕上若隐若现，像幽灵一样的人物的轮廓，包括《米尔顿·伯勒》《莫瑞·阿姆斯特丹》《信不信由你》《瓦克斯·瓦奇士》，连相亲节目都看，“那天晚上，电视上放了《小镇的骄傲》，接着是弗莱德·瓦龄，再下来是轻歌剧《拉基的加洛韦》。我迷失在屏幕的幻影之中：魔术表演，木偶戏，笑话，小丑，舞者，歌手，谐星……我听见姨妈叫我，我刚刚错过了电视上的一些东西……”④。佩吉沉迷的并非是某一个节目的具体内容，更非是其连贯性的延续或关联，而是在不同节目间跳转带来的碎片化影像。这些影像在其脑海中浮光掠影地流过，是其在应接不暇的视觉冲击中不停地来回游荡，电视剧、魔术表演、笑话等其实都是电视节目表层留痕，是幽灵般屏幕上若隐若现的人物轮廓。针对这种即时

① Jameson, Fredric. *Postmodernism, or, The Cultural Logic of Late Capitalism*. Durham: Duke University Press, 1991, p. 453.

② Mason, Bobbie Ann. *Shiloh and Other Stories*. New York: Harper & Row, Publishers, 1982, p. 106.

③ 尼古拉斯·米尔佐夫：《视觉文化导论》，倪伟 译，南京：江苏人民出版社，2006 年，第 1 页。

④ Mason, Bobbie Ann. *Shiloh and Other Stories*. New York: Harper & Row, Publishers, 1982, p. 106.

性、表象化的影像冲击，完全无法也没有必要探究其表层下的意义，詹姆逊强调这种视觉文化的浅表性，认为后现代社会中人们“只用眼睛生活而放弃了思考”①。《底特律天际线》取材于梅森幼年经历。佩吉对电视的痴迷很大程度上是初见电视的梅森的写照，作家自己回忆9岁随母亲去密歇根访亲的经历时曾说，“我深深地被电视吸引了，其实这个故事第一开始是叫《电视》的，那些模糊的有关电视的记忆是这个故事的跳板”②，“这(不能去市区而整日窝在姨妈家看电视）基本上是我所能想起的所有事情了”③。《钢琴手》中丹也是消极地看着电视，“《私家侦探》之后就是天气预报，他不停地调台，到最后，屏幕都花了”④。常年蜗居、总是浑浑噩噩、无所事事，“觉得疲惫但又总睡不着”的丹将电视作为排解无聊，打发时间的重要途径。电视剧、天气预报以及调台时的其他节目掺杂出现，其本身并没有必然联系，然而丹却欲罢不能，直至电视花屏，普拉斯指出：“‘不断换台’的电视观众在消费毫无关联的声音和影像……这些碎片化的形象并不能鼓励观众去创造，去将自身与有意义的叙事和连接过去、现在和未来的阐释联系在一起。”⑤ 电视节目以其非线性的叙述方式以毫无逻辑、解构整体的精神，打破了本质上应是连贯统一的叙事模式，迎合了后南方人的价值取向折射出其碎片化浅表化的思维方式。在看电视的消费活动中，佩吉和丹不论是主动看还是被动被展现都自觉地加入了这一场盛大的视觉狂欢。它以视觉感官的生理快感与能自由选择生活否定了现实对激情和享乐的压制，以价值缺失的刺激和欢愉取代了深层含义的追求。

---

① 詹姆逊：《语言的牢笼：马克思主义与形式》，钱佼汝、李自修 译，南昌：百花洲文艺出版社，1995年，第267页。

② Wilhelm, Albert. “An Interview with Bobbie Ann Mason.” *Southern Quarterly*, vol. 26, no. 2, 1988, pp. 155-156.

③ Wilhelm, Albert. *Bobbie Ann Mason: A Study of the Short Fiction*. no. 74, New York: Twayne-Prentice Hall, 1998, p. 124.

④ Mason, Bobbie Ann. *Love Life: Stories*. New York: Harper & Row, Publishers, 1989, p. 83.

⑤ Price, Joanna. *Understanding Bobbie Ann Mason*. Columbia: University of South Carolina Press, 2000, p. 17.

除了消解个人空白时间，迎合当代南方人去深度、去整体性的个人精神需求外，看电视在回避现实交流，缓和人际关系中也至关重要。它可形成聚群效应，在消解交流隔阂和孤单层面的作用并不亚于超市和购物中心。小说《在乡下》里塞姆想起往常她和母亲、舅舅在一起的生活就是：“好多年前，一到周六晚上，她（母亲）就炸点爆米花，然后我们仨就坐在一起，一个接一个地看上三个小时的电视。先是《全家福》，然后是《野战医生》，然后看玛丽·摩尔……最后是一个小时的卡罗秀。”①《斯宾塞和莱拉》中电视是卡尔佩帕家的必需品。手术过后刚刚恢复意识的莱拉就和病友们沉浸在电视剧中。电视剧对患者独一无二的强大抚慰作用无以复加，仿佛超过了医学的治疗。说它已经对人形成了精神操控并不为过，使人进入了忘我的境地。丈夫斯宾塞每次去探望时，和其他陪护谈论的也都是前一天播过的棒球赛。这对南方夫妇坚信电视的积极作用。莱拉经常回忆起第一台电视给家里带来了“前所未有的和谐”。比起在叔叔家没有电视，大冬天什么娱乐也没有的、无聊的传统南方生活，莱拉更喜见于一家人围着电视拥坐一起，看着最爱的《我爱露西》。塞姆家仪式化的家庭活动，莱拉在没有电视时的无聊与焦灼其实都证实了在后南方的日常生活中，看电视被上升为为数不多共享事件，平时人心难聚的家庭或互不相识的病友只有在看电视时才可享用形式上的同一公共的空间和时间。受消费主义指导，消费者对财富、物品等的拥有表现为“个人性、非团体”② 的，这种封闭性与隔绝性也延伸到其社会关系中。《在乡下》里塞姆、舅舅和母亲三者间均存在沟通不能的隔阂。塞姆沉迷于追溯越战，而舅舅却闭口不提；塞姆舅舅倾向于闭门不出，而母亲却改嫁他乡；塞姆好奇过去，母亲着眼未来，而由于他们的沟通无力，三者长期处于话不投机、回避交谈的状态中。同样，莱拉和病友因为共同话题癌症太过压抑而尽量避免交

---

① Mason, Bobbie Ann. *In Country*. New York: Harper Perennial, 1986, p. 42.

② 鲍德里亚：《消费社会》，刘成富、全志刚 译，南京：南京大学出版社，2000 年，第 78 页。

谈。莱拉和斯宾塞夫妇间以及这对夫妇与子女间都因各自生活在自己的世界里而无法沟通。鲍德里亚在分析消费社会对当代人的重塑中指出，“作为消费者的人重归孤独或隔离”，在这一封闭而失去群体意识的社会中，社交“至多也只是聚生的孤独”①，鲍德里亚将家庭成员等一起看电视列为典型的“聚生”“社交”，实质上是个体为了掩饰群体焦虑、打破尴尬的零交流状态、形式化、具有安慰性质的努力。作为屈指可数的“集体活动”，看电视一方面在客观地聚集了成员，表面上造就群聚的假象，从而安抚人们残存的社交渴望，另一方面，单向的、个体的电视交流实质上切断了人际交流，进一步深化了个体的封闭性，使得人们更加依赖电视。艾米特在前女友造访时，也只是打开电视，盯着他看了三遍的一集《野战医生》。塞姆认识到“他除了看电视，不知道还能干点啥”②。

梅森对电视在人的日常生活里发挥的积极作用赞赏有加，指出《斯宾塞和莱拉》中的电视给家庭带来了和谐，并解释道：“电视将许许多多外在的信息和娱乐带入家中。不论节目好坏，我塑造的人物总会爱上他们看的节目，对节目里的人充满爱意，欣赏他们的才华。这些才是他们的真情实感，而且在电视上我们总能看到对我们有意义的东西，所以我很接受（电视调节家庭关系的作用）。”“那时候（80年代）人们晚上都不怎么出门，呆在家里，一个节目连着一个节目地看电视。大家都有喜欢的节目。”③

当然，单纯看电视行为的后现代特性并不足以将电视推至最主要的娱乐、消遣和放松的方式，电视所展现的仿真或超真实世界才是其真正魅力所在，一如鲍德里亚的《消费社会》中对于大众传媒本质的阐释：“消费

① 鲍德里亚：《消费社会》，刘成富、全志刚 译，南京：南京大学出版社，2000年，第78页。

② Mason, Bobbie Ann. *In Country*. New York: Harper Perennial, 1986, p. 102.

③ Lyons, Bonnie, et al. “An Interview with Bobbie Ann Mason.” *Contemporary Literature*, vol. 32, no. 4, 1991, p. 452.

狂会中，铁路带来的信息绝对不是它运送的乘客或货物，而是一种对世界的看法或者一种全新的结合状态。类似地，电视传递的信息也不止是受众所能直观看到的画面或听到的声音，而是人类社会中新的观念和认知行为、模式的产生和发展与转变。”① 他所指向的观念、认知等的转变就是在后工业文明带动下，人类遵守序列的过渡与主导，即人类在经历了遵循自然规律的仿造序列和遵循市场价值规律的生产序列之后，逐渐进入了崇尚结构价值规律的仿真序列，它是被代码主宰的当下主导模式。在这一模式中，以电视为代表的大众传媒将信息和意识形态符号重新组合，呈现出一种超越真实的影像。真实或被瓦解或被混淆或直接缺席，都在超真实影像对比下黯然失色。在消费主义引导下，电视等媒介让观众“在空洞地、大批量地了解符号的基础上，否定真相”②，再现的符号以及其创造出的拟真世界都意味着真实的死亡，而电视影像作为这些符号的载体也合谋消音、解构、取代了当代人的“现实”。梅森肯定超真实世界为南方人打开的新视野。她聚焦超真实传媒对南方人生活的充实与鼓舞，认为“电视等将许许多多外界的信息与欢乐带入人们的生活”，受这些与保守的农业文明迥异的消费文化的启蒙，“人们似乎更愿意去尝试新事物”③。超真实对真实的侵蚀在梅森作品中是一个动态的、多层次的过程，既隐含于两者的相互融合又体现于前者对后者的强势取代。所谓融合就是在后现代不确定性和模糊性的精神影响下，超现实与现实之间的界限被消解，两者都处于统一的“真实”之中，而超真实对真实的取代则更进一步，体现在人们对超真实的绝对信服，对“媒体即讯息”的依赖。梅森深谙两者的博弈，在以电视节目和现实世界为超真实与真实的化身，展现了当代南方人在杂糅

① 鲍德里亚：《消费社会》，刘成富、全志刚 译，南京：南京大学出版社，2000 年，第 77 页。

② 鲍德里亚：《物体系》，林志明 译，上海：上海人民出版社，2001 年，第 11 页。

③ Lyons, Bonnie, et al. “An Interview with Bobbie Ann Mason.” *Contemporary Literature*, vol. 32, no. 4, 1991, p. 452.

“真”与“仿真”的世界中，接纳、沉迷、依赖超真实的进程。

不同于文学和绘画，当代电视文化就是将一切进行直观的视觉化处理，电影、电视节目和广告都是通过视听的感官刺激吸引乃至操控观众。这使得身处电视传媒普及化时代的后南方人，在对外认识层面不可避免的受到电视文化的影响。只愿意守着电视看宗教节目的德洛丽丝，把电视当作孙子们教育平台的欧普拉等等，“人们对现实的认识越来越依赖电视媒介”①。电视使得外部世界发生的一切都成为观众自身世界的一部分，以一种不容置疑也无需回答的方式向观众传递信息，将间接经验内化为其自身体验。斯宾塞最喜欢的电视节目就是《国家地理》，因为在电视上他可以直观地“看到他从未到过的地方——大陆架、北极、塞班岛、澳大利亚。他为世界各个角落的奇异动物着迷。他觉得孙子孙女们要聪明得多，因为他们天天看电视”②；有学者指出，“塞姆关于世界的大部分知识都源于电视文化造就的大众信息系统，她对于现实没有任何一手资料”③。电视是人们身体的延伸，它打破了其物质限制，消解了地域与时间的界限，是人们最大程度延展对外界的“接触”。《在乡下》中塞姆未曾参加过越战，对这场战争丝毫没有切身体验。她所能构建的“战争记忆”全部源于《野战医生》《世界末日》《国家地理》等电视节目，然而她却可以和经历过越战的艾米特产生共鸣：艾米特终于卸下心理障碍，正视战争创伤，讲述其经历时，塞姆总是觉得“特别熟悉”④。艾米特讲诉痛失战友，困在死人堆里时，“她在电视上看过一摸一样的场景”。她甚至可以身临其境地感受战场上死尸的气味，因为“纪录片里的人（和艾米特）讲了一样的话”⑤。麦

① Gozzi, Raymond. *The Power of Metaphor in the Age of Electronic Media*. Cresskill: Hamptopn, 1999, p. 3.

② Mason, Bobbie Ann. *Spence + Lila*. New York: Harper & Row, Publishers, 1988, p. 184.

③ Wilhelm, Albert. *Bobbie Ann Mason: A Study of the Short Fiction*. no. 74, New York: Twayne-Prenticc Hall, 1998, p. 179.

④ Mason, Bobbie Ann. *In Country*. New York: Harper Perennial, 1986, p. 223.

⑤ Mason, Bobbie Ann. *In Country*. New York: Harper Perennial, 1986, p. 223.

克卢汉在《理解媒介——论人的延伸》中指出，媒介对人的感知有强烈的影响，三位感知媒介的代表，电视是人们视觉、听觉和触觉的延伸，正是因此，塞姆的经验不再依托于现实经历，其仿真的认知体验建立起与“真”之间的交通桥梁。虚拟世界和现实世界的融合使得两者打破隔阂，产生对话。这种现实对电视影像的反应体现了两者的浅层沟通、融会，打破了传统交流模式中对同一纬度的要求，消解了传统南方对唯一的、客观的“真”的信奉与坚持。

然而虚拟世界对真实世界的吞噬并不仅限于它是客观世界的直接映射，也不止是人们拓展对后者认识的工具，在后现代社会里，两者的对应关系被瓦解，一如鲍德里亚指出的，电视等媒介改变了现实世界和拟真影像之间的关系，使得后者不再从属或源于前者。他认为拟真造就的“真实”不再像科学的地图一样，尽可能贴近现实，而是一种消解本源的超真实，这种超真实能重新建构现实，引导脱离“源”的新认知，它将这种颠覆性认知比做是地图造就了疆域，而非疆域造就了地图。现实与拟像界限的消解使得人们更依赖屏幕传递的信息。麦克卢汉更进一步，认为传媒即信息，他突出了电视等媒介在当代社会的作用，认为电视等不再作为连接人与外部世界的媒介，它不再仅仅只是客观呈现现实的镜子，当代媒介自身就是信息输出者，它就是最直接的知识与信息来源，“它拓展了人们的神经中枢，是人们可以跨越时间和空间的限制”① 进而获取超越现实的认知，他将这种超越总结为“热”符号的胜利。麦克卢汉认为现实中的传统符号是静止的、零交流的“冷”状态，即客观现实与媒介之间存在距离，因而消费大众需要通过积极对话和象征交换才可达到审美目的。然而以电视为代表的当代电子传媒输出的是“热”符号，在这一过程中，其生产的类像符号事动态的，其与现实的间的界限被模糊化，距离被消解，最终，

① McLuhan, Marshall. *Understanding Media: The Extensions of Man*. Cambridge: MIT Press, 1994, p. 3.

传媒本身就化身为了现实，如此一来，消费者不再需要调动想象力以实现交流。他们在电子媒介中被动的接受与消费就是获取娱乐和审美的途径。由于处于同一“现实”之中，对话和象征交换便被消解，留下的只有符号带来的感官刺激。比如塞姆对“父亲”的认识，《野战医生》以其虚拟的逼真掩盖掉塞姆生活的真实，以一种自我指射的符号系统取代了现实中的父亲。在电视节目营造的超真实世界中，本应在客观真实中出现的父亲是缺席的，对于塞姆而言，上校在生活中的不可或缺性已然超越了父亲，是比客观存在的人物更加真实的存在。詹姆逊将这种状态比作“置身于一间装满玻璃的房子，现实已经不再存在”。换言之，在电子媒介创造的超真实世界里，所谓现实是幻象和传统现实的总和，且这两者并无本质区别，消费者“根本不会知道自己究竟处于什么地位”①。超真实对真实的决胜性打击取代了后者，使得消费者对其产生强烈的情感依赖，并由此拒绝客观真实。

《底特律天际线》中姑妈总是喜欢收集报纸上其他地方的灾难报道，并借此聊以自慰，感激人生，此时的“事实”也好，“现实”也罢，都转变成了媒体所传达的代码，而在这个代码超越客观实在的世界中，媒体传达的信息甚至比世界自身传达的自然信息更加像真的。《鲁克牌友》中的杰克只信热线电话里的天气预报，明明现实没有任何迹象下雨，他还是让妻子早早结束牌会，赶紧送这些妇人回家。他以电话播报为准。如果年历说的一致，那就对了，如果不一致，一定是年历出错了。如此，现实世界不复存在，取而代之的是一些媒介带来的符号，而人们的对世界和经验的认知也不再依托客观现实甚至是自身感受而是媒介工具。相比于报纸电话，作为一种虚拟的文化，电视创造出的更是一个可独立于现实世界的虚拟世界。它通过图像、音效等直接的视听刺激，让人们更愿意相信其虚拟

① 詹姆逊：《后现代主义与文化理论》，唐小兵 译，北京：北京大学出版社，2005年，第197页。

的、超真实叙述的真实性。其实，当我们自以为在控制电视，挑选凝视的电视画面时，我们与虚拟世界之间的距离感消失了，电视让我们以为我们所看到的就是我们所经历的，它是和现实一样可信的。

电视不仅建构着新的人们对世界的认识，也通过这些认识，指引着人们的行为，麦克卢汉指出媒体，尤其是电子媒介“在重塑或者重构我们社会的模版和个人生活的所有方面”①。鲍德里亚也指出“电视在观看我们，电视控制我们，电视告诉我们”②。这突出了其操控作用。梅森小说中电视里讲“含片薄荷糖，就能愉快地和他人交往”③，电视灌输“谁都不必做自己不想做的事情”④，电视引导人们“要做预算”，训斥“用起信用卡一点都不理智的人”⑤。电视已然成为人物生活中重要的一员，而且发挥着权威作用。它如同上帝一般，无所不通，给人们提供新闻与娱乐的同时，也在引导人们的日常行为。人们常常模仿电视上的人物行为，或者干脆直接遵从电视输出的“训导”。表面上看，电视只是在展现一些串联的画面和形象，不论电视剧还是广告，都不是观众自身经历过的，然而这些画面却潜移默化到人们的生活方式中，通过反复的播放，内化到人们的潜意识中，于是人们开始无意识地模仿电视中的一些特定行为。显然，以电视为代表，在发达的视觉技术带动下，人们的消费体会越发可视化，“图像”成为激发现实欲望、满足情感需求的重要因素，深刻地影响着人们的思维方式和审美观念和行为。

伴随着媒介技术的高速发展，这种视觉消费愈来愈广泛、深入地渗入

---

① McLuhan, Marshall. *Understanding Media: The Extensions of Man*. Cambridge: MIT Press, 1994, p. 8.

② 鲍德里亚：《消费社会》，刘成富、全志刚 译，南京：南京人学出版社，2000 年，第30 页。

③ Mason, Bobbie Ann. *Love Life: Stories*. New York: Harper & Row, Publishers, 1989, p. 91.

④ Mason, Bobbie Ann. *Shiloh and Other Stories*. New York: Harper & Row, Publishers, 1982, p. 112.

⑤ Mason, Bobbie Ann. *Shiloh and Other Stories*. New York: Harper & Row, Publishers, 1982, p. 79.

人们的日常生活，成为其一个每天均不可或缺的组成部分和体验。消费通过将商品等形象符号的视觉化和符号化，让人们在轻松观看的过程中，享受了画面的精美，语言的神奇以及色彩的绚丽，使其万象的世界无处没有美。它与想象相结合，形成一种让人认可、接受和向往的高级幻想。费尔巴哈曾指出，在这个时代里，符号胜过实物、摹本胜过原本、现象胜过本质，只有幻想才是神圣的，于是真理反而被认为是非神圣的。换言之，神圣性正随着真理之减少和幻想之增加而上升，所以，最高级的幻想也就是最高级的神圣。在梅森消费日常中符号化的广告宣传册、邮购手册和电视节目等在消费体验中占据重要地位，特别是当人们陷入悲痛和迷茫时，以广告和电视节目为代表的视觉消费文化成为拯救自我，获取安慰的良剂。劳拉·费恩指出，“（梅森）小说中唯一能填补社会架构空白和对世事掌控失利的就是视觉消费文化，它将人们从困惑与痛苦的生活中拯救出来，并赋予人们又清晰又轻松的体验，成为左右人物决定的向导和了解自我与他人的源泉”①。小说《斯宾塞和莱拉》眼看妻子身患绝症又无能为力的斯宾塞整日沉浸在电视剧、广播剧和名人秀中，“在面对莱拉的病痛时，斯宾塞企图通过视觉刺激来平复自己，在巨大的变化和危机中找寻到一丝正常的平静”②。消费文化作为外部刺激，成为反映其思想和感觉的机制。不同于病痛与生活压力，通俗易懂的视觉消费文化通过异彩纷呈的展现模式，让斯宾塞在目不暇接的享乐和体验中，摆脱现实的困境的阴影，在即时的、表面的感官输入体验中，接收到一切尚好的安抚，在悲伤与无助时得以片刻的舒缓和解脱。

消费带来的精神愉悦甚至超越了物质与切实存在的消费场景。消费体

---

① Fine, Laura. “Going Nowhere Slow: The Post-South World of Bobbie Ann Mason.” *The Southern Literary Journal*, vol. 32, no. 1, 1999, p. 91.

② Eckard, Paula Gallant. *Maternal Body and Voice in Toni Morrison, Bobbie Ann Mason, and Lee Smith*. Columbia: University of Missouri Press, 2002, p. 110.

验和视觉刺激同样为人们提供了一个对抗现实，获取喘息的港湾。《退隐会》中，年过半百的格鲁尼亚旷掉了丈夫组织的宗教活动，在附近的地下室里玩起电子游戏，她忘我地投入其中，临走时觉得“游戏又危险又刺激，但她觉得一切都在控制中。她不仅不用躲避，还追着外星人打杀”①。格鲁尼亚对游戏的痴迷源于其对现实宗教生活的不满，作为当地唯一一名牧师的妻子，她整日面对的就是毫无激情的祷告词以及老生常谈的讨论会。性格反叛的她曾经在讨论中试图挑战宗教信条，重审家庭关系，却无人理睬，然而在电子游戏中，她却可以充分发泄其无处安置的激情，在虚拟的空间中获取主动。这一消费体验带来的满足感在她与丈夫谢尔比对话中更为突出。当试图引导妻子回归宗教的丈夫问她如何感受开心时，她真诚地回答道“打游戏的时候我最开心”②。有学者指出，梅森的小说中，一部分消费文化可以通过占据现实事件发生的空间来抹去现实的痕迹”③。这种全身心投入并获取成就感的游戏使得她“忘却一切，只剩自己”④。相比于游戏中杀戮带来的兴奋，现实中面对的宗教就乏味很多，不论是让她嗤之以鼻的教义，还是日复一日简单机械的祈祷和布道，她都觉得乏味而绝望，“什么感觉都没有，只是完成了个任务而已”⑤。虚拟的激情和现实的麻木之反差展现了消费文化对感知消散的当代人的刺激，它逐步成为人们重获活力、应对无感生活的有效途径。在号称“圣经地带”的南方，梅森“冒天下之大不韪”，公然以游戏的激情来调侃宗教的无趣，可见消费已在

① Mason, Bobbie Ann. *Shiloh and Other Stories*. New York: Harper & Row, Publishers, 1982, p. 145.

② Mason, Bobbie Ann. *Shiloh and Other Stories*. New York: Harper & Row, Publishers, 1982, p. 146.

③ White, Leslie. "The Function of Popular Culture in Bobbie Ann Mason's '*Shiloh and Other Stories*' and '*In Country*.'" *Southern Quarterly*, vol. 26, no. 4, 1988, p. 70.

④ Mason, Bobbie Ann. *Shiloh and Other Stories*. New York: Harper & Row, Publishers, 1982, p. 146.

⑤ Mason, Bobbie Ann. *Shiloh and Other Stories*. New York: Harper & Row, Publishers, 1982, p. 167.

南方深得人心，形成了与厚重的传统和信仰相对抗，甚至还成为占有绝对优势的精神依托。虽然游戏不及宗教，没有完善的系统和悠久的历史，更没有厚重博大的内涵和权威的教义，表面上看上去两者根本无法相提并论，然而正是由于这些传统元素的缺失，游戏才会显得更平易近人，人人可以触及，而不会显得居高临下，更不会在与现实起冲突时显得虚伪无力。以游戏为代表的消费体验本身就没有定位深刻而理性的认知，其即时性、表面化的快乐正是当代人所求，一方是触手可得、平易近人的欢愉，一方是虚无缥缈、颐指气使的规约，人心向背，不言自明。

作为消费主义思潮和视觉技术结合的产物，以可视化美学符号出现，行之有效且无处不在的商业广告在梅森的小说里显露身手，为物质消费摇旗呐喊，是激荡着大众想象的消费乌托邦。贝尔在阐述后工业社会文化发展时指出“目前居‘统治’地位的是视觉观念。声音和视觉，特别是后者，组织美学并引领观众”①。炫目的广告冲击给人们带来了强烈的感官震撼，并赋予了人们一种视觉狂欢和心理快感。它不再追求意义与深度，其自我指涉、自我复制与增值的图像就迎合了消费者的感官需求，并进一步诱发他们的消费欲望与冲动，由此，广告便与资本逻辑承接，完成了消费的终极目的。《旧物》：“她（欧普拉）浏览着一本家用小产品邮购目录，感叹能够买到那么多帮人整理分类的东西，比如装商场优惠券的袋子和衣柜里装小物品的盒子。然后她又花了很长时间研究一本杂志上刊登的温内贝戈豪华房车广告，想想自己驾驶这样的房车云游西部，在车上那个小厨房做饭……”②《鲁克牌友》中玛丽·卢看到“天堂谷”的宣传，为自己错过的游泳、爬山、骑马、高尔夫、游艇和泡泡浴缸感到惋惜。读邮购册

---

① 丹尼尔·贝尔：《资本主义文化矛盾》，赵一凡、蒲龙 译，北京：生活·读书·新知三联书店，1989 年，第 154 页。

② Mason, Bobbie Ann. *Shiloh and Other Stories*. New York: Harper & Row, Publishers, 1982, p. 107.

子也好，宣传纸也罢其实都是在迎合人们的消费欲望和购买需求。鲍德里亚认为消费社会所呈现的就是美好的，只有美好的可以被呈现，故而欧普拉和玛丽·卢在浏览过程中感到惊喜与美好，即便并没有得到这些商品和体验并非即时可触，她们也觉得心满意足。在消费主义引领下，视觉文化独领风骚，人们的消费审美也不止仅限于对物品的消耗，而更多地依赖视觉冲击，源于视觉印象带来的想象。邮购册子就是商品的标志代言，沃尔夫冈·韦尔什（Wolfgang Welsh）曾指出，“广告已取代了艺术，将审美内容融入日常生活”①。其展现的商品并不局限于用途与性能，而更多的作为消费符号，它如同消费者和商品之间的中介，通过刺激前者的想象和欲望来实现其对现实商品的消费。欧普拉仅是看了几眼房车广告，就联想到自己云游西部，车上做饭的潇洒生活。玛丽·卢对没去成“天堂谷”的懊恼也在与美好广告的对比中被放大。广告创造的消费欲望隐含于“生活能够更好”的宣传理念中，穿行于“孩子们制造的混乱”中，欧普拉自然期待家中井然有序的收纳工具，或者使其一劳永逸摆脱混乱的房车，同样总是难以说服丈夫他们“仍旧可以享受生活”② 的玛丽·卢对放松身心的度假胜地情有独钟。广告将消费品的形象嵌入浪漫而美好、舒适而轻松的意象当中。通过一系列的符号影像，编织、升华出一个充满幸福感和满足感的世界，它在与充满缺憾的现实生活对比中愈发光彩，正如费瑟斯通所言，“广告就是能把罗曼蒂克、珍奇异宝、欲望、美、成功、共同体、科学进步与舒适生活等等各种意象附着在肥皂、洗衣机、酒精饮品等各种平庸的消费品之上”③。作为消费先行的广告，其作用不只是塑造一个遥不可及的理想世界，更是打通现实和理想的界限——消费，欧普拉和玛丽·卢到达

① Welsch, Wolfgang. *Undoing Aesthetics*. London: Sage Publications Ltd, 1997, p. 138.

② Mason, Bobbie Ann. *Shiloh and Other Stories*. New York: Harper & Row, Publishers, 1982, p. 26.

③ Featherstone, Mike. *Consumer Culture and Postmodernism*. London: Sage Publications, 1991, p. 14.

想象中生活的唯一方法就是购买广告中的产品，正如费瑟斯通所言，“日常生活的消费总是和奢侈、惊喜、美丽与浪漫息息相关，虽然商品本身的用途与功能已越来越难以解读”①，广告将这些美好的特性赋予商品，换言之商品在广告的作用下化身为美好的符号代言，使得欧普拉的和玛丽·卢在其直观的视觉冲击中获取感官的审美体验并激发了消费欲望。此时，广告将商品转化为了一系列的符号链影像，并通过邮册的深层渗透特性，灌输一种不容置疑的认同性与同一性，使得消费者和商品之间的关系更为直接而强烈。广告就如同购物中心，通过展现琳琅满目的商品的符号形象仿拟浓缩了一个富足缤纷的世界，令人感觉真实，触手可及，可亲身体验，向人们传达美好的、超越繁琐现实的信息，平抑纾解人们的心灵和感情冲突。

值得注意的是，自 20 世纪 60 年代之后，南方文化变迁还注入了新的动力：流行文化，这些碎片的、日常化的元素在早期的后南方作品中并未被突出，流行歌曲也好，电影也罢，甚至是热销的产品，无非是增加小说真实元素的工具，消解在作品的社会背景中。然而梅森作品的流行文化却已蔚然成风，强烈地震撼着小镇人的生活，“她用的毫无波澜的语言细密地编织出的南方小镇正是审视当代人与流行文化交流的最佳场景，虽然她尽量避免评论流行文化的深远意义，然而此时无声胜有声”②。在访谈中，梅森明确道：

> 我认为它（流行文化）非常贴近生活，并且能够反映出人们的思想与信仰。很多人因为流行文化不高雅所以对之嗤之以鼻，可我并不这么认为。它非常真实，对于很多人来说十分重要，我绝不能忽视它……我其实并不在乎流行文化的终极意义是什么，不在乎《野战医

---

① Featherstone, Mike. *Consumer Culture and Postmodernism*. London: Sage Publications, 1991, p. 124.

② White, Leslie. “The Function of Popular Culture in Bobbie Ann Mason’s *Shiloh and Other Stories* and *In Country*.” *Southern Quarterly*, vol. 26, no. 4, 1988, p. 69.

生》到底是不是部好作品……我也不在乎我们会不会被这些影像支配。我只在乎人们日常生活经历的品质，而这（流行文化）就是我所需要的。①

对于梅森而言，流行文化不再是标刻时间的背景元素，能够影响并反映当代人思想、融入其日常生活品质的必需品，故而“不论这些文化是多么的平庸无味、易被遗忘梅森总会将其前景化”②。

和电视传媒相勾连的是梅森小说中随处可见的流行文化，有学者指出：“其小说中唯一能填补社会架构空白和对世事掌控失利的就是流行文化，它将人们从困惑与痛苦的生活中拯救出来，并赋予人们又清晰又轻松的体验，流行文化成为左右人物决定的向导和了解自我与他人的源泉。”③ 流行文化的形式多样，电影、音乐、电视剧、电子游戏、体育新闻、服装时尚甚至是流行语，它们部分借助电视、广播等传媒方式成为人们生活的背景音，另一些如同碎片散布在人物生活的空白处，增强其趣味性。不论以何种形式呈现在何时何地，流行文化都是填充当代人生活找寻片刻平静或去除无聊的重要工具。怀特指出，“梅森的小说中，一部分流行文化可以通过占据现实事件发生的空间来抹去现实的痕迹”④。格鲁尼亚全身心投入并获取成就感的游戏使得她“忘却一切，只剩自己”⑤。相比于游戏中杀戮带来的兴奋，现实生活就乏味很多，格鲁尼亚曾背着丈夫藏起一只得了鸡瘟的母鸡，试图从他斧下救出这只生灵，然而当她发现鸡瘟可

---

① Smith, Wendy. “Publishers Weekly Interviews: Bobbie Ann Mason.” *Publishers Weekly*, vol. 30, no. Aug. 1985, pp. 424-425.

② White, Leslie. “The Function of Popular Culture in Bobbie Ann Mason's *Shiloh and Other Stories* and *In Country*.” *Southern Quarterly*, vol. 26, no. 4, 1988, p. 70.

③ Fine, Laura. “Going Nowhere Slow: The Post-South World of Bobbie Ann Mason.” *The Southern Literary Journal*, vol. 32, no. 1, 1999, p. 91.

④ White, Leslie. “The Function of Popular Culture in Bobbie Ann Mason's *Shiloh and Other Stories* and *In Country*.” *Southern Quarterly*, vol. 26, no. 4, 1988, pp. 72-73.

⑤ Mason, Bobbie Ann. *Shiloh and Other Stories*. New York: Harper & Row, Publishers, 1982, p. 146.

以传染人时，她提起斧头剁掉了母鸡头，她却“什么感觉都没有，只是完成了个任务而已。”① 虚拟的激情和现实的麻木的反差展现了流行文化对感知消散的当代人的刺激，逐步成为人们重获活力、应对无感生活的有效途径。

作为典型的当代南方人，梅森塑造的人物多处于沟通不能、不善表达，或者根本就不去正视内心需求的境地，然而在流行文化的带动下，人们却能够扫除这些障碍，“他们充满幸福感，与家人朋友感情融洽，还可以抒发自身情感”②。

流行文化更是人们交流的媒介，在《无线电波》中，表达不能的简只能将自己的思绪寄托于音乐中：她把播放摇滚乐的广播声调到最大，“音乐让人麻木。简想着，如果她能听着重摇滚睡觉，那科伊的离开根本就不算事”③。然而正是在震耳欲聋的摇滚中，简发现了她的交流方式：声波。她觉得电台等传送的声波就像天堂与其牧师弟弟间的声波。当她开车在快餐店点餐时，她听到店里员工在跟她听一个台，就觉得和他们亲近了很多，机动车道上一司机调大广播音量，似乎就在宣告“听啊，是我，我在听这个频道”，于是其他同一台的司机都会觉得跟他有某种关联了。声波只是流行文化的载体，真正将人们联系起来的是相同的流行元素，正如劳拉·费恩所言：“如果自己家里有件耐克的衣服，那路上遇见穿这个衣服的人就会不自觉的感到亲近”④。流行元素打破人际壁垒并非偶然，霍布森在评论梅森笔下人物的时候就指出“他们永远都在流行文化、流行音乐和电视节目中乘风破浪，从摇滚歌手到电视节目，这些事物决定了他们的去

---

① Mason, Bobbie Ann. *Shiloh and Other Stories*. New York: Harper & Row, Publishers, 1982, p. 167.

② Shomer, Enid. “An Interview with Bobbie Ann Mason.” *The Black Warrior Review*, vol. 12, 1986, p. 91.

③ Mason, Bobbie Ann. *Love Life: Stories*. New York: Harper & Row, Publishers, 1989, p. 180.

④ Fine, Laura. “Going Nowhere Slow: The Post-South World of Bobbie Ann Mason.” *The Southern Literary Journal*, vol. 32, no. 1, 1999, p. 94.

向，他们的价值观，甚至是他们对时间、家庭、社区和身份的认知”①。俯首皆是的流行文化以其简单而表层的特性重塑了当代南方人的交际生活，简单的流行因素就决定了人们的认知，表面化的、毫无深度的交流正是简所渴求的。如此简单而直观的交流，也模糊了许多人际间界限。《新潮摇滚》中为智力障碍学员开车的爱德华受女友启发，将车里的音乐改为了更时兴的流行乐，这时，死气沉沉的车里出现生机，这些“又暴力又盲目，极速的节奏就像疯狂的父母毫无感知地抽打、虐待婴孩”② 的音乐消解了由智力不对等造成的隔阂。爱德华感知到“他的乘客们知道发生了什么，这种发狂的节奏应和了其又散漫又沮丧的内心”③。对于同样具备“散漫而沮丧”内心的当代人，流行音乐亦是其内心所求，同样都是“通过无谓的声响来填补生活的空白，以麻木取代自省”④，爱德华和特殊乘客们之间的界限被消除。

强大的冲击无处不见的存在使得当代人对流行文化产生了近乎痴迷的依赖。《在乡下》中塞姆极为详细的叙述母亲艾琳如何给婴孩哺乳，她仔细打量着母亲的乳房，然而能想到的词汇却全是垃圾食品，“在她苍白的椭圆形乳房上，乳头就像同笑乐卷糖”。母亲抱起孩子时，塞姆觉得她“孩子就像一个贴着罗克牢（魔术贴）的袋子”⑤。男友为赶时髦学抽烟，“抽出烟头的时候，就像母亲怀里在吮吸的孩子”，而母亲自己也毫不避讳，声称“我喂奶的时候觉得自己就是简·曼斯费尔德”⑥。梅森将亲子关

---

① Hobson, Fred. *The Southern Writer in the Postmodern World*. Athens: University of Georgia Press, 1991, p. 195.

② Mason, Bobbie Ann. *Shiloh and Other Stories*. New York: Harper & Row, Publishers, 1982, p. 228.

③ Mason, Bobbie Ann. *Shiloh and Other Stories*. New York: Harper & Row, Publishers, 1982, p. 228.

④ Fine, Laura. “Going Nowhere Slow: The Post-South World of Bobbie Ann Mason.” *The Southern Literary Journal*, vol. 32, no. 1, 1999, p. 93.

⑤ Mason, Bobbie Ann. *In Country*. New York: Harper Perennial, 1986, p. 167.

⑥ Mason, Bobbie Ann. *In Country*. New York: Harper Perennial, 1986, p. 187.

系，尤其是母婴关系与时兴的消费品以及流行文化相勾连一方面展现了流行文化对当代人生活的根深蒂固的影响，甚至渗入其日常联想中，另一方面大量母婴与流行文化的比喻旨在表达流行文化对当代人的“喂养”，“糖果与香烟其实都是流行文化替代吮吸快感的形式”①，对于沁浸在流行文化之中的塞姆而言流行文化如同母乳，是其获取“快感”的源泉。同样，当艾琳扮演给予与哺育的角色时，她将自己比做红极一时的性感女星，前者输出的是婴孩必须的营养，后者是“好莱坞化”的流行文化价值观，然而对于后南方人而言，文化的哺乳不亚于营养的供给，其对流行文化的精神依赖也恰似婴孩对乳房的情结。

在众多流行元素中，梅森对流行乐，尤其是摇滚乐极为青睐。这很大程度上源于其自身的成长经历和音乐情结。她在《追星：我作为50年代追星族的生活》中，回顾了自己早期对摇滚乐的痴迷。作为西肯塔基“山顶乐队”的粉丝团长，她曾讲到“我不断地听他们的广播”，“于是我决定，山顶乐队，代表了我生活中所有的感知与梦想”②。生长于闭塞的南方农场，在电视还未普及的20世纪50年代，广播中的流行乐成为了梅森瞭望外部世界的窗口。她在访谈中强调：“播放着流行乐的广播——表达着人们的梦想——是我和梅菲尔德小镇之外联系的重要渠道”③，“那些充满诱惑力的许诺在我眼前晃动，就像五彩转轮烟火一样，我被吸引了，那些流行乐和好莱坞的形象让我躁动，心中充满了向往”④，于是“时常听收

① Eckard, Paula Gallant. *Maternal Body and Voice in Toni Morrison, Bobbie Ann Mason, and Lee Smith*. Columbia: University of Missouri Press, 2002, p. 94.

② Mason, Bobbie Ann. “Reaching the Stars: My Life as a Fifties Groupie.” *A World Unsuspected: Portraits of Southern Childhood*, edited by Alex Harris. Chapel Hill: University of North Carolina Press, 1987, p. 55.

③ Wilhelm, Albert. “An Interview with Bobbie Ann Mason.” *Southern Quarterly*, vol. 26, no. 2, 1988, pp. 153.

④ Mason, Bobbie Ann. *Clear Springs: A Memoir*. New York: Random House, 1999, p. x.

音机”① 似乎是梅森生活的必须。

摇滚乐对其生活的强势深入更多的体现于日常细节：“当我在毒日头下采蓝莓与锄菜的时候，我渴求旅行与看世界。WLAC 播放的狂躁的音乐恰好抒发了我的崩溃。‘山顶乐队’让我找到答案——它将我从遵循四季循环、播种收获的生活中解放出来。”② 梅森曾在访谈中戏言，因为自己不会唱歌，且性情羞涩，成不了摇滚乐手③，但音乐对其个人极为重要，“写作就是我的摇滚乐”④，梅森对摇滚乐的依赖使其近乎成为了她生活的背景音：“我总用较小的音量开着收音机，可一旦遇到我喜欢的，我就会将其调高”，“比如布鲁斯·斯普林斯汀”，梅森将其对摇滚乐的热爱融入到小说中，“摇滚乐贯穿于梅森的生活和小说中，塑造着（她和他笔下人物）的经历”⑤。她的小说中，摇滚乐无处不在，或是作为背景音，或作为闲谈的主题，或作为逃离现实的避难所，悄然沁入新南方人的生活。对于许多梅森笔下的南方人而言，摇滚乐如电视一般，是生活的背景音，是分散注意力的日常伴侣。在《爬树人》中，德洛丽丝一日的生活从歌词毫无意义、旋律不断重复的“我从未如此爱过”开始，她一边听，一边加热剩咖啡，偶尔会停下来，聆听片刻，但并不会有太深的感触，当乐队开播时，她只是记起他们曾经是唱诗班的，现在组队成了“头发吹出型，唱着乡村

---

① Mason, Bobbie Ann. “Reaching the Stars: My Life as a Fifties Groupie.” *A World Unsuspected: Portraits of Southern Childhood*, edited by Alex Harris. Chapel Hill: University of North Carolina Press, 1987, p. 55.

② Mason, Bobbie Ann. “Reaching the Stars: My Life as a Fifties Groupie.” *A World Unsuspected: Portraits of Southern Childhood*, edited by Alex Harris. Chapel Hill: University of North Carolina Press, 1987, p. 55.

③ Havens, Lila. “Residents and Transients: An Interview with Bobbie Ann Mason.” *Crazyhorse Archive*, vol. 31, no. 29, 1985, p. 113.

④ Shomer, Enid. “An Interview with Bobbie Ann Mason.” *The Black Warrior Review*, vol. 12, 1986, p. 97.

⑤ Brinkmeyer, Robert H. “Never Stop Rocking: Bobbie Ann Mason and Rock-and-Roll.” *The Mississippi Quarterly*, vol. 42, no. 1, 1988, p. 5.

摇滚的小伙子”①。

当然，梅森对流行乐的追崇并未局限于其耳目一新的试听体验，更多的是这一文化消费的社会意义。在梅森的游记《听啊，牙买加，它唱起牙买加》②，她赞赏雷鬼音乐（牙买加流行乐，后被完善为街舞乐），认为它是可口可乐等消费和流行文化因素的混合体，是牙买加人所感所想的集中体现，同样，在20世纪60年代南方盛行，以摇滚为代表的流行乐也充斥着南方人的思想情感和对现世的认知，梅森表示“（摇滚）表达了南方人，特别是那些希望生活转好的人的梦想。流行乐充满了个人的意义和强大的联想”③。梅森表示，既然自己唱不出摇滚，那就通过写来实现，换言之，其作品有强烈的摇滚特性，“梅森小说的表达力类似于摇滚乐的宣泄力”④，梅森坦言“摇滚能够使助普通人抒发其表达不出的情感”，“摇滚的作用就是能深邃地表达，言人们所不能言”⑤，对于新南方人而言，摇滚乐是表达与释放自我的绝佳方式。

不同于高雅的正统文化和经典乐曲，摇滚乐更具有草根性，南方阶级制度的瓦解带来了文化层面的冲击，主流文化不再被宣扬正统与优雅的贵族把持，工薪阶级借助流行文化开始表达自己。梅森的阶级倾向被米歇尔·史密斯（Michal Smith）称为“摇滚的政治”。她指出梅森作品中所谈论的摇滚、流行等风尚其实和美国阶级意识息息相关⑥，一方面是由于摇

---

① Mason, Bobbie Ann. *Shiloh and Other Stories*. New York: Harper & Row, Publishers, 1982, p. 115.

② Mason, Bobbie. Jamaica, Listen to the Music, It Sings Jamaica. *Esquire* 101 April 1984, p. 59.

③ Havens, Lila. "Residents and Transients: An Interview with Bobbie Ann Mason." *Crazyhorse Archive*, vol. 31, no. 29, 1985, p. 102.

④ Brinkmeyer, Robert H. "Never Stop Rocking: Bobbie Ann Mason and Rock-and-Roll." *The Mississippi Quarterly*, vol. 42, no. 1, 1988, p. 8.

⑤ Rothstein, Mervyn. "Homegrown Fiction: Bobbie Ann Mason Blends Springsteen and Nabokov." *New York Times Magazine*, vol. 15, 1988, p. 101.

⑥ Smith, Michal. "Bobbie Ann Mason, Artist and Rebel." *The Kentucky Review*, vol. 3, 1988, p. 60.

滚乐首先在工薪阶层兴起，是该阶层发泄情感和生活的写实，另一方面，在其占据文化重地融入日常生活后仍着重关注阶级差异，反思现世。梅森长期追随的歌手布鲁斯·斯普林斯汀的歌曲多是在描述普通工薪阶层的日常挣扎，阶级差距以及底层的反抗，梅森在访谈中表示，“斯普林斯汀的歌曲有人物有故事，我很喜欢。他展现了对社会力量抛弃（disintegration）的群体。然而他的人物艰难抗争、充满希望”①。她甚至将现实中的热爱灌入到小说人物思想，在《在乡下》中，父亲战亡、母亲改嫁、又要打工又要照顾无业的舅舅的塞姆酷爱斯普林斯汀，其南方生活就是由斯普林斯汀“生于美国”的巡演拉开。塞姆觉得“他的曲子里总有一种隐秘的内涵，就好像他能精确地知道她的感受一样”②。这种懵懂的阶级意识和自我表达的意愿与激烈而反叛的摇滚乐产生共鸣。梅森坦言，“我本身并非是一个热衷政治的活动家，我的性格也不适合做这些，不过现在我越来越强烈地认同反精英思想”，“总之，那些占据特权的少数人占据了权利和财富，但是崛起的底层阶级正对其构成威胁”。③ 也正因如此，她才尤其钦佩能够代表阶级发生的流行乐手，予以猫王、约翰·列侬等积极评价。她在讨论列侬的偶像之路时，认为“列侬的性格使其可以反映、思索并处理其经历的事情……试想，从自身阶级脱颖而出，尤其是通过称为流行乐手这么狂野的方式，是多么罕见。但是列侬处理的很好，他回归工薪阶层，握住对他来讲极为真实的东西”④。换言之，列侬之所以能够成为巨星，很大程度上依赖于其作品对工薪阶层的反映与审视，而至关重要的“真实”即为其回归大众，对现实矛盾冲突和挣扎的映射。

---

① Rothstein, Mervyn. “Homegrown Fiction: Bobbie Ann Mason Blends Springsteen and Nabokov.” *New York Times Magazine*, vol. 15, 1988, p. 101.

② Mason, Bobbie Ann. *In Country*. New York: Harper Perennial, 1986, p. 190.

③ Smith, Michal. “Bobbie Ann Mason, Artist and Rebel.” *The Kentucky Review*, vol. 3, 1988, p. 60.

④ Havens, Lila. “Residents and Transients: An Interview with Bobbie Ann Mason.” *Crazyhorse Archive*, vol. 31, no. 29, 1985, pp. 102-103.

虽然梅森对摇滚乐手赞赏有加，但她聚焦的却不是乐手，而是听众，一如她自己所言，她关注的是“普通人”的“普通生活”①。所谓“普通人”在梅森作品中即为拼命工作却收入微薄、极度节俭却入不敷出的社会中下层蓝领。随着农业的萎缩和第二、三产业的兴起，梅森小说中的穷白人不在是面朝黄土背朝天的农民，而是消费社会中的服务人员、工厂工人和大量的失业者。这些人受教育有限、常年受生活所迫，渴求直接而激烈的自我表达。她笔下半数以上从事着服务员、导购等相对底层的工作人物都对摇滚乐痴迷不已，如《示罗圣地》中的诺玛·简直接将“阳光英雄”改编成电音曲；《静物西瓜》中的露易丝和佩琪以及《旧物》中的琳达等更是广播不停，摇滚不止，更有生活惨淡的司机爱温特克里奇和工人李以及无业游民佩顿、艾米特等完全沉浸在电视和广播中。“摇滚乐在梅森的文化表达中意义重大。它隐含了当下文化的模态和节律，展现着生活的内在思想。”②

摇滚乐不仅是人们表达情感和梦想的载体，更是开拓视野走出南方的工具。梅森在其自传中写道：“父亲从海军退役之后，我们买了个收音机和点歌机，开始去露天影院看电影。我也开始幻想没有羁绊（rootless）的生活，它可以使我摆脱硬如石头的自家牛排并把我推向变幻多样，音乐剧般欢乐的远方城市。”③ 对梅森而言，小说中人物可以在摇滚乐中体会到“别人的生活，外面的世界”④。如此，南方人摆脱了地域的限制，以新的视角探索世界，“艺术让人们摆脱唯我论”⑤，许多认为摇滚乐在梅森小说

---

① Smith, Wendy. “Publishers Weekly Interviews: Bobbie Ann Mason.” *Publishers Weekly*, vol. 30, no. Aug. 1985, pp. 424-425.

② Brinkmeyer, Robert H. “Never Stop Rocking: Bobbie Ann Mason and Rock-and-Roll.” *The Mississippi Quarterly*, vol. 42, no. 1, 1988, p. 8.

③ Mason, Bobbie Ann. *Clear Springs: A Memoir*. New York: Random House, 1999, p. 97.

④ Havens, Lila. “Residents and Transients: An Interview with Bobbie Ann Mason.” *Crazyhorse Archive*, vol. 31, no. 29, 1985, p. 102.

⑤ Havens, Lila. “Residents and Transients: An Interview with Bobbie Ann Mason.” *Crazyhorse Archive*, vol. 31, no. 29, 1985, p. 93.

中是一种“解放力量”，因为眼界和经历可以让人们从封闭的“唯我论”中摆脱出来，失去了原生的身份定义，人们在“最大的文化容量决定了人们在世界中的位置”①。以摇滚乐为代表，挑战传统高雅文化并具有革命性的力量正是梅森突破局限的自身经历，拓展南方人眼界的媒介。“显然，在梅森青少年时期，她最大可能地去接触摇滚乐，也由此经历了（封闭到开放）的转型。”② 在《追星》一文中，梅森就讲述了外界如何激发其想象，突破生活限制，为其找寻新的定位的：“我跟一群男生出去玩——他们都想着安定下来，在新开的厂子里找份工作——我对此一点都不在乎。我总有些梦想，我家房子就在直通猫王出生地图珀洛（Tupelo）的 45 号公路附近，我想，大概和我做过同样的梦。”③ 梅森在回顾早年北上求学、探索新世界时称自己的经历呼应了摇滚歌手斯普林斯汀的歌词“有些人扎根家庭，有些人生而为跑”④，而她的本人就是外出的逐梦者。正如摇滚乐通过澎湃的音符、激进的旋律、叛逆的歌词演绎打破常规，出去闯荡的动力和激情，梅森笔下的人物在漂泊中解放自我，感召自由，故而塞姆将带她驶离小镇，奔向北方的柴油卡车的嘈杂声浪比作“一首摇滚歌曲的背景音乐”⑤。和电视文化一样，流行文化也是人们认识世界的窗口。《无线电波》中整日沉溺摇滚和电视剧的简准备入伍做通讯兵时，她能想到的就是电视里看到的场景，并将战争必成了摇滚乐：“她想象着自己在一个遥远的地方，坐在控制台发送信号，就像电视上调整体育赛事的工程师……战

① Brinkmeyer, Robert H. “Never Stop Rocking: Bobbie Ann Mason and Rock-and-Roll.” *The Mississippi Quarterly*, vol. 42, no. 1, 1988, p. 9.

② Brinkmeyer, Robert H. “Never Stop Rocking: Bobbie Ann Mason and Rock-and-Roll.” *The Mississippi Quarterly*, vol. 42, no. 1, 1988, p. 9.

③ Havens, Lila. “Residents and Transients: An Interview with Bobbie Ann Mason.” *Crazyhorse Archive*, vol. 31, no. 29, 1985, p. 95.

④ Havens, Lila. “Residents and Transients: An Interview with Bobbie Ann Mason.” *Crazyhorse Archive*, vol. 31, no. 29, 1985, p. 95.

⑤ Mason, Bobbie Ann. *In Country*. New York: Harper Perennial, 1986, p. 19.

争的声音就像摇滚，咄咄逼人又心满意足。”① 她对未知的想象建立在包括电视播放内容的流行文化中，如此，“她的新经历全部都是在过筛流行文化”②。

突显消费的物质和文化追求并非“南方神话”常见母题，与之相反的精神诉求才是神话的价值导向。在福克纳等作家看来，任何超出基本生活需求的物质消费都是堕落虚荣、高调肤浅的，对外在的过分强调是对内在和精神的亵渎。然而梅森的小说消除了精神存在的必要性，将当下生活还原到单一的、可触的物质层面，解除了对消费的道德审判，进而由衷地欢迎物质消费的到来，认为对产品、体验与经历的购置与享受实际上是对美好事物的不懈追求，正如旧南方人视精神为归宿而皈依宗教、道德和规约一样，后南方的人们视物质为终极评判，故而在物质符号中探寻自我。我买故我在的理念行之有效，无可厚非。另一方面，物质消费构建了新的南方生活和认知的渠道、方式和态度。消费文化以纷繁的场景，丰富的内容，多元的方式为人们带来耳目一新的感官刺激和享受，尤其是在现实中遭遇打击、失意苦闷的人们更能在消费体验中实现“小丑变国王”的角色调转，从而获取心灵的慰藉和喘息的机会。此外，在这个自我封闭的孤独的社会中，物质消费打开了人与人之间的壁垒，不论是消费场景中个体的聚群现象还是消费过程带来的美好想象，都在安抚人们的精神躁动和心灵创伤。作为梅森小说中最突出的时代特性，消费不仅消解了“南方神话”，更取代其在南方的文化地位，形成了不断变幻中的主流浪潮。

路易斯·鲁宾（Louis Rubin）在60年代初就指出，“南方文学要延续它在20世纪20年代在美国文坛如此重要的作用，就必须根据迥然不同的生活状态在新的基础上尽心建造……新的南方文学必须和前一代作家的价

---

① Mason, Bobbie Ann. *Love Life: Stories*. New York: Harper & Row, Publishers, 1989, p. 196.

② Fine, Laura. “Going Nowhere Slow: The Post-South World of Bobbie Ann Mason.” *The Southern Literary Journal*, vol. 32, no. 1, 1999, p. 92.

值观念、生活态度和创作技巧都有本质的不同”①。换言之，如果仍旧固守“南方神话”的创作模式，结果只能使南方小说与时代脱节，在充满活力的美国文学里自生自灭，然而后南方文学的繁荣打消了批评家们的忧虑，随着时代变革，当今南方脱胎换骨，不论是物质消费还是文化消费都是消解神话，引导当代南方人认知的新动力。作为后南方的作家，梅森借助消费与“南方神话”展开一场对决，以全新的生活感悟和姿态宣告了神话的落寞。她具有乐观的后现代视野，赞赏市场不断更新商品、个人形象愈发自由开放，以及曾经充斥着条条框框的社会规约被新的健康的文化和社会常态取代。在南方社会深层变革的大背景下，梅森的作品体现了多元的美好。

消费主义体现了后现代主义的典型特性，拒绝哲理深度而热衷于人为的无深度性、嬉戏和情感的缺乏。由宏大叙事转向微小叙事不仅引发了人们的关注焦点的转移，更改变了人们的思维模式，从寻根溯源到浮游表面。后南方的人以平面化即时性的思维模式远离了深度与内涵。梅森的后南方消费故事表面丰富，但实质上并没什么深远的幸福和痛苦，因为梅森笔下的人物并无“情感重力”。在她小说中，平面思维解放感性认知，在距离感消失的审美快感中，所视即所感，所感即认知，尤其在消费文化深入的后南方，佩古、佩顿等在商品符号的海洋里获取身心享乐和满足，从而形成了直观的审美体验。此外，平面的思维模式对化解认知危机，重构人物身份提供了一条捷径。在工业、后工业文明和农业文明的博弈中，依附于后者的传统和情怀是构建南方人历史身份的重要源泉，然而农业文明的势弱，地方和历史等根深蒂固的坐标遭遇松动和颠覆，失去当代的信徒。平面化直观思维模式解除了人们回望的必要性，削平时间与空间差

① Rubin, Louis Decimus. *Writers of the Modern South: The Faraway Country*. Washington: University of Washington Press, 1963, p. 237.

异，南方独有的情怀跌落神坛，被解放的新南方人不必再苦思冥想地探求表面下的深度，事件背后的历史，而是坦然处之。将立足点设定在当下物质的和可视的生活中，与其在虚无中寻求指导和启迪，不如就事论事，享受此刻，找出可行而具体的应对方案。

以消费为宗旨的商品拜物教盛行，为人们走出故土，迎接当下提供了行动指南。梅森小说人物逃离南方、安居他乡的历程有作家的自传色彩。作为“生而会跑”的当代南方人，梅森早年离开肯塔基，北上求学，并在纽约、宾州等地做了多年娱乐记者。她将对南北文明的对比和重审融入任务抉择中，展现了消费对情怀的化解以及情怀向消费的转向，正如布思（David Booth）所言“梅森小说中真正地理的景观是次等的背景，切实的事件发生地全都是普及的美国化的地方景观，即快餐店、购物中心、电视节目等”①。梅森在《清泉：一个家族的回忆录》《在乡下》等多部作品中展现了消费文化对南方人视野的拓展。他们的所知所感已然超越出南方疆界，同时交通技术的提升和工具的增多为南方人迈出家门，放射性的迁徙提供了可能。他们不再是只能羡慕高楼大厦、灯红酒绿和车水马龙的土包子，而是享受色彩斑斓的城市生活的消费者。梅森笔下的南方人和南方土地与自然失去了灵魂的牵挂。他们所关注的是生活的层次、质量和品位，以及其带来的舒适和欢愉。从对地方的无限热爱到抽身融入消费，在南与北、封闭与开放的对比中，梅森以充满诱惑的消费文化压倒性地驱赶了地方情怀，以物质挤压精神、变幻代替永恒。

与强调精神，贬低物质的“南方神话”不同，后南方没有让人追根溯源的宏大叙事，只有单一浅表的物质，故而对物质的占据与消费无需接受道德的审判与谴责。在梅森看来以物质消费来享受生活是人的正当需求，而坦然地接纳与包容物质消费是人们抛却虚假面孔，展现真我的集中体

---

① Booth, David. “Sam’s Quest, Emmett’s Wound: Grail Motifs in Bobbie Ann Mason’s Portrait of America after Vietnam.” *The Southern Literary Journal*, vol. 23, no. 2, 1991, p. 99.

现。有学者总结梅森作品中的消费时指出："人们在物质世界中得到慰藉，他们不再依赖神话语言，而是将目光投向工厂生产的标签符号并以此界定真实世界，换言之，对生活的评判取决于他们离心目中的摩登生活的距离有多远。"① 在其作品中，消费作为一种积极的精神动力和社会黏合剂，可在超真实的美好缓解现实压力，在片刻的欢愉中实现自我；可为自我封闭的聚生提供缓冲，润滑僵持的人际关系；可延伸甚至取代现实，在超真实的时空中实现对南方人认知与实践的重塑和引导。马修·奎因指出，20 世纪 60 年代之后，后现代主义是影响、重塑南方文学的最突出力量，是消解神话，引导当代南方人认知的动力。② 消费文化以物质的极大富足为基础，借助流行文化、符号系统、影像、审美日常化等对南方认知进行改造，换言之，消费在南方的盛行正是后南方与精神剥离，走向后现代的历程。

---

① Jersild, Devon. "The World of Bobbie Ann Mason." *The Kenyon Review*, vol. 11, no. 3, 1989, p. 164.

② Guinn, Matthew. *After Southern Modernism: Fiction of the Contemporary South*. Jackson: University of Mississippi Press, 2000, p. 61.

结　语

纵观梅森的作品，其强劲的主旋律就是变化，激荡着生活的张力，演绎着新旧的更替。显然，梅森是变化的拥抱者、倡导者。在她的笔下，变化几乎无处不在，既发生在这一区域的城乡景观的样貌，发生在其家庭、社会的格局，也发生在人们的灵魂深处。变化的求索者意气风发，真诚地相信进步与发展，顺势而为，锐意突破，在摈弃陈规的过程中打开了新的视野和天地，享受到了冲出思想观念牢笼的轻松，争取到了他们认为应有的生活方式，体验到了他们期望的身心的愉悦以及物质丰裕的世界的美好与便利，过去的禁忌或争议被他们反转为人本应自然拥有的正当权益自由，变化的落伍者则因与时代的错位或对时代的不适失意落寂，彷徨迷惘。但无论如何，变化一直在势不可挡地发生，不以人的意志而转移。

可以说，梅森的作品响彻着后南方变迁的交响曲。她的秉性、她成长时期的经历、她所处的时代汇聚交融，合力谱写了这首交响曲的基调，也使她认定，与时俱进，以开放的姿态迎接、融入、推动变化的浪潮才是颠扑不破的真理。如前所述，梅森的少年时期在美国肯塔基州度过。这里有着典型、浓郁的南方风情和深厚的历史底蕴。不仅从这里走出了南方邦联唯一一任总统杰佛逊·戴维斯（Jefferson Davis），也在这里诞生了“南方文艺复兴”名家罗伯特·佩恩·沃伦、艾伦·泰特、科林斯·布鲁克斯。其中，出于对内战这一“失败的事业”的同情，抑或也夹杂了些许肯塔基乡情，泰特还为戴维斯写了一部传记《杰佛逊·戴维斯兴衰记》（*Jefferson*

Davis: His Rise and Fall)。在20世纪初，当南方正面临北方工业化、商业化的影响广泛冲击的关键时刻，沃伦、泰特、布鲁克斯与其他9位“纳什维尔农业主义者”毅然决然站了出来为南方发声，共同参与撰写出版了论文集《我要选择我的立场》，明确提出了他们对南方的过去及现在的思考与阐释，对时局表达了关切、担忧，也不同程度为之前南方的政治、经济制度、文化传统做出了辩护，被视为是“南方文艺复兴”的奠基之作、宣言书。但是，和她的这几位以弘扬旧南方文化遗产，延续旧南方文化记忆为己任的肯塔基文学前辈截然不同，梅森义无反顾选择了另一条道路。她的家庭经营小型奶场，日复一日繁重的劳作、单调乏味、穷困艰辛的生活，原始、落后的农业经济环境使她刻骨铭心。她天生不因循守旧、安于现状，而是渴望自由、追求幸福、向往改变，有着迥异于常人的叛逆、求索精神。去发达先进的北方求学、工作为她这位乡下姑娘开辟了一片几乎崭新的天地，对她产生了强烈的震撼，使她感觉找到了自己想要的生活。同时，这段经历也给予了她一段客观、冷静的批判距离——从高度工业化、城市化的北方回望南方，深刻反思她仍挣扎着摆脱效率低下、物质欠发达农业经济模式的家乡。这些对于塑造她的世界观、人生观、价值观发挥了决定性的作用，激发了她对消费主义、流行文化的热忱，也确立了她未来文学创作颠覆、开放、与时俱进的主题，聚焦在后工业文明的背景下以她的家乡霍普维尔小镇为原型的南方在历史意识、地方情结、性别格局、消费理念等领域发生的深刻嬗变，也使之成为她作品的品牌。

她的小说写历史意识的衰落，重审、质疑甚至抨击旧南方上流社会、美国政府制作的“南方神话”“越战神话”这样的宏大叙事，无情揭露其所忽视的原始落后的南方乡下生活，戳穿越战的野蛮残忍性以及冠冕堂皇借口下遮盖的美国的霸道嘴脸，生动印证了后现代主义的论断：历史是一种话语构建，所谓的历史事实和真相也只是某一话语集团为了维护自身利益和文化传统而人为建构的文本而已，为原来处于南方社会边缘群体的小人物日常细琐的微小叙事争得对历史讲述的话语权，凸现了后南方里历史表述、阐释的多元趋向。

作为对历史之外采取的另一个反宏大叙事行动，梅森将标靶锁定了宗教，以近乎漫画式风格对其极尽嘲讽、针砭之能事，入木三分地将其虚伪性，在面对后工业文明、商品经济时的苍白无力，与现实的严重错位揭露得体无完肤，也晾晒了其在传播过程里丑态百出的窘境和山穷水尽的趋势。曾经对南方的社会、文化的发生、发展投射了巨大塑形影响里的宗教已风光不再，今昔两重天，无法超然世外，独善其身，保持其原有形式及纯正性。它不可避免地经历着嬗变、转型，其道德统领地位、精神引导力量随风逝去，从曾经高不可攀的圣坛跌落，丧失了威严、神秘色彩，被深深地打上了商品文化、大众文化的烙印，变得世俗化、娱乐化、实用化，甚至遭到调侃、质疑乃至言辞犀利的抨击，有力地支持了评论家罗伯特·塔沃斯称后南方是“后基督教社会”① 的论断。在这一世界里，虔诚庄重难觅，假冒伪劣充斥，牧师招摇撞骗，教民逢场作戏。似乎无人以精神追求为初衷，大多以明确的功利目的涉足宗教，宗教已沦为世俗生活里人们挣钱谋生、交友聊天、消遣散心甚至寻求情欲满足，各取所需的一种手段和平台。总之，它可以是一切，唯独不再是宗教。

虽然南方曾经的农耕文明铸就了南方人“重乡情、恋故土”的文化心理，赋予他们超常的“恋地情结”和浓郁的地方感，虽然梅森也有着对故乡的眷恋，承认故乡就在她心中，是她文学创作的源泉，但是，作为一位“走四方”的作家独特的空间感知、地方感受和空间认同，多方位、多角度、多层次的地理空间精神和审美体验赋予梅森一种稳定而多维的空间价值观，从而升华了对自我、对故土、对世界的感知和洞察力。正是基于她

---

① Towers, Robert "America's Moral Landscape in the Fiction of Richard Ford." *The Christian Century* 106, March 1, 1989, p. 228.

的地域、经济文化出身和兼具局外人的多维空间审美体验和环境价值理解，梅森的后南方叙事聚焦了小说人物在时代的沧桑巨变中地方感的动态演变、弱化、散失，南方人地方感藉以依附的物质、心理、文化上载体被逐一蚕食，无根性、无归属感不约而同成为人们的普遍征候。在全球化、高新技术助推下，地域、文化间交流融合不断加强，南方这片曾经与众不同的土地正被融进一个无边无际、高度一统化、同质化、平庸化的文化景观体，与外部世界的色差渐趋模糊，难分彼此。

梅森的小说表现了性别角色、关系的蜕变：男性身体形态的衰变，气质复辟的失败和对女性气质的吸纳消解了支配性的传统男性气质，而女性对母亲、女儿和妻子三个典型社会身份的背弃以及由外及内对男性气质的僭越则祛除了她们原本被认为应具有的从属性女性禀赋。这种对两性气质的颠覆性书写质疑了旧南方父权社会对男女程式化的认知以及僵化的本质主义关联。如果人们对“南方文艺复兴”以及之前南方文学的人物刻画程式尚记忆犹新，那么就会非常惊讶地发现她笔下“衰男”和“女汉子”与旧南方上流社会所打造、推崇的“绅士”“淑女”经典形象构成强力对撞。梅森通过这种恍若隔世式的重写表明人为制订的性别规约并非天经地义，也不具有一成不变、排他的封闭性，而是一种流动的、开放的、充满无数可能性的立场属性和生活方式。作为应对生活的态度，性别气质本身不存在高低优劣之分，保障父权至高无上地位的男尊女卑的心理认同也随之不攻自破。对梅森来说，消解不是最终目的。她所倡导的是在两性平等基础上，人们能冲出形而上的性别牢笼，采取顺其自然的生活态度、方式与状态，响应内心渴望而非屈从传统陈规的约束，自行决定在家庭、社会中占据怎样的位置，扮演什么角色，坦然面对世界，感受“做自己”的自由与舒畅。

梅森还以其所谓超市写实主义而著称。她的创作摆脱了经典的文学命题中物质与精神之争，将对生活的再现简化到单一的、可触感的物质层面，认为对产品、体验与经历的购置与享受实际上是对美好事物的不懈追求，由衷地欢迎消费主义的到来。后南方的人们奉行我买故我在的信条，倾向于视物质为终极评判，在物质符号中探寻自我。不断更新、变换的物质消费、文化消费构建了他们新的南方生活和认知渠道、方式和态度。琳琅满目的商品、丰富多彩的场景为人们带来耳目一新的感官刺激和享受以及心灵的慰藉。

梅森小说里的后南方开放、与时俱进。在强大的挣脱传统、陈规的离心力的推动下，人们融入当下，在五光十色的商品经济和流行文化中进行着各自的生活和追求，尽情享受着经济、科技的发展为人们带来的自由、愉悦、舒适、便利，充满着勃勃生机。意义的多样性和繁富性消解了“真理”“信仰”以及“历史”和“地域”等中心化单一的“南方神话”元素，精神、永恒、深度这些文学经典曾经的关键词难觅踪影，取而代之的是即时、变化、浅表。宏大、崇高、普世、高雅等概念鲜再被提及或者是在反讽的语境里出现，小说中历史、宗教遭到质疑、抨击，沉沦衰落即是明证。相形之下，微小、普通、局部、个体、通俗、现世今生的人或事得到特别关注，少了些意识形态概念的包装与僵硬，多了些人性化的坦诚与柔和。显然，对南方生活的这种再现与“南方文艺复兴”及之前的南方文学大相径庭，具有明显的标志性，表明以梅森的作品等为代表的后南方的文学在人生观、南方观、世界观上已经更新换代，在从衍生于农耕文化的“南方神话”所濡染的文学向后工业文明背景下消费主义、流行文化所引领的文学转向。这一转向是时代对文学的重塑，也是南方文学在新的时代保持生机的必由之路，因为世界已不是从前的世界，南方也不应再是以前的南方。

从另一个角度看，梅森的小说也可能被认为价值的天平明显朝向物质一端倾斜，人们对物质的依恋，对精神的漠视，对感官的青睐，地方情结的散失，深度的缺乏导致生活的轨迹似乎在意义的虚空里滑行在向前无限延伸的浅表水平，从而引起评论界的关注与探讨。应当说，这并非梅森的小说所独有，横向比照，与当今其他区域、国家的文学有诸多相通之处。它们是时代的普遍征候。这就是这样一个时代的故事：经济发展成为普遍共识，国民生产总值的数据成为各个方面压倒一切的导航仪和生活质量的测定标准，消费无可争议地被奉为拉动经济增长的最强大动力，不断追求、享受更为舒适、便利、丰裕的美好生活作为人的正当权利被普遍欣然接受和践行。梅森的小说实际上从美国南方这一地区折射了人类社会已经持续了多个世纪的在思想认识领域里物质与精神、传统与当下孰轻孰重之争在新时代的延续，只是或许这种冲突的力度表现得更为引人注目而已。世界运行的规则和路向以及生活的样态已经发生了很大的改变，在新的时代如何恰当处理这些被泾渭分明地摆在二元对立位置的生活要素的关系，以新的方式使之能和谐共存，在采取看待问题的思维、判断方式时是一成不变、一如既往沿袭旧的眼光和价值标准，还是与时代同行，做出调整，更趋理性、多维、包容、开放，探索出符合新世纪的生存之道，这是人们应当面对并郑重、深入思考的问题。

参考文献

[1] Aldridge, John W. "An Interview with Bobbie Ann Mason." *The Missouri Review*, no. 20, 1997.

[2] Allen, Barrara and Schlereth, Thomas J (eds). *Sense of Place: American Regional Cultures*. Kentucky: University of Kentucky Press, 1990.

[3] Ashmore, Harry S. *An Epitaph for Dixie*. New York: W. W. Norton & Company, 1958.

[4] Bentley, Greg. "A Man Named Mabel: Bobbie Ann Mason's *Shiloh* and the Concept of Subjectivity." *Journal of Evolutionary Psychology*, vol. 25, no. 1-2, 2004.

[5] Blais, Ellen A. "Gender Issues in Bobbie Ann Mason's *In Country*." *South Atlantic Review*, vol. 56, no. 2, 1991.

[6] Blazina, Chris: *The Cultural Myth of Masculinity*. Westport: Praeger Publishers, 2003.

[7] Bone, Martyn. *The Postsouthern Sense of Place in Contemporary Fiction*. Baton Rouge: Louisiana State University Press, 2014.

[8] Booth, David. "Sam's Quest, Emmett's Wound: Grail Motifs in Bobbie Ann Mason's Portrait of America after Vietnam." *The Southern Literary Journal*, vol. 23, no. 2, 1991.

[9] Brinkmeyer, Robert H. "Never Stop Rocking: Bobbie Ann Mason and Rock-and-Roll." *The Mississippi Quarterly*, vol. 42, no. 1, 1988.

[10] Brinkmeyer, Robert H. "Finding One's History: Bobbie Ann Mason and Contemporary Southern Literature." *The Southern Literary Journal*, 1987.

[11] Bunch, Dianne. "Guilt." The Encyclopedia of Religion in the South. Ed. Samuel S. Hill, Charles H. Lippy, and Charles Reagan Wilson. Macon, GA: Mercer University

Press, 2005.

[12] Butler, Judith. *Gender Trouble: Feminism and the Subversion of Identity*. New York: Routledge, 2011.

[13] Cash, Wilbur Joseph. *The Mind of the South*. New York: Vintage Books, 1941.

[14] Cash, Wilbur Joseph. *The Mind of the South*. New York: Random House, 1991.

[15] Champion, Laurie. "Bobbi Ann Mason's (Open-Ended) Marriages." *The Midwest Quarterly*, vol. 43, no. 1, 2001.

[16] Cobb, Emma. "Contemporary Southern Writers." Contemporary Authors, New Revision Series, vol. 235.

[17] Coles, Robert. *Migrants, Sharecroppers, Mountaineers*. Boston: Little, Brown, 1971.

[18] Coles, Tony. "Finding Space in the Field of Masculinity: Lived Experiences of Men's Masculinities." *Journal of Sociology*, vol. 44, no. 3, 2008.

[19] Collado-Rodriguez, Francisco. "Minimalism, Post-Humanism, and the Recovery of History in Bobbie Ann Mason's *Zigzagging Down a Wild Trail*." *The Southern Literary Journal*, vol. 39, no. 1, 2006.

[20] Connvery, Ian, Gerard Corsane and Darvis, Peter (eds). *Making Sense of Place: Multidiciplinary Perspectives*. Woodbridge: The Boydell Press, 2012.

[21] Crasnow, Ellman and Philip Haffenden. "New Founde Land." Bradbury Malcolm, Howard Temperley. *Introduction to American Studies*. New York: Longman Inc., 1989.

[22] Craven, Avery O. *The Coming of the Civil War*. Chicago: University of Chicago Press, 1957.

[23] Cresswell, Tim. *Maxwell Street: Writing and Thinking Place*. Chicago: University of Chicago Press, 2019.

[24] Davidson, Donald and Crowe Ransom etc. *I'll Take My Stand*. New York: Harper & Row, Publishers, 1962.

[25] Eckard, Paula Gallant. *Maternal Body and Voice in Toni Morrison, Bobbie Ann Mason, and Lee Smith*. Columbia: University of Missouri Press, 2002.

[26] Ellison, Christopher G. "An Eye for an Eye? A Note on the Southern Subculture of Violence Thesis." *Social Forces*, vol. 69, no. 4, 1991.

[27] Ellul, Jacques. *The Technological Society*. New York: Random House, 1967.

[28] Faulkner, William. *Absalom, Absalom*! New York: The Modern Library, 1951.

[29] Faulkner. *Flags in the Dust*. New York: Vintage Books, 1974.

[30] Faulkner. *Light in August*. London: Penguin Books, 1987.

[31] Faulkner. *Requiem for a Nun*. New York: Vintage Books, 1951.

[32] Faust, Drew Gilpin. *Mothers of Invention: Women of the Slaveholding South in the American Civil War*. Chapel Hill: University of North Carolina Press, 1996.

[33] Fine, Laura. "Going Nowhere Slow: The Post-South World of Bobbie Ann Mason." *The Southern Literary Journal*, vol. 32, no. 1, 1999.

[34] Fox-Genovese, Elizabeth. *Within the Plantation Household: Black and White Women of the Old South*. Chapel Hill: University of North Carolina Press, 1988.

[35] Foucault, Michel. "Nietzsche Genealogy and History." In *Language, Counter-Memory, Practice: Selected Essays and Interviews*, edited by D. F. Bouchard. Ithaca: Cornell University Press, 1977, p. 154.

[35] Frederick L. Gwynn and Joseph Blotner eds., *Faulkner in the University*. Charlotteville: University Press of Virginia, 1959.

[37] Friedan, Betty. *The Feminine Mystique*. New York: W. W. Norton & Company, 2010.

[38] Friedman, Lawrence Jacob. *The White Savage: Racial Fantasies in the Postbellum South*. Englewood New Jersey: Prentice Hall, 1970.

[39] Geismar, Maxwell. *Writers in Crisis*. New York: E. P. Dutton & Co. Inc., 1971.

[40] Gerschick, Thomas J., and Adam S. Miller. "Coming to Terms: Masculinity and Physical Disability." *Men's Health and Illness: Gender, Power, and the Body*, edited by Donald Sabo and David Frederick Gordon. London: Sage Publications, 1995.

[41] Gholson, Craig and Bobbie Ann Mason. "Bobbie Ann Mason." *Bomb*, no. 28, 1989.

[42] Glasgow, Ellen Anderson Gholson. *The Battle Ground*. New York: Doubleday, 1920.

[43] Groba, Constante González. "The Call of the Hearth versus the Call of the Wild: Residence and Transience in Bobbie Ann Mason's Short Fiction." *Short Story Criticism*, edited by Lawrence J. Trudeau, MI: Gale, 2014.

[44] Guinn, Matthew. *After Southern Modernism: Fiction of the Contemporary South*. Jackson:

University of Mississippi Press, 2000.

[45] Hallowell, A. Irving. *Culture and Experience*. New York: Schocken Book, 1967.

[46] Havens, Lila. "Residents and Transients: An Interview with Bobbie Ann Mason." *Crazyhorse Archive*, vol. 31, no. 29, 1985.

[47] Harvey, David. *The Condition of Postmodernity—An Enquiry into the Origins of Cultural Change*. London: Blackwell Publishers Inc., 1990.

[48] Hill, Dorothy Combs. "An Interview with Bobbie Ann Mason." *Southern Quarterly*, vol. 31, no. 1, 1992.

[49] Hill, Darlene Reimers. " 'Use To, the Menfolks Would Eat First': Food and Food Rituals in the Fiction of Bobbie Ann Mason." *Southern Quarterly*, vol. 30, no. 2, 1992.

[50] History.com editor. Battle of Shiloh. https://www.history.com/topics/american-civil-war/battle-of-shiloh, Nov. 9, 2009.

[51] Hobson, Fred. "Of Canons and Cultural Wars: Southern Literature and Literary Scholarship after Midcentury." *The Future of South Letters*, edited by Jefferson Hunphries and John Lowe, New York: Oxford University Press, 1996.

[52] Hobson, Fred. *The Southern Writer in the Postmodern World*. Athens: University of Georgia Press, 1991.

[53] Holman C. Hugh (ed.). *Views and Reviews of American Literature, History and Fiction*. Cambridge, Mass: Harvard University Press, 1962.

[54] Holstein, Suzy Clarkson. "Into the Swamp at Oblique Angles: Mason's *In Country*." *The Mississippi Quarterly*, vol. 54, no. 3, 2001.

[55] Hutcheon, Linda. *The Politics of Postmodernism*. London & New York: Routledge, 2003.

[56] James B. Meriwether and Michael Millgate eds. *Lion in the Garden*. New York: Random House, 1968.

[57] Jameson, Fredric. *Postmodernism, or, The Cultural Logic of Late Capitalism*. Durham: Duke University Press, 1991.

[58] Jersild, Devon. "The World of Bobbie Ann Mason." *The Kenyon Review*, vol. 11,

no. 3, 1989.

[59] Jones, Anne Goodwyn. *Tomorrow Is Another Day: The Woman Writer in the South, 1859—1936*. Baton Rouge: Louisiana State University Press, 1982.

[60] Justus, James. "Foreword." *Southern Writers at Century's End*, edited by Jeffrey J. Folks and James A. Perkins. Lexington: University of Kentucky Press, 1997.

[61] Keller, Evelyn Fox. *Reflections on Gender and Science: Women's Studies, Philosophy of Science, Psychoanalysis.* New Haven: Yale University Press, 1985.

[62] Kellner, Douglas. *Media culture: Cultural Studies, Identity and Politics between the Modern and the Post-modern.* Abingdon: Routledge, 2003.

[63] Kierkegaard, Soren Aabye. *Either/Or.* Vol. 1. Trans. David F. Swenson and Lillian Marvin Swenson. New York: Anchor Books, 1959.

[64] Kierkegaard, Soren Aabye. *The Concept of Anxiety: A Simple Psychologically Orienting Deliberation on the Dogmatic Issue of Hereditary Sin.* Trans. Reidar Thomte. Princeton: Princeton University Press, 1980.

[65] King, Richard H. *A Southern Renaissance: The Cultural Awakening of the American South, 1930—1955.* New York: Oxford University Press, 1980.

[66] Kinney, Katherine. " 'Humping the Boonies' : Sex, Combat, and the Female in Bobbie Ann Mason's *In Country*." *Contemporary Literary Criticism Select*, edited by Philip K. Jason. Michigan: Gale, 2008.

[67] Lawson, Lewis A. "The Grotesque in Recent Southern Fiction." *Patterns of Commitment in American Literature*, edited by Marston LaFrance. Toronto: University of Toronto Press, 1967.

[68] Lewis, George H. "Community through Exclusion and Illusion: The Creation of Social Worlds in an American Shopping Mall." *The Journal of Popular Culture*, vol. 24, no. 2, 1990.

[69] Lochte, Kate & Matt Markgraf. Fhttps://www. wkms. org/post/understanding-black-patch-tobacco-war-west-kentucky-and-tennessee#stream/0.

[70] Lucas, F. L. *The Greatest Problem and Other Essays*. London: Cassell, 1960.

[71] Lyons, Bonnie, et al. "An Interview with Bobbic Ann Mason." *Contemporary Literature*,

vol. 32, no. 4, 1991.

[72] MacKinnon, Kenneth. *Representing Men: Maleness and Masculinity in the Media*. London: Arnold, 2003.

[73] Magee, Rosemary M. *Friendship and Sympathy: Communities of Southern Women Writers*. Jackson and London: University of Mississippi Press, 2003.

[74] Mason, Bobbie Ann. *Clear Springs: A Memoir*. New York: Random House, 1999.

[75] Mason, Bobbie Ann. *Feather Crowns: A Novel*. New York: HarperCollins, 1993.

[76] Mason, Bobbie Ann. *In Country*. New York: Harper Perennial, 1986.

[77] Mason, Bobbie Ann. *In Country*. New York: HarperCollins Publishers, 2005.

[78] Mason, Bobbie Ann. *Love Life: Stories*. New York: Harper & Row, Publishers, 1989.

[79] Mason, Bobbie Ann. *Midnight Magic: Selected Stories of Bobbie Ann Mason*. Hopewell: The Ecco Press, 1998.

[80] Mason, Bobbie Ann. *Nancy Culpepper: Stories*. New York: Random House, 2006.

[81] Mason, Bobbie Ann. "Reaching the Stars: My Life as a Fifties Groupie." *A World Unsuspected: Portraits of Southern Childhood*, edited by Alex Harris. Chapel Hill: University of North Carolina Press, 1987.

[82] Mason, Bobbie Ann. "Reading Between the Lines." *Virginia Quarterly Review*, vol. 90, no. 2, 2014.

[83] Mason, Bobbie Ann. *Shiloh and Other Stories*. New York: Harper & Row, Publishers, 1982.

[84] Mason, Bobbie Ann. *Signature*, *Program* 101. Dir. Marsha Cooper Hellard. Prod. Guy Mendes. Videotape ed. James Walker. Narr. Marsha Cooper Hellard. Kentucky Network, Lexington. 1995.

[85] Mason, Bobbie Ann. *Spence + Lila*. New York: Harper & Row, Publishers, 1988.

[86] Mason, Bobbie Ann. *The Girl Sleuth: A Feminist Guide Tothe Bobbsey Twins, Nancy Drew and Their Sisters*. New York: Feminist Press, 1975.

[87] Mason, Bobbie Ann. "The Way We Lived: The Chicken Tower." *New Yorker*, 10 Feb, 1998.

[88] Mason, Bobbie Ann. *Zigzagging down a Wild Trail: Stories*. New York: Random

House, 2001.

[89] Mathews, Donald G. *Religion in the Old South*. Chicago: University of Chicago Press, 1979.

[90] McDermott, Sinead. "The Ethics of Postmemory in Bobbie Ann Mason's *In Country*." *The Journal of the Midwest Modern Language Association*, vol. 39, no. 2, 2006.

[91] Mercer, Colin. "A Poverty of Desire: Pleasure and Popular Politics." *Formations of Pleasure*, vol. 1, 1983.

[92] Meriwether, James B. and Michael Millgate (eds). *Lion in the Garden*. New York: Random House, 1968.

[93] Millgate, Michael. *The Achievement of William Faulkner*. London: Constable, 1966.

[94] Morphew, G. O. "Downhome Feminists in *Shiloh and Other Stories*." *The Southern Literary Journal*, 1989.

[95] Murdock, Graham, and Peter Golding. "For a Political Economy of Mass Communications." *Socialist Register* vol. 10, no. 10, 1973.

[96] Newby, Idus A. *The South: A History*. New York: Holt, Rinehart and Winston, Inc., 1978.

[97] Newton, Esther. *Mother Camp: Female Impersonators in America*. Chicago: Chicago University Press, 1972.

[98] O'Connor, Flannery. *Collected Works. edited by Sally Fitzgerald*. New York: Library of America, 1988.

[99] O'Connor, Flannery. *Everything That Rises Must Converge*. New York: Farrar, Straus and Giroux, 1962.

[100] Page, Thomas Nelson. *Social Life in Old Virginia Before the War*. New York: Kessinger Publishing, 1897.

[101] Patrick, J. Max (ed.). *Azilia: A Discourse by Sir Robert Montgomery, 1717, Projecting a Settlement in the Colony Later Known as Georgia*. Atlanta: Emory University Publications, 1984.

[102] Phillips, Ginny. "Poised for Possibility: Interview with Bobbie Ann Mason." *Atlantic Unbound*, 19 September 2001. 26 March 2002 〈http://www.theatlantic.com/unbound/

interviews/int2001-09-19.htm〉.

[103] Pollack, Harriet. "From *Shiloh* to *In Country* to *Feather Crowns*: Bobbie Ann Mason, Women's History, and Southern Fiction." *The Southern Literary Journal*, vol. 28, no. 2, 1996.

[104] Price, Joanna. *Understanding Bobbie Ann Mason*. Columbia: University of South Carolina Press, 2000.

[105] Reason, Mason, *Man in Motion: The Psychology of Travel*. New York: Walker Press, 1974.

[106] Relph, Edward. *Place and Placelessness*. London: Pion Limited, 1976.

[107] Rich, Adrienne. *Of Woman Born: Motherhood as Experience and Institution*. New York: WW Norton & Company, 1995.

[108] Rubin, Louis C. *I'll Take My Stand*, New Preface. New York: Harper & Row, Publishers, 1962.

[109] Rothstein, Mervyn. "Homegrown Fiction: Bobbie Ann Mason Blends Springsteen and Nabokov." *New York Times Magazine*, vol. 15, 1988.

[110] Ryan, Maureen. "Stopping Places: Bobbie Ann Mason's Short Stories." *Women Writers of the Contemporary South*, edited by P. W. Prenshaw. Jackson: University of Mississippi Press, 1984.

[111] Said, Edward. *Culture and Imperialism*. New York: Knopf, 1994.

[112] Scott, Anne Firor. *The Southern Lady: From Pedestal to Politics, 1830—1930*. Chicago: University of Chicago Press, 1970.

[113] Shomer, Enid. "An Interview with Bobbie Ann Mason." *The Black Warrior Review*, vol. 12, 1986.

[114] Showalter, Elaine. *Sister's Choice: Tradition and Change in American Women's Writing*. Oxford: Clarendon Press, 1991.

[115] Silverman, Kaja. *Male Subjectivity at the Margins*. London: Routledge, 1992.

[116] Simpson, Lewis P. "The Closure of History in a Postsouthern America." *The Brazen Face of History: Studies in the Literary Consciousness of America*. Baton Rouge: Louisiana State University Press, 1980.

[117] Simpson, Lewis P. *The Brazen Face of History: Studies in the Literary Consciousness in America*. Baton Rouge: Louisiana State University Press, 1980.

[118] Simpson, Lewis P. *The Dispossessed Garden: Pastoral and History in Southern Literature*. Athens: University of Georgia Press, 1975.

[119] Smith, Kimberly K. "Mere Nostalgia: Notes on a Progressive Paratheory." *Rhetoric & Public Affairs*, vol. 3, no. 4, 2000.

[120] Smith, Michal. "Bobbie Ann Mason, Artist and Rebel." *The Kentucky Review*, vol. 3, 1988.

[121] Smith, Virginia A. *Between the Lines: Contemporary Southern Women Writers Gail Godwin, Bobbie Ann Mason, Lisa Alther and Lee Smith*. Diss. Pennsylvania State University, 1989.

[122] Smith, Wendy. "Publishers Weekly Interviews: Bobbie Ann Mason." *Publishers Weekly*, vol. 30, no. Aug. 1985.

[123] Strehlow, T. G. H. *Aranda Traditions*. Carlton: Melbourne University Press, 1947.

[124] Susan Ketchin, *The Christ-Haunted Landscape: Faith and Doubt in Southern Fiction*. Jackson: University of Mississippi Press, 1994.

[125] Tindall, George B. "Mythology: A New Frontier in Southern History." *The Idea of the South: Pursuit of a Central Theme*, edited by Frank E Vandiver, Frank E Va. Chicago: University of Chicago Press, 1964.

[126] Tocqueville, Alexis de. *Democracy in America* Volume II. New York: Vintage Books, 1945.

[127] Tong, Rosemarie. *Feminist Thought: A Comprehensive Introduction*. Colorado: Westview Press, 1989.

[128] Towes, Robert. "America's Moral Landscape in the Ficion of Richard Ford." *The Christian Century*, March 1, 1989.

[129] Tuan, Yi-fu. *Topophilia: A Study of Environmental Perception*. Englewood Cliffs: Prentice-Hall Inc., 1974.

[130] Warren, Robert Penn. *All the King's Man*. Cambridge: Harvard Books, 2006.

[131] Watson Jr, Ritchie Devon. *Yeoman Versus Cavalier: The Old Southwest's Fictional Road*

to *Rebellion*. Baton Rouge: Louisiana State University Press, 1993.

[132] Welsch, Wolfgang. *Undoing Aesthetics*. London: Sage Publications Ltd, 1997.

[133] White, Hayden. "Historical Pluralism." *Critical Inquiry* vol. 12, no. 3, 1986.

[134] White, Leslie. "The Function of Popular Culture in Bobbie Ann Mason's *Shiloh and Other Stories* and *In Country*." *Southern Quarterly*, vol. 26, no. 4, 1988.

[135] Whitton, Natasha Lee. *The excitement of possibility: The life and writing of Bobbie Ann Mason*. Madison: Drew University Press, 2005.

[136] Wilhelm, Albert. *Bobbie Ann Mason: A Study of the Short Fiction*. New York: Twayne-Prentice Hall, 1998.

[137] Wilhelm, Albert. "An Interview with Bobbie Ann Mason." *Southern Quarterly*, vol. 26, no. 2, 1988.

[138] Wilhelm, Albert. "Making over or Making off: The Problem of Identity in Bobbie Ann Mason's Short Fiction." *The Southern Literary Journal*, vol. 18, no. 2, 1986.

[139] Wilhelm, Albert. "Private Rituals: Coping with Change in the Fiction of Bobbie Ann Mason." *Midwest Quarterly*, vol. 29, no. 2, 1987.

[140] Williams, Tennessee. *New Selected Essays: Where I Live*. New York: New Directions Publishing, 2009.

[141] Wilson, Charles Reagan. "Southern Religion (S)." *A Companion to the Literature and Culture of the American South*, edited by Richard Gray and Owen Robinson. Malden: Blackwell Publishing Ltd, 2004.

[142] Zelinsky, Mark, and Amy Cuomo. "Southern Drama." *A Companion to the Literature and Culture of the American South*, edited by Richard Grey and Owen Robinson. Malden: Blackwell Publishing, 2004.

[143] 爱德华·W. 苏贾. 后现代地理学——重申批判社会理论中的空间［M］. 王文斌，译. 北京：商务印书馆，2017.

[144] 埃莱娜·西苏. 美杜莎的笑声［M］//张京媛. 当代女性主义文学批评. 北京：北京大学出版社，1992.

[145] 鲍德里亚. 物体系［M］. 林志明，译. 上海：上海人民出版社，2001.

[146] 鲍德里亚. 消费社会［M］. 刘成富，全志刚，译. 南京：南京大学出地版

社，2000.

［147］陈永国. 美国南方文化［M］. 长春：吉林大学出版社，1996.

［148］丹尼尔·贝尔. 资本主义文化矛盾［M］. 赵一凡，蒲龙，译. 北京：生活·读书·新知三联书店，1989.

［149］段义孚. 恋地情结［M］. 志丞，刘苏，译. 北京：商务印书馆，2018.

［150］段义孚. 空间与地方：经验的视角［M］. 王志标，译. 北京：中国人民大学出版社，2018.

［151］恩格斯，等. 马克思恩格斯选集. 第3卷［M］. 中共中央马恩列斯著作编译局，译. 北京：人民出版社，1972.

［152］凡勃伦. 有闲阶级论：关于制度的经济研究［M］. 蔡受百，译. 北京：商务印书馆，1964.

［153］韩晓丽，李杨. 基于“性别操演”的女性身份解读——以麦卡勒斯作品为例［J］. 江西社会科学，2016（6）.

［154］黑格尔. 黑格尔历史哲学［M］. 北京：九州出版社，2017.

［155］凯特·米利特. 性政治［M］. 宋文伟，译. 南京：江苏人民出版社，2000.

［156］李杨. 九十年代的美国南方小说［J］. 外国文学评论，1999（4）.

［157］李杨，张坤. 梅森对南方男性的重塑［J］. 外国文学，2017（03）.

［158］李杨. 颠覆·开放·与时俱进：美国后南方的小说纵横论［M］. 北京：中国社会科学出版社，2018.

［159］李杨. 后现代时期美国南方文学对“南方神话”的解构［J］. 外国文学研究，2004（2）.

［160］李杨. 美国“南方文艺复兴”——一个文学运动的阶级视角［M］. 北京：商务印书馆，2011.

［161］李杨，于诚. “庶民翻天”：论当代美国南方穷白人文学的崛起［J］. 当代外国文学，2018（2）.

［162］李杨. 现代与后现代价值观的冲突——《影迷》和《体育记者》主题比较［J］. 英美文学研究论丛，2010（2）.

［163］李杨. 欧洲元素对美国“南方文艺复兴”本土特色的构建［M］. 上海：同济大学出版社，2015.

［164］李文俊. 福克纳评论集［M］. 北京：中国社会科学出版社，1980.
［165］琳达·哈琴. 后现代主义诗学：历史·理论·小说［M］. 李杨，李锋，译. 南京：南京大学出版社，2009.
［166］迈克·克朗. 文化地理学［M］. 杨淑华，宋慧敏，译. 南京：南京大学出版社，2007.
［167］米歇尔·福柯. 性经验史（增订版）［M］. 佘碧平，译. 上海：上海人民出版社，2005.
［168］尼古拉斯·米尔佐夫. 视觉文化导论［M］. 倪伟，译. 南京：江苏人民出版社，2006.
［169］王恩铭. 美国反正统文化运动［M］. 北京：北京大学出版社，2008.
［170］西蒙娜德·波伏娃. 第二性［M］. 陶铁柱，译. 北京：中国书籍出版社，2004.
［171］徐汉晖. 空间、地方感与恋地情结的文学书写［J］. 湖北社会科学，2017（11）.
［172］约翰·麦克因斯. 男性的终结［M］. 黄菡，周丽华，译. 南京：江苏人民出版社，2002.

后　　记

鲍比·安·梅森成名于20世纪80年代。她的作品表现了跨入后工业文明、商业主义、流行文化时代的美国后南方的人生百态，揭示了人们的价值观念、行为准则、精神风貌、处事行为的深度重塑，呈现了一个和“南方文艺复兴”及之前的南方文学视域里迥然不同的南方，代表了南方文学在与时俱进，朝着背离“南方文艺复兴”及之前的南方文学的意识形态及叙事程式的方向发展，观察、叙事视点在从种植园、大宅、小村、小镇这样的南方曾经的标志景观向购物中心、高速路这样的新时代地标转型。这些也是学术界对她的研究所重点关注的问题。

这些嬗变属于美国南方，写的是南方场景、南方人物，具有其区域性、特殊性，是把握南方文学在当今走势的关键指标。同时这些嬗变又不是孤立的、局部的现象，而是与当今变迁大潮息息相关。放眼全球其他许多地方，这种嬗变又都似曾相识，也在发生，又有其普遍性。所以，梅森的小说可视为一个来自美国南方的微观缩影，映射了宏观的全球化、同质化时代对文学的重塑。这种区域性、特殊性与全球性、普遍性的叠加赋予了梅森的作品更为丰富的认知、参照意义。故此，对其展开专题、系统研究，不仅能清晰了解美国南方文学这一驰名美国乃至世界文坛的区域文学的新近形态和路向，对于解读当今世界文学，思考区域化在全球化的背景下面临的挑战亦有助益、启迪。

在教育部人文社科规划基金项目“鲍比·安·梅森的美国后南方小说

研究”（11002700001）支持下，本课题组齐心协力，深入细致解析了梅森的5部短篇小说集《示罗圣地及其他故事》《爱情人生》《蜿蜒而下的山路》《南希·卡尔派珀》《午夜魔法》，3部中、长篇小说《羽冠》《在乡下》《斯宾塞和莱拉》和1部传记《清泉：一个家族的回忆录》的英语原作，参阅了梅森所接受的采访以及大量国内外相关研究资料，在此基础上，历经3年时间，完成了这一对梅森的系统、专题研究。同济大学离任领导人员学术支持经费（1100219148）也为本书提供了支持。在此一并致谢！

李英华、刘羽涵、脱颖参与了本书的撰写。最后，感谢同济大学出版社人文社科与艺术编辑部丁会欣老师耐心、细致的工作。

李杨

2019年8月

图书在版编目(CIP)数据

论鲍比·安·梅森小说里美国后南方的嬗变/李杨，张坤，叶旭军著. —上海：同济大学出版社，2019. 10
ISBN 978-7-5608-8769-2

Ⅰ. ①论… Ⅱ. ①李… ②张… ③叶… Ⅲ. ①鲍比·安·梅森—小说研究 Ⅳ. ①I712.074

中国版本图书馆 CIP 数据核字(2019)第 223776 号

论鲍比·安·梅森小说里美国后南方的嬗变
李 杨 张 坤 叶旭军 著
责任编辑 丁会欣 **责任校对** 徐春莲 **封面设计** 陈益平

出版发行 同济大学出版社 www.tongjipress.com.cn
(地址：上海市四平路 1239 号 邮编：200092 电话：021-65985622)
经 销 全国各地新华书店
排 版 南京文脉图文设计制作有限公司
印 刷 常熟市大宏印刷有限公司
开 本 710 mm×960 mm 1/16
印 张 17.25
字 数 345 000
版 次 2019 年 10 月第 1 版 2019 年 10 月第 1 次印刷
书 号 ISBN 978-7-5608-8769-2

定 价 68.00 元